A Nuit et Brouillard,
en toute amitié
Yves Béon

La planète Dora

YVES BÉON

La planète Dora

ÉDITIONS DU SEUIL
27, rue Jacob, Paris VIe

ISBN 2-02-008682-4

Le camp de concentration de Dora, proche de celui de Buchenwald, ouvrit ses portes à la fin de l'été 1943 et les ferma en avril 1945. Entre ces deux dates, plusieurs dizaines de milliers de prisonniers venus de toute l'Europe et de l'Asie soviétique pénétrèrent dans ce camp maudit. Pour la plupart, ce fut leur dernier paysage, le bout de la route. Le camp de surface et l'usine souterraine, le Tunnel, qu'ils creusèrent et où ils construisirent les armes secrètes de l'Allemagne nazie, les fusées V2, dévorèrent des convois entiers de détenus. Leurs cendres fertilisent l'humus des riantes collines du Harz, en Saxe.

Quelques-uns, cependant, contre toute attente, réussirent à tromper le destin. Rongés par la faim, la maladie, le froid, la misère, traqués par la sauvagerie des SS, entourés par la mort, leur compagne la plus fidèle, ils refusèrent le désespoir et l'anéantissement qui aurait été une douce libération.

Chaque ligne, chaque mot de ce livre est un hommage à ceux qui, avec une incroyable dignité, souffrirent et moururent à Dora.

Y. B.

Ma carcasse n'a pas belle allure. Sur une balance elle ferait à peine bouger le fléau. Ma peau est rongée par toutes les maladies et les misères du monde, je suis devenu une loque abominable, personne ne pourrait la regarder sans avoir le cœur entre les dents, et les miens seraient frappés d'horreur, s'ils me voyaient. Même un fou ne parierait pas un sou sur mes chances de survie. Voilà ce que Dora, ce camp de concentration exemplaire, et les SS ont fait de moi. Un mort vivant, un zombie que la moindre pichenette expédierait dans l'au-delà, au paradis des bagnards.

Mais ne t'y trompe pas, toi, le SS. Et toi non plus, Dora, le camp maudit, l'orgueil du troisième Reich. Je sais que je ne sortirai pas d'ici vivant, c'est impossible. Mais ma guenille, il va falloir la payer le prix qu'elle vaut. Ne comptez pas sur moi pour commettre les erreurs qui vous permettraient de réussir échec et mat sans difficulté, je suis devenu trop vieux concentrationnaire pour tomber dans vos pièges. Ma peau, il va vous falloir la gagner.

Vous tous qui êtes là autour de moi, me surveillant, je vous le jure, je ne lâcherai jamais. JAMAIS !

1

La cité enterrée

13 mars 1944. Le train progressait depuis le matin dans la campagne blanche et glacée. Vingt wagons de marchandises, cinquante hommes par wagon, cela faisait mille hommes, le bon chiffre pour les SS.

Cinquante détenus par wagon, c'était vraiment le grand confort. Buchenwald avait bien fait les choses. Vêtus de rayé neuf, la tête, le pubis et le cul rasés de frais, ils avaient même touché des galoches en bon état. Dès le départ, trois groupes s'étaient formés dans chaque wagon, les Français, les Russes et les Polonais. Trois groupes soudés par la haine des autres et agités de brusques soubresauts vite réprimés à coups de crosse par le SS de garde qui s'était attribué le quart du wagon. Un quart pour chaque nationalité, c'était dans la norme.

Vers midi, la neige recommença à tomber, s'engouffrant par la porte ouverte du wagon. Les hommes se tassèrent les uns contre les autres et le silence se fit.

Dans l'après-midi, le train ralentit. Michel, qui était près de la porte, regarda dehors, se protégeant les yeux de la bourrasque.

– Les gars, je crois qu'on arrive quelque part.

Un détenu en rayé était dehors, près de la voie ferrée. Il était appuyé sur une pelle. Courbé en deux, il luttait contre la neige qui arrivait à l'horizontale. Le train s'arrêta.

– Eh, camarade, comment s'appelle ce camp?

Pas de réponse.

– Name Lager?

Le détenu tourna la tête vers le wagon et répondit :

– Dora.

Henri sentit une boule lui brûler la gorge et descendre jusqu'au cœur. Il pensa : Je suis foutu. Un sanglot partit dans un coin. C'était un Polonais. Du côté des Russes, un même sanglot, qui se poursuivit par un chant venu des steppes, doux et progressivement violent, le chant de la misère humaine.

C'était là le bout de tout, le terminus, la fin.

La première impression fut terrifiante. Ils découvrirent d'abord un immense chantier, l'entrepôt d'un Titan ferrailleur. Des amoncellements de machines, de voies ferrées, de conduits métalliques. Des piles de sacs de ciment, des bobines de câbles électriques, du fer à béton, du bois de mine. Des choses inconnues, énormes et redoutables. Le blizzard parcourait les allées, hurlant dans la ferraille et faisant résonner les tôles.

Au bout du chantier, au pied de la colline, une entrée de caverne couverte d'un filet de camouflage. Il en émanait une sorte de halètement fait de cris d'hommes, de grincements métalliques, d'explosions sourdes. Une atmosphère de fourmilière en folie. Des êtres gris entrant et sortant, prenant sur leurs épaules ou leur dos des charges diverses, soulevant à dix des éléments de voie ferrée, courant, tombant, frappés par des kapos et des Vorarbeiter [1]. Des SS, le gummi à la main, matraquant les vertèbres, les bras, les têtes. Pris au piège des charges, les êtres gris galopaient vers l'entrée de la grotte. Le vent et la neige s'attaquaient aux reins, aux oreilles, aux mains.

– Los, vorwärts [2]!

Gagnés par cette hystérie, les kapos du transport se mettent à hurler et à cogner. La colonne des nouveaux se précipite vers la caverne. A droite de l'entrée, une mitrailleuse, la bande engagée. Un SS compte les arrivants. Sur cinq de front, ils pénètrent dans la géhenne. La matraque du SS touche, sans appuyer, un rang sur deux. Méthodiquement, Dora avale sa pitance.

A l'intérieur, un air opaque, épais, fait de poussière, d'huile brûlée, d'humidité, enveloppe les arrivants. Ici des collines de gravats, là des vallons pleins d'eau. Des flaques de lumière et d'inquiétantes zones d'ombre. Des êtres gris pelletent, creusent, arrachent. Des bennes decauville chargées de pierres et de déblais passent sur une voie étroite, poussées par des hommes en loques. Dans la lumière irréelle, des théories de fantômes s'avancent, portant sur les épaules des pièces de charpente. D'autres poussent, tirent, traînent des charges insensées. Des cris, des jurons. Les SS frappent, les kapos, les Vorarbeiter se ruent, hurlent,

1. Chefs d'équipe. Précisons que tous les mots étrangers figurant dans ce récit sont des termes qu'utilisait et souvent déformait l'argot des camps; ils n'adoptent pas nécessairement la forme orthodoxe qu'ils devraient avoir dans leur langue d'origine.

2. « Vite, en avant! »

abattent leur matraque sur les êtres affolés. Au loin, quelque part, des coups de mine éclatent. L'air retentit de mille clameurs.

Plus loin, sur la gauche, un hall transversal éclairé. Cent vingt mètres de long, vingt mètres de large. La voûte nue brille d'un éclat de mica, le sol est cimenté.

– Merde, on dirait une église!

Au centre, plusieurs tables sont alignées. Des détenus fonctionnaires digèrent l'arrivage. Nom, prénom, nationalité, matricule, âge, profession. Impeccablement calligraphiées, les fiches s'entassent dans des classeurs.

A l'autre bout du hall, il y a une deuxième galerie semblable à celle par laquelle ils sont entrés. Mais celle-ci paraît achevée. Roulant sur une voie de chemin de fer à écartement normal, avance une chose inconnue, énorme, verte, en forme de cigare. Les exclamations claquent :

– Ça doit être un fuselage d'avion.

– Non, c'est un sous-marin de poche.

– On dirait une fusée.

– Une fusée de quinze mètres de long, t'es pas un peu fou?

Le V2 s'avançait doucement sur sa plate-forme.

Le recensement est terminé, la colonne se reforme. Les kapos la sectionnent en groupes de cinquante détenus. Demi-tour, en avant. Les nouveaux s'engagent dans la fournaise. Bienvenue à Dora!

– Fertig! Abtreten!

Un hurlement de joie salua la fin de l'appel. Des hordes entières se ruèrent vers les blocks [1], se bousculant, pataugeant dans la neige fondante. La place d'appel se vida. Il ne resta plus que des insectes blessés qui se traînaient vers les hauteurs, certains soutenus par des plus valides.

A la porte du Revier [2], la foule était déjà considérable. Les chiasseux aux orbites creuses et au teint cireux, le pantalon trempé de liquide jaune, exhalaient une odeur infecte. Les tubars et les pleuritiques tremblaient de fièvre. Il y avait ceux qui portaient au cou et aux pieds des blessures effroyables, aux odeurs de pourriture. Certains n'avaient pu arriver jusque-là et s'étaient couchés le long du chemin.

Le couloir du Revier était déjà encombré, mais tous voulaient entrer. Une bagarre éclata à la porte, qui claqua violemment. Deux Stuben-

1. Les baraques.
2. L'hôpital.

dienst [1] polonais, épais et rouges, se précipitèrent matraque en main. En jurant, ils frappèrent les têtes, les dos, repoussant cette masse qui reflua vers l'extérieur, agitée d'ondes et de soubresauts. Les plus faibles tombaient, et de leurs plaies giclaient le pus et le sang. D'autres, les yeux fous, rampaient en geignant, incapables de se redresser.

Un chiasseux, hébété, restait seul devant la porte.

– Scheisserei, Kamarad, Scheisserei!

Sa voix pleurnichait et ses yeux agrandis par la maladie fixaient le couloir blanc.

– Kamarad, krank!

Un des infirmiers s'approcha de lui, frappant de sa matraque la paume de sa main.

– Fous le camp, ordure, tu pues!

Une brusque détente, et la matraque vint écraser l'oreille du chiasseux qui tomba en hurlant.

Jean était très satisfait de lui. La plaie qu'il s'était faite au pied dans la carrière de Buchenwald avait vilaine allure. Elle se gonflait de pus, et d'inquiétantes aréoles s'élargissaient jusqu'à envahir tout le talon. Réinventant le drain, il avait, par deux incisions de part et d'autre de la plaie, fait passer une ficelle qui lui permettait d'évacuer le pus en tirant sur les extrémités. C'était douloureux, mais cela lui procurait un soulagement temporaire.

Il se présenta au Revier où, assez curieusement, la foule était très réduite, ce qui ne l'inquiéta pas. Les chiasseux étaient, comme toujours, éjectés brutalement, car leur odeur indisposait les infirmiers.

– Franzous, komme!

Le Pfleger [2], un adolescent russe, regardait Jean avec un sourire. Avec sa blouse blanche et ses chaussures cirées, il éclatait de santé.

– Franzous, lizopizdi, minette?

– Oui, connard, enculé.

Jean lui rendit son sourire. Il enleva sa chaussure de toile et la chaussette russe. Le pied apparut, couvert de cernes blancs, verts et bleus, le tout entouré d'une sorte de rouge indéfinissable. Au centre

1. Garçons de salle.
2. Infirmier.

trônait la ficelle. Le Russe rigola et mit le pied blessé dans un bac émaillé.

– Tire la ficelle!

Jean tira et un jet de pus coula dans la cuvette. Le Russe prit alors des ciseaux et, regardant Jean d'un air narquois, les enfonça à une extrémité et coupa tranquillement jusqu'au bout. La douleur fut fulgurante. Jean crut qu'il allait s'évanouir, ou que son cœur allait lâcher. Il sentit un hurlement monter du plus profond de lui. Mais le Russe était toujours là, découpant en rond, avec son sourire. Le hurlement ne vint pas.

– Was ist KONNARD?

– KONNARD ist Kamarad Kommunist.

En riant, le Russe prit avec une spatule en bois une sorte de fromage blanc qu'il étendit sur l'énorme plaie. Puis il recouvrit le tout d'un demi-rouleau de papier hygiénique.

– Zwei Tage Schonung.

Deux jours d'arrêt de travail. Le Paradis!

– Franzous, Transport [1]!

Les deux Stubendienst regardaient Jean en ricanant. Ils étaient assis de part et d'autre d'une table, plongeant leur cuillère dans une gamelle de soupe épaisse et fumante d'où émergeaient des pommes de terre et quelques morceaux de viande. Le block était vide.

Jean, fasciné par la soupe, en oubliait les élancements de son pied. Ses yeux agrandis d'avidité suivaient le ballet des cuillères. Elles s'approchaient de la gamelle, en contournaient doucement l'intérieur, partaient à la recherche d'un morceau de viande ou d'une pomme de terre moelleuse et, remplies d'un assortiment bien composé, remontaient vers les bouches déjà repues.

Bande de fumiers, pensa-t-il, vous bouffez toute la journée comme des porcs que vous êtes.

Depuis la veille, il rôdait autour du block, essayant de temps à autre d'y entrer, mais les Stubendienst l'éjectaient régulièrement. Ils passaient leur temps à manger de la soupe et à faire cuire des pommes de terre sur le poêle.

La journée commençait seulement. Les kommandos étaient partis une heure plus tôt. Jean sentit que son pied était trempé. Le pansement en papier n'était déjà plus qu'une bouillie.

– Was, Transport?

Un des Polonais le regarda par en dessous, la cuillère en suspens.

1. Ce mot désigne aussi bien des kommandos de manutention que les transferts de camp à camp. Le contexte en donne la signification.

– Krankentransport!

C'était donc cela. Voilà pourquoi la veille il y avait si peu de monde à la visite. Le transport de malades avait été décidé, et la nouvelle s'en était propagée. Partie discrètement de l'Arbeitstatistik [1], elle avait informé les amis, puis les amis des amis. Il ne fallait surtout pas se trouver au Revier ou en Schonung [2], car la liquidation était imminente.

– Alle Schonung antreten!

Conduits par les chefs de blocks, les dispensés de travail pataugent sur la place d'appel, véritable fondrière boueuse, et vont se rassembler un peu plus haut, sur la droite du camp. Même en colonne par cinq, cela fait une sacrée longueur.

Il ne faut pas que je sois pris! Jean essaie de surmonter son angoisse. Il est mal placé, juste sur la première ligne, aux premières loges. Sa chaussure, à peu près lacée, est à peine gonflée par le pansement. Le pantalon cache le tout. La douleur a disparu, il ne la sent plus.

Vont-ils prendre tout le monde ou seulement faire un tri? On ne sait pas. Jean regarde autour de lui. Il y a les éclopés aux jambes enveloppées dans d'incroyables paquets de chiffons et de sacs de ciment. Il y a les oreilles gangrenées, écrasées par un coup de matraque, il y a les œdèmes éléphantiasiques dont les pantalons ne font qu'accentuer l'évidence. Tous ceux-là sont foutus. Mais il y a aussi le Lagerkommando, ceux qui réparent les chaussures et font les petites corvées du camp. Ils sont âgés et souvent infirmes, mais ils ont une mine reposée, ce qui leur donne un air de bonne santé. Ceux-là vont fausser la balance.

– Il paraît qu'on va nous envoyer dans un camp de repos.

Jean regarde son voisin. Il n'est pas vieux, peut-être quarante ans, mais on sent qu'il abandonne la lutte.

– Tu es idiot ou quoi?

Jean jette un coup d'œil au matricule. C'est un 43 000 comme lui.

– Tu comprends, on va me renvoyer dans mon kommando, la terrasse [3], et je n'ai plus la force. Je voudrais me reposer, et peut-être que c'est vrai, cette histoire de camp de repos.

– Stillgestanden!

Une troupe arrive sur la droite, venant du Revier. Là-haut, c'est terminé. Le Lagerarzt [4] s'approche de la colonne, suivi d'un Schreiber [5] qui va relever les numéros. Jean sent la vie qui se retire de ses membres, une boule lui noue la gorge. Surtout, tenir le coup. Sans regarder, il n'en

1. Bureau du travail.
2. Arrêt de travail pour maladie ou blessure.
3. Les terrassiers.
4. Le médecin-chef SS.
5. Un secrétaire.

aurait pas la force, il entend le cortège s'avancer lentement vers lui. Il y a des arrêts, des conversations, puis ils se rapprochent encore. Il ne voit rien.

Brusquement, une silhouette noire devant lui, le médecin SS. Il regarde Jean. Il pose une question au Schreiber qui traduit.

– Français, qu'est-ce que tu as?

Dans un nuage, Jean entend sa propre voix :

– Une blessure au pied, mais c'est fini.

– Marche.

Jean fait trois ou quatre pas de biais, puis revient. Sa démarche est normale.

– Bon. Ça va.

La troupe passe. Les yeux de Jean se brouillent. Il n'entend plus rien. Il voudrait s'allonger et dormir.

– Alle Schonung Appellplatz!

Une armée de minables, raflés dans tous les blocks, malades et éclopés dispensés provisoirement de travail, ramassis de clodos en fin de course, appuyés sur des béquilles de fortune, crachant leurs restes de poumons ou chiant le reliquat de leurs tripes, se retrouvent alignés au cordeau, le regard inquiet.

Les kapos, engoncés dans leurs cabans doublés, ne semblent pas agressifs. Ils donnent juste les coups de matraque nécessaires à la bonne tenue de cette cour des Miracles.

La lamentable troupe arrive au Holzof, sorte de chantier où l'on débite des arbres. Au milieu de la clairière se trouve une potence. La corde, agitée par un vent glacial, se tord dans tous les sens. La neige pénètre les chaussures crevées et le vent arrache des lambeaux de vie.

Une soudaine agitation se fait à l'entrée de l'enclos. Le commandant du camp, accompagné du Rapportführer [1] et de dignitaires, s'avance. La conversation est animée et plutôt joyeuse. Les bottes luisent. Le groupe se place à quelques pas de la potence. Le spectacle peut commencer.

Les acteurs arrivent. C'est le Lagerältester [2], suivi de deux prisonniers, les mains liées dans le dos. L'un est russe, l'autre polonais. Ils ont le

1. Le commandant SS en second.
2. Le détenu chef du camp.

teint terreux, et trébuchent sur les pierres et les racines cachées par la neige. Quatre SS les entourent sans les brutaliser. Ils s'arrêtent au pied du gibet.

Le Rapportführer, accompagné du Lagerdolmetscher [1], s'avance vers le front des prisonniers et, immédiatement traduit en français, polonais et russe, prend la parole :

– Ces deux détenus ont été surpris en train de dormir dans un block en construction, laissant leurs camarades travailler à leur place. C'est un sabotage très grave. Ce sont des mauvais camarades. Ils vont être pendus.

Le Polonais se met à trembler de tous ses membres. Il tombe à genoux, pleure, crie et rampe vers le Rapportführer en suppliant. Le Lagerältester se rue sur lui en jurant, le schlague de toutes ses forces. A grands coups de botte il lui enfonce les côtes et lui écrase la figure. Le Polonais se tord et hurle. Les kapos se précipitent à leur tour. Ils empoignent le condamné et le placent sous la corde, bien droit, les pieds sur le tabouret.

Le Lagerältester passe la corde autour du cou de Polonais, la tendant soigneusement afin que le spectacle dure longtemps.

– Prima!

Un coup de pied dans le tabouret et l'homme se balance, tournant sur lui-même. La bouche éclatée est pleine de sang, les yeux roulent. Il cherche en vain de l'air. Il se cabre, les genoux remontant vers la poitrine, retombant puis remontant. Les minutes passent, ses forces s'épuisent. Il n'est plus agité que d'un tremblement saccadé qui fait se resserrer encore le nœud coulant. Les mouvements s'affaiblissent, puis s'arrêtent. C'est fini. On le décroche.

Le Russe, pendant ce temps, n'a pas bougé. Il regarde le supplicié et dit :

– Pizdiak!

C'est maintenant son tour. Il monte sur le tabouret. Le Lagerältester s'approche, lui parle en riant, passe la corde et fait basculer le tabouret. L'agonie est longue.

– Non mais regarde, fiston, regarde. Une pyramide de merde! Mieux qu'en Égypte. C'est pas croyable, faut avoir vu ça une fois dans sa vie. Il y en a au moins une tonne. Je ne regrette pas d'être venu à Dora, j'aurais manqué ça. Ah! il y a des artistes ici.

1. L'interprète en chef.

Effectivement, il y avait une tonne de merde et une pyramide. Des fûts de deux cents litres coupés en deux, soit cent litres chacun, et disposés les uns sur les autres le long de la paroi du tunnel, quatre, trois, deux et un au sommet. Pleins à ras bord, cela faisait bien une tonne. Roland, sa boîte à outils à la main, contemplait en technicien le curieux échafaudage.

– Tu vois, fiston, les gars qui ont fait ça, ils ont le coup d'œil et le pied qui ne dérape pas. Imagine une peau de banane là, tu vois d'ici le gâchis.

Roland et Georges faisaient équipe depuis quelques semaines. Électriciens. Un incroyable chaos régnait dans le tunnel. Au milieu des explosions de dynamite, de l'air raréfié et obscurci par une poussière à couper au couteau, des kommandos affolés par les coups de schlague escaladaient des montagnes de gravats, contournaient des piles de bois de mine, transportaient à dos d'homme d'énormes choses indéfinissables, des hautes, des larges, des longues, des coupantes et des pointues. Des bagarres éclataient entre Russes, Polonais et Français. Les kapos, en hurlant, tapaient dans le tas, martelant les dos, les mains. Des pieds étaient écrasés par la chute d'une charge, des épaules soutenant des conduits d'aération se démettaient, des fers meurtriers pénétraient dans les chairs. La lumière des rares ampoules jaunies laissait de larges taches d'ombre où se cachait le madrier qui vous déboîte le pied, la ferraille qui vous ouvre la jambe.

Georges avait une confiance absolue en Roland. Avec lui, il se sentait protégé. Mais il avait du mal à admettre que lui, électricien professionnel et de beaucoup l'aîné, ne puisse avoir un semblant d'autorité. Lui au moins connaissait le métier alors que Roland n'avait jamais vu un fil électrique de sa vie. Un jour de rogne, il avait pris le mors aux dents.

– Écoute, Roland, tu m'énerves à m'appeler toujours fiston. J'ai quarante ans et tu n'en as peut-être même pas vingt.

– Et alors? Qu'est-ce qui ne va pas, fiston? Tu vois, les gosses m'emmerdent, mais alors un fils comme toi, dans les quarante ans, avec un métier, j'aimerais bien.

Un coup de mine éclata, poussant dans leur direction un cyclone de poussière opaque. Les ampoules clignotèrent.

– Tirons-nous, dit Georges, on va se faire repérer.

– Fiston, répondit Roland, tu n'as rien compris à l'affaire. Regarde un peu autour de toi. Tu vois tous ces gars. Qu'est-ce qu'ils ont dans les mains? Rien. Alors on leur fout sur le dos des charges qu'ils ne peuvent pas porter, et ils tombent. Alors on les schlague à mort. Nous, on est des électriciens, on a notre boîte à outils. Quand une ligne électrique est arrachée par un coup de mine, les marteaux-piqueurs s'arrêtent et tout est dans le noir. Alors, qu'est-ce que tu entends, fiston? ELEKTRIKER!

Les SS gueulent comme des ânes, les kapos se précipitent à ton kommando. Est-ce qu'ils te schlaguent? Jamais. Tu comprends, tu es plus important qu'eux. Tu es même plus important que les SS, ces ordures. Ils peuvent tuer n'importe qui, ça leur donnera même du galon, mais ils ne connaissent pas l'électricité, ces pauvres cons, alors quand la ligne a été arrachée, tout s'arrête et ils sont responsables de l'avancement des travaux. Ils viennent te chercher sans histoire. C'est tout juste s'ils ne te font pas le baisemain. Toi, avec ta boîte à outils, tu t'amènes, calme et pondéré. La boîte à outils, comme repousse-emmerdements, c'est ce qu'il y a de mieux.

– Oui, mais tu n'y connais rien en électricité!

– Il y a des jours où je me demande si ça n'est pas moi le meilleur électricien de l'équipe.

Brinquebalant, cahotant, la charrette pénétra dans le Tunnel. Avec son long timon, ses petites roues et ses ridelles inclinées, c'était une réduction des charrettes que l'on rencontre depuis l'Allemagne jusqu'à la Russie.

Jacky remit son bonnet, une chapka russe dont il avait rentré les oreilles dans la coiffe, ce qui lui donnait l'air d'un président à mortier, clochard et grimaçant. Vorarbeiter des Todträger [1], il parcourait le Tunnel pour ramasser les cadavres et les porter à la morgue, à pleines charretées.

Avec la sûreté, le métier d'un capitaine de caboteur qui connaît comme sa poche les traquenards jalonnant sa route, il évita soigneusement les voies sans issue, les fondrières et les trous d'eau. Tirée par ses deux adjoints, la charrette arriva devant le block 4. Jacky écarta la bâche servant de porte et entra.

Étonnant spectacle. Cent vingt mètres de long, vingt mètres de large, le block 4, comme les trois autres, abritait trois mille hommes répartis en deux équipes. D'immenses travées de châlits à trois étages, continuellement occupés par une équipe ou par une autre, une pluie qui tombait constamment, produite par les infiltrations et la condensation des haleines, une lumière voilée de poussière qui ne s'éteignait jamais. Il avait ses rues coupe-gorge et ses marchés aux puces, il abritait ses voleurs, ses saints, ses mourants et ses morts. Des cris éclataient dans un coin, des galopades effrénées s'entendaient dans un autre. Les chaussures, le

1. Chef d'équipe des croque-morts.

pain, les gamelles disparaissaient, des lits s'effondraient dans un tintamarre de protestations et de gémissements. Toutes les races et ethnies, de l'Atlantique au fin fond de la Sibérie, se trouvaient réunies dans cette Babel de cauchemar.

Pour débusquer les cadavres dans un endroit pareil, il fallait du flair et du métier. Jacky avait les deux. Il alla d'abord voir le chef de block qui avait fait le plus gros et le plus facile. Une douzaine de corps gisaient près de la porte, ceux qu'on avait trouvés par terre, jetés à bas des lits. Jacky commença sa tournée. D'abord l'élémentaire. Montant au sommet des travées, il repérait les silhouettes dénudées. Ce n'étaient pas des dormeurs en chaleur, mais des macchabées prestement dépouillés. Il vérifia de la même façon sous les châlits. Cela lui fit encore une dizaine de clients. Alors le travail de spécialiste commença.

Parcourant lentement les couloirs, escaladant les étages, il vit ce qu'il cherchait. Le Russe dormait à poings fermés sur une paillasse, mais il semblait en équilibre instable. Son profond sommeil ne trompa pas Jacky. Il souleva un coin de la paillasse et vit le cadavre momifié. Il appela ses aides qui enlevèrent le corps tandis que le Russe filait prestement.

Jacky savait ce qu'était la faim. Il admettait les extrémités auxquelles cette torture de tous les instants pouvait pousser les prisonniers. Mais cacher un mort pour toucher ses rations le plus longtemps possible, il n'était pas d'accord.

En ce mois de mars 1944, Dora n'avait pas fière allure. Bien sûr le Tunnel, cette marmite de sorcière, avait quelque chose d'achevé, de définitif. Dans sa démentielle incohérence, il remplissait son rôle de dévoreur d'hommes et nul ne pouvait concevoir qu'il se transformât un jour en usine dont sortiraient des produits finis.

Le camp extérieur, lui, était à peine ébauché. Passé le chantier et le Tunnel, on se trouvait devant un vallon de dimensions modestes, fermé au fond et à droite par la colline qui abritait la future usine souterraine. A gauche, une plaine vide, sans habitations, s'étendait jusqu'à la ville voisine de Nordhausen, distante de quelques kilomètres. L'enceinte électrifiée, construite en premier avec les miradors, barrait l'entrée du vallon, escaladait la colline et redescendait, délimitant ainsi un quadrilatère dans lequel vivaient et mouraient des hommes venus de tout le continent.

L'entrée, une simple barrière de bois garnie de barbelés et flanquée de deux baraquements administratifs, ne rappelait en rien l'orgueilleuse porte de Buchenwald, cette capitale. Les deux bâtiments abritaient le poste de garde SS, la Schreibstube [1], l'Arbeitstatistik et la Politische Abteilung [2]. La place d'appel, qui occupait le centre du quadrilatère, n'était encore qu'un ancien champ de betteraves où la neige ne parvenait pas à masquer les trous et les bosses. Immédiatement sur la gauche se trouvait le Bunker, la prison du camp, petite bâtisse qui abritait ceux qui réussissaient l'exploit de se retrouver en prison dans un camp de concentration. Puis venaient la cordonnerie et la menuiserie. A droite, le bâtiment de désinfection et l'Effektenkammer, cet entrepôt de vêtements rayés, pour la plupart des loques, que des infirmes ravaudaient avec conscience. Dora ne connaissait pas les fabuleuses richesses de Buchenwald, venues de toute l'Europe à pleines valises, que des convois successifs déposaient comme la mer apporte ses sédiments. Ici, les nouveaux arrivés avaient déjà été dépouillés de tout, ils vivaient entièrement aux frais de l'Administration.

Après l'Effektenkammer, la cuisine se parait d'une batterie d'autoclaves aux chromes étincelants. C'était, pour les détenus, un lieu presque abstrait et solidement gardé, dont il convenait de ne pas trop s'approcher. Puis, à mi-hauteur de la colline, le chantier de construction du Krematorium, le Revier et l'Infirmerie. Destinés au logement des prisonniers, seuls quelques blocks parsemaient à cette époque l'enceinte du camp.

De même qu'un village ne devient un vrai village qu'avec une église, un camp de concentration ne devient un vrai camp qu'avec son Krematorium. Dora souffrait encore de cette carence et devait expédier ses cadavres chaque jour à Buchenwald, par camions entiers. Le Tunnel fournissait un contingent sans cesse grandissant de morts et le Revier, où la mortalité était invraisemblable, ne savait plus que faire de ses cadavres.

Cependant, depuis quelques jours était arrivé un four que l'on avait posé tant bien que mal à gauche de la place d'appel. Nu, tel quel, flanqué de son réservoir à mazout et de sa resserre à cadavres, il faisait penser à un gros alambic normand ou à une locomotive pour train d'intérêt local. On l'avait mis immédiatement en service sans attendre l'achèvement du bâtiment qui devait l'abriter avec quelques autres. Cela soulageait déjà un peu les conducteurs de camion SS qui étaient débordés. Un préposé détenu, chaudement habillé, choisissait de temps en temps un corps et, après en avoir soigneusement relevé le matricule inscrit sur le ventre, l'introduisait avec une sorte de pelle dans la chaudière. A chaque

1. Le secrétariat.
2. Section politique.

fournée, un panache de fumée et de suie s'élevait dans le ciel glacé. Autour de l'installation, une douce chaleur avait fait fondre la neige.

Mais on sentait, en ce mois de mars 1944, que quelque chose était en train de bouger. Certains signes montraient que Dora, jusqu'alors en gestation paresseuse, allait accoucher de son camp. A cette époque, en effet, la grande majorité des détenus couchait au Tunnel, ne sortant qu'une fois par semaine pour l'appel. Ne restaient en surface que quelques kommandos et quelques services administratifs.

Les kommandos Barakenbau [1], de la terrasse [2], des charpentiers, des électriciens avaient absorbé une bonne partie du dernier transport. La place d'appel, jusque-là déserte dans la journée, voyait s'entrecroiser des groupes affairés. SS et civils allemands faisaient de grands gestes explicatifs. On allait déboiser, défricher, araser, bétonner, vite, très vite.

Les kommandos furent alors lâchés sur le terrain. Des arpenteurs en guenilles faisaient leurs relevés. Le ciment, la ferraille, les bétonnières, les brouettes, les pelles et les pioches arrivaient. Dora allait surgir en surface, un deuxième enfer commencerait.

Le kommando Barakenbau était un sacré kommando. Tous des menuisiers et des charpentiers, promis, juré. Qu'on me coupe la tête si ce n'est pas vrai. Michel les regarda avec inquiétude. C'est ça, pensa-t-il, les bâtisseurs de cathédrales? Eh ben, nous voilà bien! Si c'est avec ça qu'on va construire la cité future, on n'est pas au bout des emmerdements.

La moyenne d'âge était assez jeune, dans les vingt-cinq ans. Surtout des nouveaux, des matricules 40 000 à 45 000. Quelques anciens aussi, dont Michel, un 30 000. Certains se connaissaient déjà et s'étaient regroupés par famille. La famille, ce n'était pas Dupont ou Duval, mais la prison. Il y avait le Fort du Hâ, le Pré-Pigeon, Montluc. Tous avaient vite appris que la survie dans cet univers passait par un métier manuel. François le journaliste bordelais, Marcel le bonnetier malouin, Guy l'étudiant, Louis le militaire de carrière s'étaient déclarés charpentiers. Seul Michel avait quelques références dans le bâtiment.

Les Français étaient en force dans le kommando, environ la moitié. Le reste était constitué de Russes, de Polonais et de quelques unités à la nationalité imprécise. Cette prédominance des Français pouvait jouer en

1. Les kommandos des monteurs de baraques.
2. Les terrassiers.

leur faveur, mais leur manque de maturité concentrationnaire et leur esprit cartésien, râleur et indiscipliné, risquaient de leur amener des ennuis.

Les Russes, peu nombreux, formaient cependant un bloc redoutable, à la fois geignard et expéditif, dont les réactions de fauves constituaient un danger permanent. Quant aux Polonais, soudés par la haine absolue de toutes les autres nationalités, il fallait s'en méfier comme de la peste. La cohabitation serait donc difficile.

Rudi, le kapo, considéra avec un dégoût blasé la lamentable équipe qu'il avait devant lui. Des brutes, des primitifs, des petits-bourgeois, des intellectuels, toute la raclure de l'Europe. Frappant de sa matraque la paume de sa main gauche, il demanda s'il y avait un Français, un Russe et un Polonais parlant allemand. Trois hommes sortirent des rangs et vinrent se placer à ses côtés. La neige tombait.

– Je m'appelle Rudi. Il y a huit ans que je suis dans les camps de concentration et je suis votre kapo. Celui qui ne marchera pas droit, je lui ferai regretter d'être venu sur la terre. Nous allons construire des blocks, il y en aura beaucoup, une centaine ou plus. Vous êtes des spécialistes, mais il ne faut pas me raconter des conneries, vous n'y connaissez rien. Vous vous êtes déclarés charpentiers, alors il faudra monter ces blocks ou je vous assomme. Compris? Alors, au travail.

Le kommando sortit de l'enceinte du camp et se retrouva sur l'énorme chantier. Il y avait des montagnes de planchers, de portes, de fenêtres, de panneaux, de cloisons, tout recouverts de neige. Ça n'était pas possible, on n'allait pas porter tout cela!

– Los! zu vier!

Dans la confusion, Michel se retrouva avec deux Français et un Russe, plus petit que les trois.

– Nom de Dieu, vous avez vu ça? Vous avez vu ce Russe? Il est tout petit, il ne va rien porter. Fous le camp, chacal! Raus! Weg! ou je te fous mon pied au cul.

– Ebany Franzous!

Le Russe ricanait, il se trouvait très bien comme cela. Michel allait en arriver au choc des civilisations quand il sentit une langue de feu lui dévorer l'oreille. Le Vorarbeiter était derrière lui, sa matraque encore levée.

– Schnauze, Franzose!

Il ne restait plus qu'à s'exécuter. Dans une énorme cohue, au milieu des cris et des jurons de l'Europe entière, des hommes montèrent sur les piles et les écrêtèrent, faisant glisser les panneaux dans les mains gelées qui ne pouvaient les retenir et les laissaient tomber lourdement. Les matraques cognèrent. Michel se retrouva avec sur l'épaule l'angle d'un panneau qui lui sciait les chairs.

– Mais ça pèse une tonne, cette saloperie! Et cette ordure de Russe qui ne porte rien. Il va falloir le virer au prochain voyage.

Sous le coup de l'improvisation, les équipes s'étaient constituées en dépit du bon sens. Partout il y avait trois grands et un petit qui ne portait rien, ou trois petits et un grand qui portait tout. Comme ce dernier pliait les jambes ou baissait le dos pour se mettre au niveau des autres, il avait l'air de resquiller et prenait des coups de matraque.

– En route!

La colonne démarra au pas cadencé. Mais cela donnait aux charges des balancements inquiétants, les panneaux de deux cents kilos amplifiant par leur masse les à-coups d'une démarche militaire, et quelques-uns tombèrent, déclenchant des bordées de hurlements et de coups. Plus de pas cadencé jusqu'à la porte du camp.

Combien est-ce qu'il a dit qu'on allait construire de blocks, le kapo? Plus de cent? Et il faut combien de voyages pour un seul block? Michel poursuivait son monologue intérieur. Il regrettait de s'être déclaré plâtrier et charpentier. Du plâtre, il n'en avait pas encore vu à Dora, et ça n'avait pas l'air d'être le genre du coin. Il aurait pu dire électricien, parce qu'il n'y a rien de lourd à porter et ça n'est pas sorcier. Les épissures et les boîtes de dérivation, il en avait vu des centaines. Il faudrait voir cela à la première occasion.

Il leva la tête. C'était le 15 mars et la neige tombait.

Les mineurs sont là, rencognés dans une galerie latérale. Le Transportkommando aussi, ceux qui vont dégager la roche. Les marteaux pneumatiques, les tuyaux à air comprimé, les baladeuses avec leurs câbles électriques, les planchers et tubes d'échafaudage sont groupés au centre. Le noir est absolu. On entend une rumeur venue de très loin. Ici il n'y a pas de bruit. Les hommes se serrent les uns contre les autres, se collent à la paroi. Les mines vont sauter. La voûte au-dessus d'eux, pourvu qu'elle tienne, pourvu qu'une plaque de roche, des tonnes de pierres, ne viennent pas s'abattre sur eux.

Brusquement l'ouragan se déchaîne. Une explosion énorme, un souffle de pierre, de roche jaillit, un tourbillon de poussière, de débris tranchants, se rue dans la galerie principale, gagne l'abri, fouette les hommes. Mille éclats les assaillent, entament la peau. La montagne frémit. Mon Dieu, ayez pitié de nous!

Le grondement, répercuté en cent échos, s'atténue, meurt. C'est fini.

– Los! Arbeit!

Les kapos, un instant enfoncés dans la peur collective, reprennent leur autorité. Les connexions électriques sont rétablies et la troupe sort de son abri, poussée à grands coups de schlague. Dehors, l'air est jaune, épais, presque palpable. Il s'infiltre dans les yeux, les narines, les poumons, brûlant les muqueuses. L'explosion a creusé une sorte d'entonnoir qu'il faudra égaliser au marteau-piqueur. Devant le trou s'entasse un amoncellement de roches énormes. Le souffle a projeté très loin les pierres, les plus petites parsemant le sol à plusieurs dizaines de mètres de là, créant un chaos sous la lumière irréelle.

Les matraques s'abattent sur les dos, un Vorarbeiter regroupe rapidement un lot de détenus qui ira chercher les éléments de voie decauville et les wagonnets pour évacuer la pierre, les autres vont déblayer le sol et casser les rochers trop gros pour être chargés dans les bennes. Le choix d'un outil est important. Les pelles sont recherchées car elles permettent de doser l'effort en l'absence de surveillance. En allant à l'opposé du lieu de l'explosion, là ou les pierres sont plus petites, on peut faire des pelletées de taille raisonnable, en veillant bien à ce que la charge soit équilibrée, et l'on risque moins un effondrement de la voûte, assez fréquent tant qu'elle n'a pas été bien profilée. Mais les SS, qui connaissent les dangers de la zone de forage, vont plus volontiers exercer leur activité du côté des manieurs de pelles et de balais. Avec les pics et les masses, on est en plein sur la montagne de roches. Certaines ont plusieurs tonnes et il faut les morceler. Des hommes pèsent sur les barres à mine, dégagent et font tomber les plus gros morceaux, étalant ainsi le tas, tandis que d'autres frappent à grands coups de masse et de pic. Sous l'effort, les poumons halètent, cherchent l'air et s'emplissent de silice. Les baladeuses éclairent mal, les pieds glissent, les pierres basculent, entamant les chairs qui ne guériront plus.

Des clameurs s'entendent au loin, elles se rapprochent. C'est l'équipe des voies ferrées qui revient, encadrée d'un côté par un SS et de l'autre par le Vorarbeiter, tous les deux la matraque en pleine activité et les hurlements à la bouche. Les hommes courent, les yeux exorbités, essayant de se protéger derrière les rails. Mais les épaules et les mains sont offertes et les gummi [1] les écrasent.

A la vue du SS, l'agitation s'accroît. Les masses, les pics et les barres à mine prennent un rythme de folie, attaquent, cassent, soulèvent les rochers qui se brisent en éclats meurtriers. La voie est posée, calée, boulonnée, les lorries arrivent. Il n'est plus question de faire de petites pelletées ou de porter des pierres de dimensions modestes, on charge les

1. Câbles électriques enrobés de caoutchouc, servant de matraque aux SS.

pelles au maximun, on prend les grosses pierres et on balance le tout dans les bennes qui se remplissent en un rien de temps.

Catastrophe, on s'aperçoit que, dans l'affolement, on a chargé les bennes de tête. Comme il n'y a qu'une seule voie, elles ne peuvent repartir, bloquées qu'elles sont par celles qui les suivent, vides. Hurlements, coups de matraque, le SS, le kapo, les Vorarbeiter rameutent une troupe paniquée, on soulève les bennes vides et on les porte en tête. Celles qui sont pleines peuvent donc rouler vers la sortie.

La voie n'est pas fixée, mais simplement posée à terre et ses éléments raccordés tant bien que mal; elle épouse un sol cahoteux couvert de gravats, percé de trous, avec des pentes inquiétantes et de brusques virages. Poussés par les détenus, les wagonnets chargés au maximum croisent des équipes qui portent du matériel, qui posent des canalisations, qui percent les parois à la foreuse. Quand ils passent dans un trou, la voie se soulève en avant et retombe avec un claquement brutal.

Brusquement, un des rails lâche et une benne tombe sur le côté et se vide sur un détenu. Un grand cri, suivi d'un long gémissement sort des pierres et des gravats. Il y en a des tonnes. Le Vorarbeiter braille des ordres. On redresse le wagonnet, on le recharge et on met le blessé sur le tas. Il agonise. En avant, on repart. On se débarrassera de lui à l'entrée du Tunnel. De toute façon, ça n'a pas d'importance, il sera déjà mort.

Dora appartenait à la dernière génération des camps de concentration. Par suite de circonstances indépendantes de la volonté de ses promoteurs – le Reich allemand prévu pour mille ans n'en dura en fait que douze –, l'expérience ne put en être poursuivie plus loin, ce qui, d'un point de vue purement intellectuel, peut être considéré comme regrettable dans deux domaines où les limites ne sont pas connues; il s'agit du sadisme en liberté totale, absolue, qu'aucune loi ne vient freiner, et du seuil de résistance que peut atteindre un groupe d'hommes soumis à des conditions extrêmes de misère et de souffrance. Il est bien entendu que les êtres ayant séjourné dans les camps ont un point de vue différent, ce qui est dans la logique des choses.

Les premiers camps de concentration furent ouverts dès l'accession de Hitler au pouvoir. Ils accueillirent d'abord les opposants au régime, opposants actifs, reconnus, ou simplement ceux qui pouvaient devenir des obstacles à l'implantation du système. Ceci fait, on adjoignit aux premiers arrivants la catégorie des asociaux et parasites, qui représentaient une charge inutile, voire néfaste pour le pays. Les portes s'ouvrirent donc toutes grandes aux condamnés de droit commun, aux objecteurs de conscience, aux homosexuels, aux Tsiganes, etc. Cette première génération de camps n'avait qu'un but répressif gratuit. Une fois l'emplacement choisi, en général près d'une carrière de pierre, les détenus arrivaient, s'entouraient d'une enceinte de barbelés électrifiés et construisaient leur camp. Ils ne participaient à aucune activité utile au pays, industrielle ou autre, ils étaient là simplement pour disparaître. Ils disparurent effectivement, sauf quelques originaux qui arrivèrent jusqu'au terme mais dont la plupart, *volens nolens,* se pervertirent, devinrent des auxiliaires des SS et constituèrent la hiérarchie des camps.

La naissance de la deuxième génération, qui pourrait cependant être considérée chronologiquement comme la troisième puisqu'elle fut précédée par une génération hybride, se situa vers 1942 et trouva son achèvement dans la construction d'Auschwitz. L'idée en était simple, logique et efficace. Il existait de par l'Europe occupée des millions d'êtres parasitaires qu'il fallait anéantir conformément à la doctrine du régime. La priorité fut donnée aux juifs, puis viendraient les ethnies inassimilables et les catégories sociales dérangeantes. L'affaire fut rondement menée. On transportait les juifs d'Europe, par trains entiers, à la gare d'Auschwitz, on débarquait tout le monde, hommes, femmes, enfants, vieillards, et, après un tri rapide qui permettait de retirer quelques sujets parmi les plus solides qui seraient utiles aux tâches diverses du camp, on dirigeait la troupe sur les chambres à gaz. Pas de temps perdu, pas de paperasses inutiles. On transférait les corps au crématoire et on passait aux suivants. Le chef de la gare d'Auschwitz dut être un homme très occupé, puisque six millions de voyageurs franchirent son modeste portillon en quelque deux ans.

La troisième génération de camps a précédé la deuxième et a été rendue nécessaire par l'éclatement de la guerre. Dès 1939, toute l'Allemagne était sous les drapeaux et les bras risquaient de manquer dans les usines. On décida d'utiliser les détenus à la production de guerre : de toute façon ils mourraient, mais auparavant on en aurait tiré un profit. Les industriels allemands, peu férus d'éthique humanitaire, trouvèrent la solution ingénieuse, et des usines d'armement s'ouvrirent dans la plupart des camps.

Dora fut donc créé pour fabriquer des armes secrètes, V1 et V2 – le secret serait ainsi bien gardé –, et vit arriver les pionniers en septembre 1943 et l'armée américaine en avril 1945. Entre ces deux dates l'effectif du camp, environ douze mille hommes, fut renouvelé plusieurs fois en raison de la mort des détenus. Ce fut, du point de vue de l'efficacité SS, un excellent résultat.

Il paraît que, lorsque la nourriture manque, les rats s'entre-tuent. Ce ne fut pas le cas avec les prisonniers de Dora, mais on peut dire qu'entre les différentes nationalités, la cohabitation fut difficile. Rassembler dans les conditions extrêmes qui furent celles des camps de concentration des êtres que l'on trouve d'habitude établis séparément sur des territoires qui s'étendent de l'Atlantique au Pacifique et les confronter quotidiennement à la faim, à la souffrance et à la mort, cela risque de créer un cocktail explosif.

Les Tchèques, qui furent les premiers étrangers dans les camps, n'avaient, pour des raisons évidentes tenant aux accords de Munich, que mépris pour les Français, mais également pour les Russes qu'ils considéraient comme les descendants des hordes d'Attila. Ils étaient peu nombreux mais formaient une élite un peu distante. Les Russes, arrivés à grands troupeaux pleurards, brutaux et souverains, constituaient la masse prolétarienne. Les Polonais, en grand nombre eux aussi, haïssaient carrément tout le monde. Quant aux Français, avec un certain nombre de Belges, ils formaient un bon tiers de l'effectif, chiffre qui leur permit de résister à la haine, à l'envie et au mépris des Slaves. A l'exception des Polonais, personne ne semblait tenir grief à la Russie de s'être alliée à Hitler en son temps, mais que la France ait abandonné ses amis, perdu la guerre et demandé l'armistice, cela dépassait l'entendement.

L'image de marque des Français avait également été ternie par une fantaisie sexuelle qui, dans un autre contexte, n'aurait pas prêté à conséquence mais qui, dans ce chaudron, avait pris des proportions sans commune mesure avec la futilité de la chose. Un jour, quelque part dans l'Empire allemand, un détenu français avait confié à un Slave que ses compatriotes appréciaient beaucoup de faire minette à leur femme. Cette confidence avait traversé l'Europe comme une traînée de poudre et horrifié les populations concentrationnaires qui ne manquaient pas d'ajouter cette circonstance aggravante à la litanie des griefs habituels. Un pays qui laisse tomber ses alliés, perd la guerre en six semaines et fait minette à sa femme n'est vraiment pas digne de confiance. Il est certain qu'on en parle encore le soir, à la veillée, dans les isbas.

Entre les Occidentaux, l'entente fut facile et ne donna lieu à aucune friction. Belges et Français vécurent une entente quasi complète, facilitée par une langue commune. Les Hollandais ainsi que les Luxembourgeois – il y en avait quelques-uns – quoique plus réticents, connaissaient cependant leur camp. Les Espagnols étaient très peu nombreux car les républicains arrêtés en France se retrouvaient en général à Mauthausen. Quant aux Anglo-Saxons, ils étaient représentés, pour mémoire, par un Anglais qui habitait en Allemagne avant la guerre, et un Noir américain qui vivait, semble-t-il, en Europe quand il ne le fallait pas.

Il convient de parler des Italiens. Lors de la prise de pouvoir par le général Badoglio qui amena la déchéance de Mussolini et le renversement des alliances, de nombreuses unités italiennes furent faites prisonnières par l'armée allemande et expédiées en Allemagne. L'une d'elles, en uniforme avec plume de coq, se retrouva à Dora après quelques pérégrinations. La mortalité fut énorme parmi cette troupe, mais les survivants cherchèrent l'appui des Occidentaux.

Cette cohésion était nécessaire face à l'énorme bloc slave, c'était une question de survie. Les normes en cours dans une société extra-concentrationnaire n'avaient aucune validité à Dora. Dora était un monde en soi, qui s'organisait selon ses propres règles. C'était un mélange de poids, de compétence, de copinage et d'astuce. Quand on est appelé à mourir ensemble, il faut réussir, bon gré mal gré, à vivre ensemble.

L'autorité appartenait aux Allemands, politiques ou droit commun. A eux les places de Lagerältester, kapo, chef de block. Les Polonais dominaient les activités subalternes, mais cependant les meilleures, celles qui présentaient de gros avantages sans avoir d'inconvénients. Ils étaient Stubendienst, infirmiers, estafettes. Ils travaillaient aux cuisines, à l'Effektenkammer, à la cordonnerie. Ces postes étaient essentiels et leur donnaient une puissance énorme, sans aucune commune mesure avec le poids traditionnel accordé généralement à ce genre d'occupation. Quant aux Français, en raison de la présence d'hommes de grande valeur dans leurs rangs et du fait qu'ils furent les premiers à arriver à Dora, ils réussirent à conquérir des places au Revier et dans les services administratifs. Cela ne fut pas toujours perçu par le concentrationnaire de base, mais du moins celui-ci ne fut pas écrasé sans que quelqu'un ne vînt faire quelque chose pour lui. Les Russes, eux, représentaient la plèbe et, à part quelques postes mineurs et sans portée réelle, ils n'avaient d'autre force que leur nombre, leur puissance d'inertie et leur je-m'en-foutisme.

L'immense majorité des détenus n'avait aucun moyen d'approcher la hiérarchie, trop lointaine et trop abstraite. On n'approche pas un fonctionnaire quand on sent la merde et la mort. On reste dans son coin, on essaie de se faire oublier.

Stachek regarda par la fenêtre et se sentit bien. La Tischlerei, la menuiserie, dominait la place d'appel où un kommando de terrassiers s'agitait dans un va-et-vient de brouettes, les détenus pelletant dur pour éviter les coups de gueule et de matraque des Vorarbeiter et pour lutter contre le froid qui ne lâchait pas prise en ce mois d'avril.

Ce n'est pas trop tôt, pensa-t-il, vivement que cette foutue place d'appel soit terminée, il y en a marre de patauger matin et soir dans cette saloperie.

Il sentait la douce chaleur qui régnait dans la baraque, entretenue par le poêle soigneusement rempli de chutes de bois. Ses yeux se portèrent avec satisfaction sur les autres détenus. Presque tous des Tchèques. C'était un domaine quasi réservé. Il y avait bien quelques Polonais qui se haussaient le col et parlaient posément pour se mettre à l'unisson, mais après tout ils n'étaient que des pouilleux d'Orientaux primitifs, élevés aux patates et aux oignons. Le Vorarbeiter, un droit commun allemand d'une trentaine d'années, pédéraste à l'œil goguenard, n'avait jamais levé la main sur qui que ce soit. Il s'absentait souvent pour aller boire une bière avec des collègues du voisinage.

Stachek admira son plan avec les cotes. Il allait faire du beau travail. Bien que ce ne fût pas de l'ébénisterie, ce qu'il préférait, il ne détestait pas faire de temps en temps œuvre de charpentier. C'était comme un retour aux sources qui lui rappelait ses premiers pas dans la profession. Le SS viendrait dans l'après-midi, il avait donc tout son temps.

Il passa les montants à la raboteuse, puis les coupa aux dimensions. C'était du beau bois de droit fil, du cœur de hêtre qui ne risquait pas de gauchir sous les intempéries. Il reprenait plusieurs fois les mesures, en bon menuisier qui sait qu'une fois le bois coupé, s'il y a une erreur, c'est trop tard. Puis il traça au crayon et au trusquin les mortaises qu'il fit au maillet et au ciseau. Les copeaux qu'il dégageait avaient une bonne odeur. Les tenons, maintenant, faits à l'égoïne. Les heures passaient dans un bruit de scie à ruban, de toupie et de maillet.

En fin d'après-midi le travail était terminé hormis l'assemblage, que Stachek entreprit. Tout collait parfaitement, à sa grande satisfaction. Il perça les derniers trous au vilebrequin et plaça les tourillons, puis la traverse de base et les empattements, enfin les six crochets d'agrès, et ce fut tout. Il redressa l'ensemble. Cela lui rappela le portique qui se trouvait dans la cour de l'école, quand il s'exerçait au trapèze, aux anneaux et à la corde à nœuds. Il n'y avait pas si longtemps, c'était dans un autre monde.

Le SS arriva avec le Lagerführer. Garde à vous! Tout s'arrêta dans la menuiserie. Les cigarettes plates des Allemands dégageaient un parfum d'Orient. Ils contemplèrent l'œuvre avec satisfaction. Prima! du beau travail! et ils sortirent avec le kapo.

Le Vorarbeiter prit son air rigolard et s'approcha de Stachek.

– Tu as les compliments de la direction, ils sont tous enchantés, tu leur facilites l'existence.

– Avec ce portique, ils vont pouvoir faire du sport, de la corde à nœuds et du trapèze.

Stachek était sensible au compliment et en rajoutait.

– Mais tu n'as rien compris, connard? Tu sais ce que tu as fabriqué? Une potence à six places. Grâce à toi, Dora va passer à l'ère industrielle.

Stachek resta songeur.

Le Revier, qu'un transport de malades avait vidé quelques jours plus tôt dans sa presque totalité, s'était rempli dès le lendemain. Compte tenu de la fréquence des sélections, les entrants avaient environ un mois pour guérir ou mourir, la deuxième possibilité étant la plus vraisemblable.

Bâti à flanc de colline, à proximité du Krematorium en construction, ce qui présentait l'avantage de raccourcir les futurs trajets, c'était une baraque de grande taille qui était prise d'assaut tous les soirs. Elle était séparée en deux parties par une cloison de bois. D'un côté les tuberculeux et de l'autre la médecine et la chirurgie. Des châlits à trois étages meublaient les deux parties, ce qui obligeait les médecins à quelques exercices de gymnastique lorsqu'ils jetaient un coup d'œil aux alités de l'étage supérieur.

Le côté des tuberculeux n'étaient en fait qu'un mouroir qui accueillait les détenus au bout du rouleau. En quelques jours l'affaire était réglée, mais entre-temps les pauvres diables avaient essuyé la brutalité et le sadisme des « infirmiers ». Les rations alimentaires atteignaient rarement le malade et entretenaient un fructueux trafic. De l'autre côté se trouvait la cour des Miracles, étonnant mélange de visages gonflés par l'érésipèle, de phlegmons déformant monstrueusement les membres ou les cous, d'effroyables plaies suppurantes et nécrosées, de bras et de jambes cassés, de côtes enfoncées, de pieds et de mains écrasés. Une odeur de corps en décomposition flottait dans la pièce, s'ajoutant à un long gémissement continu. Pas de médicaments, pas d'analgésiques. Les plus favorisés pouvaient espérer un cachet d'aspirine, ce qui créait des convoitises de lit à lit.

Outre les infirmiers, parfaites brutes aux réactions redoutables, le personnel hospitalier se composait de deux médecins – deux vrais –, un Hollandais et un Tchèque. Avec humanité, ils essayaient de faire ce qu'ils pouvaient, c'est-à-dire pratiquement rien. Sur leur passage, les yeux enfiévrés perdaient pour un instant leur air hagard et retrouvaient quelque chose d'humain. Ils semblaient dire : « Tant que vous serez là, il ne m'arrivera rien. »

Le personnel chirurgical était d'un tout autre gabarit. Conformément à la doctrine SS d'utilisation des compétences en milieu concentrationnaire, les chirurgiens, en ce mois d'avril 1944, étaient, au dire de la rumeur publique, l'un maçon et l'autre boulanger ou quelque chose de ce genre. Au cours des mois de pratique, ils avaient acquis un tour de main qui forçait l'admiration et laissait pantois. Un pleuritique se trouvait-il à leur portée? Pas de problème, le trocart s'enfonçait gaillardement entre les côtes. Si le coup avait été bien ajusté, un jet de liquide giclait sur le plancher, provoquant un concert de cris de satisfaction. Dans le cas contraire, le patient mourait rapidement d'une hémorragie interne savamment mélangée de liquide pleural. Les interventions plus sérieuses, comme les amputations, se faisaient avec la même sérénité. Les anesthésiants faisant défaut, on les avait remplacés par un bon coup de poing sur la tête, renouvelé en cas de besoin, ce qui coûtait tout de même moins que des produits pharmaceutiques.

Le stade des pansements était pourtant arrivé à un degré d'évolution plus achevé. Une fois les plaies largement ouvertes avec des ciseaux – le bistouri n'avait pas encore fait son apparition à Dora –, on appliquait copieusement des crèmes et des onguents mystérieux, blancs ou de couleurs pastel, et on recouvrait le tout de papier hygiénique. Il faut reconnaître que, d'une façon générale, les patients, après avoir crié et s'être fait tabasser, repartaient avec la sensation d'avoir été traités par des grands patrons.

Le Revier, en avril 1944, était une tragique illusion. Des saints, des martyrs et des salauds s'y sont rencontrés, s'y sont croisés, en général pour quelques jours seulement. Des saints désespérés de ne pouvoir faire que si peu, des martyrs aux yeux de bête blessée cherchant une tanière, un coin, ou n'importe quoi pour en finir, des salauds parfaitement intégrés dans le système, des nécrophages qui ont vécu sur la chair qui se décompose et s'effiloche, sur les bouches qui crient ou supplient, sur la viande avariée qui va quitter son âme, pour trafiquer et se faire de la graisse.

Dora était parsemée de minutes de vérité. Sans doute le Revier en était le théâtre le plus pitoyable.

– Nom de Dieu! Qu'est-ce que c'est que ce con, il va encore nous faire dérouiller! Avance, trou du cul!

La queue du kommando chargé de demi-fuselages de V2 était poussée en avant par des Vorarbeiter menaçants. Mais la tête de ce même kommando était bloquée par une autre équipe qui, faisant riper une machine, obstruait le passage et créait une confusion totale. La nervosité gagnait les colonnes qui sentaient venir les coups et juraient dans toutes les langues. La bonne éducation et la retenue avaient rapidement volé en éclats et les élites n'hésitaient pas à utiliser des expressions qui avaient rarement cours dans leur milieu social.

Éclairé par des projecteurs, le chantier fourmillait de détenus. Il était trois heures du matin. Les kommandos se trouvaient là depuis neuf heures du soir, ils avaient donc encore six heures à passer avant de céder la place à l'équipe de jour. Le temps s'était radouci, mais une pluie pénétrante remplaçait peu à peu la neige, imbibait les uniformes déchirés et transformait le sol en gadoue glaciale.

Le percement du Tunnel avançait et les équipes de transport commençaient à emmagasiner le matériel qui arrivait jour et nuit à la gare. Des tours, des perceuses, des soudeuses-pointeuses, d'énormes gabarits emballés dans des harasses, venant des quatre coins de l'Europe, envahissaient le chantier. Autant de précieux appareils que les intempéries risquaient de détériorer et qu'il convenait de mettre rapidement à l'abri. Une voie de chemin de fer à écartement normal était en construction, qui pénétrait dans le Tunnel, mais elle n'allait pas encore très profond et la manutention des machines, des plus lourdes aux plus malaisées, se faisait presque entièrement à dos d'homme ou par déplacement sur des rouleaux de bois.

Le programme avait pris du retard, il fallait donc presser le mouvement. Tout au fond du Tunnel, les mineurs creusaient comme des fous, les explosions de dynamite se succédaient à un rythme accéléré, les pierres étaient évacuées à peine tombées des tailles, les équipes de déblaiement croisaient sans cesse celles qui faisaient entrer le matériel et les machines. On eût dit deux colonnes de fourmis, l'une montante et l'autre descendante, exploitant un gisement de nourriture. Des ingénieurs civils, indifférents à la plèbe qu'ils côtoyaient, arpentaient en permanence les galeries, des plans à la main. Ils se déplaçaient, escaladant les tas de déblais, contournant les machines, les rouleaux de câbles, les bétonnières. Ils ne jetaient aucun regard à la masse pitoyable et dépenaillée qui les entourait. Les cris, les coups de matraque, les galopades n'atteignaient pas leurs organes sensoriels. Calmement, ils indiquaient d'un geste où se feraient les scellements pour les machines, les jonctions, raccordements et fixations des circuits électriques et pneumatiques.

La physionomie future du Tunnel commençait du reste à se dessiner. Deux galeries parallèles devaient percer la montagne sur une longueur d'environ mille huit cents mètres, reliées entre elles par quarante-six galeries transversales servant d'ateliers ou de magasins. Le tunnel de droite devait être utilisé à l'entrée du matériel et des pièces détachées, celui de gauche à l'assemblage et à la sortie du produit fini, le V2, fusée de quatorze mètres de long et de treize tonnes de poids. Quant aux halls perpendiculaires, ils étaient destinés à l'usinage et au montage des différents composants de la « Torpille ». Le dernier hall, d'une profondeur bien supérieure à celle des autres, devait permettre de poser la fusée debout. Cette usine, sous sa carapace de montagne, serait à l'abri de toutes les attaques aériennes, contrairement à la précédente qui avait été ravagée à Peenemünde.

Mais on n'en était pas encore là. Si le percement touchait à sa fin, l'aménagement intérieur était à peine ébauché. Des problèmes techniques innombrables se présentaient, qu'il fallait résoudre au fur et à mesure, dans les délais les plus brefs. Bien que les voûtes aient été profilées d'une façon satisfaisante, la pierre était très sensible à la concentration de chaleur et, à plusieurs reprises, des plaques de roche s'étaient détachées au-dessus des soudeurs travaillant en équipe. Ceux-ci avaient été écrasés, ce qui n'avait en soi qu'une importance anecdotique, mais l'incident aurait été plus grave si des machines coûteuses avaient été détruites. D'autre part, l'installation électrique devait être hermétiquement isolée et les boîtes de dérivation d'une étanchéité absolue, pour parer aux infiltrations et aux suintements d'eau qui se concentraient dans les rigoles après avoir imbibé les parois. Somme toute, le Tunnel devait se comporter à la manière d'un sous-marin en plongée, soumis à l'énorme pression extérieure d'un milieu hostile qui n'attendait qu'une occasion pour y pénétrer et tout broyer. Berlin fondait de grandes espérances sur les armes secrètes, donc sur Dora, et il ne s'agissait pas de décevoir en haut lieu. Dans certains milieux allemands, on pensait que ces armes pouvaient et devaient amener un retournement d'une situation militaire jugée délicate. D'une certaine façon, les détenus de Dora devenaient les sauveurs potentiels du Reich.

Pour gagner du temps, on avait donc entrepris une simulation de la production. Des éléments de la Torpille, sauvés de la destruction à Peenemünde, avaient été acheminés sur Dora. Il s'agissait de fuselages portant encore des numéros inscrits au pochoir et qu'il fallait donc modifier, de queues aux ailerons profilés comme ceux des requins, de réservoirs à oxygène et à hydrogène, sortes de bonbonnes d'aluminium d'un maniement malaisé, de têtes aux volets amovibles qui contenaient tous les éléments électriques de commande et de guidage. Seule la charge explosive manquait, qui provenait d'une autre usine et serait fixée lors du lancement.

Certains halls d'assemblage avaient été terminés en priorité. Chaque unité recevait un modèle fini et, en fonction de ce modèle, on définissait l'emplacement des machines et des sources électriques et pneumatiques. On fabriquait d'une façon quasi artisanale un double du modèle qui prenait sa place sur la chaîne d'assemblage située le long du deuxième tunnel. Partie du fond, la Torpille pouvait faire penser à un gigantesque poisson qui, passant devant les divers ateliers, aurait reçu ses arêtes, sa queue, ses nageoires, ses vessies à air, sa tête. Il ne s'agissait pas encore de produire, mais la machine était en marche, et, dans peu de temps, chaque heure verrait la sortie d'un V2 qui sèmerait la terreur et la confusion en Angleterre. Si tout allait bien.

La place d'appel s'est remplie. Depuis une demi-heure ils ont dévalé les uns après les autres et pris leur emplacement. Block après block, ils se sont groupés sur la place éclaboussée par la lumière blanche des projecteurs. La pluie tombe, mais un vent glacial prend de l'intensité. Le sol n'est qu'une fondrière où apparaissent encore quelques betteraves confites par le gel. Certains ont apporté des pierres et les ont tassées sous leurs pieds afin d'éviter que la boue n'entre dans leurs chaussures. Les capotes et les vareuses, trempées par douze heures de pluie, forment une chape sur les épaules, se plaquent sur les hanches et les cuisses. C'est l'appel, la dernière formalité avant le retour au block, le sommeil et l'oubli. Sur une profondeur de cinq hommes, les groupes s'étirent parallèlement à la porte du camp. Six mille détenus à compter, à raison de deux cents par block, cela ne fait jamais que trente pauvres petits calculs, et après ce sera le retour au sec jusqu'au lendemain, mais le lendemain, personne n'y songe. Dormir d'abord, et tout oublier.

– Achtung!

Tout le monde au garde-à-vous, tête nue. Le SS s'approche du Blockältester [1], tête nue lui aussi, qui présente son livre d'effectifs. Le SS regarde le chiffre, puis commence par la gauche. Posant son gummi sur l'épaule des hommes de la première rangée, il commence à compter. Zehn, zwanzig, dreissig, vierzig, il continue calmement. Arrivé au bout

1. Chef de block.

de la colonne, il vérifie le nombre des morts, des mourants et des malades allongés, bien alignés.

– Stimmt!

Le compte est juste, ce soir ça ne va pas traîner, peut-être une heure. Le SS ira porter le chiffre à la tour, avec celui des autres, on fera le total et tout sera terminé.

Mais l'attente se prolonge et le froid s'accentue. Le vent prend de la force et des flocons de neige commencent à tomber.

– Ça n'est pas possible, cette saloperie de neige ne va pas recommencer!

La pluie a entièrement cédé la place à une neige qui arrive de biais, poussée par un vent qui brûle les yeux et martyrise les oreilles. L'hiver, que l'on croyait terminé, revient et des sanglots montent dans la gorge des détenus. C'est maintenant un véritable blizzard qui s'installe sur Dora. Les vêtements trempés commencent à durcir. Les chaussures à tige de tissu sont depuis longtemps imprégnées de gadoue ainsi que les chaussettes russes et, avec le froid qui attaque le tout, la douleur devient insupportable.

– Quand on sera de retour en France, le premier qui me parle de sports d'hiver, je le fous à poil dans la neige pendant des heures, et ensuite je l'assomme. Ces gens-là sont des salauds!

La réflexion, venue de quelque part, n'intéresse personne. On va tous crever si ça ne se termine pas rapidement. Les rangs commencent à s'agiter. Le Blockältester pousse un coup de gueule, tape sur quelques têtes, et l'alignement se reforme tant bien que mal.

A la tour, rien. Sous les projecteurs, on aperçoit les groupes d'hommes qui commencent à prendre des ondulations de plus en plus importantes, les rangs se défont peu à peu. Au bout des colonnes, les morts et les mourants se couvrent de neige.

– Les Rapportführer à la tour!

Qu'est-ce que ça veut dire? Le compte n'est pas bon? Pourvu qu'il n'y ait pas d'évadés! S'il y en avait un, il s'attirerait au même moment la haine de milliers de pauvres types qui sont là, souffrant mille morts en attendant que ça se termine. Un évadé ou un manquant, cela se traduit par des heures de comptes, de décomptes et de recomptes, les hommes qui s'abattent parce qu'ils n'en peuvent plus, qu'il y a longtemps qu'ils n'en peuvent plus mais qui tiennent on ne sait trop comment ni pourquoi, sans doute parce qu'il faut dépasser tout ce qu'il y a d'humain et d'inhumain avant de s'avouer : « Je suis arrivé au bout, au bout du bout, là où il n'y a vraiment plus rien à faire. »

Deux heures d'attente. Les sports d'hiver de tout à l'heure sont loin, balayés par le blizzard qui s'acharne sur les corps suppliciés. Mon Dieu, faites quelque chose pour nous! Ce n'est pas possible que vous ayez permis, que vous ayez inventé des trucs pareils. Vous voyez bien qu'on va tous crever, pourquoi vous acharner sur nous? Qu'est-ce qu'on vous a fait? Des sanglots jaillissent de ce qui reste des poitrines.

Troisième heure d'attente. Un brusque remue-ménage agite les chefs de blocks qui rétablissent l'alignement. Un espoir insensé gagne les hommes. Est-ce la fin? Entre-temps des prisonniers sont tombés, devenus soudain des moribonds. On les met parmi les gisants, et leurs corps forment une bosse dans la neige. Le Blockführer revient, revérifie le livre d'effectifs, recompte. Il y a eu des changements, les hommes debout sont moins nombreux et il y en a plus d'allongés, mais le compte est le même, Stimmt!

L'attente repart, mais les Blockältester ne peuvent plus maîtriser la situation. D'énormes boules humaines commencent à se former, comme des essaims d'abeilles en migration. Des boules mouvantes, vivantes, en lesquelles les abeilles de l'extérieur essaient de rentrer, à l'intérieur, dans le chaud noyau, dans le merveilleux noyau où la vie coule et se préserve.

Quatrième heure. Des corps sans vie sont éjectés des essaims. Ce sont des corps étrangers et maléfiques qu'il faut éliminer. On marche dessus, on les repousse. La vie, le salut sont là, à l'intérieur de la boule où la neige et le vent ne pénètrent pas. Surtout, ne pas se trouver à l'extérieur, il faut forcer l'entrée et prendre la chaleur des autres, il y en a si peu.

Cinquième heure. Un brusque cri :

– Antreten! Formez les rangs!

Le cri, poussé par les chefs de blocks, est un peu changé, presque humain. Durant ces heures qui viennent de passer, ils ne se sont pas humanisés, mais ils ont dû retrouver pour un temps les angoisses de leurs premières années de camps.

Les rangs se reforment. Les résultats sont effrayants. Les déchets ont doublé, triplé. On sort les morts de leur gangue de neige. Les hommes valides se tiennent bien droits, alignés au cordeau.

Un craquement dans le haut-parleur : FERTIG!

C'est terminé.

Camouflé dans l'ombre, le SS cherche une proie. Grand, mince, les bottes luisantes, il a une tête chevaline qui déclenche la terreur. Certains l'appellent Tête de cheval, d'autres Gueule d'acier. C'est un tueur, sans doute le meilleur de Dora, le plus expérimenté. S'il est parvenu au score qui est le sien, c'est parce qu'il ne sait pas se dominer et que la fureur qui s'empare de lui ne se calme qu'avec la mort d'un homme.

Dans le chaos habituel du Tunnel, les deux colonnes, la montante et la descendante, se croisent, s'interpénètrent et se retardent dans une confusion totale, au milieu des clameurs et des injures. Sur la voie decauville, les bennes passent sans arrêt, chargées de pierres, de gravats, de détritus divers. Le parcours est sinueux, changeant, sans cesse déformé par le poids des wagonnets qui font dévier les rails. Les détenus poussent, s'arc-boutant quand la voie mord sur un tas de plâtras, retenant lorsqu'elle en redescend. Aux raccordements des éléments de voie, les bennes butent et déraillent. Alors les coups pleuvent, les jurons fusent, on tire, on pousse, on soulève et le lorry repart.

En sens opposé, les colonnes portent à dos les éléments de la Torpille qu'ils vont entreposer dans les magasins, tout au fond, près de l'endroit où l'on creuse encore. Un kommando s'avance, qui transporte l'horreur absolue. Ce sont les réservoirs d'oxygène et d'hydrogène liquides, sortes d'énormes bonbonnes d'aluminium que l'on tient à quatre, deux devant, deux derrière. On se tient par la main, on rejette la tête vers l'extérieur et on pose le réservoir sur le berceau ainsi formé. Au bout de quelques secondes les épaules se déboîtent et d'incroyables douleurs gagnent les bras et la nuque. Les mains glissent, qu'il ne faut pas, surtout pas lâcher. Alors on commence à avancer sans voir, tâtant le terrain du pied, évitant les traquenards mortels qui se trouvent sur votre route. Les mains ne se sentent plus et des fulgurances se propagent jusqu'aux reins. Il faut avancer.

Gueule d'acier contemple ce va-et-vient, tapi dans l'ombre. Il trouve que tout cela est mou et qu'il pourrait surgir brusquement, en provoquant une panique généralisée. Mais les porteurs de réservoirs ne le verraient pas, cassés en deux qu'ils sont, et il en éprouverait une frustration. Il lui faut donc attendre.

Il n'attend pas longtemps. Deux Russes arrivent, portant un bastaing sur leurs épaules. Les deux hommes ont apparemment un air affairé, mais ils marchent doucement et parlent en rigolant. Ils arrivent près du coin où se tient le SS, regardent à droite et à gauche et s'enfoncent dans l'ombre. Ils posent le madrier et l'un d'eux sort une cigarette Makhorkov et un briquet. Il lève les yeux et voit Gueule d'acier juste devant lui. Il reste fasciné, tétanisé, et module comme un couinement de lapin.

Le SS sent qu'il tient le grand moment de la journée. La divine fureur le gagne tout entier. Ça y est! L'injure à la bouche, il porte la main à son pistolet. Ce mouvement réveille les deux Russes. Ils se mettent à courir comme des fous, bousculant les colonnes, sautant par-dessus les gravats, se ruant comme des forcenés vers le fond du Tunnel. Gueule d'acier, un instant surpris, se met à leur poursuite en tirant dans toutes les directions. La panique s'installe partout, les kommandos refluent, galopent. Les kapos, à tout hasard, cognent sur tout le monde.

Mais le SS a perdu son gibier qui a disparu dans les entrailles du souterrain. Les autres vont payer. Il ramasse un morceau de fer à béton et se met à frapper à droite, à gauche, en hurlant comme un possédé. Un prisonnier qui se trouvait sur son chemin se couche, se met en boule en pleurant. Le SS, comme un forcené, frappe, frappe en ahanant. Le détenu hurle, rebondit à chaque coup. Puis il ne bouge plus.

2

L'initiation

Le concentrationnaire moyen, pour peu qu'il ait suivi la filière classique prison-camp, était confronté à une réalité quotidienne, la faim. Elle a touché tout le monde. Cependant, ceux qui ont passé plusieurs semaines ou plusieurs mois dans les prisons de leur pays avant d'arriver dans un camp ont reçu ce qu'en termes de bridge on appelle une mauvaise donne. Durant leur séjour en prison, ils ont été maltraités, torturés parfois d'une façon irrémédiable. Leurs rations alimentaires étaient au-dessous dc la limite de survie et leurs conditions de détention en avaient déjà fait des êtres physiquement diminués. En sortant du cachot, on peut aller au peloton d'exécution la tête haute, en criant ce qu'on a envie de crier, mais on ne peut pas courir un cent mètres.

Projetés sur cette planète inconnue, les Häftlinge [1] sont arrivés avec des moyens de défense physique obérés. Bien sûr, on peut être pendu, schlagué à mort, écrasé par une charge trop lourde. On peut être victime de rivalités nationales ou d'une maladie stupide mais, entre tous ces écueils, il faut vivre et survivre, et pour cela manger.

Dora se remplit de détenus physiquement sinistrés. Ceux qui, « dans le civil », avaient un confortable matelas de réserves adipeuses, voient se former une sorte de tablier sur leur ventre. La graisse a fondu mais la peau ne s'est pas résorbée. Ceux qui avaient le ventre plat, donc rien à perdre, se retrouvent squelettiques en quelques semaines. Ils ont cependant entre eux un point commun : la faim. La faim est là, quotidienne, permanente. A chaque heure, chaque minute, chaque instant, elle rappelle qu'elle est bien installée. Elle est triomphante et son triomphe est ostentatoire. Elle n'est jamais en sommeil. La nuit elle meuble les rêves de son impitoyable présence, le jour elle s'enfonce, hurlante ou insidieuse, dans les tripes, les bras, les jambes. Elle casse le moral, vide les têtes, coupe le souffle. Les êtres les plus solides, les cerveaux les mieux équilibrés basculent dans de pitoyables fantasmes. Dora abrite des corps qui ont connu des nourritures rustiques ou des repas raffinés, mais tous se

1. Les détenus.

retrouvent avec d'effarantes envies de lard, d'énormes charcuteries, de ragoûts nappés de sauces épaisses. On fait circuler des recettes immangeables mais tellement belles qu'on y croit, pour plus tard, quand on sera rentré chez soi. Les intellectuels, les professions libérales décident de se reconvertir dans l'élevage. On fera du porc, du poulet, du bœuf. Les études de notaire, les cabinets d'assurances et les appareils médicaux se bazarderont; on achètera tout ce qui peut produire de la bidoche que l'on enfournera régulièrement toutes les deux heures. Les esprits délabrés s'échauffent, voient les hectares de bonne terre distillant les pâtés, les daubes, les cuisseaux qui surgissent comme champignons après une ondée. On s'invitera, c'est promis, juré, et on fera des gueuletons à tout casser.

Quand l'heure de la soupe approche, alors on revient à l'immédiat. Est-ce qu'il y aura des patates? Et la boule de pain, en combien de rations sera-t-elle partagée? La boule à trois, la boule à quatre? On suppute, on introduit des éléments mathématiques et rigoureux dans un monde totalement irrationnel. Des écoles s'affrontent, à grands renforts de « étant donné que ». La nef des fous est en pleine paranoïa.

Une fois les rations distribuées, la soupe avec ou sans patates, la boule à trois ou à quatre, on enfourne le tout à grande vitesse, avec un œil sur la gamelle du voisin. Le salaud, il a une patate et pas moi. Mais moi j'ai un reflet de viande qui doit le faire chier, je vois bien qu'il lorgne dessus. De toute façon cette soupe, c'est encore de la lavasse, rien que des rutas. Nom de Dieu, comment est-ce qu'on va faire pour tenir jusqu'à demain? Et tout ce qui reste dans les bouteillons, avec des patates dans le fond, c'est encore ces ordures de Stubendienst qui vont se taper ça. A la fin de la guerre, je leur écrase la gueule.

Les gamelles sont vides, le pain, la margarine et la rondelle de saucisson sont avalés, mais on sent déjà que l'estomac a attrapé ces pauvres nourritures, a sauté dessus. Il soupèse tout cela et se rend bien compte que ça ne vaut rien. Il fait son tri en vitesse, dégage la flotte et voit qu'il ne reste pas grand-chose à assimiler. La faim revient, qui n'était pas vraiment partie. Mais les espoirs, les espoirs fous qui hantaient ces pauvres êtres il y a une heure, se sont envolés. Des sanglots intérieurs secouent les corps. On se regarde. Sous la barbe qui mange les figures, on voit que les copains ont une sale gueule, ils sont gris, ils ont l'air de petits vieux et pourtant rares sont ceux qui ont plus de trente ans. Et moi, comment est-ce que je suis? Hier j'ai remarqué que la peau de mes fesses faisait floc floc quand je marchais... Heureusement, c'est derrière moi, comme ça je ne peux rien voir. Après la guerre, je tâcherai de trouver un appartement juste au-dessus d'un restaurant et j'irai y bouffer tous les jours. Un restaurant qui fera des ragoûts, des blanquettes et des choses comme cela. Et puis j'irai au marché et je m'achèterai de bonnes provisions parce qu'on ne sait jamais, vers les minuit une heure du matin on a quelquefois envie de manger un morceau. Et si des copains viennent, je leur fais un gueuleton, on s'en foutra plein la lampe. Ils pourront même rester à coucher, le lendemain matin il y aura des œufs au plat avec du lard, du miel, du beurre et de la confiture.

Les cerveaux s'effilochent et deviennent mauvais. Après les rations il n'est pas question de rêver en famille et d'échafauder des recettes. La réalité est là, bien tangible et sans appel. On va crever de faim, on va crever par la faim. En ce moment même les kapos, les Vorarbeiter, les SS préparent le grand cirque. Il va y avoir des dégâts, comme tous les jours, mais de toute façon on n'aura rien à bouffer avant vingt-quatre heures et pendant vingt-quatre heures, pour peu qu'on soit encore là demain, le corps tout entier, l'estomac, le cerveau, les bras et les jambes vont hurler, appelant la nourriture. Mon Dieu, comme je voudrais trouver des épluchures, des épluchures de patates, des épluchures de n'importe quoi, du n'importe quoi, je m'en fous, je veux bouffer. Si je ne bouffe pas, je vais crever. Au secours, on veut me tuer!

– Vingt-deux, voilà le Roumain!

Surgissant de la bourrasque de neige, à quelques mètres, le SS s'avance. Le Roumain devant un kommando, c'est le renard dans le poulailler. Il vient pour massacrer, il aime cela et l'on ne peut pas se sauver. Il fait ce qu'il veut. Petit, brun, le teint foncé, un peu verdâtre, il cherche une proie. Son calot à visière et son rictus sont célèbres dans le camp. C'est une terreur.

Lentement, sûr de lui, il cherche une victime. Il sait qu'elle va s'offrir à lui. C'est facile, il lui suffit de regarder n'importe laquelle de ces loques pour qu'elle se mette à dérailler, à faire ce que justement il ne fallait pas faire, déclenchant ainsi sa fureur.

Les terrassiers font un soubassement pour un block. Il faut arracher les racines, casser les roches apparentes, aplanir le terrain. Les pics butent dans la pierre, les pelles heurtent les racines et se vident. Le Vorarbeiter cogne à droite et à gauche. Une agitation extrême s'empare des détenus.

Paul se trouvait un peu à l'écart lorsque le Roumain est arrivé. C'est très mauvais car il se fait tout de suite repérer. Il pousse la brouette de toutes ses forces, essayant désespérément de regagner un groupe où il pourra se fondre. Ses quarante-cinq ans, ses lunettes de guingois et son air d'intellectuel en font un pantin ridicule. On dirait un noceur retour d'un bal costumé. Ses mains, habituées à tenir un stylo et à corriger des copies, sont mordues, déformées par le froid et les coupures. Son pied accroche une racine, il tombe et la brouette se renverse. Le Roumain se précipite sur lui et frappe. Le gummi s'abat sur le dos, les reins, la tête. Paul sent son corps hurler, il est foutu.

Mais on entend soudain des cris et des cavalcades à quelques pas, au-delà du rideau de neige. Le Roumain se redresse, haletant, abandonne sa proie et se précipite dans la direction du bruit.

Paul se relève. Il sent les chairs enfler à l'endroit des coups, ses doigts sont écrasés et saignent, un œil gonfle et se ferme, ses lunettes sont tordues, une jambe ne le porte plus. Surtout, il ne faut pas s'arrêter car le Vorarbeiter, enivré par le début de mise à mort, est prêt à achever le travail. En boitant, Paul ramasse la brouette. Personne ne lui parle, il est maudit.

– Ach, Français, petit con, tu es encore vivant! Arschloch, tu m'étonneras toujours.

Heinz, de son gummi, tapote le dos de Philippe. Il l'aime bien parce que Philippe est né à Cayenne. Et pour Heinz, Cayenne c'est La Mecque des truands, le prestige suprême. Évidemment, Philippe n'est pas truand, il est beaucoup trop jeune pour cela. Il s'est contenté de naître d'un père militaire en poste là-bas. Mais ce détraqué de Heinz est alléché par le romantisme du lieu. Sakrament, Cayenne, wunderschön, les grands bandits français, Krapüle. Pourtant Heinz n'est pas un truand, c'est un soldat. Il a connu la Légion étrangère et la guerre d'Espagne, toujours soldat et bon élément, rien à lui reprocher. Mais les hasards de l'existence l'ont amené à Buchenwald et à Dora et il commence à se pervertir. Il oscille entre la sauvagerie ambiante, impitoyable, et une bonhomie sévère. Alors Philippe fouille dans ses souvenirs de gosse, raconte, donne des détails et en rajoute. Cela lui procure une paix relative.

Philippe est presque le plus jeune déporté du camp, tout au moins des déportés résistants. Il y en a de plus jeunes que lui : les Tsiganes de douze ou treize ans, rescapés des chambres à gaz de l'Est, et des Russes pas beaucoup plus âgés. Il s'est lancé dans l'aventure lorsqu'il a vu ceux qui auraient dû le défendre se diriger colonne par cinq vers les stalags avec accordéon, adresse de marraine de guerre et colis de la Croix-Rouge.

Un jour, les SS, certainement pas par humanité mais plutôt pour des raisons d'organisation et de statistiques, décidèrent de regrouper tous les jeunes de moins de dix-huit ans dans un block qui venait d'être construit dans le périmètre du camp de surface. On rechercha dans tous les kommandos les jeunes qui travaillaient comme leurs aînés, luttant et mourant comme les grands. Cela ne les dispensa pas de la loi commune et ils continuèrent comme avant, mais ils eurent un block à eux.

Philippe regagne donc tous les soirs ou tous les matins, selon qu'il travaille de jour ou de nuit, le block des jeunes. Alors que dans les autres baraques, quelle que soit la composition sociologique ou ethnique de leurs occupants, on retrouve une même angoisse, survivre, ce qui crée un minimum de solidarité, ici tout le monde s'en fout. C'est la loi de la jungle. Les enfants, arrachés à une famille qui a souvent disparu dans les chambres à gaz et les crématoires, se conduisent comme des fauves. Ils n'ont rien à foutre de rien, n'ont aucun sens social ou moral. Ils sont là depuis quelques semaines ou quelques mois et leur éducation, c'est dans les camps qu'ils l'ont faite. Pour eux, la survie ne passe pas par la solidarité mais se gagne à la pointe du couteau. De brusques échauffourées, des attaques éclair se transforment en affrontements sanglants. Ce sont des experts en vol, et malheur au dormeur qui n'a pas bien arrimé ses affaires, il se trouve prestement délesté de ses chaussures, de sa gamelle et de sa cuillère, ce qui va alimenter la sorte de marché aux puces qui se tient près des cuisines. Les jeunes Russes et Tsiganes, avec leurs petites gueules d'anges et leurs longs cils, sont très recherchés par les kapos et les chefs de blocks, presque tous pédérastes, qui leur donnent des patates ou de la soupe en remerciement de leurs services. Cela ne semble pas traumatiser ces gosses qui vont ronronner autour des clients potentiels.

Toute cette communauté de jeunes a une incroyable vitalité et les conditions extérieures ne semblent pas l'affecter le moins du monde. Ils se sont coulés dans le système concentrationnaire avec une aisance remarquable, sans s'occuper de savoir ce qu'il adviendra d'eux. Ils n'ont pas d'états d'âme et leurs pensées ne vont pas jusqu'au lendemain, elles s'arrêtent à l'immédiat. La distribution des rations déclenche des bagarres que les Stubendienst doivent réprimer à grands coups de louche sur les têtes. Le pain ou le saucisson imprudemment posé sur la table se volatilise, passe de main en main et se retrouve dans une poche accueillante et lointaine, ce qui provoque des batailles et des concerts de cris. Heinz fait irruption et cogne sur ces horribles mômes qui lui échappent et disparaissent.

Heinz maudit le jour qui l'a fait chef de ce block. Avec les adultes, c'est facile. A la moindre discussion on arrive la trique à la main et tout rentre dans l'ordre. Ce n'est même pas la peine de frapper, sinon pour le plaisir. Tandis qu'avec ces affreux gosses qui n'ont peur de rien, il se sent désemparé. Dès qu'il en attrape un pour lui flanquer une raclée – relativement mesurée –, le gamin pousse tout de suite des cris déchirants, se tord comme un ver, lui glisse entre les mains et file sous une table. Les autres, excités par le spectacle, poussent des hurlements de joie et créent une atmosphère de corrida, espérant la mise à mort. Tous ces jeunes sans pitié sont extrêmement dangereux et prêts à tout.

Au milieu de ce chaudron, Philippe fait presque figure de doyen, d'ancêtre. Après douze heures de cirque au Tunnel, après l'appel qui vide le reste de ses forces, il se retrouve parmi cette horde sauvage qui n'attend qu'une occasion pour le dépouiller. Tenant sa gamelle d'une main, il met rapidement le pain et le saucisson dans sa chemise tout en gardant un œil sur la margarine qui risque de s'envoler. Dans le dortoir il enveloppe ses chaussures et sa gamelle dans la veste dont il noue les manches et met le tout sous la paillasse après avoir vérifié que les planches du lit sont bien jointes.

Heureusement, dans le block il y a quelques autres jeunes Français, résistants comme lui, à l'exception d'un petit gitan arrêté pour des raisons mystérieuses mais qui est entièrement solidaire de l'équipe qu'ils forment. Pour que leur groupe minuscule survive, ils ont adopté la formation en hérisson, comme dans les westerns, pendant que les Sioux tournent sans fin autour de l'îlot en cherchant à percer les défenses.

Cette frénésie permanente masque cependant une réalité beaucoup moins romanesque. La mortalité parmi les jeunes est extrêmement lourde, mais elle est compensée par les arrivages, de sorte que le block est toujours plein, et la moyenne d'âge y est toujours plus proche de douze ou treize ans que de dix-huit. Les services de l'Arbeitstatistik de Buchenwald qui, connaissant Dora de réputation, auraient très bien pu conserver les enfants à Buchenwald où les conditions de vie étaient meilleures, n'hésitaient donc pas à prendre la responsabilité de leur liquidation.

Les kommandos sont sur la place, attendant la fin de l'appel pour partir en longues cohortes vers le Tunnel. Comme chaque jour Claude, le petit Lyonnais, porte comme un étendard la pancarte du kommando. Avec Luc et Michel, ils sont toujours en tête, parce qu'en début de colonne le pas cadencé est impeccable. De rang en rang il se défait et les coups pleuvent. Sous les pieds, les crachats gelés font de petites bosses dans le dallage.

– Tu as vu cette soupe de merde. De la lavasse, rien que des rutas. Pas même un bout de patate. Attends que je prenne une de ces ordures de cuisiniers, tu verras ce que je lui ferai!

Plâtrier en Bretagne de son état, Michel est un charmant garçon. Il aime bien tout le monde mais, une fois fait le tour de ses modestes griefs, il ne reste de la gent concentrationnaire que décombres fumants.

Mais le mot fatidique est lâché. La soupe! La réaction en chaîne est amorcée. Les camps de concentration ont créé un jaillissement de vocations tardives pour la restauration, et les recettes les plus ahurissantes circulent sans la moindre contestation. Au troisième rang, une voix s'élève :

– Tu as raison, tous ces minables de cuisiniers n'y connaissent rien. Moi, je suis cuisinier de métier. Avec n'importe quoi, je te compose un balthazar. Tiens, par exemple, avec des rutas, tu en prends juste un, pas trop gros. Tu as, bien sûr, de la crème fraîche et des lardons.

Le silence se fait. Tous ont envie de crier : Arrête, salaud, mais continue surtout, cette torture abominable est trop bonne. Fais-nous mal. Fais-nous rêver.

– Oui mais ton ruta, ta crème fraîche et tes lardons, c'est tout de même un peu jeune.

– Non mais attends. Tu as un beau canard de Bresse, dans les sept, huit kilos. Tu le fais d'abord revenir avec des oignons. Pas trop, juste trois ou quatre. Tu ajoutes un bon verre de cognac pour déglacer et un petit verre de kirsch, pour le parfum.

– Et avec ton canard, il faut des légumes.

– Attends, j'ai pas fini. Tu émînces les lardons et tu laisses mijoter. Dans une casserole, tu mets deux bons kilos de patates et autant de macaronis, avec trois ou quatre cuillerées de crème. Pendant que ça cuit, tu prends du gruyère, un petit kilo, tu râpes et tu le mets avec le canard.

Des sanglots avortés à droite et à gauche. Dans la colonne, Russes, Polonais, Tchèques, tous ces sauvages n'existent plus. On ne les voit plus, on ne veut plus les voir. La France soudée autour d'un seul homme est là. Tous écoutent le Messie qui parle de la Terre promise. Une voix un peu timide s'élève :

– Et le chocolat, tu ne mets pas un peu de chocolat?

Là, on sent que quelque chose ne va plus. Il y a comme du crime de lèse-majesté dans l'air. Le maître queux s'est tu. Tous maudissent l'imbécile qui a osé interrompre Schéhérazade. On retient son souffle. Heureusement, ça repart.

– Alors là, Toto, si tu veux faire le rigolo, je te laisse la place. Moi, j'ai traité des ministres, des grandes actrices et des gens dont tu n'as pas idée. Du chocolat dans le canard! Si un jour tu viens à mon restaurant, et ça m'étonnerait, ton chocolat, je t'en balancerai un seau à travers la gueule.

Exit le chocolat. Un instant arrêté, notre homme reprend son rêve éveillé. Comme un acteur dans son théâtre, il sent que la salle est bonne et qu'il va faire un tabac.

– Ce que je mets aussi, et c'est pour la finesse et les connaisseurs de grande cuisine, c'est des truffes. Les truffes, ça te parfume un plat et ça te prépare le palais pour la suite.

Seigneur, la suite! Parce qu'il va y avoir une suite de choses fabuleuses! Tous ces pauvres diables ont la tête qui tourne et les jambes qui se dérobent.

– Fertig!

Merde, l'appel est terminé, les kommandos vont partir au Tunnel. Il fait froid. Personne n'a demandé ce qu'il y aurait comme vins. Le vin, tout le monde s'en fout.

Les infirmiers ont trouvé un nouveau jeu qui leur permet par la même occasion de s'entretenir la musculature. On prend un macchabée qui vient de rendre l'âme. Rien de plus facile, il suffit de faire le tour des lits du Revier, on en trouve toujours. On lui inscrit son matricule sur le ventre, il faut être en règle avec l'administration, on le prend par les bras et les jambes et on l'emmène dans la salle de douche. On met une civière à un bout de la pièce et on se place à l'opposé, l'un des infirmiers tenant le corps par les bras et l'autre par les jambes. Il s'agit alors, après avoir judicieusement balancé le corps, de l'envoyer sur la civière. Un macchabée, ça pèse dans les trente-cinq, trente-huit kilos en moyenne, juste le bon poids pour rigoler sans trop se fatiguer. Évidemment, on ne réussit pas à tous les coups. Ou bien il tombe à côté, c'est donc raté, ou il arrive sur la civière, mais de travers et ça n'est pas vraiment réussi. Chaque fois on pousse des cris, on discute de la qualité du coup, on se donne des points et on recommence. Bien sûr, le ballon de basket improvisé souffre de ce jeu. Le nez se casse en premier, c'est normal, et les bras se désarticulent, ce qui est un peu gênant pour les coups suivants. Mais ça ne saigne pas vraiment, juste un petit suintement qui n'obligera pas nos sportifs à laver la pièce à grande eau.

Chez les alités, on est un peu inquiet. Qui sera le prochain? Si on meurt ça n'a plus beaucoup d'importance puisque quelques heures plus tard on sera transformé en chaleur et lumière dans le four crématoire. On a cependant l'impression que, même une fois mort, on doit encore avoir mal. Les corps sans vie que l'on voit à côté de soi ont des figures tordues, des figures qui clament une souffrance qui ne semble pas s'être arrêtée. Le gars qui est à côté de soi et qui vient de basculer dans le néant n'a pas l'air délivré. Au contraire, sa gueule ouverte et ses yeux fixes paraissent encore plus angoissés qu'auparavant.

Paul fait partie de la réserve de ballons et son moral en prend un rude coup. Il s'était toujours dit que, quoi qu'il arrive, il n'irait jamais au Revier. C'est trop dangereux. Mais après la raclée que le Roumain lui a flanquée, le Vorarbeiter, le kapo, les Russes et les Polonais du kommando ont fait de lui leur bouc émissaire. Il se voyait liquidé comme un lapin, d'un coup de gourdin bien ajusté. Ce n'était plus qu'une question de jours, il était devenu le paratonnerre, celui qui doit détourner sur lui la folie meurtrière. Il était condamné. Alors il s'est présenté un soir à la visite, après l'appel. Il est tombé sur un médecin qui se foutait éperdument de ses ecchymoses et l'a examiné, tâté, palpé sur toutes les coutures et l'a admis pour une néphrite. C'était la catastrophe, car on l'a mis au régime. Pas de pain, pas de féculents comme ces merveilleuses patates qui se trouvent parfois au fond de la gamelle. Pas question non plus de la diète, espèce de soupe sucrée agrémentée de lait en poudre qui fait rêver le camp entier. Il devra se contenter d'un brouet clair.

Sa tête de normalien clochard, sa mâchoire proéminente envahie par la barbe en font une sorte de Ribouldingue qui attire les sarcasmes des infirmiers et des Stubendienst. Scheisse Professor, professeur de merde. Ses rations sont servies avec un ricanement et on lui annonce sans arrêt que le Krematorium commence à s'impatienter.

Or, allez donc savoir pourquoi, malgré son physique, Paul a un atout dans sa manche, il fait sérieux. Le sérieux des radicaux-socialistes qui ont amené les Français là où ils sont, sans parler des Tchèques et des Polonais. Un radical-socialiste passé par l'École normale, ça sait parler aux gens, on l'écoute et on lui dit même parfois « vous », la consécration dans les camps où tout le monde se tutoie. Il y a quelques Français autour de lui qui, pour oublier la panade dans laquelle ils se trouvent, l'écoutent à tout hasard. La conversation porte sur la résistance, ce qui est très rare. L'affaire est simple. La résistance en France se compose de la plupart des radicaux, de presque tous les socialistes et de tous les communistes. Basta, terminé. Autour de lui des lycéens, des étudiants, des petits patrons et des directeurs se demandent ce qu'ils foutent là. Ce doit être une erreur.

Paul, le naturel revenu au galop, donne même à son cours magistral une dimension européenne. Dans un sabir germano-russo-polonais, il le traduit aux peuplades de l'Est en le ponctuant de fréquents « ponimaïch » pour être sûr d'être bien compris. Les tribus slaves se tapent les cuisses de rigolade.

– Scheisse Professor, k'ebionoï materi, yopa! Du bist ein gross Partisan.

D'imaginer le Scheisse Professor semant la terreur dans l'armée allemande les fait délirer de joie.

– Professor, wo ist dein Maschine Pistol? Ein Partisan hat ein Maschine Pistol. Du, Professor, du bist ein minette Partisan.

Là, les hurlements de joie éclatent de partout. Les Russes en train de crever poussent des gloussements qui risquent d'aggraver leur état, mais au moins on aura bien rigolé. Les infirmiers polonais, attirés par l'atmosphère inaccoutumée de la salle, abandonnent leurs jeux innocents et viennent aux nouvelles. Leurs compatriotes les mettent rapidement au courant, alors ce sont des explosions de rires, des rires énormes, pétants de santé, qui arrivent à couvrir l'hilarité des autres. Le Scheisse Professor, ce paria, trouve du même coup un regain inespéré de popularité. Les voies du Seigneur sont insondables. Hier encore il était la pauvre cloche, le minable qu'on pressait d'en finir tout en s'en servant comme d'un souffre-douleur, comme d'un paratonnerre, et maintenant c'est lui le héros de la journée. Mais, pour les infirmiers, on ne va pas s'arrêter comme ça, la fête ne fait que commencer. L'un des deux va chercher un balai.

– Los, Partisan, Hurensohn, debout, fais voir comment tu attaques une Panzerdivizion.

Paul, la queue ballottante sous sa chemise trop courte, se lève. Sa jambe lui fait mal, mais il sait qu'il doit faire le guignol. Avec ses cheveux et sa barbe d'un centimètre de long, le papier cul sur ses plaies, et ses lunettes, il n'a pas l'air d'un redoutable combattant. Il prend le balai, rassemble ses souvenirs de caserne et fait une démonstration de maniement d'armes. Le résultat est pitoyable mais la salle, chauffée par l'ambiance, lui fait un triomphe. Voilà le grand stratège que Staline, skourvisyn, aurait dû prendre comme conseiller. La grande armée russe serait à Berlin, la grande armée française serait à Berlin, tout le monde serait à Berlin et tous les Allemands seraient à Dora. Bliadj! Pourquoi tu n'es pas allé voir les grands chefs? Potchemou?

L'ambiance du Revier est extraordinaire. On n'avait encore jamais vu cela. Par-ci, par-là, des moribonds sont en train d'avaler leur bulletin de naissance en rigolant. C'est vraiment la première fois. Emporté par l'élan, un infirmier apporte à Paul une gamelle de soupe. Paul ne se demande pas si ça convient à son état de santé, il avale le tout, c'est tellement bon. La cuillère tient debout. Il en avait entendu parler, mais ne l'avait jamais vu en réalité. Il pensait plutôt, lui l'intellectuel cartésien, que cela faisait partie des fantasmes d'une humanité qui s'intéresse trop à l'immédiat en oubliant les lendemains qui chantent. Il dévore les patates et la sauce avec de grands lapements. Demain, après-demain, allez savoir, cela dépend de l'humeur de tellement de gens, il se retrouvera au cul de la bétonnière, lui le champion hors catégorie des coups de schlague, mais aujourd'hui il a eu un litre de soupe comme on n'en fait plus, de la soupe de nos grand-mères, et il ne veut plus entendre parler de rien. Les partis de gauche, le Front populaire sont oubliés, les lendemains qui chantent on s'en moque, et il n'a même pas pensé à proposer une patate à qui que ce soit.

Dans le réfectoire du block, la soupe avait été avalée prestement et les rations distribuées. Ce jour-là, elles consistaient en un quart de boule de pain, vingt-cinq grammes de margarine et une portion de fromage blanc au cumin. Avec le manche de leur cuillère, Claude, Michel et Luc tartinaient le tout et le dévoraient pour se bourrer. Ils n'auraient plus rien avant le lendemain soir, mais il valait mieux tout finir d'un coup que se faire voler son pain.

Soudain, dans un coin de la pièce, des éclats de voix s'élevèrent. Un fragment d'un morceau de fromage s'était, semblait-il, détaché d'une ration pour se retrouver sur la voisine. Le lésé étant français et le bénéficiaire russe, cela devint tout de suite un *casus belli* et le ton monta.

– Tirons-nous tout de suite, il va y avoir du grabuge.

Les trois hommes gagnèrent prestement la sortie. Ils croisèrent Helmut, le chef de block, qui fonçait comme un taureau dans l'arène, sa matraque à la main. En hurlant, il tapa dans le tas. La margarine, le fromage furent écrasés, les gamelles voltigèrent en projetant des éclaboussures dans tous les sens. La panique gagna tout le réfectoire qui se vida en catastrophe. Dehors, les lamentations commencèrent à propos des rations perdues.

– Il y a vraiment des types qui ne comprendront jamais où ils sont tombés.

Luc se sentait d'humeur à élever le débat.

– Regarde tous ces gars qui disent « ça n'est pas juste ». Ils discutent. Tu as les médecins qui voudraient entrer au Revier, les ingénieurs qui voudraient faire des plans, les ouvriers qui réclament un établi et ils ne comprennent pas que tout le monde se trouve le cul dans la merde. Ils voudraient tous que ce soit comme chez eux.

– Tu n'aimerais pas qu'on t'ouvre un lycée ici, toi l'étudiant? demanda sournoisement Michel.

– Ne déconne pas, mais c'est vrai ce que je dis. Quand je suis arrivé à Buchenwald, j'étais au block 61, le plus minable de tous. Les puces au centimètre carré, on ne pouvait même pas les compter, il y en avait trop. A côté de moi, il y avait un évêque. Lui ne disait rien, aimable. Un jour on l'a appelé à la tour, et on ne l'a jamais revu. Il y avait aussi un deuxième évêque, un vicaire général.

– Dis donc, tu avais du beau monde avec toi.

Michel était de bonne humeur à la pensée d'avoir mangé toute sa ration, ce qui n'était pas le cas de beaucoup.

– Moi, j'aime le beau monde, rétorqua Luc. Donc ce deuxième évêque a eu l'idée de faire une prière publique. Si tu avais vu la gueule du chef de block! Ça n'a pas traîné. Il a foncé dans le tas avec ses Stubendienst, tous la matraque à la main, et l'ordre a été vite rétabli. Tu te rends compte, fêter le Carême à Buchenwald! Il y avait aussi une équipe de militaires, des officiers de Vichy qui avaient été raflés on ne sait pas trop pourquoi et qui soutenaient que Pétain, le Maréchal en personne, allait engueuler les autorités allemandes et les faire revenir dans leurs bureaux où les crayons et les gommes commençaient à s'ennuyer.

– Celle-là est vraiment excellente – Claude appréciait à son tour –, il y a quand même des types qui rêvent éveillés.

– Non mais, attends, je n'ai pas fini. Le plus beau, c'était un colonel d'aviation, un as de la guerre de 14, qui avait abattu je ne sais combien d'avions allemands. Il était maigre, mais avait dû être gros avant d'être arrêté car la peau de son ventre lui faisait comme un petit tablier. Ce gars-là cherchait une ordonnance. Voilà un type qui en avait peut-être bavé en prison, dans le wagon et je ne sais pas où encore, et qui cherchait une ordonnance à Buchenwald. J'avais eu le malheur de lui dire que, plus tard, j'aimerais être aviateur. Alors il m'a répondu qu'avec son passé et ses relations c'était quasiment fait. Il m'a juste demandé de faire griller son pain et réchauffer sa gamelle sur le poêle près de la chambre du chef de block. Quand j'en ai eu marre de prendre des coups à sa place, j'ai laissé tomber. Il a du reste tout de suite trouvé un autre couillon dans mon genre. Eh bien, tous ces types, ça m'a fait du mal de les voir dégringoler rapidement, sans qu'ils comprennent rien à ce qui leur arrivait. Quand j'ai vu l'évêque et le colonel monter sur la table, montrer leur bitte et leur cul pour qu'on y cherche les poux, j'ai eu un choc. Pas à cause de leur position sociale en France, mais parce qu'ils voulaient la garder à Buchenwald. Et le jour où, par-dessus le marché, le colonel avait une paille dans le cul, qui venait de sa paillasse, j'ai compris où j'étais, mais pas eux.

– Les types dont tu nous parles, ils étaient foutus d'avance, ils ne pouvaient pas s'y faire. Avec leur âge et leur passé, ils étaient bons pour le crématoire, rapidement.

– Ne crois pas qu'il n'y avait qu'eux. Évidemment, ils n'ont pas fait quinze jours et sont tout de suite passés par la cheminée. Mais j'ai vu aussi, comme toi du reste, des prolos à grande gueule qui n'ont pas tenu plus longtemps. Les syndicats, les trucs et le machin, ça ne les avait pas préparés.

Le camp retentit de coups de sifflet. Tous les kommandos Zawatsky, rassemblement sur la place d'appel. Terminées, les grandes discussions philosophiques. Le Tunnel est là, qui attend son monde.

Flavio est salement esquinté. Il fait partie d'un kommando de transport et charrie tous les jours du matériel depuis le grand chantier jusqu'au Tunnel. Il est très éclectique, Flavio, et s'il a des préférences on ne les lui a pas demandées. Un jour, ce seront des rouleaux de laine de verre, légers mais qui vous transforment en oursin sanglant; une autre fois, il portera des bonbonnes à air liquide, ou des tôles, ou de la ferraille. C'est le porteur en tout genre, et qui ne pose jamais de questions. Saloperie de vie, mondo cane! Malheureusement pour lui, il fait équipe avec des Russes qui sont loin d'être des enfants de chœur et Flavio est italien, povero di lui. C'est l'un des derniers survivants de l'unité italienne qui débarqua un jour à Dora. Avec son uniforme kaki en loques, il est la cible des Russes qui veulent lui faire payer la présence de divisions italiennes sur le front soviétique. Comme par hasard des objets contondants, tranchants ou acérés tombent juste à l'endroit où il se trouve et, jusqu'à présent, seules son extrême méfiance et son agilité lui ont permis de réussir le bond de côté qui décide de la vie ou de la mort d'un homme. Il a du courage, Flavio. Ayant vu son unité, ses copains disparaître à grande allure, il a compris que son tour ne tarderait pas à arriver, surtout lorsque les équipiers donnent des coups de pouce au destin. Maintenant qu'il est pratiquement le seul à représenter son pays, il fera face aux autres, la masse des Slaves qui l'entourent. Ses insultes, il va les chercher aux meilleures sources, dans le glossaire des ports de Naples et de Gênes. Il fait front.

Hier, cependant, il a eu un instant de relâchement qui lui a été fatal. Une tôle a vicieusement dérapé et a lacéré son uniforme. Sur le moment il n'a rien senti et s'est demandé pourquoi il pissait dans son pantalon. Mais il ne pissait pas, c'était du sang et il avait le corps ouvert depuis la hanche jusqu'au genou. La blessure était profonde et des chairs coupées comme au rasoir le sang s'échappait.

Quand on amena le blessé au Revier, la salle d'opération était encombrée de malades qui attendaient leur tour pour une ponction pleurale ou un phlegmon à vider. L'air avait des relents de décomposition.

Lorsque nos deux superchirurgiens, le maçon et l'autre, virent arriver Flavio, ils se frottèrent les mains. Voilà un cas intéressant. Les ouvertures de phlegmons ou autres broutilles ne les intéressaient plus. Là au moins ils allaient pouvoir faire progresser leurs connaissances. Cette magnifique plaie, cette superbe déchirure allait leur permettre de jeter un coup d'œil à l'intérieur, pour voir comment c'est fait, un homme. Pas de problème, ils se sentaient à la hauteur, ces incarnations d'un sadisme rare, puisque leur esprit détraqué trouvait ses satisfactions à l'ombre du caducée. Pour un peu, ils auraient, la larme à l'œil, récité le serment d'Hippocrate.

Après avoir lavé la plaie, ils soulevèrent la peau avec une pince, là où le ventre était ouvert, et jetèrent un coup d'œil. Il y avait beaucoup de sang. Ils l'épongèrent avec une compresse et ne virent rien à l'intérieur qui attirât leur attention.

Flavio était toujours lucide. Il voulait tenir le coup. Il voulait montrer à ces ordures que les Italiens n'étaient pas que des joueurs de mandoline un peu farceurs et des champions de course à pied quand ils portent un uniforme. Mais ça n'allait pas être facile et il le savait. Il regarda les autres patients qui avaient l'air à la fois inquiet et intéressé. C'étaient des témoins qui pourraient certifier qu'il ne s'était pas dégonflé, qu'il valait bien les autres.

Le chirurgien maçon enfila du catgut sur une aiguille courbe et commença à l'enfoncer dans les chairs après avoir placé un drain, pendant que son coéquipier rapprochait les deux lèvres de la plaie, et le tout sans anesthésie. La douleur fut intolérable et Flavio sentit la sueur gicler par tous ses pores. Il comprit qu'il allait hurler ou tomber dans les pommes. Surtout pas, on le regardait. Alors il se mit à chanter. Ce fut une chanson hachée, la douleur lui bloquait les poumons et le cœur s'arrêtait, mais la chanson repartait sans cesse, jusqu'à la fin. Les chirurgiens riaient. Sacré Italien, il est complètement fou, mais c'est un rigolo.

Flavio est maintenant depuis deux jours au Revier. Ça ne s'arrange pas pour lui. Son pansement en papier hygiénique a de vilaines taches jaunes et sent la pourriture. Il a des élancements dans le bas-ventre et ses ganglions sont énormes. Hier, les chirurgiens sont venus le voir et ont défait le pansement. Sur toute sa longueur la plaie a une sale allure avec des boursouflures et des couleurs inquiétantes. Ils ont saupoudré le tout de sulfamide et, avec l'air jovial qui convient dans un hôpital, lui ont dit de bien bouffer. Immer fressen, mein lieber Mann! Son voisin de lit, un Tchèque, lui répète sans cesse : Italiano, spaghetti, spaghetti. Mais il n'est pas vraiment mauvais et l'aide à se retourner. Les spaghettis, Flavio n'y pense même pas, la fièvre est trop forte et le mine.

Dans la chambrée il y a toutes les nationalités. Entre compatriotes on peut se parler, se soutenir. Lui est tout seul, il ne peut compter vraiment sur personne. Sa prestation vocale lors de l'opération lui a attiré une sympathie amusée, mais ça ne va pas plus loin. Il mourra donc tout seul, mais il s'en fout. Adieu Naples et les copains, adieu Dora, cette immonde merde. La gangrène s'installe, progresse. Il sombre dans le délire.

Dans leur chenil, sur la pente de la colline, les chiens hurlent dans la nuit, excités par le froid et les effluves des proies qu'ils sentent à proximité, les détenus. Les chiens sont une des hantises des déportés. Ils n'ont rien à voir avec ces animaux abâtardis qui ont envahi nos villes et dont la principale fonction consiste à tartiner de merde à heure fixe les rues et les trottoirs. Ceux-là sont des tueurs. Ils ont fait retrouver aux prisonniers la terreur ancestrale qu'inspiraient les loups depuis la nuit des temps.

Tout le monde se souvient de l'arrivée à Buchenwald, en pleine nuit. Sur le quai de la gare, le comité d'accueil était là, avec les gourdins et la meute. A l'ouverture des wagons les hommes – étaient-ils encore des hommes ces êtres à moitié déments? – couverts d'excréments, entassés par paquets de cent depuis trois jours, se trouvèrent projetés sur les matraques et les gueules ouvertes. Ce fut la curée, au sens cynégétique du terme, le grand moment. Ils étaient la bête que l'on forçait après trois jours de traque. Ils tombèrent, hagards, hébétés, et chasseurs et chiens se mirent au travail. Les SS juraient, les gummi tapaient dans le tas et les chiens, avec des grondements, enfonçaient leurs crocs dans les chairs hurlantes. De la gare au camp, ce ne fut qu'une course sanglante.

A Dora, les chiens sont encore là, il y en a dans tous les camps. Tenus en laisse par les maîtres, ils grondent comme des furieux à l'approche des prisonniers. Un mot, un geste du SS et la victime désignée sera déchiquetée. Ils sont bien plus efficaces que leurs maîtres, car un détenu au bout du rouleau pourra franchir la ligne, l'idée de recevoir une balle dans le dos ne lui faisant plus rien, mais la présence du chien est effrayante, elle crée la peur absolue, viscérale. Car ils sont là, tout autour des chantiers à l'extérieur de l'enceinte électrifiée. Les sentinelles, les Posten, qui forment un cordon à quelque distance des kommandos, les ont auprès d'eux, au pied. Les fauves, les oreilles dressées, surveillent en grondant les allées et venues de leurs proies. Les Posten les retiennent bien car un chien se précipitant sur un kommando créerait une panique gigantesque. Les détenus, affolés, partiraient dans tous les sens, ce serait la fuite échevelée et le massacre. Dans les cas, extrêmement rares, d'évasion ou de tentative d'évasion, la pensée que les fugitifs allaient être pourchassés par les chiens amenait chez les autres prisonniers une peur incontrôlable, comme si les crocs allaient labourer leur propre chair. On s'habitue à voir survenir un SS sur le chantier, certes il amène avec lui l'angoisse, mais l'idée même du chien est, elle, intolérable. La plupart des pendus sont montés eux-mêmes sur le tabouret, en silence, la plupart des matraqués ont senti leurs os se briser, leur peau éclater et leur vie s'enfuir, ils ont accepté leur sort. Mais aucun détenu attaqué par les chiens n'a pu s'empêcher de hurler tant la vue des fauves grondants est terrifiante.

Les gradés SS se promènent souvent sur le chemin de ronde, à l'extérieur des barbelés, avec le meilleur ami de l'homme. Leur complicité, leur sympathie sont évidentes, ils se reconnaissent. Le SS flatte, agace, énerve le chien qui le mordille affectueusement. L'homme jette un caillou ou une brindille et la bête se précipite, freine des quatre pattes, prend l'objet dans sa gueule et le rapporte à son maître qui lui caresse le flanc. Le chien sait qu'il ne doit pas s'approcher des barbelés, que c'est mortel, qu'il ne doit pas y toucher. Il sait tout de Dora et de la terreur qu'il faut y maintenir, il est un des rouages de cet ordre nouveau qui s'installe implacablement sur l'Europe. On peut lui faire confiance, il ne faillira pas.

– Eh, Franzous, chto ta koï?

Gilbert regarde la paillasse qui s'agite curieusement. Rien au-dessus, rien en dessous, qu'est-ce que ça peut bien être? Il ouvre la fente latérale et se trouve nez à nez avec un rat qui se sauve en couinant.

– Ça, Serguei, mon petit con de Russki, c'est un rat. Ponimaïch, un rat. Er hat viel Russki gefressen, capito? mnoho kouchat Russki.

Pierre rigole. Gilbert a toujours une explication macabre pour tout, dite sur le ton de la plaisanterie. En voilà un qui ne se laisse pas abattre et qui prend les choses du bon côté.

– Il paraît que ce sont les Croisés qui les ont ramenés d'Orient.

Pierre veut élever le débat en montrant qu'il a des connaissances en histoire.

– Oui, mon petit pote, en même temps que la vérole. On peut dire que maintenant, grâce à eux, on est équipé. Il y a même des chances pour qu'on le retrouve quelque part par là, ton Croisé. Si Jacky n'a pas bien fait son bouleau, du Croisé desséché, ça ne doit pas manquer là-dedans.

Pierre et Gilbert font partie de l'équipe de nuit d'un kommando de transport, ce qui est loin d'être l'idéal, et ils cherchent depuis longtemps à le fuir. Le transport, ce sont les sorties continuelles sous la pluie, les charges effarantes et les coups de gourdin qui arrivent de partout. Avec le démarrage de la production dans certains halls, on demande des mécaniciens, des ajusteurs, des électriciens, des peintres, mais jusqu'à présent ils n'ont pas pu se faire embaucher. Cela leur a même valu des raclées de la part de leur kapo quand ils sont allés lui dire qu'ils étaient spécialistes en tout cela et qu'ils seraient plus utiles dans une unité de production.

Or, ce soir, on a demandé des charpentiers. Avec quelques-uns, ils ont immédiatement levé la main. Ils ont été retenus ainsi que deux Russes, Sergueï et Youri. Le kapo a rigolé en les désignant car, vieux concentrationnaire, il sait très bien ce que valent les déclarations de profession. Évidemment, se déclarer charpentier, c'est assez risqué car on peut être envoyé au boisage au fond du Tunnel, là où l'on perce encore, mais si l'on n'essaie rien, on restera au transport jusqu'à la fin des temps.

Un Vorarbeiter les emmène au block 4, une des quatre galeries transformées en dortoir. Il est énorme et désert. Il s'agit d'enlever les paillasses, de démonter les châlits et de vider toute la galerie. C'est drôle de la voir inhabitée. Cette galerie, qui avait jour et nuit une allure de bateau ivre avec ses cris, ses à-coups brutaux, ses galopades, son incroyable rassemblement de races, sa promiscuité démentielle et ses habitants qui ne se déshabillaient jamais pour ne pas être volés, est maintenant silencieuse. A gauche de l'entrée, la cabine du chef de block qui semblait somptueuse avec sa tenture à la porte, la table, le meuble de chevet, la lampe, l'armoire, le lit fait au carré et les gravures épinglées au mur, ressemble maintenant à une tanière de clochard. Les travées vides, que l'on n'avait jamais vues comme cela, montrent leur vraie figure : elles sont tragiques. Au-dessus de tout cela la voûte est maintenant sèche, la pluie continuelle provoquée par la condensation des haleines sur la pierre froide s'est arrêtée. Une chose frappe la petite équipe. Dans tout endroit où des hommes ont séjourné, du plus sordide des campements gitans au plus misérable baraquement de Calcutta, ils ont laissé des traces de leur passage et abandonné un certain nombre de choses, des bidons, des boîtes de conserve vides et rouillées, des vieux cartons, des bouts de bois, des chiffons, du papier, n'importe quoi. Ici il n'y a rien, absolument rien. Les détenus sont tellement démunis de tout qu'un bout de ficelle, un sac en papier, un chiffon sont des trésors que tout le monde ne possède pas et qui créent des convoitises. En partant ils n'ont rien laissé derrière eux. Si, ils ont laissé une chose : des puces.

Des puces, il y en a des millions qui sautent sur les paillasses comme des folles. Elles regrettent le déménagement car elles avaient la belle vie et la nourriture à profusion, vingt-quatre heures sur vingt-quatre. Avec l'habitude elles devaient connaître les horaires de travail et de changement d'équipe à Dora. A l'heure du lever elles quittaient leur proie pour s'enfoncer dans le nid douillet de la paillasse. A l'arrivée du remplaçant elles se précipitaient sur lui, trouvant leur chemin par les jambes des pantalons, les poignets et l'échancrure de la chemise, et c'était à nouveau le festin. Certaines, moins heureuses, pénétraient dans les oreilles et s'engluaient dans le cérumen où elles se débattaient pendant des heures. Au réveil les détenus se retrouvaient couverts de croûtes sanglantes qui s'infectaient.

Le Vorarbeiter n'a pas l'air de vouloir faire de zèle. Lui aussi en a marre du transport, des sorties sous la pluie, des coups de gueule et des coups de schlague qu'il donne douze heures par jour, depuis des années. Un peu de repos lui conviendrait. Il donne ses instructions. D'abord enlever les paillasses et les charger sur les deux chariots à l'extérieur. Qu'ils en entassent le plus possible, au moins vingt-cinq par chariot, pour réduire le nombre de voyages. Ça en fera quand même déjà pas mal. Pas de chahut, pas de cris. Tout doit être fait dans l'ordre et la bonne humeur. Si un SS ou un kapo arrive, qu'on le prévienne tout de suite sinon, bande de salauds, je vous ferai regretter d'être venus à Dora. Verstanden? Jawohl! Le Vorarbeiter disparaît dans un coin.

Prendre les paillasses sur le dos et les porter sur les chariots, ce n'est ni lourd ni compliqué. La vraie planque. Mais les puces, déjà déroutées par l'absence de nourriture et voyant qu'on leur fait quitter l'endroit où elles ont toujours vécu, s'inquiètent et deviennent agressives. Elles sautent par paquets sur les prisonniers. Elles s'accrochent aux sourcils et aux cils, pénètrent dans les chemises et mordent partout. En quelques minutes les hommes sont couverts de sang jusqu'à la ceinture.

– Bon Dieu, on va se faire bouffer tout crus!

Gilbert râle. La planque qu'il avait espérée se révèle ne pas être de tout repos. Il se voyait déjà travailleur indépendant, artisan chargeant son chariot en père peinard et l'emmenant hors du Tunnel en de savants slaloms qui le feraient passer au large des matraques. Bien sûr le coin est tranquille et le Vorarbeiter n'a pas l'air de vouloir faire le méchant. Il ne faut même pas se presser car si l'on termine trop vite le chargement, on devra le réveiller et il gueulera parce qu'il n'aura pas eu son compte de sommeil. Mais les puces, elles, se moquent pas mal des états d'âme de Gilbert et des autres. Elles ont faim et le reste ne les concerne pas. A chacun ses soucis.

Tout en se grattant comme un furieux, Gilbert évalue d'un coup d'œil le nombre de paillasses. Ça n'est pas possible, il y en a au moins mille. A l'allure où vont les choses, quand ils auront fini le travail, leurs quatre squelettes seront propres, impeccables, récurés, bons pour la classe d'anatomie.

Depuis l'arrivage du 13 mars 1944, qui a étoffé les effectifs de surface, la mortalité a été considérable, et aucun transport important n'est venu combler les vides. Dora est sur la pente de la dépopulation et, pourtant, il faut avancer coûte que coûte la construction du camp.

Les SS ont justement un remède pour pallier la diminution de la main-d'œuvre, la schlague. Avec une bonne matraque on accomplit des miracles pourvu qu'elle soit maniée par des experts. Si l'on regarde le résultat de très près, à l'échelle du détenu ou du kommando, on peut penser que les coups, la famine et la mortalité désorganisent les chantiers et ne font que retarder leur achèvement. Mais si l'on met de côté une sensibilité qui n'a pas sa place dans un camp de concentration et si l'on prend un peu de hauteur, on se rend compte des énormes changements qui sont intervenus en deux mois.

Sorte de relais campagnard en mars, Dora commence à prendre l'allure d'une ville. Pas comme Buchenwald qui a l'air d'une capitale. Du reste, les deux camps ne se ressembleront jamais et il n'est pas question de les comparer, mais Dora a maintenant la plupart des éléments qui font qu'un camp annexe devient un camp autonome, puis un grand camp indépendant.

La place d'appel qui, il n'y a pas si longtemps, était encore un champ de betteraves parsemé de trognons pourris et gelés est maintenant dallée dans les règles de l'art, avec des joints de dilatation. Elle est entourée de blocks nouvellement construits qui occupent toute la surface plane. Elle part de la porte d'entrée et s'étale majestueusement. Le déboisement de la colline à droite et au fond est achevé et des chemins cimentés mènent aux baraques qui surgissent les unes après les autres. Tout un réseau d'électricité et d'eau a été installé. Chaque block a son Waschraum, sa salle d'eau, avec deux vasques distribuant de l'eau sous pression et sa salle de W-C. avec cuvettes en porcelaine émaillée. Un tout-à-l'égout collecte les eaux usées et bien des ethnies venant du fin fond de l'Europe et de l'Asie n'ont jamais vu de telles merveilles. Toutes ces installations sont maintenues dans une propreté rigoureuse. Une improbable visite de cette nouvelle partie du camp par une commission quelconque, Croix-Rouge ou autre, n'aurait entraîné que des éloges flatteurs. Des chefs de blocks, emportés par un élan préécologique, commencent à semer des fleurs et à repiquer des boutures autour des baraques. Ils touchent même des pots de peinture qui leur permettent de donner aux réfectoires des couleurs pastel du plus ravissant effet. Les Stubendienst, armés de grandes raclettes à bande de caoutchouc, traquent la poussière et la boue dans les blocks. Dans les parties réservées aux détenus, tout est aligné au cordeau. Le chef de block possède sa propre chambre bien équipée avec un lit et deux couvertures, une table, un meuble de chevet, une lampe et une armoire pour ses vêtements et ses provisions.

Un nouveau Revier a été construit qui possède une salle de radiologie, une dentisterie et une salle d'opération. Un autre bâtiment, neuf lui aussi, reçoit les hospitalisés. La cuisine et l'Effektenkammer, eux, n'ont pas changé, mais la cuisine avait été construite et aménagée dès le début, et d'une façon définitive. Mais le plus grand changement, c'est le Krematorium. Ça y est, il est terminé et il est magnifique. Avec sa cheminée de brique carrée et ses fours flambant neufs, tout juste sortis d'usine, il a grande allure et jette dans le ciel des panaches d'orgueilleuse fumée. Dora n'a plus besoin d'aller pleurer à Buchenwald pour qu'elle traite les cadavres, maintenant on s'occupe de tout ici. Ce crématoire a du reste fort à faire, car l'accélération des cadences décime les rangs des prisonniers. Il faut terminer le Tunnel dans les plus brefs délais, quel qu'en soit le prix. Les kommandos qui travaillent à l'avancement du souterrain voient leurs effectifs fondre comme neige au soleil et de longues files d'hommes, les poumons rongés par la poussière et l'humidité, se pressent aux portes du Revier pour s'en aller en fumée quelques jours plus tard.

L'usine de Peenemünde a été détruite durant l'été 1943 et, depuis cette date, aucune des armes nouvelles qui peuvent faire basculer la guerre n'a été construite. L'OKW, le grand quartier général allemand, se rend bien compte que face à l'énorme potentiel russe en armes et en hommes d'une part, et, d'autre part, à la fantastique puissance technologique américaine qui se trouve maintenant en Angleterre, à vingt kilomètres des côtes françaises, l'Allemagne ne peut plus se contenter d'opposer sa science guerrière incontestable. Elle a réussi à foudroyer en trois semaines l'armée française qui était pourtant considérée, depuis 1918, comme la première armée du monde. Le reste de l'Europe a été avalé comme une bouchée de pain. Avec la Russie, l'Allemagne s'est heurtée à quelque chose d'incompréhensible, une armée en pleine décomposition mais un peuple qui a pris les armes et s'est battu, quelles qu'en soient les conséquences, un refus viscéral, irraisonné.

A l'Ouest, ce sont des Italiens, des Polonais, des juifs, des « nègres », tous ces parias de l'Europe et de l'Afrique, qui s'appellent maintenant Américains, et qui, avec leur puissance écrasante, s'apprêtent à envahir le continent. Des Français, humiliés par l'abandon de la « mère patrie », qui n'ont pas supporté la défaite. Des Belges, et des Hollandais, qui attendent avec espoir le moment de revenir. Des Anglais, magnifiques, qui ont tout enduré sans rien dire, avec obstination, pour avoir leur revanche. On ne touche pas à l'Angleterre sans avoir un jour à s'en mordre les doigts.

Face à ces dangers imminents, l'Allemagne a deux atouts. Le V1, petite pétrolette un peu rigolarde mais sans grande efficacité. Il ne vole pas très vite et la RAF l'envoie au tapis en une rafale de mitrailleuse, ce qui coûte quatre sous. Mais le V2, la Torpille, c'est autre chose. Ça vole à des hauteurs fantastiques, largement au-delà de la vitesse du son, et c'est indétectable. Ça arrive sur une ville sans prévenir, et ça détruit tout sans qu'on puisse trouver aucune parade. L'explosion de la charge se produit avant même qu'on l'ait entendu arriver. C'est vraiment l'arme qui peut changer le cours de la guerre. Alors, puisque cette arme doit être construite à Dora, il faut que Dora fonctionne le plus vite possible, quel qu'en soit le prix. Il apparaît alors qu'à Dora, qui commence à émerger du néant, les petites fleurs dans les bacs, les tables et les bancs ripolinés ne sont que des faux-semblants. Les détenus travaillent douze heures par jour, très bien. Ils ont deux ou trois heures d'appel, plus les corvées, les « appels des poux », les trucs et les machins, parfait. Ils sont tubards, chiasseux, ils crèvent comme des mouches, d'accord. Mais ils doivent travailler, il faut qu'ils travaillent, la vie ou la mort de l'Allemagne dépend d'eux. Churchill a dit un jour quelque chose comme « Jamais la survie de l'Angleterre n'a dépendu de si peu d'hommes », en parlant de la RAF. L'Allemagne répond de même en parlant des gars de Dora. Jamais l'Allemagne n'a eu autant besoin de non-Allemands, d'anti-Allemands venant de tous les coins de l'Europe pour la sauver.

Alors on va presser les choses. Le Tunnel, prévu à l'origine pour fabriquer les V2, va aussi construire des V1 et des engins Messerschmitt. Dora va avoir des extensions de l'autre côté de la colline. Ces extensions s'appelleront Ellrich, Harzungen. Les détenus travailleront comme des déments, quelles qu'en soient les conséquences. Des milliers de morts, ça ne fait rien puisqu'il s'agit de devancer le formidable assaut qui se prépare.

Les directeurs du projet sont sur place. C'est d'abord von Braun, celui qui après la guerre sera vénéré et montré comme un exemple aux jeunes générations de l'Occident. C'est aussi Dornberger qui partage avec le précédent la responsabilité de la construction des armes nouvelles. Leur objectif est de faire démarrer d'urgence la production à grande échelle. Il faut d'abord terminer les galeries le plus rapidement possible et en éliminer les utilisations parasitaires, comme les quatre blocks dortoirs. Cela suppose, bien entendu, l'achèvement du camp de surface. Un effort spécial doit être fait dans ce sens et les blocks seront construits au pas de course. Ensuite le chantier extérieur, extrêmement vulnérable aux bombardements, ne devra être qu'un lieu de transit où le matériel ne restera qu'un temps très bref avant d'être entreposé à l'intérieur du Tunnel, dans d'immenses magasins. Pour ce faire, un coup de collier supplémentaire est imposé aux détenus. Si tout se passe bien, l'usine atteindra son régime de croisière au mois d'août.

Par ailleurs, le percement de la montagne à Ellrich et Harzungen se fera à marches forcées. L'industrie de guerre allemande va s'enterrer et les bombardiers anglo-américains pourront toujours multiplier les raids, ils ne réussiront à détruire qu'une infime partie des approvisionnements. Les usines, elles, ne risqueront rien.

Le personnel d'encadrement, c'est-à-dire les tontons matraqueurs, risque d'être en nombre insuffisant. Il faut de nouveaux kapos, de nouveaux Vorarbeiter, de nouveaux chefs de blocks. On va donc en demander à Buchenwald. Buchenwald est une ville dont les postes relevant de la responsabilité des détenus sont tenus par les communistes. Il y a quelques années une guerre impitoyable a opposé les verts, les droit commun, alors maîtres des lieux, aux communistes qui ont fini par l'emporter et ont déclenché une sanglante répression qui a décimé les vaincus. Les survivants ont été expédiés dans d'autres camps, notamment à Dora où ils ont retrouvé une prééminence et ont la haute main sur le camp.

Les communistes ne sont pas chauds pour aller à Dora dont la réputation est détestable même pour des gens que leur position sociale met à l'abri des dangers majeurs. Cependant le camp de Buchenwald, si grand soit-il, ne permet pas de fournir à tous les membres du Parti un poste intéressant et de toute façon il faut conquérir Dora. La politique des communistes est de chasser les verts et de prendre leur place. Buchenwald envoie donc à Dora des éléments sûrs, le brassard dans la poche et la matraque à la main. Il ne s'agit pas de transformer Dora en péniche de l'Armée du Salut, il s'agit de conquérir le camp, un point c'est tout. Les

SS sont favorables à cette transformation de l'encadrement. Ils savent par expérience que les triangles verts n'engendrent qu'une pagaille sanglante et stérile. Les communistes, ils les connaissent depuis longtemps, depuis les batailles de rues qui les ont opposés à Hambourg, à Berlin et dans toutes les grandes villes d'Allemagne avant l'arrivée de Hitler au pouvoir. Leurs deux partis sont extrêmement structurés et la discipline y est parfaite. Les verts seront donc éliminés des postes importants et les SS n'auront plus besoin de s'occuper des tâches administratives.

Les marteaux pneumatiques vont bientôt atteindre la cote zéro, là où se trouvera le hall nº 1. Des milliers de sacs de ciment arrivent journellement pour bétonner le sol. Les deux voies de chemin de fer à écartement normal sont posées au fur et à mesure de l'avancement des travaux. D'énormes conduits de ventilation progressent peu à peu vers le fond, accrochés au raccordement de la voûte et des parois. L'électricité et l'air comprimé commencent à irriguer le Tunnel et vont innerver tous les halls d'assemblage. D'énormes presses à emboutir la tôle attendent le moment de gagner leur lieu d'affectation. Des centaines de soudeuses électriques s'empilent dans les galeries, des meules, des gabarits, des masques de soudeur à l'arc, des marteaux et des limes, enfermés dans des caisses, arrivent jour et nuit par une noria de trains. Vite, toujours plus vite. On n'a pas construit de V2 depuis plusieurs mois et les armées d'invasion sont là, aux portes de l'Allemagne. L'assaut sera peut-être pour cette année, peut-être pour plus tard, on ne sait pas. L'armée allemande a plié le genou en Afrique du Nord et en Russie mais elle est encore redoutable. Dans un face-à-face à armes égales, elle ne craint personne. Si, en plus, elle a des armes inédites, que personne d'autre ne possède, qui peuvent écraser sur place des concentrations d'hommes et de matériel, alors elle vaincra. Et ces armes inédites, elles sont là, en puissance, à Dora. On les construira dès que l'usine sera terminée. Toutes les heures, nuit et jour et jour après jour, sortira un V2 qui ira semer la destruction parmi les armées de l'Ouest. Et il n'y aura aucune parade, le feu et la mort tomberont du ciel. Alors vite, toujours plus vite, crevez, les bagnards, le salut du Reich est entre vos mains.

Toute la nuit Didier a repéré les lieux pour savoir où il pourrait se cacher et dormir. Tous les dimanches, c'est le même souci : chercher à ne pas sortir du Tunnel pour l'appel. Il a déjà essayé de nombreuses planques, mais chacune d'elles lui a apporté une telle angoisse qu'il n'ose pas les utiliser deux fois. Il a déjà dormi dans un hall sans éclairage, derrière des gravats, mais au cours de la journée un groupe d'ingénieurs est venu et il a manqué se faire prendre. Une autre fois, c'était dans une benne abandonnée dans un coin sombre. Elle était déraillée et paraissait un abri sûr. Il avait écarté les lattis qui la garnissaient mais avait failli ne pas pouvoir en ressortir. Des trous provisoirement inutilisés l'avaient accueilli et même une sorte de niche derrière les tinettes. Un jour, cela avait mal tourné. Il s'était allongé sur les conduits de ventilation que l'on commençait à poser le long de la grande galerie, mais Gueule d'acier l'avait aperçu et poursuivi à coups de pistolet. Il s'en était suivi une galopade effrénée dont il s'était tiré de justesse grâce à un avantage qu'il avait sur le SS. Celui-ci devait en effet faire du slalom entre les obstacles qui se trouvaient sur son chemin et sa fureur enlevait de la précision au tir, alors que Didier galopait comme un fou et gagnait donc du terrain. Arrivé à une zone d'ombre il avait sauté à terre, traversé, le cœur entre les dents, un hall transversal et semé le tueur.

Cette fois, il faut trouver autre chose, mais il ne sait pas encore quoi. Mais, de toute façon, il ne sortira pas. Il préfère crever tout de suite, n'importe comment, mais, tant qu'il le pourra, il restera dans le Tunnel. Depuis un mois il n'a pas vu le jour, l'extérieur, la terre, un arbre, un brin d'herbe, mais ça lui est égal, il est devenu une taupe. Une taupe qui sait que sa seule chance de survie se trouve à l'intérieur de la montagne, ce Tunnel qui lui ronge le corps avec méthode, mais il se sent de taille à lutter et à jouer à qui en aura marre le premier, du Tunnel ou de lui. Sa femme a été arrêtée en même temps que lui et il ne se fait pas d'illusions, son sort doit être le même. Il se sent près d'elle, à en crier, c'est de ma faute, je n'ai pas fait ce que j'aurais dû faire pour te préserver de cette monstruosité, de cette bestialité, de cette saloperie. Mais je reviendrai, je te promets, je te jure, je fais tout pour cela. Toutes les choses immondes qui t'arrivent, envoie-les-moi et je les prendrai sur mes épaules, j'en ai la force et nous nous en sortirons tous les deux. C'est pour cela que je ne veux pas aller dehors, car dehors je vais crever, c'est sûr et certain. Je peux lutter des jours et des nuits, sans fin, dans le Tunnel, j'y suis habitué maintenant, mais dehors je vais m'écrouler et mourir, comme un poisson que l'on sort de l'eau.

Tous les dimanches, les kommandos Zawatsky sortent du Tunnel pour un appel et la distribution des rations, éventuellement pour une désinfection et une douche. Cela dure des heures sous les intempéries, et les pauvres clochards, les yeux blessés par la lumière extérieure, grelottent dans un univers qu'ils ont oublié. Leur corps s'est habitué à marcher, courir, galoper, mais ils ne savent plus résister à un appel statique, formation au carré, sous la neige, la pluie, le vent. Cela les achève et les quelques forces qui leur restent s'effondrent dans cette attente désespérée de la fin de l'appel, de la fin de l'épouillage, de la fin de la désinfection. Et demain, ou peut-être ce soir même, il faudra recommencer à trimer.

Didier vient de faire dix-huit heures de travail, de neuf heures le samedi soir à trois heures le dimanche après-midi. Le Tunnel doit fonctionner sans interruption. Une fois par mois, cependant, il y a un appel général et les deux équipes se retrouvent dehors pour le grand recensement; à cette occasion seulement les SS connaissent l'effectif exact du camp. Entre deux appels généraux ils ne savent que le nombre des sortants qui doit coïncider avec celui des retours, une fois déduits les morts et les admis au Revier. Didier ne peut pas éviter la sortie mensuelle car le Tunnel est fouillé de fond en comble, mais toutes les autres semaines il trouvera un moyen de rester à l'intérieur. Il ne touchera pas la soupe et les rations qui seront distribuées en surface et n'aura donc rien mangé du samedi au lundi, mais ça ne fait rien, il a fait son choix et s'en tiendra là jusqu'à la fin.

Les kommandos se pressent en longues cohortes en direction de la sortie, là où se trouve la mitrailleuse qui, un jour peut-être, arrachera ce qui leur reste de vie. Les kapos aboient, comptent et recomptent. Leurs effectifs ne sont jamais les mêmes d'un jour à l'autre, mais ce qui les intéresse, c'est que le nombre des retours soit le même que celui des départs. Stimmt! Exact, c'est le seul mot qui leur vient à l'esprit pour le moment. Les colonnes s'avancent les unes après les autres. Didier s'enfonce dans le noir.

Un jour on put dire que le printemps était arrivé à Dora. Non pas le printemps des poètes, avec les fleurs, les oiseaux et les désirs oubliés qui resurgissent, mais plus exactement la fin presque certaine de l'hiver. La neige ne tombait plus et avait disparu de l'espace visible. Il n'y avait plus ces retournements brutaux d'une pluie qui se transformait en cristaux, d'un vent qui tournait au blizzard. Les collines du Harz, si étrangères aux décors wagnériens de Buchenwald, paraissaient promises à un renouveau qui ne saurait plus tarder. Les quelques buissons sauvages qui restaient par-ci, par-là commençaient à pousser leur sève millésime 1944. Les hêtres et les pins qui suivaient la crête de la colline étaient prêts pour le grand moment. La vaste plaine s'étendant jusqu'à Nordhausen semblait attendre les labours. Durant l'hiver, on n'y avait vu que les SS avec leurs chiens, mais cet immense espace pouvait être éventré par la charrue. Même le camp avait fait peau neuve. La place d'appel, magnifiquement dallée, attendait les foules qui se pressaient en carrés impeccables. Les sentiers boueux faisaient place peu à peu à des rues cimentées qui menaient aux blocks fraîchement construits. Tout ce qui était bricolage, installation provisoire avait disparu. Disparu le crématoire de campagne dont les mesures avaient servi pour la maçonnerie du grandiose Krematorium, maintenant terminé et ceint de plantes en boutures. Disparu le gibet individuel du Holzof remplacé par l'installation pour six personnes, six Stücke, qui trônait sur la place d'appel.

Même les détenus avaient changé. Le magma cahotant, galopant, geignant, affolé, criant sous les coups, s'était métamorphosé en une foule de bagnards conscients et organisés, sachant recevoir les horions ou les parer, sachant vivre et mourir selon leur nouvelle condition. Le mot warum, pourquoi, avait disparu de leur vocabulaire pourtant prodigieusement étoffé. Warum, pourquoi, potchemou, on ne connaît plus. C'est fini, terminé, on est de vrais bagnards, on va jouer le jeu, mais on le jouera pour durer. Les plus faibles, c'est-à-dire les plus jeunes, les plus âgés, ceux qui avaient des soucis de famille ou des états d'âme, ont presque tous disparu, balayés en quelques jours ou quelques semaines. Un coup de gourdin bien ajusté, une tuberculose ultra-rapide ou l'ignorance de leur nouvelle condition les a expédiés en vitesse au crématoire. Ils n'avaient pas leur place à Dora. Tous ceux qui n'avaient pas une vision objective de leur nouvelle existence avaient été promptement éliminés.

Les kommandos commencent à sortir du Tunnel les uns après les autres. Pendant des semaines, des mois, des siècles, ils n'avaient eu de l'extérieur qu'une vision fugitive. Leur univers, c'était les coups de mine, les brusques nuages de poussière. Ils étaient gris, sales, barbus, ils avaient des peaux de lézard. Ils avaient oublié que le monde existait. Leurs yeux clignotants regardaient avec étonnement cette ville qui avait poussé, cet espace qu'ils ne reconnaissaient pas. Ils découvraient en même temps une nouvelle race qui était en train de surgir, les fonctionnaires. Dans leurs cerveaux uniquement tournés vers les moyens de survie, ces gladiateurs pouilleux ne possédaient que deux images des habitants : ceux qui ont une matraque et ceux qui n'en ont pas, ceux qui ont le droit de tuer et ceux qui ont le droit d'être tués. Et voilà qu'ils voyaient des détenus dont les uniformes rayés étaient propres, de bonne coupe et fraîchement repassés. Une timidité, une crainte, leur conseillait de ne pas s'en approcher. L'eussent-ils voulu que leur tenue, leur aspect misérable et leurs défroques sales et déchirées les en auraient dissuadés.

Ces fonctionnaires qui avaient émergé par la force des choses – on ne gère pas sainement une ville de quinze mille habitants aux activités essentielles pour l'Allemagne avec le seul recours du gourdin – avaient été recrutés dans une proportion non négligeable parmi les survivants français des premiers transports, ceux qui avaient ouvert le camp. Leurs conditions de vie étaient infiniment supérieures à celles de la piétaille, mais une sourde inquiétude les minait cependant. Au contact des SS et de leurs secrets, ils étaient extrêmement vulnérables et tout faux pas pouvait les expédier au bout d'une corde ou les faire découper en morceaux dans le silence du bunker. De toute façon, l'objectif final des SS était de les éliminer eux aussi. La retraite des vieux n'existait pas dans les camps.

Dans les premiers temps, la marmite de sorcière de Dora n'avait pas permis aux détenus de se connaître. Tout au plus savait-on qu'untel était fermier dans la Sarthe, tel autre artisan en banlieue parisienne, celui-ci employé de préfecture et celui-là lycéen. Quant aux autres nationalités, pour les Français c'étaient des Russes, des Polonais, des Tchèques, sans plus de précisions. Avec les semaines et les mois, les hommes commencèrent à se regarder de plus près et des regroupements se firent. Non pas par position sociale antérieure, ce qui n'aurait eu aucun sens à Dora, mais par affinités. Ceux qui étaient là pour faits de résistance se reconnaissaient entre eux à des riens, une façon d'être, de réagir. Ils étaient extrêmement discrets sur les raisons qui les avaient amenés là, à la différence de « ceux qui n'avaient rien fait » et qui pleurnichaient sur leur sort, ce qui leur amenait un inévitable : « C'est bien fait pour ta gueule, tu n'avais qu'à faire quelque chose. » Les déportés purement politiques, ceux qui avaient été arrêtés uniquement pour leurs opinions et leur appartenance à un parti, étaient assez rares. Les très jeunes, lycéens et étudiants, tout au moins ceux qui arrivaient à survivre, avaient une vie assez difficile. Ne pouvant parler de leur femme et de leurs enfants qu'ils n'avaient pas, ni de la bouffe car ils n'avaient jamais connu ces énormes gueuletons d'autrefois qui faisaient la base des conversations, ils se trouvaient souvent relégués en marge des adultes et repliés sur eux-mêmes. La guerre, et ses inconvénients, étant considérée comme une affaire d'hommes, ils étaient traités avec une compassion mêlée de remontrance et de doute sur les raisons qui les avaient amenés là où ils étaient. Devant cette attitude qui ne se voulait pas offensante mais qui les blessait, ils se refermaient dans leur coquille et ne se plaignaient jamais.

Les très rares détenus français de droit commun, embarqués comme les autres lorsque les Allemands vidaient les prisons, restaient discrets et s'étaient prudemment fondus dans la masse. On était loin de ces ostentatoires déballages de tatouages de Buchenwald, les cous marqués d'un pointillé bleu (à découper suivant le pointillé) et les vahinés se promenant dans le secteur des parties sexuelles. Les droit commun avaient appris très rapidement deux choses. La première était que les tatouages n'impressionnaient personne et qu'ils avaient de surcroît une forte valeur marchande auprès des SS amateurs de reliures rares et d'abat-jour en peau, ce qui, on l'avouera, n'était pas un brevet de longévité. La seconde concernait le ridicule de leur situation. Le métier de truand, comme tous les métiers, doit comporter des avantages et des inconvénients, les avantages, en ce qui les concerne, étant l'argent facile, les chemises de soie, les costumes bien coupés et les femmes à la pelle. Le simple rappel de ces éléments de train de vie attachés à la profession aurait déclenché des rafales d'hilarité parmi les « caves ». Aussi valait-il mieux pour les voyous se refaire une virginité en attribuant leur présence dans ces lieux à des causes plus en rapport avec l'ambiance générale. Il faut reconnaître que, dans leur grande majorité, les truands ont eu un comportement normal et se sont bien intégrés.

Les Français, compte tenu de leur tempérament porté à la pagaille, à l'égoïsme et à la rouspétance, commençaient à former un groupe homogène. Les effroyables pertes de l'hiver et du début du printemps leur avaient appris que les chances de survie de chacun d'eux dépendaient d'une solidarité de tous les instants. Les directeurs de société maniaient la pioche comme des terrassiers professionnels et les ajusteurs remontaient le moral des commerçants. Paradoxe inexplicable, des conditions de vie aussi précaires qui auraient dû conduire la colonie française à partir en lambeaux faisaient que nos compatriotes oubliaient toutes leurs dissensions et se découvraient.

Les Polonais, en ce début de printemps, s'aperçurent qu'ils n'avaient plus le monopole des postes secondaires mais tout-puissants en réalité. Des Schreiber – secrétaires – français apparaissaient dans les nouveaux blocks et les différents rouages de la machine administrative. Les Polonais gardaient, bien sûr, de solides bastions comme la cuisine et le Revier où les garçons de salle donnaient le coup de pouce décisif au destin de ceux qui s'acharnaient à vivre, mais leur prééminence se trouvait contestée et ils en éprouvaient quelque amertume, ayant été les premiers étrangers, avec les Tchèques, à pénétrer dans le secret des camps. Leur déclin venait en partie du fait que les élites polonaises avaient été liquidées dès 1939 sans passer par les camps et qu'ils ne représentaient de ce fait qu'un prolétariat certes nombreux mais sans possibilités de promotions réelles en dehors de celles facilitées par le copinage. Les Polonais qui avaient émigré en France mettaient de l'huile sur le feu en dénigrant systématiquement leur pays d'accueil et cela créait une haine tantôt sourde, tantôt violente, entre les deux communautés. Quant aux Tchèques, les plus anciens concentrationnaires étrangers, ils gardaient un mépris souverain mais digne pour tous les autres. Leurs positions, rares mais solides, ne semblaient pas devoir être remises en cause.

Les Russes, eux, ne constataient aucun changement pour ce qui les concernait. Leur masse énorme et indéfinissable restait égale à elle-même : un magma colossal, démentiel, imprévisible. On ne pouvait même pas juger de leur ancienneté d'après leur matricule. Les Français avaient des numéros correspondant à l'arrivée et l'enregistrement de plusieurs milliers d'hommes, on pouvait donc dire : « Toi, tu es arrivé à telle date ou à telle date. » Pour les Russes, c'était l'incohérence. Les matricules ne se suivaient pas dans un ordre suffisamment précis pour qu'on pût les cataloguer par ordre d'arrivée. Leur « condition sociale » restait immuable, ils occupaient toujours le bas de l'échelle. Ils représentaient le Lumpen-proletariat, le lowest of the low, la lie de la terre. Ils effrayaient tout le monde. Certains esthètes occidentaux teintés d'un marxisme de bon aloi revu et corrigé à l'ombre du Pernod et du Front populaire tentaient d'expliquer que ce n'étaient pas des Russes, mais des Ukrainiens, ou des Chinois, ou des Mongols. Où étaient donc les Russes? Mystère. Toujours est-il que ces masses luttaient, toutes griffes dehors, pour essayer de survivre. La seule chose qui eût pu améliorer leur sort eût été l'arrivée massive d'un groupe de juifs bon teint, avec l'étoile jaune et tout. Ils auraient donc monté d'un cran dans l'échelle des valeurs, c'est-à-dire du zéro absolu au presque rien. Mais les juifs ne se pointaient pas à l'horizon et ils restaient là, au fond du fond de tout.

La société, à Dora, commençait à s'organiser sur ces nouvelles bases. Bien sûr, on parlait du débarquement anglo-américain et de la fin de la guerre qui arriveraient un jour, mais le temps n'a pas la même durée selon que l'on est un soldat ou un concentrationnaire. C'était comme un empoisonné qui aurait pris le train pour aller à l'hôpital. Qui arriverait le premier, le train ou le poison au cœur? La réponse était évidente. Il fallait donc utiliser les moyens du bord, faire avec ce qu'on avait. La transformation du camp devait s'accompagner d'une modification du mode de vie. Jusque-là, les gens du Tunnel avaient vécu la leur, cauchemardesque. Mais, en principe, ils n'avaient pas d'appels ni de corvées. Ils n'avaient aucune autre contrainte que leur lutte personnelle pour survivre. Des groupes d'autodéfense s'étaient du reste formés pour assurer leur protection face aux clans adverses.

En surface, il en irait différemment. L'épuisant appel quotidien devenait inévitable. Cela signifiait des heures d'attente sur la place par tous les temps avec un chef de block qui rectifiait l'alignement à coups de gourdin. Cela signifiait ensuite les corvées de jardinage qui consistaient à désherber méticuleusement les abords des blocks et à combler les ravines qui se produisaient dans les soubassements des baraques. Il fallait ensuite laver les semelles des galoches afin de ne pas apporter de boue à l'intérieur du bâtiment. Puis il fallait passer au Waschraum, à la salle d'eau, pour s'asperger rapidement, les vêtements serrés entre les genoux pour ne pas se les faire voler. Après la soupe, une fois par semaine, le coiffeur arrivait. Une longue file se formait, le blaireau passait de main en main et, en trois coups de sabre, le barbier enlevait les poils superflus. Il y avait régulièrement l'appel des poux où les infirmiers venaient inspecter les verges, les pubis, les fonds de pantalon et les coutures des chemises. Le chef de block présidait à toutes ces activités et, s'il était de mauvaise humeur, organisait des séances de vingt-cinq coups sur le cul. C'était la manifestation habituelle de son autorité.

Face à cette nouvelle manière de vivre, les détenus devaient s'adapter rapidement. D'abord ils n'étaient plus anonymes car, bien que leur matricule fût resté leur seul état civil, le chef de block connaissait le visage de ses administrés et on ne pouvait plus se fondre et disparaître dans la foule lorsqu'on avait été repéré. Un confort relatif – un lit pour deux, une couverture par détenu, une table pour manger et une gamelle qu'on n'était plus obligé de transporter avec soi – avait pour contrepartie une surveillance plus rapprochée et un mouchardage systématique des garçons de salle. La tranquillité y gagnait cependant, car il n'était plus question de ces galopades effrénées ni de ces agressions style attaque de diligence comme cela se produisait dans les blocks du Tunnel. Les vols étaient aussi fréquents mais plus subtils et se passaient dans le silence et l'obscurité du dortoir.

Le banditisme de grand chemin avait donc tendance à disparaître et les règlements de compte étaient différés jusqu'à l'arrivée au Tunnel. Ce nouveau mode d'existence donnait une chance de survie aux plus faibles, ceux qui étaient désemparés et sans armes face à la brutalité et à la sauvagerie des camps. Ils pouvaient enfin parler à des gens, connaître des compatriotes, s'intégrer à un groupe. Un embryon de solidarité, impensable auparavant, commençait à se dessiner. Même les canards boiteux, ceux qui étaient en fin de course, trouvaient un réconfort avant de basculer dans le néant. Malheureusement le melting pot, ce brassage des populations, disparaissait du même coup. Dans le monde des blocks

du Tunnel, il était arrivé parfois cette chose incroyable et merveilleuse, un Russe et un Français qui partageaient la même paillasse, au hasard des arrivées, ou qui se donnaient un coup de main en souriant et en se traitant de con et de lizopizdi, ces éclosions de fleurs sur un charnier pourri. Maintenant la ségrégation jouait à plein et les méfiances s'attisaient. On délimitait les territoires. Un Russe pénétrant dans le domaine des Français, c'était comme un renard entrant dans un poulailler, il était promptement chassé. Les grands principes d'amitié entre les peuples, si chers à nos penseurs, s'arrêtent lorsque l'un détient une rondelle de saucisson et pas l'autre. La lutte pour la vie prenait une forme tribale. Ce n'était plus le chacun pour soi, mais plutôt : j'appartiens à un groupe qui compte sur moi, et moi je compte sur lui pour essayer de survivre. Le fait d'avoir une paillasse attitrée n'est qu'un faux-semblant et ne change rien au fond des choses, on veut ma peau et on l'aura sans doute, mais maintenant je connais des gens, je connais leur nom, j'ai des copains.

Les détenus avaient définitivement oublié le passé, la vie d'autrefois, ils avaient opéré leur mutation. Des vides énormes s'étaient creusés dans leurs rangs, mais ils étaient là, avec une incroyable capacité d'assimilation. Beaucoup étaient arrivés avec un frère, un père, un fils, qui avait disparu dans le crématoire. Ils n'en parlaient pas. Ils savaient que leur tour viendrait à eux aussi, car jamais les SS ne les laisseraient sortir vivants. Mais ce n'était pas la question. Ils avaient acquis une carapace qui les ferait tenir tant qu'ils auraient un souffle de vie.

La place d'appel se remplit peu à peu. Alignés en rangs impeccables, les effectifs de plusieurs blocks ont déjà pris leur emplacement. Les chemins maintenant cimentés qui desservent le camp sont couverts de colonnes qui convergent vers la place. C'est aujourd'hui l'appel général et toute la population de Dora va se retrouver sur le quadrilatère bétonné, à l'exception des malades du Revier. Le ciel est découvert et un soleil printanier réchauffe les carcasses endolories par des mois de neige, de pluie et de vent. Sur la colline, les quelques arbres qui restent commencent à se couvrir de feuilles toutes neuves.

– Abteilung, Halt! Links um! Rechts um!

Les commandements éclatent et les groupes forment peu à peu un U dont l'ouverture est dirigée vers la porte du camp. La potence à six crochets occupe le centre du quadrilatère.

La place est maintenant pleine et les Lagerschutz, la police du camp en tenue rayée claire, se placent à quelque distance. Dans leurs miradors où ils s'ennuient, les servants des mitrailleuses regardent le spectacle avec intérêt tout en pointant leurs armes.

Quinze mille hommes regroupés sur cet espace, c'est énorme. Ces bagnards, si faibles quand on les voit dans leurs kommandos, donnent ici une impression de force, une force qui pourrait devenir sauvage et irrésistible si une étincelle jaillissait. Les êtres les plus désespérés d'Europe et d'Asie, qui défendent leur vie à coups de griffes et de dents, se trouvent entassés sur un tout petit hectare. Ils savent ce qu'on veut faire d'eux, ils n'espèrent plus rien, et pourtant ils obéissent aux commandements. Parmi ces quinze mille qui sont là, vivants, cent à cent vingt partiront demain en fumée, et autant après-demain, et les jours suivants. Dans un an, l'effectif aura été renouvelé près de trois fois.

Il est trois heures. Une certaine agitation commence à se produire vers la Porte. Un groupe de SS apparaît, accompagné du Lagerältester, le grand George, du Lagerdolmetscher et des responsables de l'Arbeitstatistik et de la Politische Abteilung. Tous portent des registres. Les SS, ce sont les Blockführer, pas encore les hauts dignitaires. Leur tenue est plus ou moins celle de l'armée en campagne, le feldgrau, avec seulement l'écusson noir sur le col et le calot. Ce sont eux qui vont vérifier les effectifs. Ils discutent avec les responsables détenus qui prennent une attitude déférente mais détendue. Quelques rires éclatent au milieu du groupe. Sur la place, les chefs de blocks vont discuter avec leurs homologues voisins, ne s'interrompant que pour, d'une détente souple, aller rectifier à coups de matraque un alignement qui a tendance à se défaire. Cela fait penser à ces marchés à bestiaux où les éleveurs vont parler avec leurs confrères du prix de la viande sur pied tout en gardant un œil sur le troupeau. Cris et ordres fusent çà et là mais ne parviennent pas à troubler l'étrange silence qui règne sur les lieux.

A la porte du Revier le personnel de service s'est mis en rang. Dans les salles, les malades sont couchés au garde-à-vous. A la morgue les cadavres sont alignés sur le dos, bien rangés, les matricules tracés à l'aniline sur le ventre apparaissent clairement.

– Achtung! Still gestanden!

Quinze mille paires de galoches claquent sur le béton et le silence devient absolu. Le Lagerführer, accompagné de ses officiers, arrive à la Porte, immédiatement ouverte par une sentinelle. Ils portent leur casquette noire à tête de mort, leurs longs imperméables, et les bottes luisent comme du jais. Le groupe s'approche des sous-officiers et des fonctionnaires au garde-à-vous. Le commandant pose quelques questions qui sont retransmises par la voie hiérarchique et les réponses lui parviennent de la même façon. Il semble satisfait. Il lève alors les yeux vers le ciel, fait sur le ton badin une remarque qui déclenche des rires serviles, et pénètre avec ses officiers dans le bâtiment administratif. Les Blockführer, le registre sous le bras, partent alors vers les sections dont ils ont à vérifier l'effectif.

A proximité de la Porte se trouvent les fonctionnaires. Ils sont bien habillés et la plupart d'entre eux ont leurs cheveux. Ils portent des chaussures de cuir cirées et leurs pantalons sont parfaitement repassés. Plus loin, vers le centre, ce sont les blocks des menuisiers, des cuisiniers, des services intermédiaires. Les uniformes et les chaussures sont encore en très bon état, mais n'ont déjà plus la classe des précédents. C'est la confection et non plus le sur mesure. Plus on s'éloigne du centre de la place et plus cela se dégrade. On passe rapidement de la pauvreté à la misère et à la cour des Miracles. Les tenues en lambeaux, sales et puantes, les vareuses rapetassées avec du fil de fer et les pantalons trop courts ou trop longs, aux braguettes sans boutons, tenus par un bout de ficelle. Les figures, les trognes sont enflammées d'érésipèle, les cous déformés par les phlegmons et les mains rongées de gale. Les galoches, d'où débordent d'immondes chaussettes russes ou des morceaux de sacs de ciment, sont dépareillées et cassées, sans lacets. Les chefs de blocks, furieux à l'idée de devoir présenter de tels débris humains, ont relégué les épouvantails au dernier rang.

– Achtung! Mützen... ab [1]!

Les hommes, d'un seul mouvement, enlèvent leur béret rayé et se tiennent au garde-à-vous, sans respirer. Le Blockältester se précipite vers le SS qui vient d'apparaître. La tête nue, bien raide, il annonce à voix forte :

– Block Hundertfünfunddreissig, zweihundertundzehn stücke – block cent trente-cinq, deux cent dix morceaux.

Le SS, de sa badine qu'il pose de dix en dix sur les épaules, commence à compter. Zehn, zwanzig, dreissig. Les détenus immobiles n'ont plus un regard. Il ne faut pas regarder un SS, il ne faut jamais regarder un SS, c'est interdit. S'il vous adresse la parole, il faut être au garde-à-vous, tête nue, et ne pas déplacer son regard, mais le supprimer.

Le SS continue, indifférent. Arrivé au bout de la colonne, il ouvre son registre, note le nombre de Stücke [2] et paraphe le livre du Blockältester.

– Mützen... auf! Rührt euch [3]!

Les hommes remettent leur béret et prennent la position de repos.

Là-haut, le Revier a été vérifié ainsi que les cadavres en instance de

1. « Garde à vous, béret bas! »
2. Morceau (péjoratif pour : homme).
3. « Béret sur la tête, repos! »

carbonisation. Dans le ciel, des oiseaux passent en chahutant. Le soleil leur apporte la joie de vivre. Des Blockführer, leur vérification terminée, commencent déjà à redescendre vers la porte pour faire leur rapport. Le commandant connaîtra aujourd'hui l'effectif exact des détenus vivants, moribonds et morts. Dès ce matin, Jacky a fouillé le Tunnel de fond en comble et a réussi à débusquer deux momies qu'il s'est empressé de porter à la morgue.

Les chefs de blocks ont repris leurs visites de bon voisinage. Ils sont détendus. On a beau avoir un brassard, une tenue bien chaude et des bottes, on n'est quand même que de la viande à crématoire, un peu plus tôt, un peu plus tard... Après huit ou dix ans de camp ils connaissent toujours cette angoisse, cette peur viscérale des premiers temps. La piétaille, elle, commence à parler *mezzo voce.* Pour un appel général, cela ne se passe pas trop mal. Il ne pleut pas, il ne gèle pas, il ne neige pas, il ne vente pas. La maudite boue et les fondrières des mois précédents ont disparu. Sous les pieds on a maintenant de belles dalles de ciment qui sont presque chaudes. Même les barbiers ont changé leur façon de couper les cheveux. Fini l'Autobahn, c'est-à-dire un simple coup de tondeuse du centre du front à la nuque, et le mois suivant la coiffure à la Huron, où l'on coupait tout sauf la crête qui avait repoussé entretemps. Tout cela a disparu, maintenant on tond uniformément chaque mois.

Le seul ennui aujourd'hui, c'est cette maudite potence. Le Lagerführer a l'air de bonne humeur et tout semble baigner dans la joie, les fleurs poussent et les oiseaux pépient, mais il y a ce sacré gibet qui va nous faire jouer les prolongations. Comme s'ils ne pouvaient pas pendre tranquillement les gars au Bunker, puisque ça leur fait plaisir. Puisque l'on doit crever, que l'on crève, mais au moins que l'on nous épargne ces spectacles qui ne font bander que les SS.

– Stimmt!

Le mot éclate dans le haut-parleur. Stimmt, le compte est exact, tout le monde est là, il ne manque personne, mort ou vif. Même le kommando du crématoire a bien fait attention à ne pas enfourner deux cadavres au lieu d'un, ce qui, étant donné leur poids, est une chose qui peut toujours arriver. Au fait, combien sommes-nous? On ne nous le dira pas. Sans doute autour de quinze mille, avec les renforts qui sont arrivés ces derniers temps. Des types avec des matricules incohérents, du tout-venant, mais pas de ces gros arrivages bien nets de Français fraîchement débarqués qui pourraient nous donner des nouvelles du pays. Enfin, il faut faire avec ce qu'on nous envoie.

Malgré ce mot béni qui vient d'être crié, personne ne bouge. Tout le monde sait qu'il va y avoir la seconde partie du programme, la plus intéressante et la plus attendue des SS. La pendaison. Il y a déjà des mouvements fiévreux vers la porte. Les registres ont disparu et les SS, oubliant toute retenue, commencent à élever la voix et poussent de gros rires. C'est le moment de détente.

– Achtung!

Les SS retrouvent immédiatement leur place hiérarchique et prennent un garde-à-vous rigoureux. Le Lagerführer sort solennellement de son PC, suivi de ses officiers. Sur le front des troupes, il félicite ses hommes pour la bonne gestion du camp. Puis il allume une cigarette orientale plate et, avec toute son équipe, s'avance vers la potence. Le groupe est en ordre dispersé. Ce n'est pas une cérémonie officielle, mais une distraction à laquelle on va assister.

La porte du Bunker s'ouvre et deux SS sortent, la mitraillette Schmeisser au côté. Quinze mille regards se portent dans cette direction. On entend des ordres secs et, les uns après les autres, douze détenus apparaissent. Ils sont en chemise et pantalon, tête nue, les mains liées dans le dos. Ils portent en travers de la bouche un morceau de bois retenu sur la nuque par une ficelle. Un mors de cheval. Ils sont d'un jaune un peu translucide et marchent d'un pas saccadé vers le centre de la place. On dirait qu'ils sont morts.

Le grand George les attend au pied de la potence. Il les place sur deux rangs, six et six, et leur parle en souriant, comme s'il leur annonçait une bonne nouvelle. Les condamnés sont sans réaction. Sur la place d'appel, les quinze mille hommes sont silencieux et regardent. Dans le ciel, les oiseaux continuent leurs jeux. Le Lagerältester place le banc bien à la verticale des cordes. Celles-ci sont étrangement minces, à peine grosses comme un doigt.

– Premier rang, avancez!

La voix de George est calme et satisfaite. Les détenus montent comme des automates sur le banc. L'un d'eux a raté son coup et retombe en arrière. George lui donne une gifle et l'aide à grimper. Les condamnés ne sont pas tous de la même taille, il y a des grands, des moyens et des petits. Le bourreau a prévu cela, aussi n'a-t-il pas arrimé le bout des cordes aux pitons qui se trouvent sur les montants. Il passe de l'un à l'autre, enfile chaque tête dans un nœud coulant qu'il serre bien, juste ce qu'il faut. Puis il tire sur les cordes afin de bien les tendre et les fixe aux pitons. Il ne faut pas que les suppliciés tombent brutalement et meurent trop vite d'une rupture des vertèbres cervicales. La fête serait trop courte. Ils doivent périr lentement, étranglés par leur propre poids. Tout est en ordre. Le grand George se tourne vers le commandant. Celui-ci allume une nouvelle cigarette et fait un signe de son stick. D'un coup de pied, l'exécuteur fait basculer le banc.

Tout d'abord il ne se passe rien. Les corps sont comme inertes. Les secondes s'écoulent, puis les pendus commencent à s'agiter. Les jambes remuent, semblent chercher un point d'appui, puis elles remontent, les genoux en direction du ventre, et elles redescendent. Les mouvements s'amplifient, créant un balancement. Des corps se rejoignent et essaient de s'agripper l'un à l'autre, de gravir le voisin pour détendre la corde. Puis ils se dénouent et des spasmes frénétiques les agitent. Les galoches se détachent et les pantalons tombent sur les chevilles. Les pendus semblent pris dans un vent violent et se heurtent. Ils donnent des ruades dans le vide, projetant leurs pantalons sur le sol. Peu à peu, cette furie des corps diminue. Ils reprennent la verticale. Un tremblement remplace les accès furieux des minutes précédentes. Les têtes ont pris une position inclinée sur l'épaule et les cordes sont enfoncées profondément dans les cous. L'un après l'autre, les suppliciés sombrent dans le néant.

– Fertig!

George retire le banc qui traînait sous la potence et libère les cordes. Les cadavres tombent d'une seule masse. Des hommes de corvée viennent les chercher et les jettent dans un chariot avec les chaussures et les pantalons. C'est l'entracte. Chez les SS, les commentaires et les rires fusent. Des cigarettes sont allumées et le ton monte. Tout le monde a apprécié la prestation des acteurs.

Les six autres condamnés sont restés immobiles. Ils sont devenus gris, mais leurs jambes les portent toujours. Le mors qu'ils ont dans la bouche ne les fait même plus baver. Ils ont pissé dans leur pantalon.

George remet les cordes en place dans le bon ordre, les plus longues au centre. Il vérifie les nœuds coulants, ils ont parfaitement tenu. Il remet le banc sous la potence.

L'entracte touche à sa fin. Les SS espèrent que la seconde partie du spectacle sera aussi bonne que la première. Le fait que la seconde fournée de condamnés a vu mourir les premiers va peut-être modifier leur comportement et amener un piquant supplémentaire. Que la fête recommence donc. Le grand George fait signe à la deuxième rangée :

– Avancez!

Les six hommes montent sur le banc.

Venant des silos extérieurs, la charrette de patates franchit la porte et pénètre dans le camp. Déjà, comme des hyènes attirées par l'odeur des antilopes, une troupe de jeunes Russes rôde autour du convoi. Ils interpellent en ricanant l'équipe qui tire et qui pousse. Eh, Micha, dawai kartochki! Le Vorarbeiter qui dirige la manœuvre est inquiet et ajuste bien sa matraque au creux de la main. Avec cette bande de sauvages on ne sait jamais ce qui va se produire. Il n'y a pas cent mètres à faire pour arriver aux cuisines, mais à n'importe quel moment la meute peut passer à l'attaque et submerger tout le monde. Ces Russes, on peut les tuer, ça leur est égal. Cette charrette de patates représente la plus grande richesse du monde et cela les rend fous.

– Los, schnell, Mensch!

Les hommes de corvée ont peur eux aussi et redoublent d'efforts. A grande vitesse ils traversent la place d'appel, contournent l'angle de la cuisine et se retrouvent devant la trappe. Deux détenus sautent sur la charrette et, à grandes pelletées, enfournent le chargement dans l'ouverture. Les hyènes sont là, à distance respectueuse, surveillant la manœuvre et guettant l'occasion de bondir.

Merde! Les patates n'ont pas été envoyées assez loin à l'intérieur, la trappe est engorgée et ne peut pas se refermer. Et il y a encore cinquante bons kilos de pommes de terre éparpillés autour du trou. Nom de Dieu, mais qu'est-ce qu'ils foutent à l'intérieur? Ça va mal se terminer. Le Vorarbeiter est blanc de fureur. Il agrippe un détenu par la manche. Toi, va chercher Casimir et dis-lui de venir avec un ringard! Le prisonnier se précipite à l'intérieur et revient avec une sorte de géant aux bras énormes qui tient à la main une barre de métal d'un mètre cinquante de long.

– Casimir, tu vas te mettre là et monter la garde en attendant qu'on ait rentré les patates et fermé la trappe. Tiens-les à distance, ils seraient capables d'entrer et d'égorger tout le monde. Ceux qui s'approcheront, tu leur fends le crâne, Rozoumich?

– D'accord.

Le Vorarbeiter, suivi de toute l'équipe, rentre à toute vitesse dans les cuisines pour dégager la trappe. Casimir, bien planté sur ses énormes jambes, assure le ringard dans sa main droite. Les Russes vont et viennent prudemment à quelque distance. Ils évaluent la situation et cherchent le point faible. « Polski, zaïobani. » Tous rigolent. Puis ils s'écartent les uns des autres et, à une distance de cinq ou six mètres, forment un demi-cercle. Casimir pressent l'imminence de l'attaque. Il regarde vite autour de lui et se prépare. Les Russes ne bougent pas. Ils sont une vingtaine.

Sur la droite, il y a un mouvement. Un Mongol s'avance doucement. Ses yeux bridés ont un air humble. D'une voix geignarde et suppliante il dit :

– Kamarad Polski, dawai kartochki.

Il fait encore un pas en avant, puis un autre. Il tend la main.

– Fous le camp, sauvage!

Casimir avance un peu et fait avec la barre d'acier un terrible moulinet en direction du Russe qui se rejette en arrière. Mais pendant ce temps, à l'opposé, un autre s'est approché rapidement, enfourne des patates dans sa chemise et d'un coup de pied éparpille le tas. Les pommes de terre roulent et s'éloignent de la trappe. Casimir court dans cette nouvelle direction en frappant, mais le ringard ne rencontre que le vide. L'attaque se reporte maintenant de l'autre côté. Trois Russes sont accroupis et remplissent leur chemise. Casimir se rue sur eux. Deux d'entre eux détalent aussitôt mais le troisième met le pied sur une patate, trébuche et tombe. Le Polonais est sur lui et frappe comme un sourd. Le Russe hurle de douleur, les côtes fracassées par la barre d'acier, il se tord sur le sol.

Casimir se retourne, les yeux fous. Les patates ont presque toutes disparu et les Russes s'enfuient déjà, alourdis par leur butin qui gonfle les chemises.

Des bruits de plus en plus insistants commencent à courir à propos des projets qui concernent l'autre côté de la colline. Il paraît que l'on va creuser de nouveaux tunnels. Il s'agirait d'Ellrich et de Harzungen. Ces deux noms circulent et les prisonniers sont inquiets, à commencer par les mineurs. Ils sont encore deux ou trois vétérans à avoir donné les premiers coups de pioche et de marteau-piqueur en septembre 1943. Tous les autres sont partis depuis longtemps en fumée et ont été remplacés par des troupes fraîches qui, au fil des jours et des semaines, ont pris le même chemin. Mais, avec les arrivages successifs, les effectifs sont restés constants. Il y a quelques jours les derniers pétards ont été enfoncés dans leur logement et la montagne a tremblé une ultime fois, mais aucun cri de joie n'a salué l'événement. Après les finitions, le kommando est parti vers l'entrée du Tunnel, à l'emplacement des blocks en cours de démantèlement. Là il faut creuser en profondeur et non plus à l'horizontale, car, à cet endroit, le V2 sera mis debout, et il faut pour cela une hauteur de quinze mètres du sol à la voûte, sur une longueur de cent vingt mètres. Le bruit des marteaux-piqueurs est effroyable, pire qu'auparavant. Les deux halls voisins sont encore occupés par des dormeurs mais, assommés qu'ils sont par leur journée de travail, cela ne les empêche pas de sombrer dans l'inconscience.

C'est là, au milieu des engins fouillant le sol, que les bruits commencent à se répandre. D'abord, le fond du Tunnel ne resterait pas clos, mais on percerait un passage qui rejoindrait d'autres halls où l'on fabriquerait le V1, ce petit avion robot que les anciens de Peenemünde connaissent. Qui sera responsable de cette usine et donc de son percement? Mystère. Peut-être même était-elle commencée, on ne sait pas.

Depuis longtemps les mineurs pensaient à la fin du forage. Tous s'étaient dit : lorsqu'on arrivera au bout de cette saloperie et que la dernière mine aura pété, j'embrasserai la muraille et j'irai tout de suite me déclarer tourneur, fraiseur, soudeur, n'importe quoi, je mettrai mon cul sur un tabouret et je n'en bougerai plus jusqu'à la fin des temps.

Pauvres jobards qu'ils sont. Ils ont rêvé à des temps meilleurs, à la semaine de quarante heures et aux congés payés à Dora-sur-Mer. Et voilà que la réalité, pas franche mais insidieuse, commence à poindre son museau de mort. Eh, les gars, vous êtes les champions du marteau pneumatique et du suppositoire de dynamite, alors vous n'allez pas briser comme cela de belles carrières. Il faut continuer, vous êtes des spécialistes. Le Führer a besoin de vous et sans vous il ne pourra pas faire durer son ordure de Reich pendant mille ans comme il l'a dit. Faites donc encore un petit effort.

Ce qui effraie le plus les hommes, c'est le transport. Rester en enfer, c'est recommencer tous les jours à mourir un peu, mais on y est habitué, on n'y fait plus attention et on ne pense plus. On connaît les kapos et les SS, on sait où ils se cachent pour bondir soudain et frapper comme des déments. Et chaque coin de pénombre ou de lumière est connu, répertorié. La vie et la mort y deviennent de la routine, du quotidien qui n'apportent plus de réaction d'horreur. On y est devenu complètement passif. Le transport vers un autre camp, c'est être lancé à nouveau dans un monde inconnu, plein de pièges. Les SS et les kapos, ulcérés d'être envoyés dans un endroit minable, sans le début du commencement du moindre confort, deviennent féroces et font des massacres de ceux qu'ils considèrent comme responsables de leur chute de niveau de vie. Tout doit être réappris, il faut repartir de zéro et la casse est énorme.

Les mineurs ont bien conscience du fait qu'ils sont pris au piège, faits comme des rats. Il n'est pas question de ralentir le travail et de faire durer le plaisir. Les hurlements des porteurs de matraque et de pistolet sont là pour leur rappeler qu'il y a urgence et que les autorités s'impatientent. Les plus anciens se souviennent de leur arrivée à Dora, de leur effarement vite étouffé sous les coups, de leur incorporation au kommando des mineurs, ce Protée sans cesse renaissant de la cendre des morts. Ils ont balayé de leur cerveau tout souvenir de la vie antérieure, femme, enfants, parents, les rues et les commerçants. Ils ont creusé comme des forcenés et sont morts sans dire un mot, et maintenant que le Tunnel se termine, on va envoyer les autres ailleurs pour recommencer. Il est sûr que le kommando ne sera pas dissous. Colonne par cinq, on va les envoyer de l'autre côté de la colline avec leur matériel. Le jour où les ingénieurs balanceront une bouteille de champagne sur la paroi du Tunnel, eux seront au garde-à-vous sur la place d'appel avec des sanglots dans la gorge.

Les kommandos de manutention commencent eux aussi à avoir de l'inquiétude. Les voies decauville ont été démontées et maintenant les wagons chargés rentrent et sortent sur des rails à écartement normal dans les deux grandes galeries. Ces autres damnés de Dora se demandent ce que l'on va faire d'eux. Ils ne sont que de la piétaille inutile et sans connaissances spéciales que l'on peut liquider du jour au lendemain sans dommage, il y en a des millions comme eux en Europe et leur remplacement ne pose aucun problème. Ils risquent donc d'être le vivier dans lequel on puisera pour créer les nouveaux camps. Ceux qui avaient timidement posé des jalons, souri à tout hasard aux copains de Paris, de Lyon ou de Varsovie pour arriver à se caser lorsque les temps deviendraient meilleurs, sentent soudain leur cœur pris dans une main glaciale. L'espoir s'effondre et la peur les habite. Les jours de repos, quand ils ont travaillé toute la nuit, ils rôdent autour des blocks des fonctionnaires. Dis-moi, Stachek, écoute, Maurice, on est du même bled, tu ne peux pas faire quelque chose pour moi, me faire entrer dans un kommando de peintres ou de soudeurs? Le copain haut placé est gentil et affectueux, il se souvient du pays et ça lui fait mal de mentir, car tout le monde vient le voir et lui-même a peur pour sa peau, il en a des angoisses. Entendu, Antek, ne t'en fais pas, Marcel, tu peux compter sur moi. Je ferai tout ce que je pourrai, mais ce n'est pas facile. De toute façon il n'y a rien de prévu encore. Tu peux dormir sur tes deux oreilles pour le moment. Il n'est même pas sûr qu'il y aura des transports au départ de Dora. Peut-être que tout le monde viendra de Buchenwald. Et ne te tracasse pas, on boira le pastis ou la vodka à Rennes ou à Cracovie dans peu de temps. Les nouvelles sont bonnes, les Russes avancent toujours et les Américains vont bientôt débarquer. Tu n'as qu'à voir la gueule des SS, c'est comme s'ils étaient déjà à notre place. Alors, tu te rends compte, ton oncle Stanislas, ton cousin Robert, la tête qu'ils feront en nous voyant revenir. Ce sera la joie. Maintenant tu m'excuseras, mais le chef de block n'aime pas beaucoup qu'il y ait des visiteurs, même à l'extérieur. Alors ne t'en fais pas et continue comme cela. Et à bientôt.

Les Vorarbeiter deviennent également nerveux. Ils ont une position assez ambiguë car on ne peut pas dire qu'ils fassent vraiment partie de la hiérarchie du camp. Ils sont un peu mieux habillés que les simples détenus, mais finalement guère mieux, et leur brassard ne semble pas réellement un brevet de longévité. Bien qu'un grand nombre d'entre eux soient allemands et de droit commun, il y a parmi la corporation beaucoup d'étrangers promus au gré des circonstances. Le brassard de Vorarbeiter est certes quelque chose d'énorme, mais ce quelque chose peut être perdu à n'importe quel moment et son possesseur peut se retrouver au bas de l'échelle pour un oui ou pour un non. Ils se sentent donc tiraillés par deux soucis et deux espoirs. En cas de transport, ils peuvent être promus au rang dc kapo et c'est vraiment la consécration et tous les avantages qui s'y rattachent, des vêtements chauds, des bottes de cuir et la nourriture à volonté. La grande vie, quoi. Mais ils peuvent également, sans savoir pourquoi ni comment, perdre leur brassard à cette occasion et se retrouver avec les Russes qui n'attendent que cela pour les tuer. Cette perspective leur donne des picotements dans la nuque et provoque chez eux de drôles de réactions. Ils plaisantent même avec les détenus et leur disent de ne pas trop forcer la cadence, du moment que cela ne se remarque pas. Ils ne veulent pas se l'avouer, mais ils crèvent d'inquiétude. S'ils tapent sur tout le monde, cela leur donnera peut-être la promotion merveilleuse, mais si au contraire ils sont destitués, en vingt-quatre heures ils passeront de vie à trépas. Seraient-ils visiblement trop coulants, on jugera qu'ils n'ont pas l'étoffe d'un kapo et ils moisiront dans leur condition subalterne, si même ils ne perdent pas leur brassard, ce qui les ramène à la première possibilité. Dans les moments où se précise l'éventualité d'un transport, il est très difficile d'être Vorarbeiter.

Christian prend sa ration de margarine qu'il met avec la rondelle de saucisson dans une petite boîte en fer. Il a réussi à découvrir deux boîtes, un véritable trésor. L'une est destinée à la margarine et l'autre aux cigarettes. Puis il prend le pain et le coupe en trois tranches épaisses, bien grasses, de celles dans lesquelles on mord à pleines dents, pas de ces minces tranches pour amateurs de biscottes qui ne laissent une fois avalées qu'une sorte de petit désespoir, l'impression de n'avoir rien mangé, de s'être fait rouler. Il met le pain dans sa chemise et sort rapidement. Il a calculé qu'il avait juste une demi-heure devant lui avant le rassemblement des kommandos. Il faut donc faire vite.

Christian est sans cesse torturé par le besoin de fumer. Cela a commencé dès son arrestation, lorsqu'il a vu son paquet de Gauloises, ses dernières cigarettes civiles, posé sur le bureau du type de la Gestapo, avec tout ce qu'il avait dans les poches. Après le premier interrogatoire qui le laissa en sang, le nez écrasé, les oreilles éclatées et des dents en moins, il aurait donné n'importe quoi pour un mégot. Par la suite, dans sa cellule, il ramassait les débris de thé au fond du quart et les faisait sécher. Il obtint, au fil du temps, un bon petit tas que le vieux soldat allemand faisant office de gardien trouva un jour. Qu'est-ce que c'est? lui demanda-t-il. Christian lui dit qu'il fumerait bien ce thé s'il avait du papier et du feu. Le vieux territorial s'esclaffa et lui donna quelques feuilles. Christian en roula une rapidement et l'alluma au briquet qu'on lui tendait. L'effet fut extraordinaire et lui fit oublier la faim torturante et la misère physique. La fumée brûla ses lèvres à vif et ses yeux tuméfiés, mais il lui sembla que cela cautérisait les plaies. Au bout de quelques bouffées les cendres ardentes tombèrent du papier, s'éparpillèrent et s'éteignirent. Christian se précipita sur le sol et essaya de rallumer le mégot aux restes charbonneux, mais il était trop tard. Il roula alors des cigarettes avec le papier qui lui restait et les cacha soigneusement. A deux ou trois reprises le vieil Allemand lui redonna du feu, et, chaque fois, Christian éprouvait une immense béatitude et sa faim se calmait provisoirement. Il avait refait des gestes d'homme libre et en avait éprouvé une sorte de fierté intérieure.

Le marché aux puces et aux voleurs n'est pas loin. Christian met un morceau de pain dans chaque poche de son pantalon et garde le troisième dans la chemise. Il sait qu'il doit faire très attention s'il ne veut pas se faire rosser et détrousser sans rien en échange.

A l'angle de l'Effektenkammer il y a un petit attroupement. C'est là que les affaires se traitent. Le coin est très mal éclairé. Deux jeunes Tsiganes s'approchent et lui montrent une paire de chaussures de cuir, sans doute volées à un malade incapable de se défendre. Christian ne s'arrête pas. Des chaussures, c'est hors de prix et elles sont certainement trop petites pour lui. Un peu plus loin, un vieux Russe édenté lui fait un sourire racoleur.

– Eh, Franzous, idi souda, papirossi. Du kleb?

Il a quelques cigarettes en main, mais ce sont des Makhorkov, faites de pétales de fleurs et avec un bout en carton, à la manière russe.

– Nein, Markhorkov scheisserei [1]. (Christian ne veut pas de cette saloperie.) Kein Makhorka?

– Ah, Franzous, lizopizdi.

La voix est geignarde, mais le Russe sort de sa poche un morceau de papier journal dans lequel se trouve une boule noire. Christian sent. C'est

1. Signifie soit dysenterie, soit cochonnerie. Le contexte en précise le sens.

bien du tabac. Il prend la tranche de pain dans sa chemise et la montre au vieux. Celui-ci pince quelques brins de tabac et les met sur le bord du papier. Le salaud! il n'y a pas de quoi faire une cigarette. Une discussion de marchands de tapis s'ensuit et Christian réussit à troquer le pain contre la valeur de trois cigarettes plus un bout de journal pour les rouler.

En partant il est abordé par trois Russes qui le serrent de près.

– Franzous, daï pocourit!

– Foutez le camp, chacals!

Christian essaie de les repousser, mais l'un d'eux tire sur une poche qui se déchire. Le morceau de pain tombe, aussitôt ramassé par le Russe qui se sauve avec ses copains.

– Bande de fumiers, je vous retrouverai.

Christian regarde son pantalon, la jambe est ouverte presque jusqu'en bas. Il va falloir trouver du fil de fer pour le réparer. Heureusement, pense-t-il, j'ai sauvé le tabac, la margarine et mon troisième bout de pain.

Charles arriva au block la figure en sang et les vêtements déchirés. Il avait le tremblement caractéristique de ceux qui viennent de se bagarrer. Stani le vit et s'approcha.

– Qu'est-ce qui t'est arrivé? Tu es dans un drôle d'état.

Charles regarda Stani d'un œil mauvais, comme on regarde un ennemi. Sa mâchoire tremblait d'énervement.

– Viens te laver la figure en vitesse. Si le chef de block te voit comme ça, il va te traiter de clochard dégueulasse et te flanquer une raclée.

Stani entraîna Charles au Waschraum et lui lava la figure. Il avait une ecchymose sur la pommette et la lèvre inférieure était éclatée et gonflée. Ce n'était pas très brillant mais il n'y avait plus de sang.

– Ce sont tes salauds de copains polaks, tes compatriotes qui m'ont fait cela. Charles avait du mal à articuler et sa lèvre lui faisait mal. Ce matin j'ai eu des mots avec un Polak et je lui ai foutu mon poing sur la gueule. Alors ce soir il y en avait toute une bande qui m'attendait après l'appel et ils ont commencé à me tabasser. Je me suis défendu comme j'ai pu et j'ai réussi à filer.

– D'abord les Polaks ne sont pas mes copains. Stani n'avait pas l'air content. Mes copains, je les choisis moi-même. Et ce ne sont pas mes compatriotes. D'accord, mon père est polonais, mais moi je suis français né en France. J'ai un nom polonais et je parle leur langue mais c'est tout. Et crois-moi, ce n'est pas toujours facile d'être dans mon cas.

– Enfin, copains ou pas copains, les Polaks sont de vrais salauds. Ils nous en font baver, à nous Français, presque autant que les kapos. Essaie un peu d'aller au Revier pour un pansement lorsqu'il y a un garde polonais à la porte. Dès qu'il aperçoit ton écusson, il te flanque dehors à coups de gourdin. Et au kommando ils excitent le Vorarbeiter contre toi et ricanent quand tu prends une raclée. Sans parler des emmerdements qu'ils te font dans le block. Et la soupe. Quand ta gamelle arrive, tu n'as pas de patates, rien que des rutas. Le Stubendienst, polak bien entendu, les a toutes mises dans les gamelles de ses petits copains. Tu trouves ça normal, toi? Après tout, on est tous dans le même bain et on ne leur a rien fait.

– Au début je me suis posé la question moi aussi et j'ai demandé pourquoi à mes copains, comme tu dis.

Stani surveillait la porte. Il n'était pas prudent de rester à discuter dans le Waschraum.

– Je trouvais ça dégueulasse et je le leur ai dit. Ça n'a pas été difficile, ils m'ont tout de suite expliqué.

Le Waschraum commençait à se remplir et Charles attirait des regards narquois ou indifférents. Les deux hommes se mirent un peu à l'écart.

– Quand la guerre a éclaté, en septembre 39, les Polonais ont cru que les Français n'allaient faire qu'une bouchée de l'armée allemande. En fait de bouchée, c'est la Pologne qui a été avalée en quinze jours. Mais ils n'ont pas désespéré et ont pensé qu'on n'était pas tout à fait prêt, qu'on attendait le bon moment et qu'on allait sauter sur le poil des frisés et les avaler tout crus. Tu sais, pour eux, l'armée française ce n'était pas rien, c'était la première armée du monde. Quand ils ont vu le matériel allemand, ils se sont dit alors : qu'est-ce que ce doit être du côté français! Ils gardaient toujours l'espoir et même la certitude que tout allait s'arranger rapidement, que c'était une question de jours ou de semaines. Puis l'hiver est arrivé et les gars ont commencé à prendre le chemin des camps de concentration. Là, le moral est devenu moins bon et l'espoir s'est transformé en une prière pour qu'on arrive vite, le plus vite possible. Mais nous, on ne bougeait pas, on jouait à la belote dans les abris. Quand ça a vraiment démarré, en mai 40, l'espoir est revenu. Ça y était, l'armée française allait flanquer une énorme raclée aux Chleuhs et arriver au pas de course jusqu'à Varsovie. Tu sais comment ça s'est terminé. En six semaines notre formidable armée, la plus puissante du monde, se retrouvait tout entière dans les Stalags, tapant toujours la belote. Alors là, l'espoir s'est transformé en haine. On s'était foutu d'eux.

– Oui mais, tout ça c'est du passé, maintenant on est tous dans la même merde. Le fait même qu'on soit là prouve que nous ne sommes pas tous des dégonflés.

– Peut-être, mais n'oublie pas une chose. La plupart des Polaks qui sont ici n'en sont pas à leur premier camp. Ils en ont fait plusieurs. Et il paraît que les premiers Français qui sont arrivés dans les camps en 42 étaient plutôt mélangés. Il n'y avait pas que de la crème. Les droit commun étaient certainement très peu nombreux, mais comme ils étaient les seuls à ouvrir leur grande gueule, ça a fait mauvaise impression. Les Polonais aussi sont mélangés, mais cela ils s'en foutent. Tout ce qu'ils voient, c'est que nous les avons laissés choir et que nous ne sommes pas exactement comme ils se l'imaginaient.

– En tout cas, qu'ils pensent ce qu'ils veulent, je m'en fous, mais je n'ai pas l'intention de me laisser trouer la panse sans rien faire.

– Tu as raison, et d'ailleurs ça ne changerait rien. Mais je vais aller voir les Polaks de ton kommando et essayer d'arranger l'affaire. Sans cela tu risques de te retrouver au Revier avec un bras ou une patte cassée, aussi sûr que deux et deux font quatre. Alors évite les mauvaises rencontres au boulot et cela devrait se tasser.

Charles était mauvais, mais il savait que Stani avait raison.

Louis, le petit jeune, lâcha sa pelle et se plia en deux. Il était livide. Martial se précipita vers lui.

– Ça ne va pas, Louis? Qu'est-ce que tu as? Il baissa les yeux et vit dans la main de son copain un énorme crachat de sang. Viens avec moi, mais ramasse ta pelle, sans ça le Vorarbeiter va te casser sa trique sur le dos.

Ils entrèrent furtivement dans un hall en cours d'aménagement. Tout de suite à gauche se trouvait une sorte de resserre destinée aux futures pièces détachées. Ils s'y cachèrent. Martial regarda Louis. Il avait une tête effrayante, couleur de cire. Avec ses cernes sous les yeux, il ressemblait à un fœtus. La fièvre le faisait trembler.

– Ça ne va pas, dis-moi? Martial répéta sa question.

– Martial, je suis foutu, je suis au bout du rouleau. Je ne veux pas recommencer demain, je n'en ai plus la force. Ce soir, j'irai au Revier.

– Il ne faut pas aller au Revier, tu sais que c'est très mauvais, on ne voit jamais personne en revenir. Tu verras, tu iras mieux demain.

Les deux hommes percevaient le bruit un peu irréel de la galerie, le roulement des chariots, les gueulantes des Vorarbeiter, les coups de pic et les raclements des pelles, les claquements des galoches des kommandos de transport.

– Aller mieux demain, tu rigoles. Regarde-moi et ne raconte pas de conneries. Je crache mes poumons et la fièvre me bouffe. Hier j'ai regardé mes jambes et j'ai été effrayé. Il n'y a plus que les os.

– Mais on en est tous au même point.

– Peut-être, mais toi, apparemment, tu n'es pas tubard. Moi si, et au dernier degré. Je vomis le sang. Louis s'arrêta un instant. Parler le fatiguait. Tu sais ce qui va arriver si je reviens demain? Je m'allongerai par terre parce que je n'en peux plus. Alors le Vorarbeiter, ou le Kapo, ou un SS me verra. Il me cassera tous les os du corps, un à un, pour que je me relève. Alors tu comprends que je préfère aller au Revier.

Louis se redressa un peu et prit sa pelle.

– Tu me dis que si je vais au Revier je n'en sortirai pas vivant. Je le sais bien, je ne suis pas con à ce point-là et je m'en fous. Au moins peut-être que là-bas on me laissera crever tranquillement, et en position horizontale.

Il regarda Martial. Sa décision était prise et il n'en démordrait pas. D'ici à deux jours, trois jours au maximum, il aurait quitté Dora par la cheminée. Un peu plus tôt, un peu plus tard, qu'est-ce que ça pouvait bien faire? Il se remit d'aplomb sur ses jambes, la pelle à la main.

– Allez, Martial, viens. Faisons gaffe, ce n'est pas la peine de prendre des coups de bâton.

Louis avait dix-huit ans.

Avec l'arrivée du printemps, le débarquement devient un des grands sujets de conversation. Aura-t-il lieu cette année? Beaucoup le pensent, mais il y a eu tellement de déceptions depuis des mois que personne n'ose y croire vraiment. Tant de tuyaux archisûrs se sont effondrés au bout de quelques heures, se révélant être des fantasmes de mythomanes. Et les Russes qui, paraît-il, arrivent à marches forcées depuis plus d'un an, n'ont toujours pas pointé le bout de leur bonnet de fourrure. Depuis le temps qu'ils marchent, ils ont dû passer à côté sans nous voir. Faut-il espérer ou tout simplement ne pas y penser, ne penser à rien?

Guillaume est le grand stratège du block. C'est un commandant de carrière et son opinion est tranchée. Les hommes sont devant la baraque, essayant de prendre les derniers rayons du soleil qui balaie encore la plaine. Dans une demi-heure ce sera l'appel des kommandos qui descendront au Tunnel.

– Moi je dis qu'il n'y aura pas de débarquement en France, ni en Belgique, ni en Hollande, ni même directement en Allemagne. En stratégie militaire, une armée doit s'appuyer sur ses flancs qui sont ancrés solidement sur une frontière ou une côte. Une force qui mettrait le pied sur une plage serait immédiatement anéantie par la ligne de défense. C'est l'ABC de tout enseignement dans les états-majors.

– Tu veux parler des états-majors qui sont dans les camps de prisonniers?

– Ne dis pas de bêtises! Guillaume n'apprécie pas les réflexions saugrenues. Les Français et les Allemands avaient tous les deux un front continu. Et l'armée allemande a attaqué là où notre dispositif était en état de faiblesse, là où nous n'étions pas assez garnis en matériel et en hommes. Ils ont trouvé notre point faible et ont percé à cet endroit.

– En somme, il suffit qu'un gars aille pisser pour affaiblir la ligne de défense et mettre la patrie en danger?

Tout le monde rigole franchement et Guillaume accuse le coup.

– Si tu te sers de tout ce que je dis pour faire bêtement rigoler la galerie, ce n'est pas la peine de me demander mon opinion. Puisque tu es si malin, tu n'as qu'à continuer à croire au Père Noël. Après tout, il débarque bien tous les ans lui aussi, d'après ce qu'on dit.

Guillaume, prenant des airs de marquise outragée, fait semblant de quitter l'aréopage.

– Allez, ne t'énerve pas, Guillaume, j'ai dit ça comme cela, je ne voulais pas te vexer. Mais les Américains ont bien débarqué en Afrique du Nord, puis en Sicile, et encore en Italie.

– Mais ce n'est pas du tout la même chose. Lorsqu'ils ont débarqué en Afrique du Nord, c'était dans un pays ami. Bien sûr, l'armée française a fait la connerie de leur tirer dessus, mais ce n'était qu'un petit coup d'épingle, juste pour marquer le coup. Un baroud d'honneur pour la galerie. Deux heures après, c'était terminé et l'armée d'Afrique se mettait de leur côté, à leur disposition.

– Et la Sicile, et l'Italie, ce n'étaient tout de même pas des alliés?

– Alors là, tu me fais de la peine. En Sicile, il n'y avait aucune défense, rien du tout. Et les quelques unités italiennes n'attendaient que l'occasion de déposer les armes. Le moindre troufion là-bas savait que c'était cuit et même les officiers ne tenaient pas à se faire trouer la panse pour les beaux yeux de Mussolini. Quant au débarquement en Calabre, cette partie de l'Italie est tellement étroite qu'il n'était pas difficile d'établir un front continu, à l'abri des mauvaises surprises. Et par-dessus le marché, chose essentielle, il n'y avait pas l'ombre d'un Allemand, ce qui facilitait drôlement le travail.

– Mais enfin, toutes les troupes américaines qui sont en Angleterre, elles ne sont pas venues là pour faire du tourisme. Elles ont quand même bien l'intention de débarquer quelque part.

– Ça, mon petit vieux, je ne suis pas dans le secret. Peut-être iront-elles en Italie et peut-être bien aussi qu'une partie fera des actions de diversion, mais je ne les vois pas arrivant dans un coin quelconque et posant leur paquetage sur la plage. Ils se feraient massacrer en moins de deux par les Allemands qui ont tout sous la main et les attendent de pied ferme. Quand on n'a pas les lignes de ravitaillement assurées et qu'il faut compter sur des bateaux qui peuvent être coulés, et qui seront coulés, on ne joue pas au cow-boy. A propos de ravitaillement, regarde ce qui s'est passé à Stalingrad. Les Allemands avaient un front étiré à l'extrême sur plusieurs centaines de kilomètres, et les flancs vulnérables. Les flancs vulnérables, c'est ça le danger. Alors les Russes ont attaqué ces fameux flancs et coupé le ravitaillement. Du coup, tous ceux qui se trouvaient à Stalingrad ont été piégés, sans munitions et sans vivres. Ils étaient foutus.

– En somme, si je comprends, il n'y aura pas de débarquement et on est ici à perpète.

– Ça, je n'en sais rien, mais je suis sûr que si les Anglais et les Américains ne réussissent pas à établir immédiatement un front solide avec des flancs bien accrochés, leur affaire sera foutue. C'est l'ABC du métier que l'on enseigne à l'École de guerre, et les gars qui enseignent cela ont de l'expérience et ont étudié toutes les stratégies modernes.

– Dis donc, Guillaume, tu commences à nous emmerder avec tes flancs, et ton École de guerre, et ton front continu. Tous les gars qui enseignaient ta méthode, ils se sont bien fait flanquer la raclée, et pas qu'un peu. Je suis bien tranquille qu'ensuite ils ont été raconter que les Allemands avaient triché, qu'ils n'avaient pas joué le jeu. Seulement voilà, peut-être bien que les Chleuhs ne sont pas allés à l'École de guerre. Alors tu comprends, se faire flanquer la raclée par des ignares qui ne connaissent rien aux arts guerriers, moi je trouve ça un peu vexant et je préfère croire que notre état-major était composé de vieux gâteux qui auraient mieux fait d'aller offrir des bonbons aux petites filles à la sortie des écoles. C'est moins grave et ça fait toujours plaisir. Et les cow-boys, moi j'ai confiance en eux. Je suis sûr qu'ils ont des tripes et qu'un de ces quatre matins ils sauteront par-dessus la Manche, flancs ou pas flancs, et qu'ils tomberont sur le poil des Fridolins. Il y aura peut-être de la casse, mais eux non plus n'ont pas entendu parler de l'École de guerre. Ils sont venus ici pour en mettre un coup et ils le feront, même si ce n'est pas dans les manuels militaires ou dans les recettes de Tante Berthe. Et c'est tant mieux parce que sans cela, s'ils connaissaient tes théories, ils se diraient qu'ils n'ont plus qu'à rentrer chez eux puisqu'ils n'ont pas de flancs à se mettre sous la dent. Et s'ils réussissent, alors là on aura peut-être intérêt à virer nos vieux croûtons et à demander quelques conseils aux cow-boys.

Guillaume se retire dignement sous sa tente. Son prestige s'en va en guenilles.

Les Russes, c'est un monde fou, inimaginable. Les autres nationalités sont arrivées dans les camps en des transports aisément identifiables dans le temps et dans l'espace. Les Russes, il semble qu'ils aient déferlé sur l'univers concentrationnaire en un immense chaos qui rit, gémit, se bat, pleure, crève et s'en moque. Une masse informe, insaisissable, chaleureuse, dangereuse, fraternelle et diabolique. Un tombereau de tout-venant et de n'importe quoi que l'on déverse partout où il y a des barbelés électrifiés.

La Russie, c'est quarante fois la surface de la France, quinze pour cent des terres émergées du globe, une incroyable mosaïque de peuplades dont certaines n'ont jamais entendu parler de la France, de la Belgique, ni même de l'Allemagne. Des tribus qui ne se comprennent pas entre elles et dont les seuls mots russes qu'elles connaissent sont nie ponimaï, je ne comprends pas. Des strates géologiques qui ont ignoré les soubresauts des hommes et des civilisations et qui, pendant des millénaires, ont continué leur vie, trayant les yaks et portant les fromages aigres à la coopérative. Des Mongols qui, de mémoire d'homme, se sont toujours battus contre les Chinois et contre les Russes. Des Cosaques dont les ancêtres ont mené leurs petits chevaux jusqu'à Paris. Des descendants des Huns qui, derrière Attila, poussèrent une pointe jusqu'à Châlons-sur-Marne, jusqu'aux champs Catalauniques. Des Esquimaux et des Tartares, des Kirghizes et des Ouzbeks, des Sibériens et des Ukrainiens. Un jour de juin 1941, tout cela se mit en marche. A l'appel de Moscou, les hommes en âge de porter les armes du dixième de l'humanité se dirigèrent vers les frontières de l'Occident. Les premiers affrontements furent désastreux et une énorme partie de la Russie d'Europe fut avalée par l'armée allemande qui referma son piège sur les peuplades amassées. Comme le gouvernement soviétique n'avait pas cru bon de souscrire aux conventions de Genève sur le statut des prisonniers de guerre, tous les Russes, civils ou militaires, se trouvaient à la merci du bon vouloir des Allemands, sans droit de regard quel qu'il soit. De toute façon les Soviétiques considéraient que tout homme doit sa vie à son pays et que celui qui est fait prisonnier n'est qu'un chien galeux qui peut crever, il n'intéresse personne.

Les Allemands prirent dans leur nasse des quantités fabuleuses de civils et de militaires et les envoyèrent sans plus de procès dans les camps de concentration. Les soldats, vêtus de leurs longues capotes kaki, de leurs bottes et de leurs bonnets à pointe avec une étoile rouge, arrivèrent dans les camps. Ils avaient gardé des réflexes de militaires et obéissaient à leurs officiers, se moquant éperdument des ordres des SS. Dans les grands camps comme Buchenwald, ils restèrent généralement en groupes homogènes, et les ravages furent effroyables. Des chaînes de solidarité vinrent à leur secours, on se priva d'une partie des minuscules rations pour les aider, mais le résultat fut qu'ils moururent quand même. Quelques-uns, les derniers, endossèrent la tenue rayée et furent envoyés dans des camps comme Dora. Mais ils n'y formaient qu'une infime quantité dans l'énorme apport russe au système concentrationnaire.

Les civils représentaient la grande majorité de leur contingent. Un magma de groupes humains, depuis le grand blanc de type européen jusqu'au petit jaune aux yeux bridés, en passant par toutes les variantes. Les terribles conditions d'existence auraient dû favoriser les clivages et les haines tribales, mais il n'en fut rien. Cette mosaïque de peuplades se trouva soudée par le malheur et le dénuement absolu. Dans les camps où il n'y avait pas de juifs en tant que tels, c'est-à-dire déportés pour des raisons raciales et catalogués en conséquence, les Russes se trouvaient relégués au dernier rang social, si tant est que le mot puisse être employé dans un tel univers. Ils n'avaient rien et n'espéraient rien. Dans toute société organisée de type occidental, les couches les moins favorisées, celles qui n'ont aucun patrimoine ni aucun bien à préserver, ne ressentent pas, contrairement à ce que l'on entend dire, de solidarité de classe. Les Russes, eux, ne savent même pas ce qu'est tout ce fatras. Un des leurs est-il dans les ennuis pour avoir volé une ration de pain? Toute la communauté se mobilise alors pour le défendre. Un autre est-il en danger pour avoir fait un sabotage insensé ou menacé un Vorarbeiter? L'immense Russie, l'incroyable empire de ces loqueteux se dresse alors pour endosser collectivement les conséquences, chaque individu étant prêt à donner sa peau pour l'un des siens, même s'il ne le connaît pas et s'il ne sait pas très bien de quoi il s'agit. Toucher à un Russe, c'est comme s'attaquer à son frère, à son père, à son fils. Des milliers de Russes ont passé des jours entiers, debout, par tous les temps, sans rien dire, sur la place d'appel, parce que l'un des leurs s'était rebellé. Un jour à Dora, il y avait eu un appel général des Russes pour une raison de cet ordre. Dans un block, un jeune Soviétique, Aphanace, avait la sympathie de tout le monde. Du chef de block, d'abord, parce que ce gamin peignait assez bien et faisait avec de la peinture en bâtiment des décorations et des toiles pour le block, et de tous les détenus parce que c'était vraiment un chic type qui riait sans arrêt. Tout le monde lui proposa de le cacher dans le block pour qu'il puisse éviter cette terrible épreuve. Il refusa et rejoignit les siens, sans faire de discours. Il passa avec les autres douze heures au garde-à-vous et repartit au travail le soir même. C'est cela la solidarité russe.

D'où venaient ces hommes? Qui étaient-ils? Pour les Ukrainiens et les Caucasiens c'est assez simple, ils étaient sur place, chez eux, lors de l'avance de l'armée allemande qui n'eut que la peine de les rafler et de les expédier en longs convois. Les Asiatiques, eux, avaient été acheminés à l'ouest par l'administration soviétique pour travailler dans les usines d'armement et pour construire des défenses. Tous ces hommes se trouvèrent pris au piège par la ruée des nazis et constituèrent des masses errantes et sans occupation, une sorte de vivier dans lequel les Allemands puisèrent à pleines mains. Beaucoup furent dirigés sur les usines allemandes et nombre d'entre eux, qu'ils aient emprunté ou non ce stade transitoire, prirent le chemin des camps.

A l'inverse des Occidentaux qui, effarés par ce qu'ils découvraient, avaient du mal à s'adapter – ce qui provoqua, à chaque arrivée, des pertes considérables –, les Russes étaient tout de suite dans le bain. Pas de période de mise en condition, ils s'intégraient immédiatement. Si certains parmi eux eurent des états d'âme, personne ne s'en aperçut. Ils évoluaient dans cet univers comme des poissons dans l'eau.

Les quelques colis reçus par les Français et les Belges leur firent découvrir des trésors inconnus, insoupçonnés, et amenèrent leur convoitise. Eux qui ne reçurent jamais rien organisèrent de véritables bandes de voleurs qui attaquaient les heureux destinataires de boîtes de conserve et de plaques de chocolat. Des affrontements parfois sanglants en résultèrent, ce qui ne favorisa pas la compréhension entre les peuples. Un Russe rôdant autour du propriétaire d'un colis représentait un danger immédiat et l'on appelait à la rescousse. L'animosité s'en trouvait renforcée de part et d'autre.

Au travail, les Français, sans avoir besoin de se forcer, amenaient la pagaille. Les Russes l'organisaient. Vous prenez dix Russes et un objet à transporter. En apparence c'est très simple, il suffit de le mettre sur l'épaule et d'avancer. Mais, pour eux, il en va tout autrement. Ce machin à manutentionner, ils n'en ont rien à faire. Alors ils se mettent en ligne et commencent à le tâter, à le soulever, puis le reposent. Discussions. Survient le Vorarbeiter qui tape dans le tas. Les hommes s'égaillent en couinant, et le chef est là avec l'engin qui n'a toujours pas bougé. Il pousse une gueulante et les Russes reviennent. Ils prennent enfin l'objet et le mettent sur leurs épaules. Deuxième discussion, il y en a qui veulent le porter sur l'épaule droite et d'autres sur la gauche, et le ton monte. Le Vorarbeiter s'énerve et distribue des coups de trique. Erreur, car ceux qui encaissent la cravache veulent galoper et les autres non. Le fardeau commence à donner de la gîte et menace de tomber. On le repose. Au comble de la fureur, le Vorarbeiter fend le crâne d'un Russe qui est étendu pour le compte. Le calme revient mais, maintenant, il manque un homme. Le chef ordonne de démarrer. On prend donc l'objet sur l'épaule et on avance. Au bout de quelques pas les genoux commencent à plier et les épaules à se dérober. On frôle la catastrophe, tout se met à tanguer. On repose l'engin dans un concert de glapissements. Le Vorarbeiter est dépassé par les événements, il ne sait plus que faire. Il a déjà assommé un élément de son équipe sans aucun résultat et ne peut pas liquider tout le monde. D'un autre côté, si un SS passe, il le traitera d'incapable, lui arrachera son brassard et le renverra à la fournaise. Comment agir avec ces gars qui se moquent de crever et semblent même faire tout ce qu'il faut pour cela? Le pauvre chef en a des sueurs froides. Sa matraque peut servir à tuer, mais pas à forcer les Russes à travailler. Il regarde donc rapidement à droite et à gauche s'il n'y a pas d'autorités en vue, puis il aide les Russki à soulever l'engin. Une fois celui-ci bien posé sur les épaules, il s'écarte, et en avant la troupe. On démarre. Tout va bien pour l'instant, mais le Vorarbeiter n'a aucune illusion, tout risque de recommencer à n'importe quel moment. Que faire contre des types qui se moquent de mourir?

C'était cela, les Russes.

3

Soudain, à l'ouest

6 juin 1944.

– Ça y est, ils ont débarqué!

Charles sentit ses jambes trembler et se dérober sous lui. Il crut qu'il allait tomber.

La nouvelle ne courut pas, elle explosa, projetant ses éclats jusqu'au bout du camp, jusqu'au fond du Tunnel. ILS ONT DÉBARQUÉ! Les hommes se mirent à pleurer et à rire en même temps. Ils avaient gagné. Qu'importe ce qui arriverait ensuite, la plus grande chose, la plus belle chose de tous les temps venait de se produire. Ils ont débarqué!

Jamais nouvelle ne parcourut aussi rapidement une cité. Elle vola de block en kommando, domina le fracas des machines, grimpa jusqu'aux moribonds du Revier, s'enfonça dans les entrailles de la terre. En un instant elle se traduisit dans toutes les langues et tous les dialectes de la Babel des montagnes du Harz. Elle parcourut les voies royales et les chemins sinueux, galopa et projeta sa formidable secousse du chef de camp au dernier des miséreux.

Cette fois la nouvelle était sûre. Elle n'avait rien à voir avec ces vagues rumeurs, sitôt éteintes, qui avaient été colportées sous le sceau du secret et accueillies par d'amères plaisanteries. Rapidement on sut que l'information avait été lancée dans le camp par des Français proches de l'Arbeitstatistik et de la direction SS. Le débarquement avait eu lieu le matin même, en France, en Normandie, quelque part sur les plages entre Le Havre et Cherbourg. Une énorme armada anglo-américaine avait jeté sur le sol des milliers d'hommes et de chars. Les combats étaient acharnés.

Immédiatement, dans les kommandos et les blocks, les Normands devinrent des personnages considérables. Moi je suis de Bayeux, moi je suis de Carentan, moi je suis de Caen. Sur la côte, les plages sont en pente douce, exactement ce qu'il faut, les gars vont rentrer là-dedans comme dans du beurre. C'est gagné d'avance. Et tu vas voir, tous les copains qui sont encore là-bas, ils vont en mettre un sacré coup. On est des durs dans notre coin, je ne voudrais pas être à la place des Chleuhs, ils vont se faire balayer, torchonner comme des minables.

Aux yeux des Slaves, les Français prirent soudain une importance qu'ils n'avaient jamais eue jusqu'alors et on les regarda avec considération. D'abord, qu'est-ce que c'est que la Normandie? Tout le monde s'empressa de leur expliquer tant bien que mal que c'était une province qui se trouvait juste en face de l'Angleterre. Et les partisans, est-ce qu'il y en a? Oui, il y en a beaucoup, et les Alliés comptent sur eux pour désorganiser les voies de communication allemandes. Le retournement des Russes et des Polonais fut immédiat : il ne fut plus question dès le premier jour, dès la première heure, de ces ricanements blessants « Franzouski, alle partisan. » La déchéance avait disparu, le péché originel de 1940 – la fuite éperdue de l'armée française et l'horrible armistice – était lavé. Ces tares que les hommes des camps ne ressentaient pas pour eux-mêmes mais qu'ils endossaient aux yeux des Orientaux furent balayées du même coup. Ils reprenaient leur place de combattants dans le grand affrontement.

Les kapos, Vorarbeiter, chefs de blocks, d'une manière générale tous les gradés, ne semblèrent pas, pour la piétaille, réagir d'une façon quelconque le jour du débarquement. Il est certain cependant qu'ils en discutèrent à d'autres niveaux, et que leurs opinions et leurs réactions ne devaient pas transparaître aux yeux du troupeau.

Quant aux SS, ce jour-là, ils ne modifièrent en rien leur comportement. Aucune fébrilité ou nervosité spéciales n'apparut chez eux. Ils ne furent ni meilleurs ni pires qu'à leur habitude.

L'appel et le rassemblement des kommandos se ressentirent de la fantastique nouvelle. Jusqu'alors, les Russes et les Américains étaient comme l'Arlésienne, on en parlait toujours et on ne les voyait jamais. Aujourd'hui, quelque chose avait bougé et tous les détenus l'éprouvaient dans leur chair. Un sursaut de fièvre et de fierté gagna tous les hommes. Les alignements furent impeccables, le garde-à-vous sans reproche, et le pas cadencé comme il n'avait jamais été.

L'arrivée de la relève au Tunnel fut accueillie par de pauvres gueules sales, barbues et à la peau plaquée sur les os, transfigurées par la joie. On avait retrouvé un espoir qui avait disparu depuis si longtemps, depuis des siècles. On allait peut-être s'en sortir un jour, on avait des raisons de tenir le coup. Ce serait peut-être dans quelques semaines. Ah mon Dieu! Pour ceux qui étaient au bout du rouleau et le savaient, pour ceux qui ne se sentaient pas la force de recommencer le lendemain, ça valait maintenant la peine de mourir. Avant qu'il ne s'arrête, la dernière pensée du cerveau serait : « On les a bien possédés. »

– Il te reste quelque chose à fumer? Je te revaudrai ça quand j'aurai un peu de tabac. J'en achèterai demain contre ma margarine.

– Il m'en reste un peu dans le fond de ma poche, mais je n'ai plus de papier journal. On va prendre un bout de sac de ciment.

Marcel ouvre sa veste. En dessous se trouve un sac de ciment. Un trou pour la tête, deux trous pour les bras, et cela lui fait une protection contre le froid pénétrant du Tunnel. Il découpe un morceau de papier dans le bas du sac, le trempe bien de salive pour qu'il devienne plus malléable et dégage plus de fumée, et roule précautionneusement une cigarette filiforme qui contient plus de papier que de tabac. Un tour chez les soudeurs et il revient, cachant son brandon dans le creux de la main. A tour de rôle, les deux hommes tirent sur la cigarette. La technique est très au point : il faut tirer rapidement plusieurs bouffées que l'on ne laisse pas s'élever, et l'on avale le tout en le gardant le plus longtemps possible dans les poumons. La fumée est alors brûlante et saoule un peu. La tête tourne.

Il est trois heures du matin au Tunnel et c'est la pause d'une demi-heure. Un étrange silence s'est emparé du souterrain. Tout s'est arrêté et les détenus, affalés dans tous les coins, essaient de reprendre un peu de force pour tenir encore six heures, avant la relève. Les kapos, les Vorarbeiter, les SS ont disparu, le Tunnel est mort. On entend quelques chuchotements par-ci, par-là.

Marcel et Gilbert entretiennent le feu de la cigarette. C'est très délicat car il faut sans arrêt la mouiller de salive afin qu'elle ne s'éventre pas, mais pas trop non plus, car elle s'éteindrait. Tout est une question de dosage.

Marcel se tracasse. Il a quelque chose en tête et ne sait pas comment présenter son affaire. Brusquement il se lance à l'eau.

– Dis donc, Gilbert, qu'est-ce que tu penses des transports de malades, qu'est-ce que tu sais de ces trucs-là?

– Les transports de malades? Qu'est-ce que tu me racontes? Tu n'as pas l'intention d'aller au Revier? Si tu n'es pas prêt à claquer, il vaut mieux éviter.

– Non, ce n'est pas du tout cela. Mais quand je suis arrivé à Dora, j'avais mon frère avec moi. Très vite il a attrapé une pneumonie et s'est retrouvé au Revier. Il délirait. Quelques jours après, on a amené tous les malades sur la place d'appel et on les a embarqués dans un train. Qu'est-ce que tu en penses?

Gilbert regarde Marcel – sans en avoir l'air. Il voit son copain, dix-neuf ans, rentrant chez lui et ses parents lui demandant : « Qu'as-tu fait de ton frère? » et Marcel répondant : « Mon frère, je n'ai pas su le préserver et il est allé rôtir dans leurs saloperies de crématoires. C'est ma faute, je suis un salaud puisque je n'ai pas su m'occuper de lui. » Attention, Gilbert, ton copain a des états d'âme, il va se laisser aller parce qu'il a sur les épaules des choses trop lourdes pour lui. S'il te pose cette question c'est parce que ça le torture. Il connaît la réponse aussi bien que toi, mais il veut qu'on lui pardonne. Si tu ne trouves pas les mots qu'il faut, Marcel ne pourra jamais supporter l'idée de se retrouver devant ses parents, ces pauvres vieux qui lui demanderont des comptes. Il va se laisser aller et en crèvera. Il faut lui remonter le moral et en vitesse.

– Écoute, Marcel, je ne peux pas te parler de choses que je ne connais pas bien, mais il y a ici un Polak qui a été pris dans un transport de malades et qui en est revenu. Il est complètement abruti, mais pas méchant. Je te le montrerai à l'occasion et tu pourras lui parler. C'est un vrai gras-double avec des joues comme mes fesses au temps de ma splendeur. Ce type qui avait je ne sais trop quoi a été embarqué directement du Revier et envoyé dans un autre camp, je ne suis pas sûr du nom, mais je crois que c'est Bergen-Belsen. Et maintenant le revoilà à Dora, pétant le feu. Il a repris un bail. Alors, pour ton frère, ça peut être la même chose. Ne te casse donc pas la tête à l'avance.

Marcel tire sur le mégot. Il ne reste plus que du papier, mais ça fait de la fumée, ça saoule et ça fait du bien.

– Tu sais, Gilbert, je ne te parle pas de cela pour que tu me racontes des conneries et que tu me dises que mon frère, je vais le retrouver frais et rose à la fin de la guerre. Mais quand on arrive à deux à Dora, on croit qu'on va se soutenir et qu'on va s'en sortir ensemble. Mon frère, auparavant, je m'en foutais un peu et on se bagarrait facilement. Il était plus âgé que moi et m'emmerdait avec ses histoires de droit d'aînesse. Mais quand on s'est retrouvé ici on avait l'œil l'un sur l'autre et on ne voulait pas faire de peine aux parents. On leur en avait fait assez comme cela. Tu sais, c'était chic quand je l'apercevais de temps en temps et que je pouvais lui dire rapidement : « Ça va, pauvre con? » et qu'il me répondait en vitesse : « Toi, tu vas prendre un coup de pompe dans les fesses si tu continues. » Puis on partait chacun de son côté, finalement, je crois qu'en pensée on ne se quittait jamais. Le lendemain du transport je suis allé au Revier et j'ai réussi à voir un toubib, un Hollandais. Ça n'a pas été facile, mais j'ai pu l'aborder, un type sympa, avec des cheveux. Je lui ai parlé de mon frère. Il ne le connaissait pas, bien entendu, mais il a été gentil et m'a dit que le frangin, on ne pouvait plus rien faire pour lui ici parce que Dora ce n'est pas un endroit fréquentable, alors on l'a envoyé dans un camp spécialisé où on le remettrait sur pied et il reviendrait bientôt. Est-ce que c'est vrai ou est-ce que c'est du bidon, je n'en sais rien et ça me ronge un peu. Parce que je vais te dire. Je crois bien que mes parents, si je reviens tout seul, ne me le pardonneront jamais. Je sentirai toujours leur regard sur moi tant qu'ils vivront et même après. Alors si mon frangin claque, j'aime autant claquer moi aussi. Comme cela, ça fera de la place pour les autres et je n'aurai pas à passer devant le conseil de famille. Quand on s'est fait piéger, mon frère et moi, on a eu la chance, si l'on peut dire, de voir nos parents. Ils sont encore jeunes, mais on aurait dit deux vieux, l'un soutenant l'autre. On était entourés par des tontons matraqueurs de la Gestapo, tu vois ce que je veux dire, des gens qui en bavaient d'impatience à l'idée qu'ils allaient pouvoir nous casser les os. Et ces deux pauvres gens qui nous ont regardés partir dans la traction avant et qui nous faisaient des appels désespérés. On leur a fait signe de s'éloigner parce qu'on ne sait jamais, ils auraient pu se faire rafler eux aussi. Je les ai encore devant les yeux et ça me fait mal. Tu sais ce que c'est, ici ce n'est pas l'idéal, on claque comme des mouches, mais mes parents, je crois qu'ils en bavent encore plus que moi.

– Ne te tracasse pas, Toto, tout ça va s'arranger. Si ton frère est comme toi, il va s'en sortir et vous irez tous les deux faire la bise à la famille. Je t'emmènerai voir le Polak de Bergen-Belsen, il te dira ce qu'il en est des transports de malades. Et pour le tabac, tâche d'en trouver demain matin, mais du Makhorka, pas de la merde de Makhorkov, on s'en roulera une bonne pour la nuit prochaine.

La pause se termine. Il n'y a pas de coup de sirène, pas de sifflet, rien. On sait que c'est fini et qu'il faut redémarrer. C'est le château de la Belle au bois dormant qui se réveille.

Les rations du soir sont distribuées à une vitesse inaccoutumée. D'habitude le Stubendienst tient là son grand moment, son moment de puissance. Les gamelles sont empilées au bout de la table. Le Stubendienst plonge la louche dans le bidon de soupe. Il le connaît bien, son bidon, il pourrait en décrire le contenu comme s'il avait le nez dedans. Au fond, il y a les pommes de terre succulentes. Au-dessus se trouve une épaisse couche de rutabagas infâmes et qui donnent la courante. Puis deux bons tiers d'eau liée par de la fécule et enfin, surnageant, quelques bribes de viande. L'opération va débuter, suivie par des yeux angoissés.

La technique est très simple. Il suffirait de bien remuer le tout pour que les rations aient chacune à peu près la même composition. Mais le Stubendienst n'a pas l'esprit égalitaire, il a ses copains et ses bêtes noires. Il sait à qui ira cette gamelle-ci, et celle-là, et la suivante. Il agite ostensiblement la soupe à grands coups de louche, mais au bout de quelques instants les patates retombent au fond et les rutas remontent. La distribution commence. Pour les bons, les amis, les compatriotes, la louche plonge dans la zone des pommes de terre, en ramasse une bonne quantité, passe rapidement au milieu des rutas pour compléter le chargement et, arrivée en surface, par un habile mouvement du poignet, rafle deux ou trois bouts de viande. Pour les autres, la louche s'arrête à mi-chemin et ne ramène que des rutas. Pas question de protester, on pourrait être mis définitivement sur la liste noire.

Ce soir, le cérémonial est écourté, il va se passer quelque chose. Le Stubendienst distribue rapidement la soupe sans se livrer à ses habituelles manigances.

– Et maintenant, bouffez, bande de cons. Le chef de block va venir dans cinq minutes. Je ne veux plus rien voir sur les tables à ce moment-là.

Qu'est-ce qu'ils sont encore en train de mijoter? Les hommes sont inquiets. Ce ne peut être une corvée, on n'a pas le temps, on descend au Tunnel dans une demi-heure. Cette inquiétude est compensée pour certains par le plaisir de trouver dans leur gamelle des patates qu'ils n'ont pas souvent l'occasion d'avoir. La soupe est avalée en vitesse.

Heinz, le chef de block, entre dans le réfectoire. Il a sa tête des grands jours et son gummi à la main. Il fait mettre les détenus en demi-cercle autour de la pièce. Son regard parcourt lentement l'assistance, s'arrêtant sur certains, glissant sur d'autres. D'une brusque détente il se précipite sur Lucien et le projette au centre de la salle.

– Votre camarade s'est battu aujourd'hui. Il est interdit de se battre à Dora, nous sommes tous des camarades. Je suis votre camarade. Mais les Français sont indisciplinés et ils ne comprennent pas où ils sont. Le Français va recevoir vingt-cinq coups sur le cul.

Il se retourne vers Lucien.

– Déshabille-toi!

Lucien enlève sa vareuse et son pantalon et se retrouve en chemise et caleçon long rayés. Il est très pâle. Le Stubendienst apporte un tabouret, qu'il place au centre de la pièce. Lucien se met à quatre pattes, le ventre sur le siège. La position est grotesque.

Heinz relève ses manches, assure bien le gummi dans la main et avec un han! frappe le premier coup. Le corps de Lucien rebondit sur le tabouret et on entend un gémissement. Le deuxième coup arrive et touche le bas de la colonne vertébrale. Lucien pousse un cri. Heinz s'enflamme et frappe comme un fou, du dos à la naissance des cuisses. Le gémissement devient continu, avec des pointes à chaque impact. De la bave coule de la bouche de Lucien qui semble maintenant à moitié inconscient. Le Stubendienst compte les coups.

– Vingt-cinq, Heinz, ça y est!

Heinz se redresse. La sueur coule le long de son cou. Il halète. Le bras qui a frappé est pris de tremblements.

– Bon, ça va, lève-toi, charogne. Et tout le monde, rassemblement.

Deux hommes prennent Lucien par les épaules, le portent au Waschraum et lui mettent la tête sous le jet.

– Réveille-toi, vieux, on descend au Tunnel. Tiens, voilà tes fringues, enfile-les vite. Ça ira?

Lucien pleure doucement. Son dos et ses fesses ne sont plus qu'un énorme hématome. Il est à moitié inconscient.

– Ça ira, mais il faudra m'aider, je ne peux pas tenir debout.

– Ne t'en fais pas pour cela. On est là et tu peux compter sur nous.

Claude a aperçu Albert cette nuit alors qu'il poussait un wagon de pièces détachées. Albert semble être magasinier dans un dépôt de ferrailles vers le centre du Tunnel. La planque.

– Je viendrai te voir pendant la pause.

– D'accord, à tout à l'heure.

Ils ne se sont pas vus depuis des mois, depuis Buchenwald, mais il y a entre eux comme une gêne, une impression de retenue. Claude l'a ressentie encore une fois et en éprouve un malaise.

Ils sont de la même ville et ont fait partie du même réseau de résistance. Lorsque Claude a été arrêté, il n'a pas eu le temps de dire ouf! et s'est trouvé jeté dans une traction avant. Pour Albert, les choses ne se sont pas présentées de la même façon et ont tourné au tragique. La Gestapo et des soldats en armes ont frappé chez lui de bonne heure le matin, alors que toute la famille était là, une famille imprégnée de haine pour les Allemands. Une bataille a éclaté immédiatement, au cours de laquelle son père a été tué, sa mère blessée, ses deux sœurs et lui-même ceinturés et déportés. Bref, une famille de durs pour qui la notion de patrie a un sens et pour qui lui donner sa peau est un devoir naturel. Le soir de leur arrestation, ils se retrouvèrent dans la même cellule de prison. Albert portait des traces de la bagarre, mais rien de sérieux. Quant à Claude, il avait subi un premier interrogatoire et était dans un état pitoyable. Albert s'occupa de lui comme d'un frère et le lendemain ils furent séparés.

Ils se retrouvèrent à Compiègne, puis vint le départ pour Buchenwald, ces fameux voyages de trois jours et trois nuits, à cent par wagon à bestiaux, qui ne pouvaient avoir été mis au point que par des sadiques. La veille, les partants étaient déshabillés, fouillés entièrement et isolés dans une enceinte spéciale. L'astuce consistait alors à cacher à l'avance des outils et des couteaux dans l'herbe, à l'endroit où l'on se rhabillait après la fouille, ces outils devant évidemment servir à creuser des ouvertures dans les parois des wagons de bois pour faciliter une évasion.

Le lendemain la longue colonne traversa Compiègne, chaînes aux mains, et les hommes se retrouvèrent dans les wagons, cent par cent, pris comme des rats au piège.

Dans son coin, près d'une paroi, Albert s'activait avec quelques autres. Ils creusaient un trou dans la cloison. Apercevant Claude, il lui dit : « Tu viens avec nous, bien sûr, on va s'évader. » Et Claude n'eut pas le courage d'accepter. L'évasion n'eut pas lieu car on creusait dans les parois de tous les wagons et, dès que les premiers sautèrent, le train s'arrêta et les fugitifs furent abattus. C'était, bien entendu, une action suicidaire car les Allemands savaient qu'elle allait se produire et l'attendaient, mais Claude s'était dégonflé et il en avait conscience.

– Pausa! Pausa!

Le cri jaillit, il est trois heures du matin. Les détenus s'affalent sur place, tentent de dormir pendant les trente minutes d'arrêt. Claude enjambe les corps allongés et se faufile jusqu'au hall où se trouve Albert.

– Dis donc, Albert, je ne savais pas que tu étais à Dora. Quand es-tu arrivé? Moi, je suis ici depuis le mois de mars.

– Moi aussi, on a dû arriver ensemble. Est-ce qu'il y a d'autres copains ici?

– J'ai aperçu Philippe un jour, mais il y a des mois de cela et je ne l'ai pas revu depuis.

– Oh, tu sais, Dora est grand, il y a même ici plus d'habitants que chez nous, et avec les équipes de jour et celles de nuit, on peut passer une vie sans jamais se rencontrer.

Et voilà, pense Claude. On vient de se retrouver, on devrait sauter au cou l'un de l'autre, et au lieu de cela on va échanger des banalités pendant un quart d'heure. Peut-être qu'il ne pense pas du tout à la même chose que moi, qu'il n'y a jamais pensé, qu'il s'en fout et qu'il se tracasse simplement pour sa mère et ses sœurs qu'il sait être dans la même panade que lui. Mais comment savoir?

– Dis, Albert, ça va être bientôt la fin de la pause. Il faut que je te quitte.

– D'accord, Claude, à bientôt. Et fais attention à toi.

Claude se lève et s'enfonce dans le Tunnel.

Après le coup de tonnerre du débarquement, les choses semblent traîner en longueur et les impatiences s'aiguisent. D'après les informateurs anonymes mais dont les tuyaux paraissent sérieux et sûrs, Bayeux a été pris le premier jour. Si les choses avaient mal tourné, les SS auraient été trop heureux de le claironner. Donc, tout devrait aller bien. Mais les détenus ne peuvent pas se contenter d'une petite guéguerre avec des pauses café, des pauses thé, la semaine de quarante heures et les congés payés pour les soldats. Ils n'ont plus le temps et savent qu'ils ne survivront pas à un nouvel hiver. Il faut que les Alliés bousculent les défenses allemandes, foncent à travers la France, franchissent le Rhin et arrivent à Dora dans les semaines qui viennent à bord de leurs chars et de leurs camions, pied au plancher. La vie et la mort des prisonniers en dépendent. Alors, les gars, ne vous tracassez pas pour les excès de vitesse, on paiera vos contraventions s'il le faut, mais mettez toute la gomme. Au Revier, les tubards comparent les progrès de la maladie avec ceux des Américains et comprennent que ce sont les bacilles de Koch qui arriveront les premiers au poteau.

Les bagnards admettent que l'invasion de la France, puis de l'Allemagne, ce n'est pas une mince affaire. Si, en Angleterre, tout est, comme ils le présument, prêt à être déversé sur le continent, il faut des bateaux pour cela. La quantité de navires nécessaires à l'acheminement des chars, des canons, des camions, des armes, des munitions, de l'essence, des hommes, des milliers d'hommes, des dizaines de milliers, peut-être des centaines de milliers, est tout simplement fabuleuse et dépasse leur entendement. Les officiers français prisonniers à Dora n'ont aucune expérience de ce genre d'opération ni aucune idée de ce que peut être l'armée américaine. Est-ce une armée méthodique qui s'empare d'un bout de terrain, le nettoie et l'exploite avant de faire un nouveau bond en avant et recommencer la même chose sur un deuxième bout de terrain, puis un troisième, et ainsi de suite? Si c'est comme cela qu'opèrent les

Américains, alors la guerre peut encore durer des mois, des années, et Dora ne sera plus qu'un immense columbarium. Si, au contraire, ils mettent le paquet, percent un beau trou au milieu de la défense allemande et foncent avec des cris de Sioux jusqu'à ce camp de merde, sans s'occuper de ce qu'il y a à droite et à gauche, sans se tracasser de leurs flancs chers au stratège Guillaume, en regardant simplement droit devant eux, les yeux fixés sur les bornes kilométriques, Dora tant de kilomètres, et en écrabouillant tout ce qui bouge en avant, alors les détenus, ou tout au moins certains d'entre eux ont des chances de voir arriver l'armée libératrice. On ne peut pas attendre indéfiniment en piquant des épingles imaginaires sur des cartes rêvées. Les croyants et les athées se retrouvent dans une même communion, ils prient Dieu, le diable et tous les génies qui hantent le cœur des hommes pour qu'ils insufflent aux Américains cette folie qui les fera galoper comme des forcenés jusqu'ici. Ne perdez pas de temps, les gars, on est ici et on crie au secours, vous devez bien nous entendre. Toi, Harry, si tu as un point de côté, cours quand même. Et toi, Joe, si ton char est en panne d'essence, pousse-le. Et si vous êtes fatigués, continuez comme si de rien n'était, sans vous arrêter, tant que vous ne serez pas arrivés jusqu'ici. Vous aurez tout le temps de dormir après.

Le moral est encore bon à Dora, mais les hommes se rendent compte que l'armée allemande ne s'est pas effondrée du premier coup et qu'il faudra de grandes batailles avant d'arriver à sa destruction. De grandes batailles, cela demande beaucoup de temps et ils n'en ont pas beaucoup. Les rangs continuent à se creuser, mais la mortalité a pris une sorte de régime de croisière. Elle n'est plus aussi ostentatoire et de nombreux détenus commencent à mourir « de leur belle mort », vers les quarante-cinq ou cinquante ans, ce qui est un âge raisonnable pour l'endroit. Les matraques sont aussi actives mais semblent avoir perdu de leur efficacité. Est-ce la lassitude qui commence à gagner les porteurs de gourdins ou un calcul élaboré dans les replis des cerveaux embrumés des kapos et chefs de blocks, toujours est-il que les courses aux talons de squelettes affolés, suivies d'exécutions sanglantes, se raréfient. L'épuisement, la dénutrition, la tuberculose et la chiasse deviennent les principaux fournisseurs du crématoire. Plus, bien entendu, la potence, mais son score, de l'ordre d'une douzaine par semaine, n'est pas suffisant pour présenter un intérêt statistique.

La vie va. Les charpentiers montent les dernières baraques à mi-hauteur de la colline. Leur dextérité est devenue très grande et ils arrivent à en assembler une par jour. La ville champignon garde cependant un air de grand village sans prestance. Le commandant du camp a fait édifier une sorte de mini-terrain de sport sur le côté gauche du camp, réservé aux ébats des hauts fonctionnaires bien nourris. On raconte même qu'il fait rechercher par l'Arbeitstatistik des peintres et des sculpteurs afin de transformer la ville de bois en haut lieu de la Kultur. En attendant ces glorieux moments du raffinement germanique, on pose les premières planches du futur bordel qui devrait bientôt ouvrir ses portes à la future clientèle. Quelle clientèle? Évidemment pas le concentrationnaire de base que son état physique ne pousse pas à la concupiscence et qui en a oublié jusqu'aux manifestations physiologiques. Sera-t-il réservé aux fonctionnaires ou aux SS?

Au Tunnel, on démonte l'ultime block-dortoir, ce qui permettra à tous les détenus de vivre sainement et de respirer l'air pur de la Saxe. Une des dernières curiosités de Dora, le maintien sous terre de ce dortoir, dans les catacombes de la Métropolis, va disparaître. Tout ce fatras de châlits bancals, de paillasses caviardées de millions de puces et de poux, est évacué tambour battant et les terrassiers, les maçons, les électriciens, les plombiers prennent possession du hall qu'ils doivent équiper d'urgence. Les énormes conduits de ventilation parcourent maintenant de bout en bout les deux grandes galeries. Une noria de kommandos de transport hale les centaines de machines qui seront fixées au sol dans les ateliers. A la gare se déversent des trains entiers de matériel qu'on engouffre dans le souterrain. L'aménagement de l'usine progresse à une vitesse impressionnante, ce qui modifie de jour en jour l'aspect des lieux. Il faut aller vite, alors les détenus galopent. Plus question de se cacher dans un coin sombre, il n'y a plus de coins sombres. L'air est toujours chargé de poussière meurtrière, mais il n'est plus opacifié par les coups de mine qui ébranlaient la montagne. On voit tout partout et l'on ne peut donc plus poser les charges à l'abri d'un tas de gravats. Il faut marcher, il faut porter sans arrêt. Les hommes sentent les forces qui les quittent peu à peu. De l'incroyable folie des mois précédents, la vie est passée au morne épuisement.

Afin de pouvoir faire tourner l'usine, ce qui semble une vue de l'esprit, une plaisanterie, eu égard à l'état physique des prisonniers, la direction a obtenu des SS l'ouverture d'une cantine et la vente de cigarettes. Pour cela, il faut de l'argent et les détenus reçoivent de la monnaie, des billets marqués *Konzentrationlager Mittelwerk.* Avec ces billets ils peuvent se procurer du chou en saumure et des sortes de sprats, également en saumure, choses qui ont pour effet d'enflammer l'estomac et les intestins délabrés et qu'ils hésitent à manger malgré leur faim torturante. Ils préfèrent dépenser les marks à acheter leur ration de cigarettes russes Makhorkov, faites de pétales de fleur au bout d'un carton creux, et surtout le tabac Makhorka, gras, noir, extrêmement puissant.

La vie semble donc se poursuivre comme s'il ne s'était rien passé, comme si le débarquement n'avait pas eu lieu. Les nouvelles venant de l'extérieur sont comme des signaux reçus de la planète Mars. Là-bas, quelque part dans un autre monde, des secousses ébranlent l'ordre allemand établi sur toute l'Europe, des craquements s'entendent et des fissures apparaissent. Aux deux extrémités de cette immensité, des hommes attendent l'arrivée des formidables puissances qui vont les délivrer de l'angoisse. Ce n'est qu'une question de jours, d'heures peut-être. Mais Dora ignore tout cela, Dora évolue et perd son acné juvénile. Dora n'a qu'une idée, égaler et si possible dépasser les grandes métropoles concentrationnaires. Qu'importe ce qui se passe à l'extérieur, ce n'est pas l'affaire des SS, nouveaux dieux d'un étrange monde isolé du reste de la terre. Il n'a même pas d'existence officielle. A l'origine il s'appelait *Block 17/3 Buchenwald,* maintenant il porte le nom de *Mittelwerk,* mais pour les Allemands, le nom de *Dora* est inconnu. Pourquoi s'en tracasser, du reste, puisque le mouvement est à sens unique? On vient à Dora, mais on n'en part pas, sauf par la cheminée.

Au Tunnel comme en surface, on arrive à l'achèvement des travaux. Si les détenus du souterrain, principalement les mineurs, les terrassiers et les kommandos de transport se sont déjà posé des questions sur ce qu'il va advenir d'eux, il en va maintenant de même pour les kommandos de surface. Quand tout sera terminé, on n'aura besoin que de peu de monde pour l'entretien. Les camps satellites de l'autre côté de la montagne commencent à hanter les esprits. Les hommes savent que, même si la guerre se termine rapidement, c'est-à-dire avant l'hiver, il suffit qu'ils soient transférés ailleurs pour qu'en quelques jours les rangs soient décimés. On voudrait bien connaître les projets des SS à ce sujet, et il doit y en avoir, mais on ne sait rien...

Ainsi les esprits ont un assez curieux cheminement. On sait que le débarquement a eu lieu et que, si les Anglais et les Américains ont traversé la Manche, c'est avec l'intention bien arrêtée d'en finir au plus tôt, et ils en ont certainement les moyens. Mais, en même temps, les détenus et les SS continuent de vivre et de réagir comme si tout allait rester en l'état jusqu'à la fin des temps.

Alors, on s'intéresse au quotidien. La boule de pain qui était partagée en quatre est maintenant divisée en trois, ce qui fait une tranche supplémentaire. Une fois par semaine, la rondelle de saucisson est remplacée par un minuscule morceau de viande bouillie. Bien que légèrement augmentées, les rations n'en restent pas moins misérables et ne risquent pas d'atténuer l'impressionnante maigreur des prisonniers. L'été est arrivé et le soleil réchauffe les pauvres corps délabrés. Les Français ramassent les rares pissenlits qu'ils dévorent sous les sarcasmes des Russes. On fait sécher des feuilles arrachées aux arbres et arbustes et, une fois roulées dans un bout de sac de ciment, cela donne des cigarettes très convenables quand on n'a plus de Makhorka. On peut maintenant enlever sa chemise et traquer les poux dans les coutures du tissu. Quand on voit un copain torse nu, on se dit : « Comme il est maigre, le pauvre », sans penser qu'il se fait la même réflexion.

Le débarquement? Ah! oui, c'est vrai, on a failli l'oublier.

– Toi, Français, viens ici!

Le kapo désigne Victor qui sent sa gorge se nouer. Bon Dieu, qu'est-ce qui se passe? Qu'est-ce qu'on me veut?

La colonne de transport est arrêtée par d'énormes gabarits auxquels d'autres détenus font opérer de savantes manœuvres pour les introduire dans un hall. Des cris et des jurons éclatent partout, mais il n'y a pas de coups de matraque. Il ne s'agit pas de créer la terreur qui risquerait de faire chuter le matériel et de le détériorer. Les chefs travaillent donc de la gueule et pas du gourdin.

Victor suit le kapo qui semble perdu dans ses songes et fredonne une vague rengaine d'avant-guerre. Il a la paupière lourde et un triangle rouge. Un de ces communistes allemands qui commencent peu à peu à prendre le pouvoir à Dora. Ça doit lui faire drôle, pense Victor, quand il rencontre un SS avec qui il s'est foutu sur la gueule à Hambourg avant de se retrouver en cabane... Ces kapos politiques sont en principe moins mauvais que les verts, les droit commun, mais ils ont parfois des réactions de forcenés et leurs gourdins, lorsqu'ils s'abattent sur la nuque des pauvres cloches, cassent aussi bien les vertèbres cervicales que les gourdins des truands. On aurait tort de ne pas s'en méfier parce qu'ils sont pervertis par le milieu.

Victor et son ange gardien arrivent dans un hall entièrement aménagé. D'impressionnantes soudeuses électriques, alignées au cordeau, occupent toute la longueur du hall, soit plus de cent mètres. Les conduits électriques et pneumatiques, gainés de caoutchouc, descendent de la voûte.

Tout est prêt pour le démarrage, mais l'atelier est silencieux, il n'y a pas âme qui vive. Les ampoules électriques donnent une lumière blanche et sans ombre. Le kapo, suivi de Victor, pénètre dans la réserve à pièces détachées située tout de suite à gauche en entrant. Là se trouvent deux espèces de loques humaines, des détritus sans âge et sans couleurs, mais avec un je-ne-sais-quoi de rigolard. L'un est grand et décharné, l'autre petit mais gardant un air assuré, souvenir de jours meilleurs.

– Bande de cons! crie le kapo. Je vous ai amené un Français, comme ça vous ne vous foutrez pas sur la gueule. Alors faites votre boulot et ne m'emmerdez pas, sinon je vous casse en morceaux avant la fin de la nuit. Compris?

– D'accord, kapo, on va travailler dur.

Le kapo s'éloigne non sans avoir dit à Victor :

– Toi, tu es là juste pour la nuit, seulement pour leur donner un coup de main. Demain matin tu dois te retrouver avec moi à la sortie du kommando. D'accord?

– Ponimaïch, kapo.

Le kapo disparaît en fredonnant un air des années trente. Victor jette un coup d'œil dans la resserre. Il y a là de grandes quantités de longerons et de profilés imprégnés d'huile.

– Dites donc, les gars, vous voulez construire la tour Eiffel ou quoi? Qu'est-ce que c'est que tout ce bric-à-brac?

– Ne t'en fais pas, Toto, tout ce qu'il y a ici, c'est pour construire les ailerons de la fusée. Nous, on est des magasiniers. Quand on mettra la fabrication en route, les gars viendront s'approvisionner ici. Quand ils voudront des longerons ou des tôles d'habillement, ils me fileront un bon, et moi je leur fournirai la matière première. Tu comprends le truc? S'ils veulent construire une tour Eiffel, c'est leur affaire et moi je m'en fous. Ils n'auront qu'à me donner des bons que je piquerai sur le truc que tu vois là. Tout est prévu.

– Mais dites donc, les gars, vous avez trouvé la planque en or?

– Tout juste, Auguste, mais on est un peu méfiants. Tu sais ce que c'est, les planques à Dora. Si tu n'as pas l'air de dire que tu es débordé et que c'est infernal, les Polaks commencent à s'intéresser à tes moyens d'existence, te piquent ta place et tu te retrouves au cul de la bétonnière avec la schlague qui te tombe sur les reins comme ça n'est pas possible. Alors, mon pote et moi, on a gémi auprès de l'ingénieur et on a demandé de l'aide. C'est pour ça que tu es là.

– Bon, alors, qu'est-ce qu'il faut faire?

– Doucement, Toto, ne t'énerve pas. Il n'y a rien à foutre ici tant que la production n'aura pas commencé. On a du matériel de quoi écrabouiller plusieurs fois le monde entier. Alors ça n'est pas la peine de s'affoler. As-tu déjà fumé du Stark? On va s'en faire une cigarette.

Du Stark, sacré bon Dieu! Victor en a entendu parler. Le Stark, c'est la fine fleur du Makhorka, le havane des camps de concentration. Le Stark, comparé à tout ce qui se fume, c'est comme de l'alcool à 90° en face de l'eau d'Évian. Le grand maigre sort de sa poche une boule enveloppée dans du sac de ciment. Jésus Marie, cela représente au moins la valeur de deux pains entiers, de quoi manger pendant une semaine.

– Tu regardes ma réserve et tu penses que je suis complètement fou. Mais qu'est-ce que tu crois? Tu t'imagines qu'ils nous laisseront sortir d'ici avec leurs excuses? Pauvre connard, tu te fais des illusions, personne ne sortira jamais de Dora... Alors, oublie la femme et les enfants et fais ce que tu as envie de faire avant qu'il ne soit trop tard. En attendant, il n'y a personne dans ce con de hall et on va se fumer une bonne cigarette.

Le grand maigre prend un bout de papier journal, très rare et très cher, sur lequel il y a sans doute des nouvelles de la région, des dates de marchés agricoles et des avis de décès. Il le salive bien pour le rendre imperméable et roule une cigarette majestueuse. Un dernier coup de langue et le tout est proprement scellé. Il y a au moins deux couches de papier, ce qui ne fera que plus de fumée délectable. Il sort de sa poche un briquet maison, pierre venant de chez les soudeurs et essence, on ne sait trop d'où. Il allume le quasi-cigare, prend une large bouffée et s'enfonce dans son paradis. Victor a maintenant la cigarette dans la main. Il l'approche de sa bouche, tire un bon coup et fait grésiller le papier journal. Il prend au passage un peu d'air pour atténuer la force du tabac et avale le tout. Ses poumons encaissent un choc terrible et il sent qu'il va tomber. Ses yeux chavirent. La faim qui le rongeait a disparu du même coup. Bon Dieu, pense-t-il, si je devais me lever en ce moment même, je ne le pourrais pas. Le grand maigre le regarde en rigolant.

– Dis, Toto, ça t'a secoué, ma cigarette. Elle est bonne, hein? Je vais te dire une chose, j'ai fait l'ouverture de Dora, je suis arrivé ici en septembre de l'année dernière. Je ne sais pas combien de temps cette saloperie va durer, mais je crois bien que je n'irai pas jusqu'au bout. J'ai les éponges mitées. De temps en temps, je vois Jackie qui jette un coup d'œil sur moi et qui sait qu'un de ces jours je serai un de ses clients. Alors, tu comprends, le premier qui me parle de vivre sainement et de s'économiser, moi je le laisse dire. Tu sais ce que c'est, vivre huit mois à Dora? Moi, à mon avis, c'est beaucoup trop, c'est presque indécent. Je ne tiens pas à battre des records, maintenant ça m'est égal. Tout ce que je demande, c'est de ne plus prendre de coups. Quand je vois un con avec une matraque, qu'il ait un triangle de communiste ou de droit commun, moi je m'en fous, je change de trottoir. Tout ce que je cherche, c'est passer le plus loin possible de son gourdin. Tiens, tire encore sur la cigarette.

Victor accuse une fois de plus le choc de l'incroyable tabac. Ses yeux se voilent et il sent le Tunnel basculer. Bon Dieu, pense-t-il, pourvu que je ne devienne pas comme ces deux débris. Et le petit qui n'a pas dit un mot et qui rigole dans son coin. Je ne leur en donne pas pour un mois.

Et après tout, je ne suis peut-être pas mieux qu'eux. Si je me regardais dans une glace, à poil, je serais sans doute effrayé. Alors, à quoi bon me casser la tête, ce sont eux qui ont raison, ils vont crever comme des hommes, des vrais types de Dora.

Victor s'installe, allonge ses jambes et aspire une énorme bouffée. Son cerveau s'embrume et il pense : « Sacré bon sang, qu'est-ce qu'on est bien ici! »

Les uns après les autres, au fur et à mesure de leur finition, les halls démarrent. Certains ont commencé depuis longtemps, alimentés par les éléments récupérés à Peenemünde après la destruction de l'usine par la RAF. Depuis des mois on voit arriver des queues de V2, énormes avec leurs quatre ailerons pointus, déjà peintes en vert wagon et immatriculées, des réservoirs à gaz liquide fabriqués dans une autre usine, des longs fuselages semi-cylindriques et des têtes dans lesquelles se logent les instruments de commande électrique. Depuis des mois sortent des fusées terminées, mais la cadence de production est infime, il s'agit plutôt d'essais de production qui doivent donner à l'usine souterraine les conditions optimales de fonctionnement.

L'Allemagne, du fait de la destruction de Peenemünde, a raté sa meilleure chance d'écraser les forces de débarquement alliées en envoyant sur les ports anglais un déluge de fusées. Aujourd'hui, la situation a changé et il faudrait ajouter une bonne partie de la Normandie à l'objectif des V2. Tâche énorme. Raison de plus pour agir au plus vite et produire en masse ces engins pendant qu'ils ont encore une importance stratégique. Car ils n'ont d'intérêt que lancés sur les concentrations fixes de troupes et de matériel. Si les armées alliées réussissent une percée et s'égaillent sur le territoire français, les V2 n'auront plus aucune efficacité réelle.

La firme Zawatsky, maître d'œuvre de la fusée, réclame des mécaniciens, des serruriers, des soudeurs, des monteurs électriciens. Miracle, à Dora il n'y a que cela. A croire que les meilleurs éléments des usines Citroën, Renault, Skoda et autres se sont retrouvés dans les collines du Harz. Les agriculteurs, les commerçants, les professeurs, les fonctionnaires jurent leurs grands dieux qu'ils ont tété leur nourrice à Levallois ou à l'Ile Seguin et que, si la Gestapo roule en traction avant, c'est bien grâce à eux. Ils en sont à leur deuxième ou troisième déclaration de profession depuis leur arrivée dans les camps, mais cela n'a pas d'importance, personne ne vérifie. Le mythe de la sécurité de l'emploi, si cher à nos fonctionnaires que le monde nous envie, s'installe à Dora sous une forme légèrement différente, celle de l'emploi de la sécurité. Dans la caboche des détenus qui s'acharnent à survivre contre toute logique, l'avenir de leur espèce réside dans le prolétariat. Alors vive les damnés de la terre, ce sont les dieux de ce monde. Les intellectuels, pour une fois en accord avec leurs prêches sociaux, ne demandent qu'à se ruer sur les machines qu'ils contemplent avec extase. Les fonctionnaires tatillons et méprisants pour les assujettis retroussent leurs manches en faisant jouer des biceps avortés par le tampon buvard et la plume Sergent-Major. Quant aux cultivateurs et aux commerçants, habitués qu'ils sont à des horaires refusés par le reste des corps sociaux, ils sautent la tête la première sur toutes les occasions. Les Polonais et les Russes, assez étrangement, commencent à sentir le poids de la présence française et ont plus de difficulté à trouver de la place dans les ateliers. Les Français réussissent ainsi leur première percée dans l'univers de Dora. On ne les considère plus seulement comme de minables fabricants de parfums et de produits de beauté, ou de ridicules pantins demandant au nom de quoi on se permet de leur fendre le crâne, eux les inventeurs des droits de l'homme et du citoyen. Sans le savoir, André Citroën, en construisant sa célèbre 11 CV traction avant, avait fait plus pour les bagnards que les penseurs à barbiche au cœur à gauche.

On se précipite vers les ateliers, à peine sont-ils terminés. Certains sont impressionnants, comme les ateliers d'assemblage des queues de V2 ou des fuselages. D'énormes gabarits scellés dans le sol maintiennent à leur place les plaques de tôle, les longerons et les profilés, et les mâchoires des soudeuses électriques viennent fixer le tout. Cela paraît très compliqué mais, en fait, c'est l'enfance de l'art. Il suffit de bien décaper les tôles et de faire disparaître toute trace de peinture ou de graisse à l'endroit des points de soudure, de présenter la mâchoire et d'appuyer sur la pédale. Il faut cependant veiller à ce que la mâchoire ne touche pas en même temps un autre point de la tôle, ce qui provoquerait un trou et un dégagement de fumée. Des Meister, contremaîtres civils allemands, surveillent sans relâche le travail. Ce sont en général des mutilés de guerre qui ont laissé quelques kilos de bonne viande sur le front russe. La plupart sont absolument indifférents au sort et à l'apparence des détenus, ils ne semblent même pas les voir quand ils leur donnent des ordres, ordres qui sont criés à la manière allemande. Lorsqu'ils s'adressent personnellement aux prisonniers, c'est pour les traiter de Drecksack, sac à merde, mais cela va rarement beaucoup plus loin. Ils ne sont pas là pour faire régner l'ordre et s'en tiennent aux limites de leurs attributions. Il est évident que pour eux les concentrationnaires ne sont que des déchets de l'humanité, de la sous-humanité, qui ne méritent pas qu'on les regarde.

Certains détenus ont eu moins de chance. S'étant imprudemment déclarés peintres, soudeurs à l'arc ou plombiers, ils se sont retrouvés devant des machines ou des outils qu'ils n'ont jamais vus de leur vie et qu'ils sont bien incapables de faire fonctionner. Des soudeurs à l'arc amateurs voient leurs électrodes fondre d'un seul coup sur toute leur longueur, ou au contraire coller à la ferraille et en arracher un bout. Des peintres, ne sachant pas doser le diluant et la peinture, constatent avec effroi que leur mélange glisse sur le support et tombe en flaque sur le sol ou bien, trop épais, fait d'affreux crachats pustuleux sur la tôle. Quant aux plombiers de pacotille, les sifflements de l'air comprimé à l'endroit de leurs soudures ratées les signalent à l'attention générale. Toutes ces bavures déclenchent les hurlements des Meister, un incompréhensible mélange de jurons et de menaces d'où émerge le dangereux mot de sabotage. Les imprudents novices voient arriver le kapo qui leur tape dessus à grands coups de gourdin avant de noter leur matricule, ou un SS qui passe dans les parages et entraîne les malheureux au poste de garde, à l'entrée du Tunnel. Au mieux, ces inconscients finiront leurs jours au kommando de transport qu'ils n'auraient jamais dû quitter, au pire ils se balanceront au bout d'une corde le dimanche suivant sur la place d'appel.

Quelques-uns ont cependant une chance insolente. S'étant déclarés électriciens sur un coup de folie, on les affecte au remplacement des ampoules. Munis d'une grande échelle d'aluminium, ils visitent pendant douze heures les galeries et ateliers et remplacent les lampes grillées.

Les magasiniers ont aussi un emploi très convoité, mais réservé en grande partie à des professionnels. Lorsqu'on vous présente un bon pour une chose très précise, celle-là et pas une autre, il faut savoir de quoi il s'agit, surtout si le demandeur est un Meister. Pour les matières premières, tôles, longerons, profilés, on s'y fait très rapidement et cela ne présente pas de difficultés. Mais pour l'outillage, c'est une tout autre affaire. Le calibre des électrodes, le grain des meules, l'ampérage des fusibles, le grain des limes. Le simple marteau est répertorié en fonction de son poids et de son utilisation, et tout cela en allemand. Se déclarer magasinier, c'est jouer sa vie à pile ou face, la tranquillité relative ou le désastre définitif.

La vie s'organise peu à peu dans le Tunnel. Le délire sanglant des premiers mois cède la place à une atmosphère d'absurdité, un monde glacé, illogique. Des hommes venus de l'extérieur, les ingénieurs, les Meister, bons époux, bons pères, respectueux de la loi et de l'ordre, qui ne feraient pas de mal à une mouche et élèvent leur petite famille selon les principes ancestraux, vivent et font leur carrière professionnelle, en comptant leurs points de retraite, avec des êtres qui souffrent et meurent les uns après les autres. Que peuvent raconter les civils quand ils se retrouvent entre eux après le travail? C'est un mystère. Les enfants doivent interroger les pères sur ce qui se passe dans cette grotte secrète où ils ne peuvent pas aller jeter un coup d'œil avec le groupe de l'école, c'est strictement interdit. Ce doit être pourtant follement intéressant de voir de près ces bagnards, ces Untermenschen dont ils ont aperçu quelques spécimens au hasard d'une corvée à l'extérieur. Tous ces individus doivent être de grands bandits pour être traités de la sorte. Dis, papa, raconte. Est-ce que papa raconte?

Et la mère, la maman, la mutti, presque la mamma italienne, est-ce qu'elle pose des questions à son mari? Il a bien dû, dans des moments de détente et de confidence, se laisser aller à parler des loques humaines, des cris et des coups, de la potence. Sans doute la mutti a-t-elle dit : mon Dieu, toutes ces affreuses créatures me font peur, pourquoi ne pas les tuer tous immédiatement avant qu'ils ne viennent nous assassiner? C'est trop dangereux d'avoir cette racaille à côté de nous, je n'en dors plus. Combien dis-tu qu'ils sont, plus de quinze mille? Je ne comprends pas qu'on les garde comme cela si près de nous. Un jour ils viendront égorger nos enfants. Vraisemblablement, le chef de famille se fait rassurant. Ne t'en fais pas, maman, ils sont bien gardés. Il y a des mitrailleuses partout, et de toute façon ils n'auraient pas la force de venir jusque chez nous. Si tu les voyais, ce sont de vraies loques qui ne pourraient pas se rebeller, tout est prévu pour cela. Tu peux dormir tranquille, nos enfants ne risquent rien.

En plus des hommes, des secrétaires et des dactylos femmes commencent à apparaître dans cet univers. Elles arrivent le matin avec leur petit tailleur bien repassé, plus un lainage car le Tunnel est humide et elles risqueraient d'attraper un rhume. La mode à cette époque est de porter les bas à l'envers, avec la couture à l'extérieur et elles respectent cet usage. Sitôt passé le contrôle SS à l'entrée du Tunnel, elles gagnent rapidement leur petit bureau situé en loggia dans les halls. Elles croisent les détenus qu'elles ne regardent pas, leurs talons aiguilles claquant sur le ciment. Arrivées à leur bureau, elles remettent de l'ordre dans leur coiffure, vérifient leurs ongles vernissés et font les raccords nécessaires. Un dernier coup d'œil à la machine à écrire, au papier et au carbone, et tout est prêt pour l'arrivée du patron. Il y a un moment pénible lorsque les ingénieurs ou techniciens détenus viennent prendre les ordres. Ils sont sales et sentent mauvais. Ces jeunes filles bien tenues et éclatantes de santé sentent leur corps se révulser à la vue des débris qui pénètrent discrètement dans les lieux. Heureusement, le flacon d'eau de Cologne est à portée de la main et son contenu procure un écran protecteur entre le raffinement et la bestialité. Mon Dieu, qu'il faut souffrir pour son pays!

D'autres groupes apparaissent de temps en temps dans le Tunnel. Ce sont des ingénieurs et des techniciens envoyés par les firmes qui contribuent à la fabrication du V2. Zawatsky a sous-traité avec de multiples entreprises qui viennent se rendre compte sur place. Ces hommes sont habillés de lodens et de chapeaux à plume. Eux aussi ont un regard sélectif. Sont-ils blasés ou ont-ils reçu des ordres? Ne rien voir, ne rien entendre, ne rien dire. Ils évoluent au milieu de la plèbe comme s'il n'y avait rien de particulier. Ils pourraient prendre des photos, cela en vaudrait la peine et leur procurerait d'extraordinaires soirées entre amis et connaissances. Mais ils ne le font pas. Ils sont sérieux et efficaces. Juste un grand rire collectif à l'occasion d'une plaisanterie gros sel qui procure la détente nécessaire à toute réunion de travail.

Une catégorie de visiteurs est infiniment plus inquiétante. La Gestapo. Depuis le départ de France on ne les avait pas revus. Bien sûr, ils venaient régulièrement à Dora car ils n'abandonnent jamais leur clientèle, mais ne franchissaient pas la porte du camp. Maintenant, on les voit de temps en temps avec leurs longs imperméables. Ils font froid dans le dos. Ils ne pénètrent pas profondément dans le Tunnel, ce n'est pas leur affaire, mais s'arrêtent au bureau qui se trouve juste à l'entrée. S'ils sont là, ce n'est pas pour revenir sur une histoire d'avant l'arrestation, mais pour veiller à la discipline du Tunnel et rechercher les sabotages qui commencent à se produire. Dans le domaine de l'interrogatoire des suspects, ils ont un savoir-faire qui manque aux SS et leur intervention est vraisemblablement réclamée par les entreprises responsables de la bonne marche de l'usine. Leur arrivée provoque des angoisses parmi les détenus. Chacun sent monter en lui de sourdes terreurs. Pourvu que ma machine ne s'arrête pas, que les fusibles ne sautent pas, que le manche de mon outil ne casse pas pendant qu'ils sont là! Si c'était le cas, je risquerais d'être amené devant eux. Déjà, quand j'étais encore un être humain, ils m'ont coupé en morceaux, mais maintenant que je ne suis plus qu'un résidu infect, ils vont s'acharner sur moi.

Maintenant qu'il abrite cette nouvelle population, le Tunnel devient un endroit incroyablement propre, presque aseptisé. Les seuls éléments infâmes demeurent les détenus, toujours aussi sales et décharnés. Ils contemplent la Métropolis où leurs galoches font un bruit incongru. Les vétérans se souviennent de ce qu'ils ont trouvé à leur arrivée. Une sorte de grotte de quelques dizaines de mètres de profondeur qui avait servi de dépôt de carburant. L'air y était rempli de vapeurs d'essence et les risques d'explosion y étaient grands. Un bref appel à l'entrée, et le travail commença. Dans l'air de la campagne retentit le premier coup de schlague et cela ne devait plus s'arrêter. Dix mois plus tard, la huitième merveille du monde était achevée, le réseau le plus parfait de galeries inviolables s'apprêtait à produire les armes secrètes du Reich.

Combien de morts cette entreprise avait-elle coûté? Difficile de le dire à quelques milliers près. Les renforts s'étaient succédé à cadences forcées et le crématoire marchait à plein régime. Les anciens se cherchent et se comptent. Ils ne sont plus que quelques dizaines sur les milliers qui ont donné les premiers coups de pioche. Ils vont maintenant abandonner leurs outils de taupe. Ils vont changer d'affectation. Mais les SS sont toujours là avec les mêmes instructions : liquider tous les détenus. Alors, ne vous faites pas d'illusions, les gars, vous ne verrez plus jamais d'autre paysage, celui-ci est le dernier.

Le commandant du camp de Dora vient de perdre un de ses nombreux complexes vis-à-vis de Buchenwald. Il a un orchestre, un orchestre tsigane. Il a dû fêter cela avec son état-major et sans doute faire un discours, promettant que son camp durerait aussi longtemps que le Grand Reich, c'est-à-dire mille ans, et qu'il serait l'une des créations les plus achevées du génie humain.

L'orchestre de Buchenwald, c'est quelque chose qui vaut le détour. Si l'on considère l'aspect wagnérien du site, de la porte d'entrée et des constructions, sans oublier le fait que l'arbre de Goethe, celui sous lequel il venait méditer, se trouve dans l'enceinte du camp, on ne peut mettre dans un pareil endroit un orchestre quelconque. Il faut qu'il ait de la classe. Le trait de génie du commandant de Buchenwald fut donc de dénicher un lot d'uniformes provenant d'un cirque, de magnifiques dolmans rouges à brandebourgs, des culottes de cheval noires et de hautes bottes luisantes. Il y avait surtout des cuivres et des instruments à percussion. Les musiciens devinrent les enfants gâtés du camp, bonne nourriture, bon gîte et journées entières passées aux répétitions. Le rôle de cet orchestre, ou plutôt de cette fanfare, se bornait à accompagner de flonflons les départs et retours des kommandos, à quoi s'ajoutait une prestation supplémentaire lors des pendaisons. Somme toute, la vie de château pour les instrumentistes qui subissaient une sélection rigoureuse avant d'être admis à jouer de la musique minable.

Comme on ne pouvait pas recommencer le coup des uniformes de cirque, le commandant de Dora se souvint qu'il avait parmi ses administrés un certain nombre de Tsiganes rescapés d'Auschwitz qui avaient échoué à Dora au terme d'itinéraires relevant de la logique administrative. Les Tsiganes, ça joue de la musique, tout le monde sait cela. On jouerait donc *la Grande Berezina* et *les Yeux noirs.*

Le plus difficile fut sans doute de réunir les instruments. Les violons, accordéons, bandonéons, flûtes, balalaïkas, cela ne se trouve pas facilement, surtout lorsque les détenus ont déjà fait plusieurs camps et ont été dépouillés de tout dans les immenses capitales de l'Est. Dora ne reçoit que des êtres portant le strict équipement concentrationnaire. Vareuse, pantalon, chemise, caleçon long, chaussettes russes et galoches. Pas même une cuillère. Le commandant se démena pour obtenir le transfert des instruments depuis les fabuleux entrepôts d'Auschwitz et de Buchenwald. On dut procéder à d'incroyables tractations, des discussions de marchands de tapis, pour réunir les merveilleux instruments et pour les confier aux Tsiganes qui sont des ordures, chacun le sait, mais font de la si belle musique décadente. Que durent être les angoisses, les déceptions, les espoirs et les nuits blanches de ce pauvre commandant, les coups de téléphone faussement désinvoltes mais désespérés pour mendier avec de gros rires les violons si attendus, tellement désirés? Combien de communications qui semblaient sur le point d'aboutir et furent coupées par une idiote de standardiste en uniforme de souris grise? Désolé, commandant, mais j'ai un appel du front de l'Est qui doit passer en priorité. Veuillez rappeler plus tard. Herr Gott Sakrament! Ces salopes ne comprennent rien. Ce sont elles qui feront crever le pays en nous coupant le téléphone. Et cet autre salopard qui semblait prêt à se laisser faire va se ressaisir et me demander des choses que je ne peux pas lui fournir. Des clochards, voilà ce que j'ai sous mes ordres, des clochards qui ne m'ont apporté que leur carcasse immonde et déjà pourrie. Quand je pense que je vais devoir rappeler ce salaud de commandant d'Auschwitz et lui faire des ronds de jambe, j'en ai des nausées à l'avance.

Un jour, merveille, tout est là et les instruments s'alignent dans les bureaux de la Porte. Les Tsiganes sont convoqués. Ils sont huileux, infâmes, avec des sourires serviles cachant à peine l'angoisse de la mort. On va sans doute supprimer le reste de la tribu, ceux qui ont survécu aux immenses génocides. Les gens du voyage, les derniers hommes libres de l'Europe policée, ceux qui suivent leurs roulottes là où elles veulent bien les mener, songent à la corde qui va bloquer leur respiration et les envoyer dans un autre monde de merde. Miracle, on leur donne des instruments de musique et ils vont pouvoir en jouer à Dora. Ils pourront se promener où ils voudront, quand ils voudront, tout ce qu'on leur demande c'est de faire de la musique. Faire de la musique à Dora, quelle rigolade, ils n'osent pas y croire. Ils s'attendaient au grand saut dans l'éternité et voilà qu'on leur propose des bandonéons! Est-ce que cela veut bien dire qu'on ne va pas les liquider tout de suite et que l'on compte sur eux pour amuser les maîtres et les esclaves? Ils voudraient bien rire mais n'osent. Les instruments passent de main en main. Et tout démarre. *Les Yeux noirs.* Puisqu'ils veulent des *Yeux noirs,* on leur foutra des *Yeux noirs* jusqu'à la fin des temps.

Dans le Tunnel qui commence à se garnir, l'orchestre passe de hall en hall en jouant *les Yeux noirs* et *la Grande Berezina.* Le spectacle est tellement insolite que les détenus en restent bouche bée. On rigole, on applaudit. Les musiciens, avec l'extase de commande aux yeux, égrènent les airs d'un autre monde. Dans l'assistance, cependant, on sent des visages qui s'amollissent, des gorges qui se nouent, des carapaces qui se fissurent. Des souvenirs remontent, de merveilleux souvenirs d'une planète disparue.

– Henri, c'est bien toi, Henri?

La voix est hésitante, comme si elle cherchait ses mots. Henri regarde le détenu. La pupille est très grande, elle n'accommode plus. La bouche a déjà un rictus qui découvre les dents. L'homme est terriblement maigre, ses vêtements flottent sur un squelette. Les pieds paraissent énormes et la silhouette titube. Il ne reste plus dans le crâne parfaitement dessiné sous une peau parcheminée qu'un reste de conscience qui va bientôt s'éteindre. Un zombie qui va mourir. Dans combien de temps? Un, peut-être deux jours. Le prisonnier partira à la dérive d'un pas lent, quittant la colonne sans s'en rendre compte. Le kapo se précipitera sur lui en jurant, assènera un coup de matraque sur le crâne et le déchet humain tombera pour ne plus se relever. C'est ainsi que finissent les *musulmans* [1], ces êtres qui n'attendent plus qu'une chose, qu'on les pousse dans l'au-delà.

– Salut, l'ami, je suis bien content de te voir.

Henri se demande qui ce peut bien être. Ce peut être n'importe qui, ils se ressemblent tous.

– La prison, tu te souviens, on y était ensemble. Comment s'appelait-elle, cette prison?

1. Ce terme d'argot des camps désignait les détenus au dernier degré du délabrement physique.

– Le Pré-Pigeon, la prison d'Angers.

– Ah oui, c'est vrai. On a partagé la même cellule la dernière nuit et on est partis ensemble pour Compiègne.

Bon Dieu, pense Henri, ce n'est pas Laurent, et pourtant ce ne peut être que lui. Ce crâne et ces joues piqués de poils gris, c'est bien lui. Il se rappelle alors le prisonnier rencontré aux dernières heures de leur séjour en prison. Henri revoit cet homme aux cheveux grisonnants, amaigri par le manque de nourriture mais dégageant une impression de solidité physique et morale. Quel âge? Quarante, peut-être cinquante ans, mais l'air indestructible de celui qui peut tout traverser et s'en sortir. Pas un pleurnichard qui gémit sur son sort ni un faux jovial qui se mine en dedans et s'écroule au premier coup dur. Un homme en acier, comme il en existe quelques-uns.

– Mais qu'est-ce que tu fais là? Tu fais une corvée tout seul? Où est ton kommando?

– Je ne sais pas, j'étais avec les gars tout à l'heure et je les ai perdus de vue. Il faut que je les retrouve.

Ah! ce pauvre type doit être avec des Russes qui l'ont poussé droit devant lui. Les *musulmans,* ça attire des coups sur tout le monde et ils s'en sont débarrassés. Comme les impitoyables oisillons jettent à bas du nid leur frère moins fort qu'eux, les Russes expulsent au loin les prisonniers en fin de carrière. La vie n'a pas grande valeur à Dora, mais la mort en a encore moins.

– Écoute, Laurent, assieds-toi là. Je vais chercher ton kommando et puis je vais t'y ramener.

Laurent s'assied sans répondre, indifférent. Le rictus de sa bouche s'aggrave. Depuis leur rencontre, il y a quelques minutes, il a franchi un nouveau stade dans le délabrement physique et intellectuel. Il marmonne.

Henri s'éloigne avec une boule dans la gorge. Il ne fuit pas, il fait la seule chose qui soit raisonnable, laisser son copain à son destin. Pourvu que le kapo ou le SS qui le trouvera l'assomme du premier coup, lui épargnant un calvaire inutile. Avec un peu de chance, dans quelques minutes il en aura fini avec Dora.

Karl fit une entrée très remarquée au Revier. Dans la salle de chirurgie. Il avait le coude gauche énorme et agrémenté de vilaines irisations. Vêtu de sa seule chemise qui arrivait juste au-dessus du nombril, il s'arrêta un instant à la porte, contempla la salle et, d'une démarche ondulante, gagna le lit qu'on venait de lui affecter. Il ne manquait que les trois coups du régisseur pour que l'entrée fût parfaite. En un geste gracieux il releva la couverture, s'allongea et partit d'un grand rire de gorge.

Karl était un de ces nombreux pédérastes allemands qui furent arrêtés comme tels par le régime et mis en camp de concentration; un triangle rose donnait le motif de leur internement. La pédérastie était très répandue dans les milieux nazis, à l'origine du mouvement, notamment du temps des SA et de leur chef, Röhm, un homosexuel notoire qui fut assassiné dans son lit encombré de jeunes éphèbes. La corporation n'en disparut pas pour autant et continua de tenir une place importante dans les allées du pouvoir, mais elle déplaisait énormément à Hitler qui ordonna contre elle des mesures draconiennes. C'est ainsi que le pauvre Karl, choriste à l'opéra de Berlin, se retrouva à l'ombre des barbelés électriques. Triste destinée pour un jeune homme plein d'avenir dont la carrière lyrique se trouva du même coup brisée.

Il avait encore une certaine allure, dans les trente ans, l'œil bleu brillant et hardi, le teint gardant plus de rose que de gris. Mais Dora n'était pas tendre pour les homos vieillissants. Il y a quelques années, il avait dû égayer les nuits des kapos et des chefs de blocks, mais l'âge venait à Dora comme partout ailleurs. L'arrivée des Russes marqua la fin de son règne. Les jeunes Slaves à la chair tendre et à la peau satinée furent déversés par centaines dans les camps, provoquant des bouffées de désir parmi les chefs. C'est ainsi que Karl se retrouva dans un kommando meurtrier qui lui révéla une chose qu'il n'aurait jamais soupçonnée. Il avait de la force de caractère. Soumis à la violence impitoyable du lieu et aux sarcasmes des détenus, il gardait un éternel sourire qui lui permit de tenir le choc jusqu'à ce que son ancienneté, sa nationalité et de vagues appuis l'autorisent à se faire affecter à un poste un peu moins exposé. Il arrivait à décrocher par-ci, par-là un litre de soupe supplémentaire ou un morceau de pain, ce qui maintenait son moral au beau fixe.

Une fois couché, il eut un instant de défaillance. Son coude le faisait atrocement souffrir et l'idée de l'opération sans anesthésie n'était pas une perspective réjouissante. Il était assez vieux concentrationnaire pour savoir qu'au Revier on ne faisait pas dans la délicatesse et que, bien qu'en général on ne pratiquât pas d'amputation, son bras risquait d'être fichu, si même la gangrène ne lui dévorait pas le corps tout entier. Bah! On verrait bien.

– C'est toi, Karl, vieille pédale. Fais voir ton coude. Oh là là! il n'est pas beau. On va te couper le bras, c'est sûr.

Les garçons de salle, intéressés et goguenards, s'étaient approchés du lit avec l'intention manifeste de faire leur numéro. Dans la salle, les plus valides se tournèrent, espérant la distraction qui leur ferait oublier pour un temps leurs angoisses personnelles. Les Stubendienst sentirent que l'auditoire était prêt. Cependant il fallait faire attention et ne pas aller trop loin, Karl était un ancien détenu et allemand de surcroît, ce qui obligeait à une certaine prudence. Pas question de le brutaliser, sous prétexte de rigolade, il avait certainement des appuis qui pourraient faire virer les inconscients qui se laisseraient aller à des excès.

– Dis donc, tes clients vont s'ennuyer sans toi. C'est mauvais de les laisser tomber, ils vont aller chercher ailleurs. Et ici tu ne risques pas de faire des affaires. Tu as vu ce qu'il y a autour de toi? Rien que des clochards qui vont crever dans les trois jours.

– Ne vous en faites pas pour moi, les gars. Je serai encore ici que vous serez déjà passés par la cheminée. Est-ce que je vais avoir la diète?

La diète, la fameuse soupe blanche et sucrée qui fait saliver ceux qui n'y ont pas droit. Une merveille.

– Ça, ce n'est pas facile, mais on pourra voir. Mais, au fait, il paraît que tu étais chanteur, autrefois?

– Oui, à l'opéra de Berlin.

– Alors, tu devrais chanter quelque chose. Chante-nous *Lily Marlène.*

Ravi, Karl s'assit en tailleur sur son lit et commença la rengaine. La voix était chaude, bien située, avec les R roulés à la façon des chanteurs classiques. Les Stubendienst, bras dessus, bras dessous, reprirent en chœur en faisant des effets de manches. Puis ils partirent d'un grand éclat de rire.

– Bon, pour la diète, on va en parler. Tu l'auras peut-être.

Karl, en riant très fort, se recoucha. So ist das Leben. Tout ça c'est la vie, il faut savoir surnager. Il s'endormit presque aussitôt. Demain on le charcutera, mais il sera toujours temps d'y penser.

La nouvelle est arrivée au début de la matinée, les Alliés ont attaqué en Normandie. L'offensive a été foudroyante, imparable. Les Anglais et les Américains ont percé le front allemand et se déversent maintenant vers la Mayenne, la Sarthe et la Bretagne. Comme pour le débarquement, les renseignements ont giclé à une allure stupéfiante dans tout le camp de surface. Ils sont même très précis et annoncent qu'une colonne se dirige vers Le Mans, une autre vers le nord de la Normandie et une troisième s'apprête à pénétrer en direction de Rennes et de Saint-Malo.

La radio officielle allemande parle de combats très durs et de milliers de morts du côté des forces d'invasion, mais les nouvelles parallèles venant de la mystérieuse source d'information donnent des détails qui ne trompent pas, des détails précis avec les noms des villes capturées. L'espoir, l'espoir fou revient chez les bagnards. On a eu peur, on a cru que cela allait durer des mois dans la poche normande, mais maintenant ça y est, c'est parti et ça ne s'arrêtera plus. Les Français redeviennent le principal centre d'intérêt. Les noms de villes russes cent fois ressassés sont envoyés aux oubliettes et dans toutes les langues on ne parle plus que d'Avranches, du Mans et de Rennes. Dans l'équipe de nuit, qui devrait dormir, ce n'est que fièvre et agitation. On sort des blocks pour aller commenter les nouvelles avec les copains. Les Sarthois parlent des nœuds routiers importants par où les Alliés vont s'enfoncer de toute la vitesse de leurs engins. La raison commanderait de dormir car la nuit va être dure au Tunnel, mais qui songe à dormir quand les libérateurs sont sur le chemin de Dora? On recommence à faire de la stratégie. L'armée allemande a beau être extrêmement puissante et nombreuse, elle n'est tout de même pas inépuisable. De l'autre côté de l'immense front de Russie, elle a peut-être engagé à l'Ouest tout ce qui lui reste, et si le front a été percé, peut-être n'y a-t-il plus rien derrière, plus de réserves pour arrêter les Anglo-Américains. Le Rhin? Bah! qu'est-ce que ça veut dire, le Rhin, ce petit truc de rien du tout quand on a traversé la Manche?

Mais avant d'en arriver là, il y a Paris. Rien que d'en prononcer le nom, les esprits s'échauffent, galopent : Paris sera libéré dans quelques jours. Les Allemands sont cuits, ça ne fait pas de doute, on sera chez nous bientôt. Comment raisonner des pauvres gars dont la vie est suspendue à des riens et qui ne peuvent pas vraiment influer sur leur destin? Dans les états-majors des deux camps on se penche sur des cartes, on met sur pied des stratégies, les uns pour avancer le plus vite possible et les autres pour arrêter le déferlement. Mais les concentrationnaires, personne ne s'en occupe, ils ne sont pas compris dans les données du problème, d'un côté on s'en fout et de l'autre on ne sait même pas qu'ils existent. Les bagnards sont les seuls à s'intéresser à leur propre cas. Comme ils voudraient aller au grand quartier général allié pour indiquer l'itinéraire le plus court qui mène à Dora! A défaut de pouvoir peser sur le déroulement des opérations, on fait du Kriegspiel sur le pas des portes ou dans les latrines. On écoute peu les gens compétents comme les militaires, et ce sont les tribuns du dimanche, au verbe haut et aux arguments simplistes, qui ont le plus de succès. Ceux qui avaient toujours douté de la possibilité d'un débarquement sont les premiers à clamer : « Je l'avais bien dit. » On a tellement besoin d'espoir qu'on est prêt à croire les choses les plus délirantes. Des esprits pondérés voudraient dire :

attention les gars, ne nous emballons pas trop vite, une armée ne peut pas parcourir des centaines de kilomètres sans s'arrêter, se regrouper. Il faut que les approvisionnements suivent. Une armée moderne, c'est lourd, cela exige un nombre incroyable de choses qui ne suivent pas le mouvement à la cadence d'une voiture de course. Et même les soldats, sans parler du matériel, ont besoin de se reposer, de récupérer. Une offensive peut être poussée très loin, mais il y a des limites qui sont imposées par des tas de considérations que l'on ne peut pas ignorer. Alors, du calme, ne vous attendez pas à voir les Américains arriver ici dans les quinze jours. Oui, mais cela on ne peut pas le dire. Ce n'est pas souvent que les détenus ont le moral, alors pourquoi le leur casser? Ils reviendront bien d'eux-mêmes sur terre.

Les kapos et chefs de blocks recommencent à être circonspects. Si par hasard la guerre se termine dans quelques semaines, il ne s'agit pas de se mettre tous ces affreux clochards à dos. Si on tape dessus comme au bon vieux temps, ils s'en souviendront. Les Russes surtout, avec leurs réflexes redoutables, massacreront les gradés avec des trésors de sadisme dès l'apparition à l'horizon du premier casque allié. Du reste, ils ont déjà, les Russki, des drôles de regards et des ricanements sur le passage des porteurs de brassards. Il suffirait d'un rien pour que la meute se précipite et éventre les nantis. Alors la matraque, il en faut, bien sûr, ne serait-ce que pour se faire craindre, mais il faut en user avec circonspection et à bon escient. C'est dur, bien entendu, car c'est un tel plaisir d'assommer ces charognes, mais il faut penser à l'avenir et désormais tout peut arriver à n'importe quel moment.

Les SS voient les choses différemment. Ils sont la base même de l'État allemand et si l'État disparaît, ils disparaîtront eux aussi. Il n'est donc pas question de changer quoi que ce soit à leur mission qui est d'éliminer tous les détenus après en avoir tiré le maximum. Ils ne semblent même pas envisager la révolte des esclaves; tout est d'ailleurs prévu pour cette circonstance improbable qui n'aurait, du reste, aucune chance d'aboutir. Les mitrailleuses des miradors sont pointées en permanence sur le camp, et dans les casernes, l'équipement lourd est prêt à être utilisé à la moindre occasion. A la première tentative d'insurrection les quelque quinze mille détenus seraient massacrés en deux ou trois heures tout au plus.

Les plus soucieux semblent être les civils allemands travaillant au Tunnel, Meister et ingénieurs. Ils ont connu pour la plupart les joies du front russe d'où ils sont revenus éclopés, et savent donc ce qu'il faut penser des communiqués officiels. Lorsqu'ils étaient enfoncés dans les neiges où les pertes étaient effroyables et qu'ils lisaient les communiqués du grand quartier général parlant de repli stratégique et de forces ennemies victorieusement repoussées, ils avaient dû rire amèrement en comprenant qu'on se moquait d'eux. Aujourd'hui, des nouvelles officielles du même genre arrivent du front de l'Ouest et cela leur donne à penser. Ils ne peuvent évidemment pas faire part de leur inquiétude mais leurs figures sont suffisamment éloquentes. Ils poursuivent donc leurs occupations comme si rien ne se passait, les détenus étant toujours, pour eux, la même Schweinerei transparente.

Les halls s'ouvrent les uns après les autres à la production et l'effectif du Tunnel augmente sans cesse. La fabrication à grande échelle du V2 va bientôt pouvoir commencer. La guerre est en train de basculer et la fin du Reich est déjà prévisible dans un avenir proche, mais Dora poursuit sa trajectoire insensée, comme s'il s'agissait d'une autre planète.

Des inquiétudes diffuses on est passé à la froide réalité. Des transports partent maintenant pour Ellrich, le nouveau tunnel que l'on perce de l'autre côté de la colline. Les kommandos devenus inutiles ou pléthoriques comme ceux de la terrasse et de la manutention se voient régulièrement retenus sur la place après l'appel. Des SS passent et relèvent les matricules d'un certain nombre de détenus qui sont alors parqués dans les nouveaux blocks, dans l'attente du départ. Les sélections sont de plus en plus fréquentes et l'angoisse devient quotidienne.

Chez les sélectionnés, le moral est au plus bas. Certains d'entre eux ont travaillé à la carrière de Buchenwald, un véritable abattoir, puis ils sont venus à Dora où le massacre a été terrible, et voilà que maintenant on les envoie à Ellrich. Il paraît que les conditions y sont les mêmes qu'au début de Dora et que la casse y est effroyable. Les kapos qui ont été envoyés là-bas forment le rebut de la corporation : ils ont réussi à écœurer même leurs homologues et l'on profite de l'occasion pour s'en débarrasser. Ils ont cousu solidement leur brassard et les matraques sont du genre grand format prévu pour usage intensif. Sur la place, les hurlements rappellent la belle époque de l'automne et de l'hiver. Les gradés venus dire au revoir à leurs copains en reviennent tout ragaillardis et, pour se remettre de leur vague à l'âme, s'offrent un festival au détriment des détenus.

Ceux qui par hasard assistent au départ des pionniers du nouveau monde souterrain sentent l'angoisse les reprendre à la gorge. Cette colonne qui va bientôt franchir la porte du camp va mourir, disparaître en quelques semaines et des camions vont ramener chaque jour de pleins chargements de cadavres au crématoire de Dora, déjà surchargé de travail. Nous aussi on va claquer, mais on sait déjà à peu près où. On devient casaniers, un peu bourgeois, et la connaissance des lieux donne une sorte de tranquillité. On a là comme un genre de concession à perpétuité. Alors, partir pour un camp en construction, c'est la pire des choses. Les kapos, les Vorarbeiter, les chefs de blocks, les SS envoyés sur le nouveau site considèrent ce transfert comme un limogeage, ce qui est souvent le cas, et ils se vengent sur les détenus. Ils avaient jusque-là un confort et une sécurité grandissants, des copains et des habitudes, et voilà que tout cela disparaît et qu'il va falloir tout faire rebâtir par les esclaves, en partant de zéro. Il y a de quoi devenir sanguinaire et ils ne s'en privent pas.

Dans la colonne qui quitte le camp, les anciens savent qu'ils courent au désastre irrémédiable. Leur vie, qui ne valait pas cher à Dora, a franchi un nouveau seuil dans l'échelle inversée des valeurs. Elle est cotée zéro à la bourse des camps. Quant aux nouveaux qui n'ont connu jusqu'à présent que la quarantaine, c'est-à-dire l'isolement sans travail, on n'essaie pas de leur dorer la pilule. La béatitude de la quarantaine où ne meurent que les vieux, car il est indécent qu'un détenu de cinquante ans soit encore en vie, c'est fini. Les jeunes, les costauds de trente et trente-cinq ans, vont crever à leur tour, et à cadence accélérée. Vous n'avez pas idée de ce qui vous attend dès ce soir, car si vous le saviez vous maudiriez votre mère qui vous a mis au monde. Vous allez connaître les joies des loques humaines face aux bêtes fauves. Les anciens que vous côtoyez ont connu mille morts et ils repartent pour un tour, sans doute le dernier. Bien sûr, vous ne croyez pas tout cela. Vous vous figurez que vous êtes des martyrs parce que vous avez pris quelques coups de matraque des chefs de blocks et quelques mornifles des Stubendienst. Vous croyez que les anciens vous racontent des histoires de brigands pour se rendre intéressants. Jusqu'à présent, vous avez été protégés, mais attendez ce soir. Après votre petite promenade touristique dans les montagnes du Harz, vous allez soudain tomber en enfer, l'enfer brutal, inattendu, terrifiant, l'enfer qui détruit, tue, massacre. Vous allez connaître ce qui s'est fait de plus parfait dans le genre. Vous n'aurez même plus le temps de penser à ce qui vous arrive, vous allez devenir des bêtes affolées. Voilà ce que nous avons connu, que nous connaissons et que vous allez connaître. Quelques-uns d'entre vous vont survivre et devenir comme nous, de vrais bagnards. Mais la plupart ne pourront pas supporter et disparaîtront rapidement. Pourquoi? Warum? Potchemou? Pourquoi êtes-vous venus sur terre?

Les hommes de Dora ont peur d'Ellrich, peur de Harzungen, peur de toutes ces saloperies qui commencent à proliférer dans le coin comme des métastases. On a ses habitudes à Dora et le Tunnel, cette énorme et sanglante plaisanterie, apparaît maintenant comme un lieu de délices où l'on aimerait finir ses jours. On s'y accroche des dents et des ongles, on en a marre de voir du pays. A chacun son tour. Il y a de par l'Europe des milliers, des millions d'hommes qui feront très bien l'affaire et qui seront capables de creuser les nouveaux tunnels comme nous l'avons fait ici. C'est aux SS de se débrouiller pour les trouver. Nous, on ne demande qu'une chose, rester ici jusqu'au bout, au bout du bout.

Les hommes de Dora regardent ces départs successifs. Rien ne les annonce, ils sont concoctés dans le silence feutré de l'Arbeitstatistik. Un matin, les kommandos sont, comme d'habitude, sur la place d'appel. Les colonnes partent les unes après les autres, mais certaines ne bougent pas. Elles représentent le vivier dans lequel on va pêcher pour alimenter le nouveau chaudron de la sorcière. Les SS et les fonctionnaires arrivent et puisent dans le tas. Saloperie d'existence.

4

Les mois d'été

Le block se trouve sur les hauteurs, presque à la limite du camp. Il est vide depuis quelques minutes mais va se remplir à nouveau dans une heure, lorsque l'équipe de nuit remontera du Tunnel. Les Stubendienst s'affairent à nettoyer la salle de réfectoire à grands coups de serpillière, de brosse et de seaux d'eau. Elle en a besoin car on pourrait croire qu'une bataille rangée s'y est livrée. Les murs sont maculés de fromage blanc, on dérape sur des flaques de soupe et des rations de pain écrasées parsèment le plancher. Les Stubendienst parlent à mi-voix en essayant de réparer le désastre. Ce block, c'est celui de Follette, un des plus célèbres Blockältester du camp. Une terreur. Il fait actuellement les cent pas devant la baraque, la matraque à la main, dans un état d'agitation extrême. L'équipe qui va bientôt arriver va avoir droit à un festival de grande classe.

Follette a eu une chance inouïe. Il aurait pu passer sa vie dans une prison, bouclé jusqu'à la fin de ses jours dans une cellule puis dans une autre, sa petite taille et son air malingre l'exposant aux sarcasmes et aux brutalités des codétenus. Dans une prison il faut du muscle pour imposer le respect. Or Follette fut mis en camp de concentration. Les débuts furent effroyables mais il survécut et se retrouva un jour à Dora avec un brassard de chef de block. Et il découvrit avec extase la formidable puissance que confèrent un brassard, un gourdin et le droit de tuer. Pas le droit de tuer des gladiateurs qui étaient confrontés à armes égales à de redoutables adversaires décidés à défendre leur peau et à frapper les premiers. Non, le droit de martyriser et de tuer de pauvres loques terrorisées qui, les yeux agrandis d'épouvante, regardent la mort arriver. Ça, c'est beaucoup plus excitant. Entrer brusquement dans une salle de loqueteux en hurlant, les faire galoper dans toutes les directions, taper dans le tas, les pourchasser sous les tables, derrière les portes. Les rations à peine distribuées voltigent, les tables se renversent. La masse affolée se rue à droite et à gauche, s'effiloche, se regroupe pour se disperser à nouveau, les pieds écrasant les mains et les têtes. Le pain ramassé dans les vestes ou les chemises tombe et se trouve immédiatement réduit en bouillie. Les gamelles baveuses valdinguent à travers la pièce et les galoches dérapent sur les morceaux de ruta. Et puis, coincer une dizaine d'affreux dans un angle, bien les regarder, en choisir un, lui faire comprendre que c'est son tour, se ruer sur lui et taper dessus comme un forcené jusqu'à ce qu'il ne bouge plus. Ça c'est la grande vie, la vraie.

Pas besoin de prétexte, il aurait du reste du mal à en trouver. Dans son block, les détenus sont d'une docilité et d'une propreté remarquables. Avant d'entrer ils lavent leurs chaussures sous le robinet, passent au Waschraum et se débarbouillent consciencieusement sans faire gicler l'eau hors des vasques. On peut même poser sa chemise et sa vareuse sans les surveiller, elles ne seront pas volées car cela déclencherait des cris. Dans le réfectoire on entendrait une mouche voler. La distribution des rations ne fait pas plus de bruit que celle des hosties à l'église. Les bancs sont déplacés délicatement et les gamelles touchent doucement les tables comme si elles étaient en cristal rare.

Mais Follette est aux aguets dans sa cabine. Il a prévenu qu'il se reposait et qu'il ne voulait pas de bruit. Alors, attention à la cuillère qui tombe et aux discussions, même à voix retenue. On va essayer l'impossible, faire en sorte que le fou furieux s'assoupisse en oubliant son exercice hygiénique. Catastrophe, un homme se met à tousser, d'une toux qui n'en finit plus. Alors le dément surgit dans la pièce et frappe en hurlant. La grande scène a démarré.

En attendant l'arrivée de l'équipe de nuit, Follette va et vient devant le block, assez agité. Depuis quelque temps, il est inquiet, exactement depuis le jour du débarquement. Il n'aime pas la tournure que prennent les événements. Ici, il est heureux, mille fois plus qu'en liberté. Il a tout ce qu'il lui faut, de bons vêtements, chauds l'hiver et légers l'été, une bonne nourriture variée, avec de la viande des cuisines et de l'alcool de contrebande. Il a une chambre et un lit confortable. Et par-dessus tout une redoutable matraque et quatre cents fantômes à liquider au coup par coup. Où trouverait-il ailleurs un pareil bonheur? Si les Alliés arrivent jusqu'à Dora et libèrent le camp, il sera amnistié par un tribunal de crétins et remis immédiatement sur le pavé des grandes villes. Et, dès le lendemain, il se retrouvera en prison pour meurtre, un meurtre qu'il ne pourra pas s'empêcher de s'offrir. Oui, mais alors, il n'y aura plus de camp de concentration, plus de Dora et on l'enfermera dans un cul-de-basse-fosse sans brassard, sans matraque, sans personne à assassiner.

Qu'est-ce que c'est que ces Américains qui viennent nous emmerder? Je ne leur ai rien demandé, je suis très bien comme cela. Qu'ils aillent se faire foutre et retournent dans leur pays. Je ne les ai pas sonnés. Est-ce que je vais semer le bordel en Amérique, moi? J'espère que notre armée va leur flanquer une raclée et qu'ils vont vite faire demi-tour.

Malgré le mutisme qui accompagne ses apparitions, il remarque depuis quelques semaines, parmi ses administrés, une excitation qui, bien que contenue, n'en est pas moins flagrante. L'atmosphère n'est plus la même. Oh, bien sûr, en apparence il n'y a rien de changé, tout le monde courbe l'échine et la crainte est permanente, totale. Personne n'ose jamais le regarder en face. Il y a des mois qu'il n'a pas vu un regard se poser sur lui. Mais il sent bien que ces porcs commencent à compter les jours, à se dire qu'ils ont une toute petite chance de passer au travers. Pour eux le compte à rebours est en route et chaque jour qui passe leur apporte un espoir. Et si les Américains poussent les portes de Dora, toute cette racaille sautera sur lui et ils le tueront. Follette voit par avance le soudain remue-ménage à l'entrée du camp et la meute déchaînée qui se précipite sur lui et le déchire en mille lambeaux.

Attendez, bande de fumiers, vous ne m'avez pas encore. Pour le moment c'est moi qui peux vous écrabouiller, vous allez voir de quoi je suis capable. Quand ces ordures vont arriver tout à l'heure, je vais leur faire regretter d'avoir des idées pareilles. Baissant les yeux, il aperçoit quelques herbes qui poussent timidement le long du soubassement du block. Il va pouvoir organiser une séance de jardinage. C'est excellent pour les reins et le gourdin est là pour assouplir les échines un peu paresseuses. Après cela, il y aura l'épouillage et le coiffeur pourrait aussi venir tondre les crânes qui commencent à se garnir. Les paillasses puent et on va les sortir pour les aérer et les secouer. Ensuite il va falloir nettoyer les dortoirs qui seront pleins de débris. Il manque des matricules sur les pantalons, il faudra les recoudre. Après on verra s'il n'y a pas encore autre chose à faire pour ces salauds qui transformeraient le block en porcherie s'ils étaient livrés à eux-mêmes. Et s'il y a un seul murmure parce que la soupe est froide, celui qui aura osé broncher regrettera d'être venu sur terre.

Au loin, Follette aperçoit la longue colonne grise qui revient du Tunnel. La porte du camp s'ouvre, les SS sont là. L'un après l'autre, les kommandos se présentent, pancarte en tête. D'un seul geste, les détenus enlèvent leur bonnet. Les kapos se précipitent au fur et à mesure vers les SS et annoncent leurs effectifs. Les kommandos passent par rangs de cinq. Sur un ordre ils remettent leur bonnet et commencent à gravir les sentiers qui mènent à leurs blocks. Follette scrute les différents groupes et aperçoit enfin ses administrés. Il assure sa matraque dans la main droite et en frappe nerveusement la tige de ses bottes.

La nouvelle tant attendue depuis quelques jours et annoncée dans les communiqués officiels et clandestins qui circulaient dans le camp fut cependant un choc. Paris était libéré. Il n'était pas besoin de faire un dessin au plus arriéré des Asiatiques pour lui faire comprendre l'importance de la chose. Depuis Stalingrad, rien d'aussi énorme ne s'était produit. Importance stratégique d'abord, car de Paris les routes rayonnent dans toutes les directions et permettent une variété infinie de manœuvres. Importance psychologique surtout, car Paris a un prestige mondial et sa perte par l'armée allemande revêt la signification d'une immense défaite, une défaite presque irrémédiable.

Comme à l'annonce du débarquement, le camp tout entier se mit à exulter. Les inquiétudes et les angoisses du moment firent place à une fabuleuse espérance. Après trois semaines d'offensive, arriver à Paris, et continuer sans doute au-delà, car les armées ne s'étaient certainement pas arrêtées pour savourer les délices de la capitale, c'était presque trop beau, dans le fond de soi-même on n'en espérait pas autant. La radio clandestine ajoutait que c'était l'armée française qui était entrée dans Paris. Les Russes, les Polonais, les Tchèques, les Yougoslaves congratulèrent les Français qui avaient été l'objet de tant de mépris de leur part. D'après les nouvelles, il ne s'agissait pas d'un quelconque groupe de maquisards qui aurait profité de l'opération pour s'en attribuer le mérite, mais d'unités régulières, les FFL. Une grande partie de la souillure de 1940 s'en trouvait lavée du même coup. La France redevenait une puissance combattante et, qui sait, elle arriverait peut-être la première aux portes de Dora. Les quelques militaires soviétiques du camp allèrent jusqu'à féliciter les Français de leur kommando.

Cette fois-ci, les SS accusèrent le coup. Les forces allemandes avaient dû laisser pas mal de plumes dans les batailles qui avaient vu l'éclatement de leur front; les tués et prisonniers devaient se chiffrer par dizaines de milliers, il faudrait les remplacer. Alors pourquoi ne puiserait-on pas parmi eux? Il est, bien sûr, plus facile d'assassiner tranquillement des détenus que de faire face à des chars d'assaut. La superbe assurance des SS fit place à une nervosité qui ne présageait rien de bon pour les déportés. Il y avait de l'électricité dans l'air. Cela se ressentait lors de l'appel où même les kapos et chefs de blocks avaient un comportement très réservé vis-à-vis des seigneurs. Brassards et rentes de situation pouvaient être remis en question pour un rien et les plus anciens détenus, ceux qui avaient dix ou onze ans de camp, retrouvaient des attitudes humbles et soumises.

Comme toujours, les bagnards de base en firent les frais. Il fallait être extrêmement prudent, fuir les regards des chefs et obéir au doigt et à l'œil de façon à ne pas déchaîner les fureurs latentes. Le mot sabotage revenait de plus en plus souvent et la potence multiple fut installée définitivement sur la place d'appel. Le bunker souffrit de surpeuplement et les pendaisons devinrent un spectacle banalisé.

Le temps était magnifique. Le soleil se levait chaque matin dans un ciel d'un bleu absolu et inondait les collines de sa splendeur. Mais le camp était placé dans une cuvette qui emmagasinait les rayons et les kommandos de l'extérieur souffrirent comme des damnés de l'écrasante chaleur. Torturés par la soif, ils mendiaient de l'eau aux Stubendienst qui les envoyaient promener en ricanant. Après le froid, la neige, la pluie et le vent, le soleil devint un nouveau bourreau. La place d'appel était comme une plaque chauffante que l'on envisageait de traverser avec angoisse. Et pas de bidons, de bouteilles, rien qui puisse servir à emporter une réserve d'eau. Les uniformes n'étaient plus trempés de pluie, mais de transpiration et, avec le vertige de la faim, la déshydratation faisait chanceler les plus faibles. Boire devenait une idée fixe qui revenait chaque matin pour s'emparer des corps jusqu'au soir.

Au Tunnel, les civils allemands ne laissaient pas transparaître leurs doutes quant à l'utilité des V2. A quoi servirait désormais l'énorme fusée contre des armées en perpétuelle mouvance? Relevés et pointages destinés à atteindre la cible se trouveraient périmés au moment du lancement et il faudrait recommencer pour en arriver sans cesse au même résultat et à la conclusion que la fusée n'aurait pas d'impact sur les militaires alliés.

L'odeur du crématoire, dans les vibrations d'un air surchauffé, devenait écœurante. La fumée n'arrivait plus à monter et retombait, grasse et noire, sur les toits et la place. Elle pénétrait par les fenêtres grandes ouvertes du Revier, donnant aux malades un avant-goût de la grillade finale.

Sur le chantier, à l'entrée du Tunnel, les tôles et les machines devenaient brûlantes et il fallait prendre des précautions pour les toucher. Les kapos, écrasés de chaleur, cherchaient des coins d'ombre et ne surgissaient que pour envoyer des bordées d'injures et assener des grêles de coups, puis repartaient en quête de fraîcheur. Les sentinelles se donnaient le tour pour s'abriter sous les rares arbres et les chiens tiraient la langue et haletaient.

Sur cette terre maudite, tout se transformait en torture pour les détenus, tout se retournait contre eux. Le soleil et la pluie, le vent et la neige, toutes ces choses qui existaient depuis l'origine des temps et que l'homme avait appris à domestiquer, devenaient pour eux des sources de souffrance. Même les extraordinaires nouvelles de la guerre. De par le monde, elles étaient accueillies avec d'ostentatoires flambées de joie. Mais à Dora il ne fallait pas le montrer. Il fallait le chuchoter entre soi. Peut-être serait-on libéré dans quelques semaines si tout allait bien, si les Alliés continuaient sur leur lancée. Mais jusqu'au dernier jour, jusqu'au moment précis où un char enfoncerait la porte, il faudrait vivre sa vie de bagnard et mourir sa mort.

Quelque part en France, de grandes choses se préparaient. Des coups de boutoir allaient être donnés, projetant les anges libérateurs, les plus grands hommes de tous les temps, les dieux, jusqu'au cœur de l'Allemagne. On n'aurait rien à leur offrir, qu'un spectacle qu'ils ne seraient pas prêts d'oublier, mais ils seraient reçus comme aucun général vainqueur n'avait été reçu dans l'histoire des hommes. Les triomphes romains seraient dérisoires comparés à ceux de ces jeunes héros venus d'une autre planète, la planète Terre. Des entrailles du camp sortiraient des ombres pitoyables qui éclateraient d'un rire et d'un sanglot. Mon Dieu, faites vite, nous n'en pouvons plus.

Des nouveaux. Des types qui viennent tout juste d'arriver de France.

André et Michel remontent du Tunnel ce dimanche après-midi. Ils ont terminé une semaine de nuit et, après avoir travaillé dix-huit heures d'affilée, ils ont dix-huit heures de repos. Ils ne redescendront que le lendemain matin à neuf heures. Ils avalent rapidement leurs rations de pain, de margarine et de fromage blanc et se hâtent vers les hauteurs du camp, là où l'on a placé les arrivants en attendant leur affectation ou leur transfert pour Ellrich ou Harzungen.

Plusieurs blocks sont en effet entourés de détenus habillés de frais. Les chefs de blocks les ont sans doute flanqués dehors à coups de trique et ils forment des groupes un peu anxieux qui n'osent pas s'éloigner et tournent en rond.

– Regarde-moi ça! Michel est étonné. Tu as vu leurs matricules? Des 77 000. Ça a plus que doublé depuis mon arrivée.

Michel, un 30 000, trouve ces chiffres un peu vertigineux. Les nouveaux ont la même réaction, mais c'est l'ancienneté qui les surprend. Un 30 000 et un 43 000, ça doit faire un sacré bout de temps qu'ils sont là. Ils en sont tout intimidés. Ils regardent les deux copains avec circonspection.

– Salut les gars! On est des Français nous aussi. D'où vous venez?

– Ben, on vient de Buchenwald. On vient juste de finir la quarantaine.

– On se fout que vous veniez de Buchenwald. De quels coins de France est-ce que vous venez? Moi je suis de Quimper. Il n'y en a pas de Quimper parmi vous?

Michel, avec son tempérament soupe au lait, balaie tous ceux qui n'ont pas eu la chance et l'honneur de naître dans son arrondissement. Il y a des gens de partout, mais pas de Quimper. André et Michel examinent les nouveaux. Ils ont l'air en bon état et ne semblent pas avoir passé beaucoup de temps dans les prisons où le régime amaigrissant est une excellente mise en condition pour aborder les joies concentrationnaires. Bon Dieu, pense André, je dois avoir l'air malade à côté d'eux. Il y a des grands et des petits, des maigres et des gros, mais presque tous ont un air de force et un teint coloré encore intacts. André regarde ses vêtements sales, gris, déchirés et rapetassés avec des bouts de fil de fer. Seules les chaussures sont comparables. Les galoches des nouveaux sont comme les siennes. Les semelles de bois sont fendues et les tiges de toile déchirées. Mais, malgré leur teint terreux et leurs défroques pourries, André et Michel doivent ressembler à des grognards de l'Empire, car ils sentent sur eux des regards admiratifs.

Michel n'est pas venu là pour se faire admirer. Il entre dans le vif du sujet.

– Alors, les gars, comment ça va, la guerre en France?

Les deux anciens sont maintenant entourés d'un monde énorme qui a des renseignements à donner et des renseignements à demander. Les nouveaux voudraient bien poser immédiatement des questions, savoir ce qui les attend, ce qui va leur arriver. Ils ont été désagréablement surpris par Buchenwald et se demandent quel sort va leur être réservé à Dora. Les réponses jaillissent alors de tout côté.

– La guerre? Elle est pratiquement gagnée. Les Alliés avancent partout et il n'y a plus d'armée allemande pour les arrêter.

Un grand costaud boudiné dans un uniforme beaucoup trop petit pour lui élève la voix pour se faire entendre.

– Moi j'étais à Paris, à la prison de la Santé. On nous a embarqués en vitesse à la gare de l'Est quelques heures avant la libération. Ils nous ont poussés dans des camions et on a traversé Paris sur les chapeaux de roues. Les sentinelles braquaient leurs fusils sur nous et sur l'extérieur. On entendait des coups de feu dans les rues. A quelques heures près on était libérés et on rentrait chez nous.

– Et moi je viens de la prison d'Angers. Ils ont vidé les cellules en catastrophe et hop! tout le monde à la gare. Les trains n'arrivaient plus à passer tellement il y avait des bombardements. Les Américains, on les voyait partout et ils mitraillaient tout ce qui bougeait. On a cru plus d'une fois qu'on resterait en carafe.

Tous parlaient de troupes allemandes en débandade, d'archives hâtivement brûlées dans les prisons, de trains empruntant des voies secondaires pour arriver à progresser. Dans les villes qu'ils ont quittées au dernier moment, la panique s'installait parmi la troupe allemande.

André et Michel écoutent avec ravissement toutes ces nouvelles et ces commentaires qui fusent de toutes les bouches. C'est tellement bon d'entendre cela de témoins oculaires. Mais Michel revient à son idée première, la seule importante.

– Bon, tout ça c'est très bien, mais où en sont les armées et est-ce que la guerre va se terminer?

Le costaud de la Santé reprend alors l'initiative des opérations. Les commentaires militaires, c'est son affaire.

– Les armées alliées? Elles sont partout. Les Français ont débarqué dans le Midi et maintenant presque toute la France est libérée. Les troupes foncent dans le brouillard et encerclent tous les Allemands qui ne se sont pas encore rendus. Des dizaines de milliers de Frisés sont pris comme dans des nasses et ne peuvent plus se dégager. Les Américains, les Anglais et les Français sont partout. Et les avions, c'est fantastique, il y en a des milliers sans arrêt dans le ciel. On ne voit plus qu'eux. Sur les routes, c'est la débandade, les Allemands n'ont même plus d'armes et se sauvent par tous les moyens. Il n'y a plus personne pour arrêter les Alliés à la frontière.

– Et la ligne Siegfried?

– La ligne Siegfried, elle fera comme la ligne Maginot, elle ne tiendra pas trois jours. D'abord les gars passeront tout simplement par-dessus. Je te dis, les Frisés sont foutus, c'est pratiquement terminé.

André entend tout cela et reste un peu sur sa réserve. Il voudrait bien calmer les esprits qui commencent à s'échauffer sérieusement. Si ça continue, pense-t-il, tout à l'heure il y en aura un qui regardera la plaine et se mettra à crier : « Ça y est, les gars, les voilà, je les aperçois. »

– Dis donc, il me semble que tu enterres un peu rapidement l'armée allemande. Avant de dire que c'est terminé, il faudrait peut-être attendre et voir ce qui va se passer dans les semaines qui viennent. En tous cas, ici les SS n'ont pas l'air de faire leurs bagages.

– Mais, pauvre con, tu n'y connais rien. Eux qui étaient en France il y a trois semaines, ils savent beaucoup mieux que toi ce qui se passe.

Michel ne peut pas s'empêcher de pousser un coup de gueule. Il était parti dans ses rêves merveilleux et cet imbécile d'André vient raconter des âneries pour se rendre intéressant. Si ces gars-là qui étaient sur place te disent que les Frisés sont ratatinés, c'est qu'ils sont ratatinés. On va bientôt pouvoir faire nos valises.

Les nouveaux, ayant regonflé le moral des anciens, voudraient à leur tour obtenir des renseignements.

– Et ici, comment est-ce que ça se présente? A Buchenwald, on nous a prévenus que Dora c'était assez moche, sans nous dire qu'on y allait. Alors qu'est-ce qu'il faut en penser?

– Évidemment, vous pourriez tomber mieux. André rigole. Jusqu'à présent vous avez vécu tranquillement à vous tourner les pouces pendant la quarantaine. Maintenant vous allez attraper des ampoules. On va vous fourrer dans des kommandos ou vous expédier à Ellrich ou Harzungen, des petits camps à côté d'ici. Un bon conseil, restez le plus possible entre Français, si vous le pouvez, car vous allez rencontrer de vrais sauvages. Et ne vous faites pas remarquer parce que la casse, ça arrive rapidement. Enfin, on ne va pas vous saper le moral, mais des endroits comme ceux-là vous n'en avez encore jamais vus.

– Dis donc, mon gars, on a quand même connu les prisons et les interrogatoires de la Gestapo.

– Oui, eh bien tâche d'oublier les prisons et la Gestapo. Ici c'est différent, tu t'en apercevras assez vite. Alors, fais-toi tout petit et suis le mouvement sans faire de vagues. Ça vaut mieux pour la santé.

Le Parisien ne semble pas trop inquiet. Il a vu la situation en France et sait de quoi il parle.

– Enfin, de toute façon, on est là pour quelques semaines au plus.

Bertrand se dirige rapidement vers le lieu de rassemblement de son kommando, le Barrakenbau-Tischlerei. Il est sept heures du matin en ce jour d'août et le soleil escalade le ciel d'un bleu pur. Il va faire une journée torride et la soif sera présente jusqu'au soir. Le kommando s'aligne sur la légère pente qui mène à la menuiserie. Une centaine d'hommes, déjà des vieux routiers de la concentration, attendent les deux kapos, celui de la menuiserie et celui des charpentiers. Il y a là quelques Tchèques, des menuisiers au maintien réservé et dédaigneux, des Polonais qui voudraient bien en faire autant sans y parvenir, et la horde des Français et des Russes, les monteurs de baraques. Malgré tout, l'ensemble dégage une impression d'homogénéité. Les prisonniers n'ont pas l'air de forbans.

L'attente se prolonge au-delà de l'habituel et les détenus sentent l'inquiétude les gagner. Que se passe-t-il? Ce n'est pas normal d'être encore là, on devrait déjà être au boulot. Le Vorarbeiter de la menuiserie, à l'œil malin, rôde autour du groupe avec l'air de celui qui sait quelque chose mais ne veut rien dire. Il lance quelques plaisanteries qui déclenchent des rires serviles parmi les Polonais. Il prend une chute de bois qui traîne à ses pieds et annonce qu'il va la travailler au tour pour en faire une bonne matraque. Les mêmes rires redoublent et les courtisans lui disent que ce serait une nouveauté car on ne l'a jamais vu avec un gourdin.

Les détenus observent anxieusement la porte du camp, parfaitement visible de l'endroit où ils se trouvent. Les kapos doivent être là, à prendre les ordres des SS. Quels ordres? En regardant le camp, ils s'aperçoivent qu'ils ne sont pas les seuls et que les cordonniers et les terrassiers sont également retenus. Mauvais, mauvais... On dirait qu'il va y avoir... Bertrand n'ose pas se dire le mot qui lui vient à l'esprit. Il craint que cela ne porte malheur. A côté de lui, Denis semble préoccupé lui aussi.

– Dis donc, Denis, qu'est-ce que tu penses de tout ça? Qu'est-ce qu'on fout là à attendre?

– Mon petit père, si tu penses comme moi, et le contraire m'étonnerait, on dirait que ça ressemble drôlement à un transport qui se prépare.

Bon Dieu, ça y est! Le mot tant redouté a été prononcé et, il n'y a pas de doute, ce doit être le bon. Bertrand sent une coulée glaciale dans son dos. Ce mot, transport, commence à se chuchoter de rang en rang avec des tonalités d'effroi contenu. Il y a déjà un moment que Bertrand pressentait une catastrophe et depuis quelques jours le kommando fignole, donne dans les détails et fait du perfectionnisme. Avec l'habitude, on assemble maintenant un block en une journée. Or, ces derniers temps, on a mis deux ou trois jours pour le même travail. Les terrassiers tournent un peu en rond et auraient tendance à se transformer en cantonniers. Cela ne pouvait pas durer ainsi. Quant aux cordonniers, ce sont des petits vieux de cinquante ans ou des infirmes chez qui l'on peut puiser régulièrement pour compléter les effectifs des transports. S'ils sont là, c'est bien d'un départ qu'il s'agit. La hantise d'Ellrich et de Harzungen gagne les esprits.

– Dis donc, Denis, tu crois qu'on est bons pour le transport? Ils ne vont tout de même pas embarquer tout le monde?

– Certainement pas, mais en face des Tchèques, tu ne fais pas le poids. Eux sont de vrais menuisiers, pas toi. Tu serais incapable de fabriquer une caisse à savon et le Vorarbeiter le sait. Cette grande folle ne t'a jamais fait d'histoires parce qu'au fond c'est un bon mec, mais il va te virer parce qu'il faut des gars pour le transport. Quant aux Polaks, tu peux être tranquille que leurs copains de l'Arbeitstatistik sont déjà alertés et vont essayer de les tirer d'affaire.

Soudain, un groupe s'agite près de la Porte. Il y a des SS et des kapos, ceux des kommandos retenus. Ils parlent un instant près du poste de garde, puis se séparent. Les kapos des menuisiers et des charpentiers traversent la place et, accompagnés d'un SS, gravissent le court chemin qui mène à la menuiserie.

– Stillgestanden! Mützen ab!

D'un seul mouvement, les détenus se mettent au garde-à-vous et enlèvent leur béret. Le SS passe devant eux, les regarde mais sans les compter. Il ne s'agit pas d'un appel. Les deux kommandos sont séparés, éloignés de quelques pas. Le SS s'adresse d'abord au kapo des menuisiers qui ouvre son registre. Avec l'approbation du SS, il retire tous les Tchèques, quelques Polonais et un Français. Sur un ordre, ceux-ci entrent immédiatement à la menuiserie. Une bonne moitié de l'effectif reste sur place. Au tour des charpentiers. Là, la sélection est beaucoup plus sévère, un quart seulement des prisonniers sont gardés et pénètrent à leur tour dans l'atelier. Les matricules de ceux qui restent devant la porte sont notés soigneusement sur les registres. Le SS, avec un grognement de satisfaction, s'en retourne vers la porte.

– Ça y est, on est bons pour Ellrich!

Bertrand est blême. Machinalement il regarde vers la place. Les cordonniers en ont pris un sacré coup, il ne restera pratiquement personne. Même chose chez les terrassiers dont les neuf dizièmes sont sur le départ. On ne va donc garder que les effectifs nécessaires à l'entretien du camp. Tous les autres vont aller respirer le bon air de l'autre côté de la colline.

Sur un ordre, les groupes descendent vers la place d'appel. Cela fait du monde, plusieurs centaines. Les différents kommandos demeurent cependant séparés les uns des autres, gardés par leurs kapos respectifs. C'est alors que plusieurs fonctionnaires sortent des bâtiments administratifs et s'approchent des groupes.

– Bertrand, je crois bien qu'il va y avoir du repêchage, alors ouvrons les yeux et les oreilles, on a peut-être encore une petite chance.

Un Polonais bien habillé aborde le kapo et discute avec lui. Didier chuchote rapidement à Bertrand.

– Tu vois, c'est la combine du dernier moment pour sortir les copains. Si le kapo demande des spécialistes, on fonce.

Effectivement le kapo, après avoir écouté le fonctionnaire, demande s'il y a des ajusteurs. C'est immédiatement la ruée. Mais Bertrand et Denis ont à peine attendu la fin de la question et se sont précipités en avant. Derrière eux, c'est la bagarre, on entend des exclamations en polonais et en russe. Les copains polonais jouent des coudes et des poings pour se trouver au premier rang. Le kapo, en jurant, lève sa matraque et tape dans le tas. Des hommes bien placés se retrouvent repoussés vers la queue du groupe et essaient à coups de poing de regagner les premiers rangs où les détenus, solidaires pour une fois, forment bloc. Le calme revient et on relève les matricules des spécialistes ajusteurs et serruriers. Denis et Bertrand sont toujours en tête avec une majorité de Polonais, des Français et quelques Russes. On les sépare du reste, ils sont une cinquantaine. Parmi les terrassiers le pourcentage est beaucoup moins important et nul chez les cordonniers. On reprend les matricules. Bertrand est satisfait mais ne sait trop que penser.

– On s'est lancé dans un truc sans trop savoir.

– Je crois qu'on va descendre au Tunnel. Ça peut être bon.

– J'espère qu'ils ne vont pas nous faire faire un essai, ça pourrait mal tourner, je ne suis jamais entré dans une usine ou un atelier.

– Il n'est jamais trop tard pour commencer. Et puis on verra bien. En tout cas, si tu veux aller à Ellrich, il est encore temps, tu n'as qu'à retourner avec les autres. Moi, je suis prêt à faire n'importe quoi pour rester à Dora. Ici, au moins, je connais.

Colonne par cinq, les repêchés passent la porte du camp. Ils franchissent au pas cadencé les quelques centaines de mètres qui conduisent au Tunnel et, après avoir traversé l'entrepôt, arrivent droit devant l'entrée. Le filet de camouflage est toujours là, ainsi que les deux chars à demi enterrés. Halt! Bertrand et Denis, qui ne sont pas venus là depuis des mois, depuis qu'ils ont réussi à se faire affecter à l'extérieur, contemplent le spectacle. Ils aperçoivent la mitrailleuse qui n'a pas bougé, mais les montagnes russes de gravats ont disparu. Le sol est bétonné et une voie de chemin de fer à écartement normal a remplacé la voie decauville. Un kommando de transport pénètre à l'intérieur, portant sur des épaules déformées les réservoirs en aluminium. Devant le poste de garde, un SS compte les hommes d'une cravache paresseuse. Les kapos des nouveaux groupes ont repoussé sur le côté les ex-spécialistes en menuiserie devenus spécialistes ajusteurs.

– Dis donc, Denis, tu as vu notre nouveau kapo? On dirait une vieille bonne femme. S'il continue à gueuler comme ça, il ne va pas nous faire beaucoup d'usage.

Le kapo, un droit commun, est ridé comme une vieille pomme. Petit, mal foutu, il ne semble pourtant pas avoir plus de quarante-cinq ans. Pendant tout le trajet depuis le camp, il n'a pas cessé d'aboyer, mais ne s'est jamais servi de son gourdin. Il n'a même pas fait semblant. Il doit plutôt considérer sa matraque comme un bâton de vieillesse.

Le kommando de transport a fini de passer et c'est au tour des nouveaux. Parmi eux, il y a des vieux de la vieille, qui ont connu l'incroyable Tunnel à ses débuts, les fracas, les hurlements, les cavalcades, les monceaux de détritus, les explosions, la demi-obscurité, la poussière jaune qui tapisse les poumons et agresse les yeux. Ils ont connu l'épouvante et les coups, la mort et la mutilation qui guettent à chaque instant, les pierres aux arêtes coupantes qui vous ouvrent une jambe jusqu'à l'os. Ils ont connu la montagne qui sursaute sous les éclatements des mines comme un énorme animal qui s'ébroue. Ils ont connu les incroyables blocks-chambrées où des milliers d'hommes dormaient, souffraient et mouraient au milieu des pires voleurs et assassins, dans le fracas lointain des explosions. Ils ont connu la nef des fous.

D'autres arrivent là pour la première fois et regardent avec angoisse la gueule géante qui va les avaler. Les mises en garde contre le Tunnel qui les ont suivis depuis Buchenwald leur reviennent en mémoire et ils regrettent de s'être portés en avant. Le Tunnel c'est la mort, combien de fois n'ont-ils pas entendu cet avertissement? Leur kommando à l'extérieur leur paraissait un havre de paix à côté de ce trou infernal. Mais il est trop tard pour reculer. Il faut y aller.

Par rangs de cinq, les détenus entrent et trouvent un sol propre, bien bétonné. La voûte arrondie, brute, porte les traces des forets qui l'ont façonnée. A droite, à l'intersection de la paroi et de la voûte, de gros conduits de ventilation dominent des câbles électriques et des tuyaux d'eau et d'air comprimé. Comme des fourmis transportant des débris de scarabée, des centaines d'hommes défilent en procession avec sur le dos ou l'épaule des éléments de V2. Le vacarme est énorme mais on n'entend plus de hurlements d'angoisse. L'air est froid et humide, mais exempt de poussière.

– Hé, Bertrand, regarde à gauche.

La colonne arrive devant le premier hall, un de ceux qui servaient de dortoirs. C'est fantastique. Le hall est profond et violemment éclairé. Au centre et rangées en ligne, plusieurs fusées sont dressées sur leur empennage de queue. Elles sont énormes. Des échafaudages à plusieurs niveaux les ceinturent, sur lesquels travaillent des détenus. Par des fenêtres percées dans les flancs on aperçoit les réservoirs et les tubulures, comme des entrailles de baleine. Les hommes, de longs tournevis à la main, farfouillent dans le ventre des bêtes. La voûte du hall est parcourue de palans et de rails. On entend des ronronnements de moteurs électriques et des ordres qui se répercutent et ricochent sur les parois comme dans une cathédrale.

La troupe s'avance et découvre d'autres merveilles. Un hall contient également des fusées, mais à l'horizontale et comme coupées en plusieurs morceaux. Les morceaux sont posées sur des chevalets montés sur rails et on assemble le tout. Puis viennent d'autres halls où il n'y a que la tête de la torpille dans laquelle des hommes fixent des câbles électriques au fer à souder. Une odeur d'huile brûlée flotte dans l'atmosphère. A l'extrémité de ces halls on aperçoit la deuxième galerie dans laquelle, sur une autre voie ferrée, circulent des wagons plates-formes portant des éléments finis.

On voit aussi, le long des parois ou à l'entrée des halls, des magasins contenant d'énormes quantités de pièces détachées. Elles se dressent ou s'empilent, brillantes et enduites de graisse. Des machines-outils sont rangées le long des parois par dizaines, dans l'attente qu'un atelier soit terminé pour être amenées et scellées au sol. Elles portent des inscriptions en allemand, en français, en tchèque, en russe. On croirait la caverne d'un Ali Baba mécanicien.

– Halt!

Bon sang, on arrive, ce doit être là qu'on exercera nos talents tout neufs de spécialistes. A gauche, se trouve un hall, le hall 34. Tout de suite en entrant, il y a un magasin à pièces détachées. Puis vient une soudeuse électrique grosse comme une presse à emboutir et d'autres plus petites. Accroché au haut de la paroi, en mezzanine, un bureau vitré pour l'ingénieur. Sur la droite, à la suite les uns des autres et bien alignés, une série de châssis-gabarits qui portent des tôles luisantes. Au centre, une petite cabine pour le kapo, une échoppe d'outilleur et de nouveaux gabarits. Puis, au fond, une cabine de soudure à l'arc, une cabine de peinture et différentes petites soudeuses-pointeuses et machines. Tout cela s'allonge sur cent vingt mètres et il n'y a pas âme qui vive. Le sol cimenté est propre et de nombreuses ampoules accrochées à la voûte dispensent la lumière.

– Avancez.

Le kapo demande s'il y a un soudeur à l'arc. Un petit Français se propose et est immédiatement dirigé vers la cabine du fond. Pour les autres, on ne demande rien du tout. Les détenus sont placés au fur et à mesure devant les machines et les châssis. Les Meister ne sont pas encore arrivés et apparemment les ordres de mise en route n'ont pas été donnés. A l'entrée du hall, des électriciens s'activent à connecter les différents branchements électriques. On vérifie le circuit d'air comprimé. Prima! C'est parfait.

Le kapo pousse un coup de gueule. Il est très ennuyé car son équipe est inoccupée et si un SS passe, cela risque de faire du grabuge. Alors il a une étincelle de génie. Toujours en glapissant, il donne un ordre au Vorarbeiter qui va à l'échoppe de l'outilleur et ressort avec un paquet de papier de verre dont il fait la distribution.

Pendant douze heures, les détenus vont frotter, poncer, bichonner le même morceau de tôle. Au bout de douze heures, on pourrait s'y mirer.

Tout cela ne commence pas trop mal, pense Denis.

Des malades viennent d'arriver d'Ellrich et donnent des nouvelles. Ce n'est pas brillant, mais on s'en doutait un peu en voyant les camions amener leur chargement de cadavres au crématoire. C'est le Dora du début qui recommence. Les kapos fraîchement nommés tiennent à justifier leurs galons en pratiquant l'abattage en gros et les SS, ayant retrouvé le contact direct avec les détenus, s'en donnent à cœur joie. C'est le règne de la terreur et la casse est considérable. Les anciens de Dora tâchent de retrouver leurs vieux réflexes mais l'espoir les a quittés. Ils savent qu'ils ne s'en sortiront pas. Quant aux nouveaux, principalement le convoi des 77 000 arrivés de France en annonçant qu'ils avaient les Alliés sur les talons, leur réveil est brutal et ils s'aperçoivent que le temps n'est pas le même partout. Ils découvrent avec horreur que la vie dans les camps de concentration se compte en jours et l'avance des Alliés en siècles. Comme des bêtes prises au piège, ils se débattent contre la mort mais la mort rigole car le piège s'est bien refermé. Nul ne peut y échapper.

Ellrich et Harzungen vont faire partie d'un énorme complexe souterrain destiné à la fabrication des armes secrètes V1 et V2, ainsi que des avions Messerschmitt. Il y a de la place dans les collines du Harz et l'on peut creuser à l'infini. Toute l'industrie militaire allemande pourrait même s'y regrouper, s'y enterrer, bien à l'abri des bombes américaines. Le bombardement de Buchenwald qui a provoqué la destruction des usines d'armement Gustloff a montré que la sécurité se trouvait sous terre. La leçon a été retenue.

C'est donc à nouveau le règne du marteau pneumatique sur l'autre versant de la colline. Selon la technique mise au point à Dora, on va creuser un magnifique tunnel. Tout est réuni pour que ce soit vite fait et bien fait. Des SS sadiques et sanguinaires, des kapos tuant avec délectation et une main-d'œuvre inépuisable. Qu'importe la casse, on aura toujours du monde. Il suffit d'en faire la demande, de remplir un formulaire. Quant au matériel nécessaire, il est extrêmement rudimentaire. Quelques compresseurs, des pelles et des brouettes, des marteaux-piqueurs et un peu de fil électrique. Voilà une usine qui ne va pas grever le budget des contribuables.

Si, à Dora, la société Zawatsky, responsable de l'usine, se plaint timidement que ses ouvriers ressemblent par trop à des moribonds et qu'il faudrait peut-être améliorer un peu leur sort pour qu'ils soient utilisables, à Ellrich, les SS n'ont pas ce souci. Des gêneurs de ce genre, il n'y en aura pas avant la fin du percement, alors on peut s'amuser tout à loisir et écraser ces sales gueules de Français, de Polonais et de Russes. C'est une joie sans cesse recommencée.

Pris dans le chaudron satanique, les détenus ne pensent même plus à la guerre et aux nouvelles des opérations. Tout cela, c'est du passé, de l'abstrait, du domaine d'une autre planète. La seule chose réelle, tangible, c'est de savoir si l'on sera encore vivant ce soir. C'est de savoir si, dans la minute qui va suivre, un coup de matraque décisif ne va pas vous envoyer rejoindre le tas de macchabées qui commence à s'étoffer. C'est de savoir si quelques tonnes de rocher ne vont pas se détacher brusquement de la voûte et vous écraser. C'est de savoir si, à la fin de la journée, les maîtres ne vont pas inventer une nouvelle vexation pour vous empêcher d'aller vous écrouler sur la paillasse. C'est de savoir si cette toux qui vous secoue les poumons depuis quelques jours n'est pas le signe d'une tuberculose galopante qui vous liquidera en quelques jours.

Les histoires que racontent ceux qui ont eu la chance d'être reconnus malades et transportés au Revier de Dora sont terribles. Elles reportent les détenus quelques mois en arrière, quand le Tunnel de Dora était en train d'être percé. Ils n'osent pas dire : Tu es à Ellrich depuis trois semaines et tu es sur le flanc, épouvanté par ce qui t'est arrivé pendant ces trois semaines. Eh bien, ce truc-là va durer pendant des mois et ce sera pire. En ce moment, le trou n'est pas très profond et il arrive encore un peu d'air frais de l'extérieur. Mais plus tu creuseras, plus tu t'enfonceras dans cette saloperie de colline, plus tu verras l'air se raréfier, il n'y aura plus que de la poussière et de l'eau d'infiltration qui te tombera sur les épaules et te glacera. Quand tu respireras, tu auras l'impression d'avaler de la terre. Et puis, un jour, tu tomberas pour ne plus te relever. Alors le SS ou le kapo s'approchera de la loque que tu es devenu et, d'un coup de matraque, mettra fin à tes soucis. On enlèvera tes guenilles rayées, on te marquera ton matricule sur le ventre et on balancera ta minable carcasse avec les autres dans le camion. Et hardi petit, direction le Krematorium de Dora. Et ne crois pas que tu aies des chances de t'en tirer, de passer à côté de cette évidence, de ce pronostic infaillible. Quand ce trou de merde sera devenu un beau tunnel tout neuf et tout brillant, des centaines de gars qui sont arrivés avec toi pour le premier coup de pioche, il n'en restera pas vingt. Il y a tout juste quelques semaines que tu as quitté ta femme, tes gosses ou tes parents, eh bien, dès aujourd'hui ils ne te reconnaîtraient pas. Tu as déjà l'air d'un macchabée. Rappelle-toi la tête que tu as faite en nous voyant. On n'est peut-être pas très malins, mais on a bien vu que tu nous prenais pour des zombies. Nous, on s'en fout, il y a longtemps qu'on ne se regarde plus. Nous aussi, quand on est arrivé, on était jeunes et beaux, on était des milliers de beaux mecs. Les 20 000, les 21 000, les 30 000 et 31 000, les 38 000 à 45 000, ça faisait des milliers d'Apollons. Maintenant on n'est plus que quelques centaines de petits vieux tout fripés avec un teint gris déplorable. Et ça n'est pas fini, on a encore du pain sur la planche, le chômage ne nous guette pas. Alors, un bon conseil, profite de la chance que tu as d'être au Revier. Pour le moment ce n'est pas trop dangereux, on n'a pas l'air de faire de grandes liquidations, seulement du coup par coup. Si tu arrives à te rétablir à peu près, tu trouveras un sacré changement en retournant à Ellrich. Les têtes que tu connaissais auront presque toutes été remplacées par d'autres, pas meilleures. Ça te fera un choc. En attendant, tiens le coup, mon frère.

– Vous, les Français, vous êtes vraiment des cons.

Jan le Hollandais, avec son mètre quatre-vingts et son corps bien enveloppé de chair grâce aux soupes supplémentaires offertes par ses copains fonctionnaires, dominait le petit Maurice de son insolente santé. La salle de réfectoire se vidait après la séance de vingt-cinq coups sur le cul que le chef de block venait d'administrer au Russe. Celui-ci avait été littéralement massacré. La peau de ses reins et de ses fesses était lacérée, sanglante, et d'énormes hématomes commençaient à apparaître. Il avait hurlé comme un damné et poussait maintenant de longs gémissements, allongé devant la porte. Ses copains lui versaient de l'eau sur le dos pour atténuer la brûlure. Une longue morve pendait à son nez. Il avait été surpris par un Stubendienst en train de voler des rations de saucisson et le chef de block avait saisi l'occasion pour faire une petite séance de mise en condition. Il adorait ça.

– Vous, les Français, dit Jan, vous êtes des cons, parce que vous ne comprenez rien à rien. Tu vois ce Russe, tout à l'heure, il avait fauché les rations des copains, peut-être la tienne, ou la mienne, peu importe. Il ne méritait pas vingt-cinq coups sur le cul, il méritait la mort, mais c'est nous qui devions nous occuper de ça, et pas le chef de block. Ce n'était pas sa survie qui était en danger, c'était la nôtre. Lui-même en fait autant, tu le sais, il ne se prive pas de couper un sacré morceau de saucisson quand il arrive et de le mettre dans son placard. Il se fout de notre gueule quand il dit que le Russe est un mauvais camarade. Eh bien, moi, pendant la petite séance, j'ai regardé la tête des autres Russes. Ils avaient l'air de fauves prêts à bondir. Ils regardaient le chef de block avec des yeux d'assassins et s'ils avaient pu l'attraper ils l'auraient réduit en bouillie. Pourtant leur copain avait fauché les rations de tout le monde et de n'importe qui, c'est-à-dire également les leurs. Il aurait été bouffer ça dans un coin ou le revendre contre du tabac et les Soviets auraient été lésés et auraient râlé comme des poux. Seulement voilà, les Russki se soutiennent et ne permettent pas que l'on touche à l'un d'eux. Touche à un Ukrainien ou à un Mongol et toute la sainte Russie se lève pour le défendre, quoi qu'il ait fait. Ils se laisseront couper en morceaux pour un salopard sans scrupule. Cela n'empêche pas qu'entre eux ils sont aussi sans scrupule et exécuteront un des leurs s'il a fait quelque chose contre la tribu, et cela avec la sauvagerie et la tranquillité d'esprit que tout le monde connaît, mais ils le feront eux-mêmes, sans laisser les autres se mêler de leur affaire. Ils n'acceptent l'autorité ici que parce qu'elle est plus forte qu'eux, mais ils ne se résignent pas. Ils attendent l'occasion et ils savent que tôt ou tard elle viendra. Ça prendra peut-être des semaines, des mois, des années, mais le jour où cette occasion se présentera devant eux, alors ils sauteront dessus. C'est déjà arrivé, du reste. Il y a déjà eu des kapos qui ont perdu leur brassard et qui se sont retrouvés dans les kommandos et les blocks avec tout le monde. Ils n'ont pas tenu un jour. En vingt-quatre heures, ils mouraient d'un accident fatal. Mais un médecin légiste aurait été étonné qu'un type officiellement coupé en deux par une tôle eût également le nez écrasé, les oreilles arrachées et un œil qui pendait le long de la joue.

– Mais dis donc, qu'est-ce que tout cela a à voir avec les Français? Maurice ne suivait pas très bien le raisonnement. Et comment peux-tu connaître les Français, toi qui es hollandais?

– Les Français, je les connais parce que j'ai été longtemps étudiant en France. Vous avez des grandes gueules, vous râlez contre l'administration, la police, les patrons et toutes les autorités, mais dès que quelque chose ne va pas, vous allez chercher les flics ou vous faites des procès. La France, c'est le paradis des avocats et des marchands de pantoufles. J'étais en France en 1936 et j'ai vu défiler les ouvriers, les nouveaux sans-culottes qui braillaient dans les rues en agitant des drapeaux rouges grands comme des draps de lit. C'était chouette. On bouffait du fasciste et du patron, on allait les avaler tout crus. La lutte finale, on y était. Et puis, quand les Allemands sont entrés en Tchécoslovaquie, changement de direction. Les damnés de la terre se sont transformés en partisans de la paix à tout prix. Les prolétaires tchèques, on s'en foutait. D'ailleurs Hitler n'a pas l'air si mauvais bougre avec sa petite moustache de fonctionnaire. Quand la guerre a été déclarée, on y est allé, mais on n'avait pas l'intention de se battre. Il y en aura toujours bien qui le feront à notre place. Et au moment du grand désastre, les révolutionnaires sont partis au pas cadencé pour le stalag.

– Et alors?

– Et alors, si je te dis tout cela, c'est parce que vous, les Français, vous êtes un paquet dans les camps de concentration. Peut-être plus en proportion que toutes les autres nationalités d'Europe. Et si vous y êtes, ce n'est pas pour avoir enfilé des perles sans autorisation. Vous avez le poids, vous avez le nombre, mais vous ne défendez pas vos compatriotes. Tiens, prends l'histoire du Russki et de son saucisson. Vous dites : les Russes sont des sauvages et des voleurs, mais ils ont des excuses. En revanche, si un Français fauche un saucisson, il sera immédiatement rejeté de la communauté et vous considérerez qu'il est normal qu'il soit puni. Mais qui le punira? Pas vous, et vous préférerez qu'il soit massacré par le chef de block. Alors, d'abord, pourquoi les Russes ont-ils des excuses et pas les Français? Et ensuite, pourquoi ne pas faire la police soi-même? Vous avez des grandes gueules pour défiler dans les rues mais une fois que tout est cassé vous ne pouvez pas compter sur vous-même pour assurer votre survie. Vous tous qui êtes ici, vous voulez bien mourir et d'ailleurs vous n'avez pas le choix, mais vous n'organisez rien pour tenter de sauver votre groupe. Nous, les Hollandais, nous ne sommes pas nombreux à Dora, mais nous sommes très soudés et on ne laisse jamais tomber un de nos gars tant que l'on peut faire quelque chose pour lui. C'est la même chose avec les Belges, les Tchèques, les Polonais, les Russes. Justement, les Russes, qui sont des moins que rien, qui n'ont aucun poste, aucun brassard, aucun galon, qui sont complètement analphabètes et arriérés, eh bien maintenant les kapos y regardent à deux fois avant de leur flanquer une raclée. Tu sais que si tu te trouves tout seul dans un coin avec des Russes autour de toi, tu as la trouille parce qu'ils représentent une force et une cohésion qui font peur. Et les Polonais, eux aussi, forment un groupe homogène. Tandis que les Français, qui auraient pu dominer le camp avec les élites qui s'y trouvent, le plus minable des Vorarbeiter n'hésitera pas à taper dessus parce qu'il sait qu'il ne risque pas de représailles. On le traitera de fumier, d'ordure, mais personne ne pensera à une occasion de lui faire la peau. Tu vois le chef de block, tout à l'heure il a flanqué une dérouillée à un Russe, et maintenant il va se méfier pendant plusieurs jours parce qu'avec ces sauvages de Russki n'importe quoi peut arriver. Mais s'il avait caressé les côtes d'un Français, il pourrait dormir sur ses deux oreilles. Si, un jour, on se sort vivants de cette merde, les Français feront passer devant les tribunaux les SS et les kapos que l'on retrouvera, et les pauvres cons qui seront cités comme témoins se feront engueuler par les avocats. Du côté des Russes, sois tranquille, il n'y aura pas de procès.

Le petit Maurice réfléchit un instant. C'est vrai qu'on est des cons, pensa-t-il.

Simon est assis devant sa soudeuse-pointeuse. Comme la machine est basse, il a droit à un tabouret, ce qui est le comble du confort. Il se trouve tout au bout du hall, près de la grande galerie de sortie où règne en permanence un courant d'air glacial. Bah! on ne peut pas tout avoir et il vaut mieux attraper une pleurésie assis que debout. De plus, il se trouve un peu caché par la cabine de soudure à l'arc, ce qui lui procure une relative tranquillité. Il fabrique des gouvernails de direction qui se placent à l'extrémité des quatre ailerons du V2, un par aileron.

Un gouvernail, ce n'est pas une grosse pièce. C'est composé essentiellement d'un axe en acier, porteur d'un roulement à billes, de deux nervures perforées et d'un habillage de deux tôles galbées. Le tout ressemble à un petit drapeau, un fanion qui serait renflé autour de la hampe et s'amincirait sur les deux bords. Cela mesure environ cinquante centimètres sur quarante. Un gabarit permet de placer la première nervure, celle qui se trouvera à l'intérieur du gouvernail, au bon endroit de l'axe, là où l'on pourra la souder. On prend ensuite les deux tôles d'habillage dont on soude les arêtes. On place à l'intérieur l'axe avec la nervure que l'on soude tout autour. Il ne reste plus qu'à faire des points tout le long du bord d'attaque et à placer la deuxième nervure qui sert de couvercle pour le tout et à la souder à points rapprochés. Et voilà, le tour est joué. On place ensuite le gouvernail sur un instrument de contrôle pour vérifier qu'il n'y a pas de gauchissement et que les arêtes sont bien dans l'alignement.

La soudeuse, deux longues électrodes de cuivre pouvant pénétrer facilement à l'intérieur du gouvernail, comporte une bague de réglage pour adapter l'intensité du courant à l'épaisseur des tôles à souder. Trop d'intensité, la tôle brûle et cela fait un trou. Pas assez, la tôle ne fond pas à l'endroit du point et la soudure claque au bout de quelques instants. L'astuce consiste à calculer l'intensité de façon à faire une soudure qui semble très saine à l'œil et résistante au repos mais lâchera lorsqu'elle sera sollicitée de manière brutale par les accélérations, les vibrations et les charges énormes que subira le gouvernail lorsqu'il manœuvrera. Ce genre de soudures trafiquées, cela s'appelle du sabotage.

Simon a été amené presque inconsciemment à saboter. Avant d'être arrêté il était lycéen et ignorait jusqu'à l'existence des soudeuses électriques. Lorsqu'il se retrouva au Tunnel, on demanda un jour des soudeurs et il bondit le premier. Cela valait mieux que de continuer à pelleter des tonnes de gravats sous les horions des porteurs de brassards. Et puis un mécanicien, c'est quelqu'un de considéré de par le monde et il faut lui foutre la paix si l'on veut que le travail soit bien fait. Après avoir tâtonné, il comprit vite le mode d'emploi de la machine et toutes les ressources qu'il pouvait en tirer. Il fit des essais sur des bouts de tôle de la même épaisseur que celles du gouvernail et les séparait avec un tournevis. L'examen des morceaux lui fit trouver le réglage exact permettant d'obtenir des soudures apparemment sans défauts.

Simon n'a pas vraiment conscience de faire du sabotage dans le sens où l'entendrait un agent ennemi introduit dans une usine d'armement avec des instructions précises. Il pense seulement qu'il appartient anonymement à un vaste ensemble de détenus qui, sans concertation, bousillent le travail.

Le seul inconvénient de son système, c'est qu'une oreille exercée pourrait détecter quelque chose. En effet, lorsqu'une soudure est bonne, la machine émet un ronronnement plein et rassurant, alors qu'une soudure imparfaite ne produit qu'un petit *bzz* ridiculement court. Une nuit, il crut bien que sa carrière de citoyen de ce monde était terminée. Il était à sa machine, faisant des points bidons, quand il sentit une présence derrière lui. Il se retourna et son cœur fit un bond dans sa poitrine squelettique. Gueule d'acier, le plus célèbre et le plus sanguinaire des SS, était à deux pas en train de l'observer, frappant nerveusement sa paume gauche avec son gummi. Simon crut qu'il allait s'évanouir. Il entendait résonner dans sa tête le petit *bzz, bzz* de la machine et non le ronronnement. Il se leva d'un bond, enleva son béret et se mit au garde-à-vous. Ses jambes flageolaient et sa vue était trouble.

– Weiter machen, Mensch! Continue, minable!

Et Gueule d'acier s'éloigna, tapotant toujours sa main avec le gummi.

Simon a toujours remarqué que lorsque les détenus parlent du travail qu'ils font au Tunnel, ce qui ne constitue pas le fond habituel de leurs conversations, ils parlent toujours de trucs et de machins qui ne tiennent pas, qui sont mal conçus, mal placés, et qui lâcheront à la première sollicitation. De vrais électriciens, de vrais ajusteurs disent que si on leur avait demandé leur avis, ils auraient fait comme ci et comme ça mais que, tel que c'est fait, tout va s'en aller en mille morceaux lors du lancement. Il y a alors cent façons de bousiller le travail, sinon de saboter. Les divers éléments de la fusée, usinés avec des machines de toutes provenances, ne s'emboîtent pas très bien les uns dans les autres et le bricolage est souvent nécessaire. Une fois qu'une pièce a été assemblée et fermée sur elle-même, comment voir les défauts et malfaçons à l'intérieur? Les rivets explosifs qui se sont mal ouverts ou ont éclaté entre la tôle et la nervure, les écrous qui ont foiré et que l'on a enfoncés à coups de marteau, les fenêtres de contrôle qui ne tiennent que par miracle, car les vis ont été tellement manœuvrées qu'elles ont bouffé le filetage femelle, et les circuits électriques si délicats qu'ils ne supportent pas la moindre imperfection.

Les fusées sont, bien entendu, vérifiées avant leur sortie, mais dans le Tunnel on les manipule avec délicatesse, comme des jeunes filles effarouchées. Les vices cachés sont légion, et ce n'est que lors du lancement qu'ils apparaîtront.

Il est évidemment assez risqué de saboter lorsqu'on travaille à plusieurs sur des pièces importantes, notamment lorsque les équipes sont constituées d'hommes de nationalités différentes. L'animosité est telle dans ce cas qu'un sabotage systématique constituerait un danger redoutable. Les Polonais surtout sont à écarter de toute complicité et l'on imagine très bien l'un d'eux poussant des hauts cris et accusant le Français de faire un travail dégueulasse. Mais les erreurs et les loupés fortuits, qui pourraient être réparés avec un peu de bonne volonté, sont passés sous silence par accord tacite. En effet, un changement dans la cadence de production pour rattraper la malfaçon attirerait immédiatement l'attention du Meister allemand qui pourrait, lui, prononcer le mot terrible de sabotage. Alors, motus et bouche cousue, on continue comme si de rien n'était.

Arrivé au stade final de sa construction, le V2 est un bel engin, sans équivalent dans le monde, mais qui souffre de tant de maladies latentes qu'il a toutes les chances de finir sa carrière en perdant ses boulons et ses tôles et, en tout cas, loin de l'objectif qui lui a été fixé. La belle fusée n'ira pas porter sa charge explosive sur les lieux d'intérêt stratégique, elle ira s'écraser au milieu des cultures maraîchères ou, au pire, sur des quartiers d'habitations. Mais, après tout, c'est cela, la guerre.

Vers la fin septembre, les détenus découvrirent sur la place d'appel un convoi d'étranges prisonniers. Ils étaient arrivés dans la nuit et se tenaient debout depuis plusieurs heures sur un bord du quadrilatère. Vêtus de l'habituelle tenue rayée, ils portaient un drôle de petit bonnet tricoté au lieu de la classique Mütze. Ils étaient plusieurs centaines. Ils paraissaient dans un état d'épuisement physique extrême et étaient d'une incroyable maigreur. Une odeur de pourriture et d'excréments émanait de leur groupe et un long gémissement sortait des bouches tordues. Il y avait déjà sur le côté un amoncellement de morts.

On se renseigna et on apprit qu'il s'agissait d'un convoi de juifs hongrois qui venaient d'Europe centrale et qu'ils étaient arrivés la nuit par le train, sur des wagons plates-formes.

Il y eut immédiatement plusieurs réactions. La première, toute viscérale, vint des Polonais. Ils contemplèrent le groupe avec de grands rires et une joviale satisfaction. Voir ce tas de débris constituait pour eux le plus merveilleux spectacle. Non mais, regardez-moi ces sales gueules de juifs, ils sont vraiment dégueulasses. Dommage qu'on ne puisse pas aller leur flanquer notre poing sur la figure. Au moins, quand la guerre sera finie, on ne retrouvera plus tous ces affreux qui avaient toutes les bonnes places, tout le commerce, tout l'argent. Même à l'école ils étaient plus nombreux que nous et, dans les villes, ils avaient des quartiers entiers à eux. Ils faisaient la loi partout. Ils étaient dans de beaux bureaux et de belles boutiques, mais nous, on turbinait dans les usines et on grattait la terre des champs.

La réaction générale fut moins radicale et eut un côté plus pratique. Avoir des juifs dans un camp, c'est une excellente chose, car tous les coups sont pour eux. Les SS, les kapos, les chefs de blocks doivent actuellement se frotter les mains, ils vont pouvoir exercer leurs talents sans se disperser bêtement sur trente-six nationalités. Les juifs, c'est une bénédiction du ciel. S'ils n'existaient pas, il faudrait les inventer car c'est à la fois un plaisir, un devoir et un honneur de tomber dessus à bras raccourcis. Et comme ils sont nombreux, il y en aura pour tout le monde. On va se régaler pendant quelque temps et, quand on en aura fini avec eux, il faudra qu'ils nous en envoient d'autres. Cette vermine pullule tellement qu'on ne risque pas d'en manquer, alors pourquoi les économiser? Les détenus étaient persuadés que les chefs allaient sonner l'hallali et que, tant que durerait le lot qu'ils avaient sous les yeux, la plupart des coups leur seraient épargnés. Les Russes principalement se sentirent monter dans l'échelle sociale. Leur antisémitisme traditionnel n'avait pas la virulence de celui des Polonais, mais ils constatèrent avec satisfaction qu'ils avaient maintenant une race au-dessous d'eux. Il est toujours bon d'avoir plus haï que soi. Ils en seraient presque venus à encourager les juifs à tenir le coup le plus longtemps possible.

Une fois passées les réactions épidermiques, on commença à se demander pourquoi des juifs étaient arrivés à Dora. Les juifs ont un camp à eux, Auschwitz, alors qu'est-ce qu'ils viennent faire ici? On n'a pas de chambre à gaz pour les liquider, ou alors les SS ont-ils l'intention de procéder à des essais? Tout ça n'est pas très bon. Si l'on transforme le block de douches en chambre à gaz, on pourra y conduire n'importe qui et chaque fois qu'on ira là-bas, on risquera de sortir les pieds devant, direction le Krematorium. Après tout, ils ont peut-être des excédents à Auschwitz et ils font de la décentralisation. Tout le monde regarda le block sanitaire et le crématoire avec inquiétude. On s'était habitué à son petit train-train, à mourir de façon bien connue et le passage de la mort à une possible échelle industrielle ne souleva qu'un enthousiasme mitigé.

La dernière réflexion, la plus élaborée, fut celle qui finalement marqua les esprits. C'était la première fois qu'un groupe de ce genre arrivait dans les camps de l'Ouest. Il y avait à Dora des détenus qui avaient connu les principaux camps, Auschwitz, Mauthausen, Dachau, Flosenburg, et tous étaient formels : cet arrivage leur paraissait anormal, contraire à toutes les habitudes. Alors une idée se mit à germer dans les têtes. Est-ce que ce ne serait pas le début de l'évacuation des camps de l'Est menacés par l'avance russe? Ils regardèrent le convoi d'un peu plus près et firent plusieurs constatations. Les juifs avaient voyagé pendant plusieurs jours, peut-être une semaine, peut-être deux. Ils n'avaient reçu aucune nourriture ni aucun soin. Ils avaient dû, à l'origine, transiter par un camp puisqu'ils avaient la tenue rayée. Ils ne semblaient pas être encadrés par des kapos et des Vorarbeiter comme c'est le cas lorsqu'il y a un transfert de camp à camp. Ils n'avaient aucun des effets personnels, si rudimentaires soient-ils, que tout détenu transporte avec lui, cuillère ou musette faite d'un bout de chiffon. Ils étaient dans un tel état qu'ils allaient mourir très rapidement. Alors, que se passerait-il lorsque les Alliés approcheraient de Dora? Les SS décideraient-ils d'évacuer le camp et d'aller vers l'Est? Les troupes russes étaient encore très loin et, aux dernières nouvelles, n'avaient pas pénétré en Pologne. Lorsque les Américains lanceraient leur offensive pour entrer en Allemagne, peut-être dans quelques jours, peut-être dans quelques semaines, est-ce qu'on allait brusquement mettre les quinze à dix-huit mille détenus de Dora dans des wagons et les faire errer des jours jusqu'à ce qu'il n'en reste plus un seul de vivant? Est-ce qu'on allait, faute de transports, les faire partir à pied sur les routes, les faire marcher jusqu'à épuisement? Une nouvelle angoisse commença à étreindre les hommes. L'approche des libérateurs serait peut-être le signal de la mort.

Vers midi, les juifs étaient toujours sur la place d'appel. On les avait fait avancer au centre de la dalle et ce déplacement de quelques mètres avait achevé bon nombre d'entre eux. Les morts qui, au début, étaient alignés formaient plusieurs tas. Parmi les vivants, peu restaient encore debout sans bouger. La plupart d'entre eux titubaient comme s'ils étaient ivres. De temps à autre, l'un d'eux tombait et s'agitait faiblement, juste quelques soubresauts. D'énormes vides se creusaient dans les rangs et les gémissements devenaient plus faibles.

Dans l'après-midi, il sembla que le nombre des morts dépassait celui des vivants. Le soleil, encore fort à cette époque, attisait l'odeur de pourriture. Plus un seul juif ne tenait debout sans aide. Tous tanguaient, leurs squelettes s'épaulaient par deux ou trois. Les SS, à la Porte, regardaient le spectacle en riant. Les putains du bordel, à proximité, avaient fermé leurs volets pour ne pas participer au spectacle. Les détenus évitaient de passer près de la place et les kommandos faisaient un détour. Même les Stubendienst polonais avaient remballé leurs sarcasmes.

En fin d'après-midi, les ordres vinrent de la Porte. On poussa les survivants avec les cadavres, vers le haut du camp. Plusieurs d'entre eux moururent pendant le trajet.

Sylvestre sentit sa gorge se nouer.

– Nom de Dieu! cria-t-il à Paul, avec qui il partageait la paillasse, on m'a fauché mes godasses.

– Sacré imbécile, répondit Paul qui s'habillait en hâte.

Le Stubendienst venait de faire irruption dans le dortoir et il n'y avait pas un instant à perdre. Vite au Waschraum se passer un coup d'eau sur la figure mangée de barbe et au réfectoire pour toucher les rations.

– Et où les avais-tu mises?

– Ben comme d'habitude, sous la paillasse, à côté des tiennes.

– Tu n'avais pas dû les enfoncer suffisamment et un fumier de Russe a pu les tirer pendant que tu dormais. Mais dépêche-toi, ne reste pas à glandouiller comme cela, tu vas te faire matraquer.

Sylvestre, complètement désemparé, s'habillait lentement et machinalement. Il détonnait au milieu de l'agitation qui régnait dans la chambrée. Mais qu'est-ce que je vais faire, qu'est-ce que je vais devenir? Il en avait des angoisses. Un homme sans chaussures, ça n'existe pas. Même un détenu. Dans l'extrême dénuement des concentrationnaires, les rares choses auxquelles ils avaient droit étaient vitales et l'on ne pouvait en retirer une seule sans mettre leur vie en danger. Il fallait absolument avoir un béret, une chemise, un caleçon, une veste, un pantalon, des chaussettes russes, des chaussures et une cuillère. C'était tout, mais c'était indispensable.

Le Stubendienst polonais qui surveillait le lever des détenus porta son regard dans la direction de Sylvestre et vit que quelque chose ne tournait pas rond.

– Was machst du, Franzous? Los! Los!

– Meine Schuhe weg! comme ci, comme ça!

Le Polonais partit d'un grand éclat de rire. Abreuver les Français de vexations tout en se donnant l'air de leur faire la morale le ravissait. Ces cons, pensa-t-il, ne savent pas se défendre. Ils ne savent que dire que ce n'est pas juste, qu'on leur fait des misères, que ci, que ça. Ils discutent, ils raisonnent. Ils crèvent tous sans avoir compris l'endroit où ils sont. Ils cherchent des emmerdements et ils les trouvent. Moi, si j'avais vu au réveil que mes godasses avaient disparu, il y a longtemps que j'en aurais fauché une autre paire. Ou un copain l'aurait fait pour moi. Les Français, eux, pleurnichent dans leur coin et attendent que ça leur tombe tout seul dans le bec.

– Franzose, Kapitalist, kein Packete, kein Schuhe. Alle fertig!

Bougre de con, pensa Sylvestre, qu'est-ce que tu as à ricaner? Tu ferais mieux de faire quelque chose pour moi au lieu de te foutre de ma gueule. Essaie donc de venir en France après la guerre, et tu verras comment ça se passera.

Mais tout cela ne changeait rien à la situation. Il fallait faire quelque chose car cela risquait de devenir dramatique. On avait vu beaucoup de choses à Dora, mais pas un détenu pieds nus. Il décida d'aller voir le chef de block avant que le Polak n'ait été lui donner une version falsifiée des faits. L'Allemand se trouvait à la porte de sa cabine. Il n'avait l'air ni de bonne humeur ni de mauvais poil. Il n'avait apparemment pas d'humeur du tout, mais cela pouvait basculer d'un côté ou de l'autre sans motif sérieux, la franche rigolade ou la fureur. Il vit Sylvestre s'approcher de lui avec circonspection.

– Was wilst du, Mensch?

Se tenant à distance, hors de portée d'un direct qui partirait comme une bombe, Sylvestre répéta son explication.

– Blockältester, meine Schuhe weg, comme ci comme ça.

Le chef de block en resta pantois. Se lever au petit matin, à Dora, après huit ans de divers camps aussi dégueulasses les uns que les autres, et voir un Arschloch, un trou du cul pareil, venir me raconter qu'il s'est laissé faucher ses chaussures, ça n'est vraiment pas possible, les bras m'en tombent. Et quel matricule a-t-il, ce pauvre connard? Un 43 000! Ça fait neuf mois qu'il est dans les camps et, dégourdi comme il est, il réussit à être encore vivant? Il se rappela les sanglantes luttes pour la vie qu'il avait connues pendant des années. On tuait et on se faisait tuer pour cent fois moins que cela. Il regarda Sylvestre, chose qu'il ne faisait jamais. Les nouvelles générations de détenus ne l'intéressaient pas. D'ailleurs, rien ne l'intéressait plus, il était devenu une machine, un robot concentrationnaire qui pourrait continuer sur sa lancée pendant des années si aucun emmerdement ne survenait. Ce doit être un paysan, pensa-t-il. Ces ploucs sont incroyables. Ils sont prêts à se faire tuer pour une vache mais sont incapables de défendre leur peau. Ce qui les sauve pendant quelque temps, c'est qu'ils ont la couenne dure et qu'au cul de leur charrue ils ont appris que la vie n'est pas une partie de rigolade.

– Franzose, tu es vraiment con. Tu te crois encore dans ta ferme où tu dors derrière tes volets clos. Ici, tu n'es pas dans ta ferme ni dans un sanatorium et si tu ne fais pas attention tu te retrouveras le cul nu. Allez, viens.

Sylvestre ne comprit rien à ces réflexions dites en allemand mais suivit le chef de block dans sa cabine. Sous le placard se trouvaient des mules en cuir, des claquettes, sortes de babouches à semelles de bois que portaient les nouveaux venus à Buchenwald, et aussi des choses informes qui avaient été autrefois des galoches. L'Allemand en prit une paire et les jeta en direction du Français qui les attrapa au vol.

– Danke viel mal!

Sylvestre mit les vieux débris de chaussures sous son bras et partit rapidement en direction du Waschraum.

– Pauvre con, pensa le chef de block qui rentra dans sa cabine.

5

Les portes se referment

Un jour d'octobre, le soleil, qui avait régné sans partage pendant trois mois sur Dora, disparut. Une pluie persistante et déjà froide s'abattit sur la place d'appel, les blocks, les routes du camp. L'été était terminé, cet été des espoirs les plus fous, des prodigieuses nouvelles qui arrivaient sans cesse et qui n'étaient même pas démenties, car c'était un fait incontestable, la France était libérée. Grâce à une gigantesque opération à la taille de leur puissance, les Alliés avaient tout balayé sur leur passage. Même l'Italie s'était effondrée. La formidable armée allemande, stupéfaite, avait tout perdu à l'Ouest, en quelques semaines.

On avait compté les jours, colporté et traduit dans toutes les langues les nouvelles transmises par les informateurs anonymes. On avait écouté les renseignements topographiques fournis par les détenus originaires des régions traversées par les Alliés, et les commentaires faits par les jeunes officiers qui n'avaient jamais accepté la défaite et s'étaient embarqués dans la lutte clandestine dès 1940. Dora avait vécu pendant des semaines dans une fièvre contenue. Les quelques Français qui recevaient d'habitude des colis avaient fait de bon cœur une croix dessus puisque leurs familles étaient libérées et que, de toute façon, le cauchemar allait bientôt se terminer. Le camp avait connu sa grande époque, son époque glorieuse. Le Tunnel était achevé et l'épouvantable misère des mois précédents s'était atténuée. Même les rations alimentaires avaient légèrement augmenté, la boule de pain pour quatre détenus étant devenue la « boule à trois ». On ne voyait presque plus de ces effarants *musulmans* qui, un rictus de mourant aux lèvres, allaient inconsciemment présenter leur carcasse décharnée au coup de grâce final. Les hommes mouraient maintenant dans le secret du Revier. Des parterres de fleurs avaient poussé autour des blocks et les appels, sauf exception, étaient relativement courts. Seules les pendaisons n'avaient pas changé mais leur fréquence en faisait un spectacle banal et anodin. L'orchestre tsigane passait régulièrement dans les halls du Tunnel, distillant les inévitables *Yeux noirs* et *Grande Berezina.* Dora était devenu un endroit très fréquentable où l'on vivait et mourait presque décemment. Une mystérieuse commission était même venue visiter le camp et avait dû le considérer comme un chef-d'œuvre d'architecture carcérale où tout était prévu pour le bien-être du détenu.

Cette période euphorique se termina en octobre avec la première pluie. La pluie, ce n'est rien, il en faut pour la terre, les cultures, les ruisseaux, les rivières et les grenouilles. Mais la pluie, en octobre 1944, à Dora, réveilla les bagnards. Alors, bande de minables, chair à crématoire, vous pensiez que vous alliez vous en tirer comme cela? Vous pensiez que la guerre allait finir, qu'on allait se serrer la main, échanger des adresses et s'en retourner chez soi? Qu'est-ce que vous croyez? Vous qui êtes pour la plupart des concentrationnaires chevronnés, vous devriez savoir que nous, les SS, nous sommes toujours les Maîtres et qu'il nous suffit de quelques instants pour transformer n'importe lequel d'entre vous en une charogne hurlante et mûre pour le Krematorium. On danse peut-être en France au son de l'accordéon, où la plupart des gens pensent que la guerre est finie. Mais nous on vous tient et on vous tient bien. On ne vous lâchera jamais, vous entendez, JAMAIS. Vous ne sortirez pas d'ici, on continuera à vous faire regretter d'être venus sur la terre. Quand on a pris le pouvoir, on avait l'intention de créer un empire qui durerait mille ans. Il ne durera peut-être pas mille ans, mais, s'il n'en dure que douze, ce seront douze années que le monde ne sera pas près d'oublier. A commencer par vous.

En ce mois d'octobre, les détenus sentirent les portes se refermer sur eux. On avait beau parler d'actions locales en France – on vient de prendre Baccarat –, tout le monde découvrit avec effroi qu'un nouvel hiver se préparait. Le Rhin, ce fleuve ridicule de quelques dizaines de mètres de large, qui n'avait jamais arrêté les grandes invasions des siècles passés, qu'une grand-mère pourrait traverser à la nage accompagnée de ses arrière-petits-enfants, ne serait pas franchi cette année. Les jeunes officiers le disaient bien, si l'on veut progresser, il faut bousculer l'adversaire et le bousculer sans cesse. Il ne faut pas lui laisser le temps de respirer, il faut lui donner l'impression qu'il est aux abois et qu'on ne s'arrêtera jamais. Si, par contre, et c'est malheureusement le cas, on éprouve le besoin de faire une pause pour se regrouper avant de repartir en avant, alors il faut des semaines ou peut-être des mois avant que l'attaque ne reprenne. Une armée n'a que faire d'actes de bravoure gratuits style charge de la brigade légère. La guerre est une chose sérieuse et, s'il est préférable stratégiquement de s'arrêter pour reprendre l'année suivante, alors on attendra l'année suivante. Donc, les gars, prenez patience, débrouillez-vous entre-temps et on se verra l'année prochaine.

L'année prochaine! Combien seraient-ils encore? Les plus anciens avaient entamé leur deuxième année et avaient vu des vides effrayants se creuser autour d'eux. Les jeunes recrues d'août et septembre 1943, les 20 000 et 21 000 qui avaient porté les premiers coups de pioche et de marteau-piqueur à cette saloperie de Tunnel, ressemblaient à des momies égyptiennes. L'énorme masse des 38 000 à 45 000, que l'on commençait déjà à ne plus citer que pour mémoire. Les 77 000, qui pensaient n'être venus que pour quelques jours ou quelques semaines et découvraient qu'un univers implacable allait les broyer comme les autres. Et les 14 000, ces vétérans de Peenemünde. Sans parler des Tchèques, des Polonais, des Baltes, des Russes, des Belges, des Hollandais qui voyaient la gueule du Krematorium leur faire des appels pressants. Venez, mes petits enfants. Bientôt vous allez gémir de froid et de misère. Alors, laissez tomber tout cela. L'espoir, c'est terminé. A quoi bon lutter? Venez vous faire rôtir tout de suite avant d'en baver inutilement. Tout cela n'est rien du tout, juste un mauvais moment à passer.

Les conditions de vie se mirent à redescendre avec le thermomètre. Ce furent les rations de pain qui diminuèrent. Puis le morceau de viande bouillie du samedi disparut. La soupe de pâtes du dimanche resta un certain temps au menu, mais elle devint beaucoup plus claire. Les fenêtres des blocks se fermèrent et, avec la réapparition de la boue, les chefs de blocks ressortirent la matraque des grands jours. Avaient-ils espéré eux aussi la fin de la guerre? Ils n'avaient pas fait montre d'impatience, mais plutôt d'une somnolente apathie. Les SS, eux, avaient considéré le camp avec pas mal de hauteur, se contentant, par des rations alimentaires extrêmement basses et une hygiène déplorable, de maintenir un taux de mortalité facilement compensé par les arrivages de nouvelles recrues. Certes, le vivier occidental n'était plus accessible mais, Dieu merci, on trouvait en Europe centrale tout ce qu'il fallait pour reconstituer le stock de main-d'œuvre.

Les SS, à l'automne 1944, quittèrent les gradins où ils s'étaient cantonnés et redescendirent dans l'arène. Ils avaient peut-être cru, dans un moment de découragement, qu'ils allaient perdre leurs jouets. Mais la leçon avait été comprise et on n'avait plus besoin de la leur répéter. Ils ressortirent les gummi des placards et on les revit régulièrement autour des kommandos, poussant, par leur présence et leurs invectives, les kapos à une brutalité renouvelée.

Même les puces, les poux, les bacilles de Koch et autres streptocoques se remirent à proliférer. La place d'appel retentit de mauvaises toux qui provoquaient la ruée du chef de block, matraque en avant. Les grands maux endémiques du camp s'attaquèrent à la masse des détenus. On revit le soir après l'appel les galeux, nus devant le block, sous la pluie, se disputer un bidon de mitigal dont ils s'enduisaient soigneusement des pieds à la tête. On revit les trognes enflammées et les yeux purulents des prisonniers atteints d'érésipèle. On revit les cous déformés par de monstrueux phlegmons. Les blessures aux pieds, infectées par la boue envahissante, creusèrent à nouveau des cavernes dans les chairs. Des grappes de souffreteux recommencèrent à cerner l'entrée du Revier où les gardes polonais se remirent à tabasser les foules geignardes.

Les quelques grammes regagnés ou préservés pendant la période bénie disparurent avec soudaineté et la dysenterie tordit à nouveau les tripes. Tout ce qui avait pu être guéri ou contenu repartit de plus belle. Les couleurs qui avaient légèrement teinté les joues des prisonniers s'effacèrent et les gueules retrouvèrent le gris terreux de l'hiver et du printemps.

Peu à peu, les nouvelles du front se bornèrent à mentionner des activités de patrouilles, comme en 1939. Les bagnards s'en désintéressèrent et les anciens, la mort dans l'âme, comprirent qu'il fallait se préparer à un nouvel hiver, dans le style de ceux qu'ils avaient déjà connus. D'instinct ils comprirent que les dégâts seraient énormes. La plupart étaient dans un état physique pitoyable. Il y avait longtemps qu'ils n'avaient plus de graisse, mais les muscles aussi avaient disparu, les genoux et les coudes formaient de grosses boules au milieu de membres décharnés. La peau des fesses pendait et il devenait douleureux de s'asseoir.

La pluie trempait les uniformes et les chaussures. Dans l'humidité ambiante du Tunnel rien ne séchait et la peau s'irritait du frottement des guenilles trempées. Des rougeurs s'installaient à l'aine, aux pliures des coudes et des genoux et devenaient des foyers d'infections entretenues par la saleté des vêtements. On grelottait pendant douze heures avant de remonter en surface où il pleuvait toujours.

Mais la pluie n'était qu'un début, une sorte de hors-d'œuvre du menu qui se concoctait pour les bagnards. Bientôt viendraient le vent, la neige et le froid. Le vent qui vous coupe la figure comme mille lames de rasoir, la neige qui pénètre partout et le froid qui transforme la vareuse et le pantalon en une véritable cuirasse. Les mains torturées par les engelures, et les pieds qui ne sont plus que des paquets de douleurs.

Tout cela allait recommencer. Les appels interminables que l'on avait supportés l'été redeviendraient meurtriers. On retrouverait la place balayée par le blizzard et les oreilles martyrisées par le froid. Sur les dalles de ciment on déraperait à nouveau sur les crachats sanguinolents, solidifiés par le froid. Et les chiens, ces ordures, hurleraient toute la nuit.

Alors, ce n'est pas la peine de nous parler d'accrochages entre deux patrouilles ou de duels d'artillerie. Attaquez maintenant ou foutez-nous la paix. On a besoin du peu de forces qui nous reste pour essayer de survivre. On va se refermer sur nous-mêmes et serrer les dents. Ce nouvel hiver, c'est vraiment trop pour nous. Il y a déjà des tas de gars dont le destin est scellé. Ils le portent sur leur figure et il ne sera pas difficile de leur faire accomplir le grand saut, il suffira de les pousser un peu. Ils s'étaient bien avancés dans la direction du crématoire et ils ont eu le tort de croire que la guerre allait se terminer. Alors un petit coup de froid va les envoyer rapidement à l'autocuiseur. Mais les autres, qui se croient malins et qui pensent qu'à cœur vaillant rien n'est impossible, ceux qui ont promis à leur femme ou à leur mère de revenir et qui espèrent qu'un serment comme cela vaut une assurance-vie, ils feraient bien de se regarder froidement et de faire un inventaire sérieux, une sorte d'état des lieux mentionnant sans complaisance ce qui n'est pas en trop mauvais état et ce qui ne vaut plus un radis. Ils seraient sans doute étonnés de constater la minceur de leurs chances, de celles qui tiennent à leur état général, sans parler des peaux de banane que les maîtres du Destin, les SS, kapos et chefs de blocks, glisseront sous les semelles fendues de leurs galoches. Le printemps, c'est dans six mois, et pendant ce semestre les hommes et la nature vont faire tout ce qu'il faut pour que vous tombiez. Soyez tranquilles, ils se mettront d'accord pour organiser au mieux les chausse-trapes et les coups vicieux, imparables. Vu le temps dont ils disposent, ils n'ont même pas besoin de se presser. Il faut que dure le plaisir. Le coup du Tunnel à creuser, on le fera peut-être aux bagnards d'Ellrich, mais on ne le fera plus à ceux de Dora, ils connaissent déjà. On trouvera des tas d'autres trucs tout aussi astucieux, et vous tomberez dans le panneau comme des nouveau-nés qui n'ont rien appris, rien compris. Alors, cramponnez-vous, vous allez connaître six mois que vous ne risquez pas d'oublier.

– Pausa !

L'ordre est crié dans le Tunnel. Il est trois heures du matin. Les machines s'arrêtent pour une demi-heure et les hommes s'allongent pour essayer de dormir. Les kommandos de transport posent leurs charges et s'affalent tout autour. Les Meister allument une cigarette, vont échanger quelques mots avec leurs collègues et cherchent un coin confortable pour piquer un petit somme. On n'entend plus que le bruit des souffleries qui longent les deux grandes galeries. Il fait froid et humide.

Vincent gravit la rampe qui mène à la galerie gauche, celle que suit la fusée en cours d'assemblage. Hier soir, il a aperçu Hervé lors de l'arrivée des kommandos et lui a dit qu'il irait le voir pendant la pause. Hervé travaille presque au fond du Tunnel, cela représente trois à quatre cents mètres de trajet. Dans le silence, les semelles de bois résonnent et cela inquiète Vincent qui fait des efforts pour atténuer le bruit. La galerie est large et bien dégagée. Les halls, sur la droite, sont constellés de corps éparpillés ou regroupés pour se communiquer un peu de chaleur.

La paroi de la galerie commence à se garnir peu à peu de réserves de pièces détachées. Ce sont d'abord des étagères métalliques assez peu profondes qui ne mordent que légèrement sur la largeur. La voie de chemin de fer poursuit son trajet et les plates-formes ont la place de passer. Puis, progressivement, l'espace se restreint, les étagères deviennent de véritables enclos et un butoir marque la fin des rails. L'espace libre de la galerie se réduit à un simple passage d'environ trois mètres de large. Mais tout va bien puisque Vincent est parti depuis moins de dix minutes et qu'il est presque arrivé. Il pourra donc rester un tout petit quart d'heure avec Hervé avant de galoper jusqu'à son hall. Un quart d'heure, c'est précieux lorsqu'on retrouve son enfance et toutes les belles années. On n'en parle pas, bien sûr, ça ne sert à rien de rabâcher comme de vieilles femmes, mais on se regarde, on se surveille, on se dit sans se le dire de tenir le coup et on se saoule d'une merveilleuse cigarette de Makhorka roulée dans un morceau de sac de ciment. La conversation prend des tournures anodines, mais tout est tellement sous-entendu. Et on repart à la fois conforté et inquiet pour l'autre. Pourvu qu'il tienne le coup, pourvu qu'il ne se laisse pas glisser!

Vincent va s'engager dans le boyau de trois mètres lorsqu'une silhouette surgit d'un hall et se place au milieu du passage. Un SS! Grand, mince, les bottes luisantes, le calot à tête de mort barrant le front. Ce qu'il porte à la main n'est pas vraiment une matraque, mais plutôt une cravache, presque une badine. Les jambes sont écartées et les poings s'appuient sur les hanches. Tétanisé, Vincent a un instant de peur glaciale. Il voudrait faire demi-tour et courir comme un fou, mais ses jambes ne lui obéissent plus. Emporté par l'élan, il continue. Dans sa tête il y a des mots qui viennent. Surtout n'avoir l'air de rien, surtout continuer comme si de rien n'était. Continuer. Il ôte sa Mütze, son béret, met réglementairement les deux mains sur les coutures éventrées du pantalon et avance, le regard vide et braqué sur l'horizon.

– Was machst du hier, Mensch?

Le SS n'a pas l'air de vouloir frapper, il pose une question. Dans l'atmosphère assoupie du Tunnel, Vincent se rend compte que son déplacement est une énormité. Même les SS respectent la pause, cette trêve pendant laquelle tout le monde a le droit de s'allonger comme bon lui semble. Il a donc enfreint le règlement qui accorde à tout détenu le loisir de se coucher sur le ciment pendant trente minutes.

– Ich will mein Kamerad sehen, Halle zwei und zwanzig.

Dans un allemand approximatif, sans regarder le SS, Vincent bredouille les quelques mots qui émergent de sa cervelle bloquée par l'angoisse.

– Komme du mit, Drecksack.

Pas besoin de lui faire un dessin, Vincent a compris et emboîte le pas au SS. Celui-ci traverse le hall devant lequel ils se trouvaient et, sans se retourner – quel détenu aurait l'inconscience d'essayer de se sauver? il recevrait immédiatement dans les reins un chargeur de pistolet –, prend la direction de l'entrée du Tunnel. Le monde souterrain est toujours mort et l'on enjambe les corps assoupis. Des kapos et Vorarbeiter réveillés prennent sur leur passage une attitude respectueuse et regardent Vincent d'un drôle d'air. L'air de ceux qui voient passer un fourgon mortuaire et se demandent qui ce peut bien être.

Arrivé au poste de garde, le SS se retourne et fait signe à Vincent d'entrer. A l'intérieur, il voit d'abord un groupe de civils. Ils ont des gueules de bandits de grands chemins. De longs imperméables et des chapeaux tyroliens sont accrochés au mur. Nom de Dieu, la Gestapo! Vincent les a reconnus tout de suite. La Gestapo est là en force, elle occupe les deux tables du local et remplit des formulaires, écrit des rapports. L'atmosphère est surchauffée et Vincent se sent mal. Il n'a pas connu pareille chaleur depuis de siècles. Un Posten à qui il manque une phalange de l'index droit triture la sangle de son fusil Mauser. Il a le nez légèrement dévié sur la droite, ce qui lui donne un air de faune. Au mur, des bleus d'architecte détaillent tous les halls avec l'emplacement des machines. Un tableau couvert d'une vitre contient une liste de noms et des notices d'instructions. L'air sent le tabac froid et la sueur aigre.

Vincent pénètre plus avant et aperçoit une dizaine de détenus. Ils sont debout, face au mur, les mains dans le dos tenues par des menottes. Vincent ne voit pas leurs figures, mais il se rend compte qu'ils sont en piteux état. Ils ont du mal à tenir debout, ils tanguent de droite et de gauche et des plaques de sang coagulé maculent le col des vareuses. Ils essaient de retenir leur pantalon car on a dû leur retirer le bout de ficelle ou de fil électrique qui servait à le maintenir. De la tête ils tentent de s'appuyer contre la paroi mais un civil vient régulièrement leur botter les reins pour les remettre d'aplomb.

Ça y est, pense Vincent, je suis bon pour la prochaine cordée, la pendaison pour dimanche. Sa cervelle se vide et son regard devient presque indifférent. Puis il pense au bunker et cela l'effraie. Qu'est-ce qui se passe là-dedans? Personne n'en sait rien. Combien de fois, le dimanche sur la place d'appel, a-t-il vu sortir de ces condamnés qui galopaient vers la potence avec des gestes de guignol et qui semblaient considérer la corde comme une délivrance? A Dora, au début, il en a vus crier, se rouler par terre et se faire traîner de force sur le tabouret. Maintenant, avec le mors dans la bouche, ils ne disent plus rien et montent d'eux-mêmes sur le banc. Ils sont sans doute déjà morts et leur étranglement progressif n'est plus qu'une formalité pour officialiser un état de fait. Mais moi, je suis bien vivant! Je ne veux pas qu'on m'étrangle! Je n'ai rien fait, je voulais juste aller voir un copain, un ami d'enfance, un gars avec qui j'ai joué aux billes et à chat perché dans la cour de l'école. On ne pend pas un homme, même un Häftling, parce qu'il voulait aller voir son copain. La cervelle affolée de Vincent brasse des images de bunker, de potence, de gueules écrasées et de corps martyrisés, mais sa carcasse ne bouge pas. Des mois de camp de concentration en ont fait un parfait robot dépersonnalisé. Il a toujours le garde-à-vous réglementaire et son regard est neutre, vide.

Le SS s'est approché de la table derrière laquelle se trouve un civil, manifestement le chef du détachement de la Gestapo. En des termes précis il fait état des circonstances dans lesquelles il a trouvé Vincent rôdant à l'heure de la pause dans un endroit où il n'avait rien à faire. Le rapport, dans sa sécheresse militaire, est parfait, ni trop ni trop peu. Vincent avait un comportement louche.

Vincent ne comprend rien à tout ce qui se raconte et même s'en désintéresse. Il a franchi une nouvelle étape dans son périple de bagnard. Sa destinée ne dépend plus de lui et il n'y peut plus rien. Il sera sans doute dimanche prochain sur la place à la fin de l'appel. Il sortira du bunker les mains entravées, le bout de bois dans la bouche et galopera avec les autres jusqu'à la potence. Il faudra faire attention à ce que le pantalon ne lui tombe pas sur les jambes, parce que c'est ridicule. Il ne voudrait pas non plus pisser ou chier devant tout le monde. Vincent est prêt pour le grand départ et tout ce qui va le précéder.

A la table, il semble que tout soit réglé. Le quota des arrestations est atteint et Vincent est en surnombre. Les ordres sont les ordres et on n'a que faire d'un détenu en trop. Qu'on le renvoie dans son kommando.

– Du, Drecksack, raus!

D'un coup de cravache, le SS repousse Vincent vers la sortie, vers le Tunnel. Vers le sursis.

La longue théorie des kommandos de nuit progresse vers le Tunnel, en rangs par cinq, avec en tête la pancarte portant le numéro de leur groupe, les hommes martèlent le chemin de leurs galoches fendues. Le kapo, en serre-file, hurle la cadence. Zwo, drei, vier, links, links! Les premiers rangs gardent le pas, mais, au fil des rangées, cela se détériore. Les éclopés n'arrivent pas à maintenir le rythme. En jurant les kapos courent vers les perturbateurs et assènent de grands coups de matraque sur les dos et les mains qui protègent les têtes. Une pluie déjà glaciale imbibe les uniformes et transforme pansements et chaussettes russes en éponges visqueuses.

Que se passe-t-il? On ne va pas vers l'entrée habituelle du Tunnel, mais vers la sortie, celle qui correspond à la deuxième grande galerie, d'où émergent les fusées terminées. Ce changement est inquiétant, car toute modification dans les habitudes ne présage rien de bon. En attendant d'aller plus loin les détenus échangent des interrogations.

– Qu'est-ce que c'est encore que cette invention? On n'est jamais passé par là, c'est bien la première fois. Et les kommandos de jour n'ont pas l'air de se pointer. Ils vont peut-être nous enfermer tous dans le Tunnel, nous à gauche et l'autre équipe à droite.

– Ne raconte pas de conneries.

La voix provient d'un grand qui réajuste sous sa vareuse la chasuble qu'il s'est faite avec un sac de ciment.

Celle-ci, sous la pluie, commence à se transformer en bouillie.

– Qu'est-ce qu'ils feraient des deux équipes à l'intérieur? Les ingénieurs gueulent déjà assez parce qu'à leur goût le travail ne va pas assez vite. Alors les SS ne vont pas foutre le bordel dans le Tunnel pour le plaisir de nous emmerder. Non, il doit y avoir autre chose, peut-être un éboulement.

– Un éboulement! Tu es malade ou quoi?

Roger a horreur des annonceurs de catastrophes.

S'il y avait un éboulement, tu verrais comme tout le monde s'agiterait. Regarde les SS, ils ont l'air tranquille comme Baptiste. Ce n'est pas une révolte non plus, sans cela ils ne nous auraient pas fait descendre. Ils nous auraient enfermés dans le camp et gardés bien au chaud.

Une révolte! La chose qui pourrait éclater à n'importe quel moment et qui signifierait la mort de tous les détenus. On en ferait venir d'autres et voilà tout.

– Ah, regarde, voilà les gars de jour.

Une colonne descendante se présente en effet au poste de contrôle. Pancarte en tête, au garde-à-vous, béret à la main, les hommes passent devant le SS qui les compte de sa badine. Ils sont gris et ont les traits tirés, mais pas plus que d'habitude. A la vue de la pluie leurs visages se défont un peu plus. Mais, dans l'ensemble, ils ressemblent à ce qu'ils étaient hier et les jours précédents. Il est neuf heures du soir et ils ont hâte d'aller toucher les rations et se coucher, à supposer qu'on n'invente pas pour eux de corvées diaboliques.

– Alors, qu'est-ce qui se passe? La question fuse de la colonne des arrivants.

– Eh bien, les gars, vous allez avoir droit au grand spectacle, quelque chose d'inédit.

– Mais quel genre de spectacle? Roger voudrait tout de même savoir.

– Tu le verras dans un instant, tu n'as pas besoin de t'agiter. Tu auras la surprise.

– Chto ta Koï, Franzouski?

Serguei, un vieux débris de Russe efflanqué, voudrait savoir ce qui se passe.

– Nitchevo, tovaritch de mes fesses, tu le sauras en même temps que moi. Ce con m'emmerde.

C'est maintenant au tour de son kommando, celui du hall 34. Au pas cadencé, petit doigt sur la couture du pantalon, les hommes défilent et le SS compte en posant sa cravache sur les épaules. La colonne passe d'abord devant le hall de contrôle final, celui qui est très profond et reçoit les fusées érigées sur leurs ailerons, puis le spectacle annoncé saute à la figure des détenus. Juste après, un pont roulant barre toute la galerie et sert à soulever les V2 de leurs berceaux et à les amener à l'intérieur du hall. Ce pont roulant est bloqué à mi-hauteur, c'est-à-dire à environ quatre mètres du sol. Il porte sur toute sa longueur une magnifique brochette de pendus. Il y en a une douzaine. La plupart ont perdu leur pantalon et leurs chaussures et des flaques d'urine maculent le sol. Les cordes étant assez longues, les corps se balancent à un mètre cinquante du sol et il faut les repousser pour pouvoir avancer. On reçoit au passage des coups de genoux ou de tibias pleins d'urine et les pendus, projetés l'un sur l'autre, commencent à tournoyer. Les pantalons et les chaussures ont depuis longtemps disparu, récupérés par des mains précautionneuses. Contrairement à la légende, les suppliciés ne bandent pas. De part et d'autre du pont roulant des SS, matraque à la main, surveillent la relève des équipes. Ils rigolent.

– Eh, Fernand, viens voir, il ne faut pas rater ça!

Du hall 34, Roger aperçoit le pont et la brochette. Il attend la suite des événements. Voilà justement que les Meister et les ingénieurs entrent dans le Tunnel. Ils ont un haut-le-corps en voyant les pendus et marquent un temps d'arrêt. Ils savent bien qu'on liquide cette racaille délabrée et c'est tant mieux, mais jusqu'à présent cela se passait dans le secret du camp de surface. La plupart d'entre eux sont arrivés après le percement du Tunnel et n'ont pas été témoins des grandes tueries de l'automne et de l'hiver. Ils se sont trouvés confrontés à des êtres usés jusqu'à la corde, mais ils n'ont pas vu l'acte final, la mise à mort, et cela leur donne un choc : les loques accrochées aux cordes sont immondes. Ils s'infiltrent donc entre la muraille et le dernier pendu en évitant de le toucher. Puis, ils continuent en échangeant des plaisanteries. Mais ils sont verdâtres et fuient le regard des prisonniers.

– Alors, là, Roger, je crois que ça va valoir le coup.

La secrétaire de l'ingénieur, toute blonde et mignonnette dans son petit tailleur et son chemisier blanc, apparaît à l'entrée. Elle a mis ses escarpins rouges à talons aiguilles. Elle avance sans se rendre compte de rien, le sac à bandoulière bloqué sous le coude gauche. Elle a un instant d'arrêt en découvrant le spectacle. Son regard se porte sur les morts, elle les dévisage l'un après l'autre. Puis, ne voulant pas modifier son trajet pour une chose pareille, elle avance, écarte avec dégoût une jambe dénudée dont il ne reste que l'os et la peau et, la tête bien haute, arrive au hall 34 en faisant claquer ses talons sur le ciment.

– Regarde-moi cette salope, gronde Roger. Avec sa belle petite gueule et son air bien propre, c'est une ordure comme les autres. Le jour où on pendra les SS au pont roulant, il faudra penser à elle aussi. Il ne faudra pas la louper parce que si, un jour, elle fait des gosses, ce seront des monstres et on ne s'en sortira jamais.

Henri a réussi à se faire admettre dans la salle de visite du Revier. La fièvre le dévore et il a des douleurs terribles dans le côté droit de la poitrine. Bon Dieu, pense-t-il, ça recommence comme l'année dernière. En pire.

En arrivant devant le Revier il a trouvé la porte obstruée par un troupeau gémissant. Des loques décharnées étalent face au portier de monstrueuses plaies, en essayant de l'amadouer. Mais celui-ci, un Polonais sanguin et plein de soupe, repousse la horde à coups de matraque. Assez curieusement il laisse Henri pénétrer dans le block, sans doute parce qu'il est en meilleur état que les autres.

– Komme!

Henri se trouve devant un toubib français. Il s'en aperçoit simplement à la manière dont l'autre prononce le mot Komme. Ça, c'est une chance, un médecin français va peut-être avoir plus de considération pour lui.

– Ah, tu es français toi aussi. Alors, qu'est-ce qui ne va pas?

– Eh bien, docteur, j'ai une énorme fièvre et des douleurs dans la poitrine. J'ai du mal à respirer.

– Tu sais, tu peux me tutoyer. On est tous dans le même bain ici. Enlève ta veste et ta chemise.

Henri se dénude jusqu'à la ceinture. Il a honte de son thorax minable et de ses bras semblables à des pattes d'araignée. Il se rend compte que son corps sent mauvais. Sa respiration difficile fait comme un soufflet de forge.

Le médecin s'approche de lui et pose le stéthoscope sur le haut de la poitrine, puis sur le cœur et sur les dernières côtes.

– Tourne-toi.

L'auscultation reprend dans le dos, avec plus d'insistance à la base du poumon droit.

– Respire fort et régulièrement. Bon, tousse maintenant.

Une toux douloureuse déchire la poitrine de Henri.

– Eh bien, mon gars, je peux te dire que tu as une pleurésie de la base du poumon droit. Je vais te faire hospitaliser.

– Si ça ne te fait rien, toubib, j'aime autant pas.

– Mais tu es fou! Écoute donc, tu vas voir. Le médecin secoue la poitrine de Henri et on entend un bruit de vague. Tu es plein de flotte là-dedans, tu risques de crever. Tu sais, le Revier, ce n'est plus comme l'hiver dernier, il n'y a plus de transports de malades maintenant et on arrive à guérir les gens. Les pleurésies, on peut les soigner à condition d'avoir les malades sous la main, sans cela il n'y a pas de miracle. Est-ce que tu as déjà été malade?

– Oui, l'hiver dernier, une pleurésie.

– Et est-ce que tu as été soigné?

– Non, je n'ai pas voulu aller au Revier.

– L'année dernière, tu avais raison, il valait mieux éviter. Mais tu as eu de la chance, tu devais être particulièrement solide. Maintenant, avec une deuxième pleurésie et plein d'eau dans le poumon, tu risques de ne pas faire trois jours.

– Je m'en fous, je ne veux pas rentrer au Revier. Tous les copains qui y sont allés, je ne les ai jamais revus.

– C'est comme tu veux. Mais je vais te faire un bon. Avec cela tu pourras revenir demain et je te ferai une ponction. Cela te soulagera et après ce sera à toi de tenir le choc. Voilà déjà un peu d'aspirine pour ta fièvre. Je te souhaite bonne chance, mon gars, et au fond je comprends ton attitude.

Henri se rhabille. Ses yeux fripés par la fièvre ont du mal à rester ouverts. Pourvu que les Américains arrivent vite ou je suis foutu, pense-t-il.

Zawatsky, l'entreprise responsable de la fabrication des armes secrètes, a, paraît-il, poussé un coup de gueule. Trop de détenus disparaissent. Il ne s'agit pas bien entendu des malades, des blessés et des morts, pour lesquels on peut fournir tous les documents officiels désirables. Cela fait partie de l'ordre normal des choses et on n'y trouve rien à redire. Il s'agit en fait des prisonniers inscrits régulièrement dans l'effectif des kommandos et qui, un jour, ne reparaissent plus. Zawatsky doit avoir des retards dans les prévisions de production et avoir découvert que les fusées livrées sont de très mauvaise qualité. Le ministère intéressé a dû faire des remontrances à la direction qui s'est plainte auprès des SS de malversations délibérées et de détournement de personnel. Pour les malversations – ou le sabotage – les SS augmenteront le nombre et la fréquence des pendaisons, et pour la disparition des détenus, ils rechercheront systématiquement en surface tous les Zawatsky qui ont réussi à se faire incorporer dans un autre kommando. Des instructions dans ce sens seront données à l'Arbeitstatistik, le bureau de la main-d'œuvre.

Dans la petite-bourgeoisie du camp, ce fut la consternation. Un nombre important de détenus, surtout à l'occasion d'un séjour au Revier ou grâce à l'appui d'un ami bien placé, avait réussi à se faire affecter en surface. Certains étaient entrés dans des kommandos de terrasse ou de construction, meurtriers mais bien préférables au Tunnel où la mort était une quasi-certitude. Ils constituèrent par la suite le vivier dans lequel les SS puisèrent pour les transports vers Ellrich et Harzungen. Ils n'avaient pu, en somme, que reculer pour mieux sauter puisque de nouveaux tunnels à creuser les attendaient; et ils y partaient dans une condition physique bien inférieure à celle qui était la leur lors de leur arrivée à Dora.

D'autres avaient vivoté quelque temps dans les mêmes kommandos, puis la mort les avait rejoints et s'était présentée sous la forme d'un coup de matraque, d'une dysenterie ou d'une prolifération de bacilles de Koch. On n'échappe pas facilement à son destin.

Mais un certain nombre, pour la plupart des Polonais, ont fort bien réussi à tirer leur épingle du jeu. Ils occupent des postes sans responsabilités mais extrêmement intéressants du point de vue des conditions de vie, dans les services administratifs, la cuisine, l'Effektenkammer, le Revier. Ils sont Stubendienst ou Schreiber dans les blocks, ce qui leur procure la soupe et les patates à volonté, de bons vêtements, souvent un lit pour eux seuls. Certains ont même obtenu l'autorisation de laisser pousser leurs cheveux, ce qui est le *nec plus ultra* de l'importance à Dora. Grâce à leur poste et aux relations qui accompagnent toute sinécure, ils entrent dans le circuit des petites combines rémunératrices et entretiennent une clientèle de compatriotes, ce qui flatte leur vanité. Ils sont sûrs d'eux. Il ne viendrait pas à l'idée d'un concentrationnaire de base de traverser la place d'appel au milieu de la journée. S'il a, pour une raison quelconque, à aller d'un côté à l'autre du camp, il empruntera des sentiers détournés car la place lui paraît un endroit dangereux et, sait-on jamais, peut-être même interdit. Le privilégié, lui, s'engage sur l'espace bétonné avec la tranquillité et l'assurance que donnent un vêtement propre et bien repassé, une figure reposée et une silhouette bien nourrie.

Les directives de Zawatsky remettent tout en question. C'est la catastrophe. On sent une inquiétude parcourir toute la classe moyenne. Dans les blocks, les Stubendienst et les Schreiber devisent à voix basse. Au Revier, ce ne sont que des têtes consternées qui sentent le couperet de la guillotine administrative les menacer. Aux cuisines et à l'Effektenkammer, les plus belles planques et les plus juteuses du camp, presque tous se savent concernés et commencent à avoir des yeux de bêtes aux abois. Ce n'est pas possible, on ne peut pas nous jouer ce tour! Il faut faire quelque chose. Mais quoi?

On commence par danser tout un ballet de séduction autour du chef. Il sera peut-être en mesure, lui, d'agir, il lui suffira de dire qu'on est indispensable, que notre départ désorganiserait tout, mettrait la pagaille, et qu'il aurait du mal à relancer une mécanique si bien au point. D'ailleurs, sans se vanter, on est tellement compétent dans la partie qu'il sera impossible de trouver un successeur à la hauteur. Mais le chef, en général, se moque éperdument des états d'âme de ses subordonnés. Si les ordres sont maintenus, ils seront exécutés et tous ces petits cons iront de nouveau goûter aux joies du Tunnel. Ils sont tellement gras, ce sont de vrais porcs, cela leur fera du bien. Des types comme eux, il suffit de secouer n'importe quel arbre pour en voir tomber des centaines. Le chef garde donc un visage fermé et fait comprendre qu'il est inutile d'insister.

On ira donc voir les fonctionnaires de l'Arbeitstatistik, de la Politische Abteilung et de l'Arbeiteinsatz. Ce sont des personnages considérables qui ne se laissent pas approcher comme un guichetier des Postes. Alors on rôde autour de leur block, le soir, et on leur fait dire qu'on vient de la part d'untel, qui est un copain d'untel qui connaît le fonctionnaire. Si celui-ci consent à rencontrer le quémandeur sur le pas de la porte, il confirme que les rumeurs sont exactes mais que le travail de recherche n'a pas encore commencé. Dès que les instructions officielles seront données, on traquera tous les resquilleurs. S'occuper du quémandeur et essayer de le faire passer au travers, cela paraît *a priori* très difficile, mais, s'il y a moyen de faire quelque chose, on le fera. Tu dis que tu es indispensable à la cuisine ou au Revier? Peut-être bien, mais ce n'est pas à moi d'en juger. Si ton kapo estime nécessaire de te conserver, il nous le dira et ton cas sera présenté aux SS pour approbation. C'est tout ce que je peux te dire pour le moment puisqu'on ne sait pas encore comment les choses vont se passer.

Les détenteurs de petits postes commencent à regarder d'un peu plus près les clochards qu'ils côtoient et l'angoisse leur serre la poitrine. Les gamelles de soupe à profusion, le tabac que l'on peut payer sans difficulté, les vêtements en bon état et parfois recoupés par un tailleur, tout cela disparaîtrait? Et ceux qui ont leurs cheveux devront-ils les tondre à zéro? Il n'est pas question d'avoir une belle crinière au Tunnel alors que le kapo lui-même n'a pas toujours l'autorisation de la laisser pousser. D'ailleurs, l'autorisation est liée à la fonction et disparaît avec elle.

Et les coups, le danger, la mort? Quoiqu'ils en aient bavé au début, c'était devenu pour eux du passé, le lot des autres qui n'ont pas eu leur chance ou leur astuce. Et voilà qu'ils seraient replongés dans la terrible réalité de Dora? On ne retourne pas aisément dans le chaudron de la sorcière lorsqu'on a réussi à s'en tirer.

Les clochards eux aussi regardent les minichefs, les potentats de la louche de soupe sélective, les chevaliers du balai-brosse qui vient caresser les côtes saillantes et les crânes dénudés, les intraitables de la propreté, qui obligent les travailleurs à laver et récurer leurs godasses avant d'entrer dans le saint des saints du block. Les clochards commencent à parler à haute voix, avec des regards éloquents, des kommandos de transport qui sont redevenus de belles saloperies, comme l'hiver dernier. On s'y roule de nouveau dans la boue gluante et glacée et les coups de bâton y tombent aussi dru que la pluie. La casse y est sévère et il paraît qu'ils cherchent à engager du monde. Ce sont même des kommandos qui sont en pleine expansion parce que le Tunnel tourne à un bon régime mais que l'on n'y fabrique pas les éléments les plus redoutables à transporter : les citernes à air liquide, et la merveilleuse laine de verre qui transforme les gars en sanglants hérissons. Et les kapos de ces kommandos sont de vrais maniaques de la schlague. On les a même entendus dire qu'ils ne pouvaient pas supporter les resquilleurs de surface avec leurs airs suffisants, leurs belles fringues et leurs ongles manucurés.

Certains de ces petits-bourgeois essaient bien de se faire porter malades et hospitaliser, et quelques-uns y réussissent effectivement, mais ils ne font que reculer pour mieux sauter. De toute façon, ils se trouvent confrontés à des infirmiers et des garçons de salle qui sont dans le même cas qu'eux et voient d'un mauvais œil ces individus éclatants de santé venir occuper des lits et exiger la soupe de diète alors qu'eux-mêmes vivent peut-être aussi leurs derniers instants de nantis. Situation qui attise les rancœurs et les inimitiés. La plupart, cependant, préfèrent rester sur place, à leur poste, afin de suivre le déroulement des événements et, éventuellement, d'agir au moment propice.

Ils se rendent compte qu'ils vivent dans un monde féroce, impitoyable, un monde où la vie d'un homme n'a aucune valeur, seulement celle, dérisoire, que coûte leur entretien pendant quelques semaines ou quelques mois, et leur incinération. Pendant un temps, ils ont été anesthésiés par la formidable puissance que représentent la soupe à volonté et des chaussures de cuir, la fenêtre à travers laquelle, bien au chaud, on voit matin et soir partir les kommandos, la bouteille d'alcool et les cigarettes que l'on se partage entre copains de même bord lorsque tout est calme et volupté, le quart d'heure de détente que s'accorde le SS Blockführer lorsqu'il se trouve face à des Untermenschen, mais des sous-hommes propres, sentant bon le savon français et le cirage. Hélas! tout cela n'est que provisoire, tout cela n'existe que parce que les SS le veulent bien. Ils ont créé un monde à eux, bien fermé sur l'extérieur, à sens unique : on entre mais on ne sort pas. Ce monde, avec grands chefs, moyens chefs, petits chefs et sous-chefs, ils l'ont organisé sciemment, presque amoureusement. Un monde *in vitro* dans lequel on pénètre par un sas, muni de l'équipement adéquat. Et, dans tout monde de ce genre, la vie s'organise avec ses règles propres, tant qu'on n'y verse pas l'acide destructeur. Mais à n'importe quel moment les Maîtres peuvent verser les gouttes d'acide ou simplement modifier l'équilibre de l'organisme et le faire basculer vers la mort.

Les mêmes causes produisent toujours les mêmes effets. Lorsque les détenus reçoivent des galons à poser sur leurs manches, ils trouvent que ces manches ne sont pas assez belles et recherchent des vêtements raffinés. Perdant la notion de l'endroit où ils se trouvent, rien n'est assez beau pour eux. Les uniformes sont recoupés par de bons tailleurs et les chemises rayées font place à des chemises civiles discrètes mais de bonne facture. A l'inverse, lorsque le temps se couvre et devient incertain, il ne faut plus afficher une scandaleuse opulence, il faut avoir des vêtements standard mais solides, chauds et qui feront de l'usage. Il ne s'agit pas de provoquer un futur kapo par une tenue extravagante qui lui donnera des envies de cogner, mais au contraire lui donner confiance et lui fourrer dans la tête que l'on pourrait faire un excellent Schreiber.

Mais il ne s'agit pas de gamberger. Tout cela, c'est du rêve. Il faut regarder Dora une bonne fois, au fond des yeux. Et on en a froid dans le dos. Dora est et n'a jamais cessé d'être la mort. La mort qui vous tombe dessus et n'a que faire des pyramides d'âge, des diplômes, de la musculature, de la religion, des régimes alimentaires et de tout le bric-à-brac qui dirige les corps et les esprits outre-barbelés. Il suffit d'observer autour de soi. Quels sont ceux qui ont survécu dans cette marmite? Ce sont d'abord les plus grands bandits, les tueurs sadiques ou brutaux qui ont acheté leur vie au prix de milliers de morts, ou les politiques qui ont estimé juste de sacrifier des transports entiers de non-initiés à la Cause. Alors, quand on est Schreiber, Stubendienst ou garçon de salle au Revier, on pèse vraiment peu de chose face à la véritable aristocratie du camp, celle qui détient tous les pouvoirs et ne reculera devant rien pour garder la puissance. Ceux-là, le jour où ils tomberont, s'ils tombent un jour, ce sera vite fait. Ils perdront leur brassard et, quelques heures plus tard, livrés aux chacals, seront transformés en masse sanguinolente. Mais eux, pauvres mecs de rien du tout, pauvres trous du cul, la horde des sans-culottes leur en fera voir pendant des jours, des semaines, au cours desquels ils crieront leur angoisse. Les Russes qu'ils maintiennent à distance grâce à l'aura de leur petit galon, se déchaîneront avec toute la sauvagerie et la haine qui les habitent. Les ricanements feront place à la violence délibérée. Ils se souviennent d'avoir été parfois, en des temps lointains, si lointains, encerclés par une équipe de déments qui voulaient leur faire la peau; ils avaient survécu grâce à des circonstances tellement exceptionnelles qu'il serait vain d'espérer les voir se renouveler. Et les Occidentaux, ces crétins phraseurs, incapables de se défendre, sont presque tous morts, mais les plus durs d'entre eux ont survécu, et ces survivants risquent de se souvenir de toutes les vacheries qu'on leur a faites et que l'on voudrait tellement gommer, supprimer aujourd'hui. Pourtant, ce sont les seuls qui, si les choses tournent mal, pourraient nous tirer d'affaire. Ils sont tellement cons qu'ils n'auront pas de rancune et nous oublieront après deux ou trois jours d'engueulades et de brimades insignifiantes. Mon Dieu, qu'il est dur de se retrouver dans la réalité de Dora, cette immonde merde dévoreuse d'hommes.

Là-haut, sur la pente, le Krematorium fume, le Krematorium qu'ils n'avaient pas regardé depuis si longtemps.

Du pas caractéristique des Russes, les genoux légèrement pliés, le pied gauche dans l'axe de la marche et le pied droit à quarante-cinq degrés raclant le sol, Sachka déambule dans le hall. Son béret est très enfoncé en avant, à la limite des yeux bridés qui observent tout à la dérobée.

Son corps trapu est recouvert d'un uniforme d'une rare saleté et tout déchiré. Le matricule de la vareuse est presque illisible, quant à celui du pantalon, il a disparu. Les galoches sont maintenues par un réseau compliqué de fil de fer. Sachka a l'air de rôder au hasard, cherchant quelque rapine, mais, en fait, il sait très bien où il va. Il a remarqué que Victor, lors de la distribution des rations, avale sa soupe, mais garde le pain, la margarine et le saucisson. Il en mange la moitié pendant la pause et le reste en rentrant au block, ce qui provoque autour de lui sécrétions de suc digestif et convoitises. Mais Victor s'en moque. C'est sa ration et il a le droit d'en disposer à sa guise. Si les autres veulent tout avaler d'un coup et rester vingt-quatre heures sans manger, c'est leur affaire. Lui prétend que c'est peut-être dur de garder de la nourriture alors qu'on a faim, mais qu'il faut une certaine discipline et une certaine contrainte de ce côté-là si l'on veut survivre. Victor est magasinier avec Gilles dans la resserre située à l'extrémité du hall, près du passage qui rejoint la grande galerie d'entrée. Dans cette réserve s'entassent des bottes de ferrailles diverses, des longues, des courtes, des carrées du bout et d'autres acérées comme des rasoirs. Il se sert de l'une d'elles pour couper son pain et tartiner sa margarine. A l'heure de la pause il met ses provisions sur la petite table près de l'entrée. Gilles, depuis longtemps, ne veut plus assister au spectacle qui lui tord les boyaux. Il va s'allonger.

C'est le moment qu'attend Sachka. Il a bien repéré les lieux et les habitudes de Victor. Il sait que le pain, la margarine et le saucisson vont être quelques instants sur la table. Il lui suffira de passer la main à l'intérieur, de prendre les provisions et de filer immédiatement dans la galerie où il s'allongera au milieu d'un kommando de transport. On ne saura même pas qui a fait le coup.

Sachka s'approche, non pas tout droit mais un peu de biais, ce qui ne donne pas l'impression qu'il va à la réserve. De son œil bridé il regarde intensément la table. Ça y est, le pain est là. Il corrige sa trajectoire, passe devant la porte et, crac, prend le pain d'une main rapide. Mais Victor revient au même moment. Il a des réflexes immédiats, lui qui n'est pas né de la dernière pluie. Il voit la main qui s'empare du pain. En un instant il agrippe la manche du Russe et tire un grand coup. Déséquilibré par cette réaction inattendue, Sachka tombe à l'intérieur du magasin, le pain toujours entre ses doigts serrés. Victor appelle anxieusement Gilles à la rescousse et les trois hommes roulent à terre.

Il n'y a aucun cri, c'est une lutte sauvage, une lutte de bêtes. Il y a des coups sourds, des coups de poing, des coups de griffes, des coups de dents. Mais Sachka est d'une force et d'une souplesse de félin. La bataille de rue, l'empoignade où tout est permis, y compris la mort de l'adversaire, tout cela n'a pas de secret pour lui. Par ses ruades, ses étranglements, ses pouces enfoncés dans les yeux, il va avoir raison de ses deux adversaires qui ne font pas le poids face à la bête fauve qu'il est.

Victor sent brusquement sous sa main l'espèce de couteau qui est tombé de la table. Il s'en empare, se lève et en assène un coup violent en direction de la figure de Sachka. Mais celui-ci a vu l'arme venir et s'écarte brutalement. Le couteau ouvre la joue depuis la pommette jusqu'au cou. Dans un sursaut désespéré il échappe aux deux Français et détale en direction de la galerie. Il a lâché le pain.

Les deux copains sont à quatre pattes, haletants. Victor s'est blessé avec le couteau. Sa main saigne.

– Tu vois, avec tes conneries de vouloir garder ton pain, tu nous feras assassiner. Tu ferais mieux de faire comme tout le monde et bouffer tes rations quand tu les touches. D'ailleurs, ça me fait mal au ventre de te voir t'empiffrer tout seul dans ton coin. Ce n'est pas humain.

Gilles tremble, les nerfs à vif.

– En tout cas, ce fumier de Sachka ne l'a pas eu, le pain. Je lui ai laissé un beau souvenir sur la gueule et il n'est pas près de revenir rôder de notre côté.

Victor essuie avec du sac de ciment le sang qui coule de sa main. L'entaille n'est pas profonde mais risque de s'infecter comme toutes les blessures dans ce putain de bled. Il va falloir qu'il mette carrément du ciment dessus. Ça fera une croûte affreuse, mais le ciment est un bon désinfectant.

Gilles n'est pas aussi béat que Victor. Il s'est battu pour quelque chose qui ne le concernait pas, et maintenant il risque d'en subir les inconvénients.

– Mais, pauvre crétin, tu te figures que ça va en rester là, que l'affaire est terminée? Moi, je crois plutôt qu'elle ne fait que commencer. Ce salaud de Sachka est un sacré coriace. Il fait partie d'une des bandes de truands russes qui volent et pillent partout. Il va ameuter ses copains et un de ces soirs ils vont nous faire la peau. Tu les connais aussi bien que moi, et tu sais que ça ne les gênera pas. A partir de maintenant on peut se faire étriper à n'importe quel moment.

– Et qu'est-ce que tu voulais que je fasse? Je ne pouvais tout de même pas le laisser faucher mon pain, non? Pourquoi ne pas lui donner directement ma ration tous les jours?

– Ne déconne pas. Mais puisque ça tournait au vinaigre, il fallait carrément le supprimer et balancer sa carcasse dans un coin sombre. Tout le monde aurait pensé à un règlement de comptes et on aurait été hors du coup.

– C'est facile de dire cela maintenant. De toute façon, c'est trop tard, il a cavalé.

Gilles réfléchit. Il sait exactement ce qui va se passer. A la dispersion des kommandos sur la place d'appel, vers dix heures ce soir, demain soir ou dans un mois, une dizaine de Russes leur tomberont brusquement sur le dos, les entraîneront à l'écart et les tabasseront à mort. Et personne ne viendra à leur secours, l'exécution sera discrète.

– Écoute, Victor, tu sais ce que l'on va faire. On va aller voir Vassili. C'est un bon mec et j'ai l'impression qu'il a de l'autorité sur les Russki du kommando. On va lui expliquer ce qui s'est passé et on va lui demander de calmer la tribu et d'arranger le coup. Je crois qu'il est capable de le faire parce que ça ne lui plaît pas que l'on prenne ses compatriotes pour une horde de gredins. Évidemment, tu lui refileras ton pain.

– Lui refiler mon pain! Victor est scandalisé. On a failli se faire égorger par un Russe pour du pain et tu voudrais que je refile ce même pain à un autre Russki? Tu es malade ou quoi?

Gilles commence à perdre son sang-froid. Il va aboyer si ce pauvre inconscient continue.

– Victor, tout cela tu l'as bien cherché. Promener ton pain sous le nez des affamés comme tu le fais, ça ne devrait pas être permis. C'est de la provocation au meurtre. Et par-dessus le marché tu m'as mis dans le coup. Alors, c'est bien simple, tu peux considérer que ce pain de merde appartient dès à présent à Vassili. Et si tu oses en couper une seule tranche, moi je t'ouvre le ventre.

Victor regarde sa ration qui va filer dans le camp soviétique. A partir de demain, si cette affaire s'arrange, c'est promis, il bouffera tout immédiatement.

Un bruit circule dans le camp. Les SS ont arrêté des Français. On ne sait pas le nombre exact, mais ils seraient cinq ou six. Il y a toujours eu des arrestations, mais il s'agit d'habitude de détenus récupérés par la Gestapo pour complément d'enquête, ou de saboteurs, ou encore de cas de rebellion. Ce genre de choses ne fait pas beaucoup de remous. Les SS conduisent au bunker ceux qui ont pissé sur une machine ou frappé un Vorarbeiter, et l'affaire se termine quelques jours plus tard au bout d'une corde.

Là, c'est à la fois plus grave et plus inquiétant. Ce ne sont pas des pauvres minables qui ont été arrêtés, mais des personnalités, des détenus qui ont une position-clé dans l'administration du camp... Ils n'ont pas un grade suffisamment élevé pour être connus du grand public, mais ils sont bien placés dans différents secteurs. Et c'est pour cette raison que la colonie française n'est pas rassurée. Est-ce que les SS ont estimé que les Français devenaient trop influents dans le camp et ont décidé de frapper un grand coup, avec un possible pogrom qui atteindrait tous les ressortissants jusqu'en bas de l'échelle? Ou les détenus allemands ont-ils voulu reprendre le contrôle de toute la machinerie qui commençait à leur échapper et ont monté un coup destiné à casser l'expansion française? On ne sait pas.

Ce peut être également une affaire politique, mais à la base on n'y croit pas beaucoup. D'abord, parce que les révolutions de palais n'ont jamais intéressé spécialement les petits et les obscurs, surtout parce qu'à Dora, les éléments ne sont pas réunis pour une conjuration de ce genre. Dans les camps de concentration la seule force politique réelle est le parti communiste, et à Dora il est très peu représenté, tout au moins chez les détenus non allemands.

Alors, que s'est-il passé? On pense qu'un certain nombre de Français ayant accès à des lieux importants, connaissant les décisions des SS et occupant des endroits stratégiques, ont formé un réseau de résistance à l'intérieur du camp. Lorsqu'on a à portée de la main les dossiers des SS, que l'on a des oreilles largement ouvertes et que l'on côtoie tous ceux qui décident de l'avenir des prisonniers, on a une vue de la situation qui échappe totalement à la plèbe. On en parle aux amis sûrs et, un jour, un groupe se trouve formé. Dans quelle intention? Certainement pour assurer la survie du plus grand nombre en essayant, le moment venu, de contrecarrer les décisions des SS. C'est ce que tout le monde pense, et ce n'est pas réjouissant parce que cela risque de déclencher une chasse aux sorcières aux conséquences incalculables. Cela s'est déjà produit dans le milieu des prisonniers de guerre russes : on rechercha systématiquement tous les commissaires politiques qui pouvaient avoir une influence sur la troupe.

Mais, de toute façon, les Français se sentent fiers de voir que, même les plus nantis d'entre eux, au risque des plus grands dangers et des plus grandes souffrances, continuent un combat qu'ils auraient pu ne pas engager. Quand on est moins malheureux que les autres, que l'on a des rations alimentaires supérieures à une moyenne dérisoire, des vêtements qui ne sont pas calamiteux et, tout compte fait, une situation enviable, n'est-il pas humain de profiter de sa chance relative et de se laisser aller? Bien sûr que si. Mais ce serait compter sans un élément irrationnel. Les résistants sont des fous, des dingues, qui se sont lancés dans une histoire qui ne les concernait pas, et ils vont jusqu'au bout de leur offrande. En

1940, la France s'était effondrée. Mais quelques hommes, individuellement, à qui rien n'était demandé, ont relevé la tête. Des fourmis qui, avec leurs minuscules pattes, ont prétendu creuser le béton. Ils ont été pris sur le fait, mais cela n'a rien changé à leur état d'esprit. Ils ont continué dans les camps de concentration. On ne peut rien contre ces hommes, parce qu'ils ne songent pas aux conséquences qu'auront leurs actes pour eux-mêmes, parce qu'ils n'y ont jamais songé. Ils sont ainsi.

Du même coup, les Français retrouvent un regain d'estime auprès des autres nationalités. Ils en avaient besoin. Quelle que fût l'absurdité des reproches qu'on leur adressait, ils recevaient de plein fouet les ricanements des autres sur l'attitude de leur pays durant les années précédentes. Le mépris des Tchèques et l'incroyable animosité des Polonais avaient des incidences tragiques sur les possibilités de survie du groupe. Les Belges et les Hollandais, qui n'avaient pourtant rien à reprocher aux Français, ne se rangeaient qu'avec réticence de leur côté. Et surtout les Russes, dont l'effarante duplicité les poussait à oublier le pacte germano-soviétique et le partage de la Pologne, n'avaient que mépris pour les Français, ces petits-bourgeois chauvins lécheurs de cons [1].

Tout cela se trouva brusquement remis en question par l'arrestation de cinq ou six hommes. Ils pesèrent lourd dans la balance. Jusque-là, les Français avaient le nombre, mais ne faisaient pas le poids. Le débarquement en France rehaussa leur prestige, mais, la guerre s'éternisant, les vieilles lunes reparaissaient. On allait jusqu'à discuter les raisons de leur présence dans les camps. Des ténors du marché noir et de la combine juteuse – sans parler de l'histoire de la minette – avaient terni notre image de marque. Il fallait remonter la pente. C'était fait. Les quelques fous qui s'étaient lancés ainsi dans une histoire absurde, gratuite, firent basculer l'opinion concentrationnaire.

La vie dans les camps, c'était la roulette russe, le jeu permanent de la vie et de la mort. Les vieux concentrationnaires, ceux qui ont tenu plus de quelques mois, ont besoin de raisons pour continuer la lutte. Il est tellement facile de s'allonger par terre et d'attendre le choc final! En moins de cinq minutes, l'affaire est réglée et l'on se retrouve au paradis des anciens de Dora. Si l'on n'a rien pour se soutenir, à quoi bon jouer au pot de terre et au pot de fer? Mais si l'on sort brusquement de sa manche des atouts comme celui-là, des carrés d'as, des choses que personne, d'aucune autre nationalité, n'avait faites jusque-là, alors tout change. Même les Tchèques, ces témoins calmes et froids, nous donnent des marques de considération. Être considéré par les Tchèques à Dora,

1. Traduction du mot russe *lizopizdi.* C'est le terme de mépris qu'utilisaient les Russes pour désigner les Français.

c'est le plus beau brevet qui puisse exister. Quant aux Polonais et aux Russes, cette trêve n'aura évidemment qu'un temps, celui qui sépare l'exploit du retour au quotidien. Il faudra continuer à lutter pied à pied, se débattre dans l'angoisse du traquenard, s'affronter à une vie qui peut soudain basculer dans la mort, en quelques instants, en quelques secondes. Mais grâce à une poignée de détenus illuminés, les Français sont devenus des types respectés, des hommes. A la bourse des écussons, le F remonte en flèche.

Il existe à Dora un kommando étrange, mystérieux, dont personne ne parle et qui ne parle à personne. Il a été formé en mai. C'est le kommando du crématoire. Il y a là-haut, sur le versant de la colline, un groupe de détenus dont on aperçoit parfois un spécimen, mais que l'on n'approche jamais. Seuls les Todträger, les croque-morts, vont jusqu'à leur lieu de travail. Ils amènent les morts du Revier ou des kommandos. Les cadavres sont nus et portent sur le ventre leur matricule tracé à l'encre indélébile. Le Schreiber du crématoire enregistre les numéros, puis les corps sont transportés à la réserve et empilés les uns sur les autres, comme des stères de bois. Les préposés aux fours viennent alors, au fur et à mesure des besoins, prélever sur le stock. Ils tirent sur les têtes ou les jambes et si tout va bien, les cadavres glissent facilement. Mais il arrive que les corps soient enchevêtrés ou collés les uns aux autres, alors les détenus ont recours à un crochet qui pénètre bien dans la peau et résout les situations les plus compliquées. Les corps sont placés sur une sorte de pelle géante et enfournés dans l'incinérateur. On ferme la porte du four et le matricule s'apprête à quitter définitivement Dora.

Tout cela, c'est ce que l'on sait par ouï-dire, ce que l'on devine. Mais personne n'a l'envie ni le droit d'aller voir comment les choses se passent en réalité. On ne cherche pas à s'approcher du Krematorium. On le voit parfaitement, il s'étale sous les yeux, et sa cheminée qui ne cesse de fumer témoigne d'un rendement exceptionnel. Les Todträger qui pénètrent quotidiennement dans l'enceinte du bâtiment ne sont jamais interrogés là-dessus et eux-mêmes n'en parlent pas. S'il est un sujet tabou à Dora, c'est bien celui-là. La mort fait pourtant partie de la vie courante, on la côtoie sans en ressentir d'impression particulière. Personne n'éprouve d'états d'âme en voyant un cadavre. S'il arrive qu'on pose sur lui les yeux, par hasard, c'est devenu un spectacle tellement banal que, quelques minutes plus tard, on en a perdu jusqu'au souvenir. Mais si sa propre mort est acceptée comme une conséquence normale et quasi inévitable du séjour en camp de concentration, le traitement final du cadavre – de son propre cadavre – reste cependant une réalité difficilement soutenable. Les détenus sont habitués aux piles de macchabées devant la porte du Revier, cela ne gêne personne et n'attire pas vraiment l'attention. Mais la même pile découverte au crématoire, si d'aventure elle était visible, provoquerait des sursauts d'horreur et de refus. Réaction qui monte sans doute de l'inconscient, du plus profond de l'être. Ces hommes sont tous appelés à devenir des martyrs et ils ont accepté le sacrifice suprême. Il n'y a pas à revenir là-dessus, c'est leur destin. Un cadavre n'est donc plus que l'enveloppe vide d'un des leurs. Elle n'a qu'une importance secondaire, et la multiplication de ces enveloppes en amène la banalisation. Mais la façon dont on se débarrasse de ladite enveloppe, la façon dont on la stocke et l'empile comme du bois mort, et le processus final, si étranger aux crémations traditionnelles en usage dans de nombreux pays, tout cela est ressenti comme un ultime geste de mépris à l'égard d'hommes qui, d'une façon ou d'une autre, se sont mis en travers de l'État allemand. Si les SS avaient pu se débarrasser des corps en les mettant dans les chiottes et en tirant la chasse d'eau, ils l'auraient fait.

Le recrutement du kommando s'est opéré de façon mystérieuse. D'ordinaire, lorsqu'un kommando est créé ou complété, l'Arbeitstatistik a deux solutions. Si l'équipe a besoin de spécialistes, de professionnels, on demande des électriciens, des plombiers ou des mécaniciens. S'il s'agit d'un kommando de terrassement ou de transport, aucune difficulté, on choisit au hasard. Mais tout cela se sait et s'opère au grand jour. Pour le kommando du crématoire, personne n'a entendu parler de rien. Personne apparemment n'a pu dire : « Mon copain untel qui était avec moi a été envoyé au kommando du crématoire. » Qui sont donc ces hommes et d'où viennent-ils?

A l'Arbeitstatistik on connaît évidemment la réponse, mais il ne viendrait à l'idée de personne d'aller y poser la question. Il existe à Dora, comme dans les autres camps, une catégorie de détenus qui peuvent très bien convenir et dans laquelle on a peut-être puisé. Ce sont les NN, les Nacht und Nebel, les Nuit et Brouillard. Sont classés dans ce groupe des prisonniers qui, pour une raison inconnue des autres, mais sur ordre de la Gestapo, ne peuvent ni écrire à leur famille ni recevoir d'elle du courrier. Ils sont au secret dans le camp et font l'objet d'une surveillance spéciale. Mais ne serait-ce pas peut-être, tout simplement, des détenus ordinaires que l'on a fourrés là d'office? Des Polonais ayant séjourné à Auschwitz disent que, là-bas, n'importe qui peut être affecté au kommando du crématoire. Les hommes de cette équipe recevaient de bien meilleures rations mais, de temps à autre, les SS liquidaient le kommando tout entier. C'est donc une situation à hauts risques.

Ces détenus que l'on aperçoit près du Krematorium donnent le malaise. Si l'on a l'étrange idée de regarder dans leur direction, on les voit entrer et sortir du bâtiment, parler entre eux, rire. Ils ont l'air bien habillés, ils ont des chaussures de cuir. Ils sont détendus et ne semblent pas craindre les coups. Lorsque les Todträger arrivent à la porte avec leur chargement, le kapo ou le Schreiber sort, examine la livraison comme le ferait un boucher recevant des carcasses de vaches ou de moutons. On compte les pièces, on signe le bordereau, on discute le coup, on rigole un peu, et les croque-morts s'en retournent pour une nouvelle collecte.

Ces prisonniers qui font le travail le plus terrifiant, personne ne voudrait prendre leur place, même en échange, chaque jour, de soupe et de pain à volonté. C'est un kommando maudit qui donne le frisson. On serait prêt à faire n'importe quoi, creuser un nouveau tunnel s'il le fallait, plutôt que CELA. Ces types doivent être drogués ou avoir franchi toutes les limites de la déshumanisation pour accepter une horreur pareille, jour après jour. Enfoncer un grappin dans le tas des macchabées pour les en retirer, les uns après les autres, ouvrir le four qui envoie en pleine gueule des bouffées de charogne brûlée, mettre le cadavre suivant sur la grande pelle et le pousser au fond, il y a de quoi en crever. Il paraît même qu'ils ouvrent la bouche des morts et y farfouillent avec des pinces pour arracher les dents en or pleines d'un sang déjà noir et coagulé. Les cauchemars de ces maudits, de ces bêtes de l'enfer, s'ils rêvent, doivent être peuplés d'orbites vides, de bouches béantes bavant des rigoles de sang pourri. Qui que vous soyez, restez où vous êtes, vous nous faites peur.

6

Les neiges de l'hiver

– Nom de Dieu, mais ça recommence comme l'année dernière. Qu'estce que c'est que tout ce bordel?

Marc dérape dans une flaque de boue cent fois piétinée. Les mains, en avant, il s'enfonce dans cette soupe visqueuse. Tout le devant de sa capote, déjà imprégnée de pluie, se recouvre d'une saloperie collante et glacée. Il en a jusqu'au menton. Gueule d'acier, en hurlant, appelle le kapo qui se rue sur Marc et le matraque. Les Russes tirent à hue et à dia sur la machine qui a ripé sur les rondins et a pris une inclinaison dangereuse. Tout le monde crie et le kapo frappe au hasard sur les dos et les nuques. Les projecteurs, à l'entrée du Tunnel, éclairent cette sorte d'immense foire à la ferraille. La pluie, qui tombe sans arrêt depuis plusieurs jours, a transformé le chantier en un gigantesque bourbier.

– Franzous, lizopizdi, scheisse marchieren.

Les Russes. Avec leurs bonnets enfoncés jusqu'aux yeux, leurs guêtres faites de bouts de carton et leurs capotes maculées de boue et de cambouis, ils ressemblent à d'étranges créatures des marécages.

– Ta gueule, Russki de mes fesses. Va te faire enculer par les chiens!

Le Vorarbeiter est revenu avec une barre d'acier qui va faire office de levier. Des hommes s'arc-boutent sur la barre, d'autres passent leurs mains sous la machine et la soulèvent. Il y a des « dawaï », des « bystro » haletants, on crie. On reprend le rondin qui avait dérapé et on le remet à sa place. La pluie et la sueur coulent le long des dos. Les vêtements glacés pèsent une tonne.

Marc n'a pas de chance. Il est le seul Français dans son kommando de transport. Tous les autres sont morts, sont partis à Ellrich ou ont réussi à se faire embaucher au Tunnel. Marc, pour son malheur, est un optimiste. Il a cru que la guerre se terminerait cette année et n'a rien fait pour essayer de changer d'affectation. A quoi bon, puisque dans un mois on sera chez nous? Pauvre Marc, sur ta tombe on pourra écrire : « mort d'un optimisme pernicieux ».

Les kommandos de transport, qui, durant l'été, étaient devenus moins meurtriers, ont repris la tête du peloton de la mortalité. D'abord à cause de la pluie, de la boue, et bientôt de la neige et du froid, puis en raison de l'arrivée de centaines de machines de toute sorte et de toute provenance. Il y en a des trains entiers qui se succèdent à l'embranchement ferroviaire de Dora. On doit démonter, dans les pays de l'Est, face à l'avance russe, toutes les usines qui risquent d'être prises par les Soviétiques. On doit également vider de leur équipement intact les entreprises écrasées par les bombardiers. On met tout cela sur des wagons plates-formes, et en avant pour Dora.

Le chantier à l'entrée du Tunnel est redevenu le capharnaüm de l'hiver précédent. Un fantastique bric-à-brac de machines-outils, de tours, de perceuses, de fraiseuses, de planeuses. Par centaines elles sont éparpillées dans la boue, et dressent leur architecture compliquée au-dessus des mares. La nuit, sous la pluie et les projecteurs, on dirait les superstructures d'un navire de cauchemar.

L'équipage est là, mais un équipage composé de marins fous et gradés qui tapent dans le tas. Les différentes équipes s'agitent de façon contradictoire, s'emmêlent, se neutralisent mutuellement. Les rondins creusent des frondrières dont on ne soupçonne pas la profondeur. Les chariots decauville à roues d'acier s'enfoncent jusqu'aux essieux dans le bourbier, et il faut des cordes pour les en sortir et les haler jusqu'au trou suivant. Certaines machines ont été emballées dans des harasses doublées de papier goudronné. La pluie a quand même pénétré à l'intérieur, en noyant les organes délicats. Quand on manipule la caisse à claire-voie, les doigts crèvent le papier ramolli et des dizaines de litres d'eau jaillissent sur les pantalons et les chaussures. Les prisonniers se rejettent en arrière en jurant et la caisse s'englue dans la gadoue. Il faut la pencher d'un côté pour pouvoir placer le premier rondin, et puis la redresser pour mettre le deuxième. L'opération déclenche des bruits de succion qui font écho à ceux des galoches.

La boue est partout, souveraine, triomphante. Elle s'étale en larges plaques sur les poitrines et les dos. Elle remonte jusqu'à la ceinture et redescend dans les caleçons longs jusqu'aux chaussettes russes qui s'enroulent et forment des bourrelets qui déchirent la peau. La boue, les hommes en ont jusque dans les sourcils, les yeux, les narines. Elle pénètre dans les oreilles, elle force l'entrée de la bouche, elle a un sale goût de mazout. Trempée pendant des heures, la peau des doigts devient molle, et la boue y crée de vilaines striures qui s'infectent. La peau du ventre, par les mouvements désordonnés du corps, subit le même sort. Douze heures dans la pluie et la boue, c'est une incroyable aventure. Au bout de douze heures, on n'a même plus envie de repartir au block. On voudrait s'allonger là, sur place, et attendre la fin.

Mais on n'est pas au bout des douze heures, la nuit ne fait que commencer. Et maintenant, il y a les alertes. Depuis quelque temps, les avions alliés, en immenses flottes, passent au-dessus de Dora, de jour comme de nuit. Le cri retentit : « Flieger Alarm ! » et tout s'éteint. Alors, dans une ambiance de panique, il faut tout lâcher et courir au Tunnel. Les détenus dérapent, glissent dans les fondrières, perdent leurs chaussures et galopent en boitillant jusqu'à l'entrée. Les kapos, les Vorarbeiter crient, jurent et donnent des coups de botte aux formes prises au piège de la boue. Dans le Tunnel, la confusion est totale. Il y fait un noir de four et les êtres détrempés, bloqués par la masse de ceux qui les ont précédés, forment un bouchon. Alors les SS sortent en force du poste de garde, la matraque grand format à la main, et tapent sur les têtes pour faire refluer le magma qui les serre de trop près. Puis c'est le silence et on n'entend plus que le bruit de la pluie. Quelque part dans le ciel, loin, trop loin, là où il ne pleut pas, des êtres d'un autre monde, mâchant leur chewing-gum, vont déverser la terrible punition.

Fin d'alerte. Les lumières reviennent et les hommes se sentent fiévreux, hagards. Mais ils n'ont pas le temps d'avoir des états d'âme. Le matraquage recommence et il faut ressortir sous les coups et les injures. Dehors, c'est la désolation. Toutes ces machines inutiles à Dora et qui sans cesse arrivent de partout, il va falloir les faire entrer dans le Tunnel, il va falloir les pousser, les tirer, les plaquer contre les parois. On n'y arrivera jamais, il y en a trop. Le terrain est devenu une immense soupe avec des traînées irisées. D'une nuit à l'autre, la situation s'aggrave. Dans peu de temps, si la pluie continue, ce ne sont pas des chariots et des rondins qu'il faudra, mais des bateaux, des barges, des maries-salopes. A certains endroits la boue atteint les mollets et il faut aménager de nouveaux itinéraires pour éviter les véritables sables mouvants qui ne cessent de gagner du terrain. Des équipes de terrassiers essaient de combler les fondrières en les bourrant de cailloux, tâche dérisoire.

Les SS, couverts de leurs longs imperméables verts à écussons noirs, parcourent le terrain en débusquant les malheureux qui reprennent leur souffle. Ces anges de l'Enfer ont découvert qu'il n'était plus rentable de procéder eux-mêmes aux exécutions. Une perte de temps, du bricolage, sans guère d'influence sur l'atmosphère générale. Tandis qu'en supervisant et en transférant la foudre dans les mains des kapos et des Vorarbeiter, ils multiplient par dix ou par vingt les résultats. Même Gueule d'acier, ce sadique de haute volée, a compris l'intérêt de la formule. Gueule d'acier parcourt sans cesse les allées, les voies, les ruelles, les culs-de-sac et les anfractuosités de l'entrepôt. La pluie qui fait briller son ciré le rend presque invisible au milieu de l'éclat du métal. Il se cache dans les trous d'ombre, se camoufle à l'angle des allées, observe les groupes qui gesticulent, et cherche une proie. Il n'a pas longtemps à attendre, en voici une justement.

Marc est avec ses équipiers russes au milieu d'une allée. Ils ont une caisse imposante à transporter jusqu'au chariot. Cette caisse se trouve au bord d'une fondrière pleine de boue. Pas question d'avancer, elle disparaîtrait presque entièrement dans le trou. Avec son esprit cartésien et son allemand de cuisine, Marc essaie de faire de la haute stratégie.

– Zu viel Wasser hier. Das ist unmöglich. Diese andere Halle ist besser, kein Loch.

Les yeux bridés des Russes luisent sous les bérets. On dirait des loups. Ils ont rentré les mains dans les manches et la pluie ruisselle au bas des capotes. L'un d'eux répond à Marc.

– Du, Franzous, du bist verrückt. Wasser, kein Wasser, das ist ganz egal. On s'en fout, on va balancer cette saloperie dans le trou. Yebal tchien piess!

Tout le monde rigole. Des loups, c'est bien ça, pense Marc. Des chacals. Il a fallu que je vienne à Dora pour voir ça. Si l'on me l'avait dit, je ne l'aurais pas cru. Ce sont des fous.

L'un des Russes se sépare de l'équipe et va pisser contre une caisse. Gueule d'acier sort à ce moment de sa cachette et se rue sur l'équipe. Les hommes sont tétanisés. Ils se figent au garde-à-vous.

– Kapo!

Gueule d'acier hurle. Le kapo, qui était à quelques mètres, se précipite. Il voit les hommes au garde-à-vous, le béret à la main, affolés. Le pisseur est aussi le béret à la main. Il pisse sur sa capote. Le kapo, d'un coup d'œil, évalue la situation. La matraque en avant, il se précipite sur le Russe et, avec un ahan de bûcheron, abat la trique de toutes ses forces. Le Russki pousse un hurlement de bête et tombe sur le côté. Le bras cassé net forme un angle incroyable avec l'épaule.

Gueule d'acier s'approche. Ses bottes sont à peine maculées de boue, juste quelques taches sur la tige. Il regarde le Russe. Le bras cassé n'a plus de force et la main inerte s'enfonce dans la gadoue.

– Prima!

Il rit et s'éloigne. Son ciré luisant accroche la lumière des projecteurs. Il marche le long des caisses et des machines, là où le sol est encore solide.

– Bande de fumiers, si vous cherchez des emmerdements, vous allez en avoir!

Le kapo est fou furieux. Son caban de lainage épais, avec toute la pluie qui l'imprègne, doit peser comme une montagne.

– Foutez-moi cette ordure dans un coin. On le reprendra demain matin s'il est encore vivant.

L'équipe se réorganise et le kapo prend la direction des opérations. On va trouver des planches pour faire une passerelle au-dessus de la fondrière. Marc prend deux bastaings qu'il place tant bien que mal. Mais la caisse est lourde et il y a un homme en moins. Si l'on ne réussit pas, c'est la catastrophe, la charge va s'engluer dans le trou et il faudra un palan pour l'en sortir. Devant cette évidence, le kapo prend une décision héroïque. Il pose sa matraque, s'arc-boute et pousse avec tout le monde. Les bastaings plient, gémissent. Toute l'équipe crie, jure, sacre et la caisse passe. Ça y est, c'est fait, le trou est franchi. Il y a un chariot un peu plus loin qu'un Russe s'empresse d'aller chercher.

Le kapo est fier de lui, il rigole et fait des effets de biceps. Il est toujours le dur qu'il était autrefois, avant les camps. Les détenus rient avec lui. Kapo, grand chef. Danke viel mal, kapo, du bist stark. Pour un peu ce con se mettrait torse nu pour faire admirer sa plastique.

La pluie tombe toujours et les heures s'égrènent. De temps en temps, des cris d'angoisse, des cris de détresse crèvent le hourvari du chantier. La nuit dure maintenant une éternité, c'est presque la nuit d'hiver. Lorsque les caisses et les machines sont arrivées jusqu'à la voie normale, on les charge sur les plates-formes et on les pousse dans le Tunnel. Là, il ne pleut pas mais l'humidité est glaciale. L'effort physique est moins grand, mais l'angoisse saisit les détenus. Ce n'est pas la mort échevelée, débridée, hurlante du chantier, c'est quelque chose d'autre, on parle presque à voix basse, on a peur. On est dans un monde étrange, inquiétant, inhumain. Ce monde qui nous a saisis la nuit où nous sommes arrivés à Buchenwald après les trois jours et les trois nuits passés dans les wagons à bestiaux et la grandiose réception organisée par les SS. On est tombé brusquement en face d'extraterrestres qui étaient calmes et avaient l'air de morts vivants. Ces mêmes morts vivants se retrouvent dans le Tunnel. Ils n'ont pas vraiment l'air d'en baver et ils n'en bavent certainement pas. Ils font leur boulot et la machine tourne. D'étranges lueurs sortent des ateliers.

Les plates-formes arrivent à leur destination et l'on décharge les machines. Alignées le long des parois, elles suintent de l'eau, de la graisse et de l'huile. Les harasses ont perdu leurs emballages de papier huilé. Celui-ci se retrouve découpé en chasubles, sous les vareuses. Les machines ont une sale allure, elles dégoulinent de partout et ne vont pas tarder à rouiller. Il y a de bons boulots en perspective, passer tout cela au papier de verre et au chiffon doux, ce serait un régal. Si l'on pouvait se faire engager pour un truc comme ça... En se débrouillant, ce truc-là on pourrait le faire durer des mois. On aurait le cul sur un tabouret et on discuterait avec le voisin. Des machines de ce genre, c'est délicat, il faut souffler dans tous les petits trous, leur talquer les fesses et bien les emmailloter. Du travail de nounou, quoi.

Les wagons déchargés, il faut retourner sous la pluie. Depuis deux ou trois jours, la température s'est considérablement abaissée, au point qu'on attendait la neige. Eh! les gars des hauteurs, les montagnards, vous allez bientôt pouvoir sortir vos skis, vos avant-skis, vos après-skis. Vu du chantier de Dora, tout ça est très intéressant. Vous allez voir les premiers flocons et vous allez glousser de joie. Joyeux Noël, nom de Dieu.

Dehors, les projecteurs éclairent la fin du monde.

Depuis quelque temps, de drôles de transports commencent à rallier Dora. Ce ne sont pas des troupes fraîches. Ce ne sont pas de nouveaux adhérents au club, arrivant avec les yeux ronds et l'air ahuri de ceux qui ne comprennent pas bien ce qui se passe. Ils ne ressemblent pas non plus aux juifs hongrois débarqués quelques semaines plus tôt et promis à une liquidation rapide. Non, ce sont des vétérans, d'authentiques concentrationnaires. On ne s'y trompe pas. Au premier coup d'œil, on voit que leurs défroques, uniformes rayés ou immondes fripes civiles, ils les portent comme le font les vieux détenus. Les uniformes sont rafistolés selon les règles de l'art concentrationnaire et portés d'une façon à la fois personnelle et anonyme. Le béret, qu'il soit enfoncé jusqu'aux yeux ou pincé devant afin de former une petite corne, dénote les vieux briscards. Quant à ceux qui sont revêtus de pouilleries civiles, ils ont arraché les visières des casquettes verdâtres et drapé les pantalons pour ne pas ressembler à des clowns. Dans les camps on a sa respectabilité.

La façon de se tenir sur la place d'appel montre également que ce sont des habitués. Ils se tiennent au repos sans que l'alignement s'en trouve perturbé. Ils ont l'art de repousser vers les bords les mourants et les morts, de combler eux-mêmes les vides sans que les kapos aient à se ruer sur eux, matraque en avant, pour rétablir des alignements par cinq de profondeur. Ils savent retourner le col de la vareuse afin de la rendre subrepticement un peu plus étanche. Ils ont tous des réflexes qui ne s'acquièrent qu'après des mois d'entraînement. Ils restent debout sur la place, parlent entre eux sans qu'on les entende et qu'on voie leur bouche remuer. Ils savent supporter pendant des heures la pluie, qui transforme leurs vêtements et leurs galoches en un carcan spongieux et glacial. Vu des hauteurs, on croirait un champ de maraîcher. Les tiges s'agitent, comme remuées par le vent, mais les pieds ne bougent pas, ils restent bien enracinés. De temps à autre, les Todträger viennent chercher les morts et les mourants. Puis un SS, en imperméable vert et bottes, compte et recompte les effectifs. Et l'attente reprend, interminable.

Sur les chemins qui escaladent les collines et aux abords des blocks, les citoyens de Dora regardent et s'interrogent. Qui sont ces types? D'où viennent-ils? Mystère. Pourtant, on a appris que d'autres transports récents étaient arrivés de camps en Allemagne, en Autriche et en Pologne. S'agirait-il du dégraissage de camps surpeuplés, qui croulent sous le nombre des détenus? Quelles que soient les possibilités d'entassement des prisonniers, il existe des normes concentrationnaires qu'on ne peut pas dépasser. Il ne faut pas créer des îlots incontrôlables où vivrait une faune impossible à répertorier. La place d'appel, cet espace où tout le monde doit pouvoir se réunir, a une superficie définie, non extensible. Les SS ont bien essayé de faire l'appel dans ou devant les blocks, mais l'opération se prolongeait pendant des heures. En soi, cela n'avait pas tellement d'importance, mais le résultat du décompte était très aléatoire et nuisait à l'exactitude des chiffres. En somme, lorsqu'un camp atteint son point de saturation, il doit déverser son excédent sur d'autres, qui ont encore des possibilités d'accueil. On organise donc une grande rafle, on jette le filet sur des centaines ou des milliers de détenus, on relève les matricules, et on embarque tout le monde pour une nouvelle destination.

Dora est l'une de ces destinations. Il y arrive maintenant régulièrement des transports venant d'autres métropoles. De loin, on jauge les nouveaux venus : au bout du rouleau. Ils ont erré pendant plusieurs jours, entassés dans des wagons découverts sous la pluie et le froid, sans autres rations que celles du départ. La casse est importante, les cadavres s'entassent devant le crématoire, mais enfin, il y a encore pas mal de monde debout et ces gars-là ont une chance de s'en tirer. Jusqu'à ce qu'on en envoie à Ellrich ou Harzungen pour se refaire une santé. Parce qu'à Dora, tout est bourré jusqu'à la gueule. Les effectifs ont augmenté d'une façon vertigineuse. Du bagnard, il y en à revendre.

Ces gars-là, on voudrait bien pouvoir les approcher, leur poser des questions. D'où venez-vous? Qu'est-ce qui s'est passé chez vous? Pourquoi rappliquez-vous ici? Et le voyage, comment s'est-il passé? C'est la panique, la liquidation ou quoi? Seulement, voilà, on n'a pas le droit d'aller leur parler, de rôder sur la place. Et eux-mêmes ne doivent pas savoir où ils sont. Le sauraient-ils, d'ailleurs, que cela ne les avancerait pas. Dora, kekcekça? Mais il y aurait surtout la question, la seule question, celle qui noue les gorges : Est-ce l'évacuation?

L'ÉVACUATION. Le mot terrible rôde dans les cervelles depuis quelque temps. Longtemps, jusqu'au débarquement, les détenus avaient considéré que la guerre se terminerait un jour par la victoire des Alliés et que les camps seraient libérés par l'arrivée des vainqueurs en Allemagne. Les plus optimistes voyaient les GI ou les Tommies frappant à la porte et disant aux survivants : « Ça y est, vous êtes libres. » Ils ne croyaient pas vraiment que les choses se passeraient ainsi, mais ils ne voulaient pas s'inquiéter et envisager la libération comme le moment des plus grands dangers. De la bile, ils s'en faisaient déjà en permanence, et à chaque jour suffit sa peine. Les plus nombreux, et les moins optimistes, ajoutaient foi au bruit sans cesse entretenu à Dora selon lequel, à l'approche des Alliés, les SS enfermeraient tous les prisonniers dans le Tunnel et le feraient sauter. Quinze à vingt mille hommes périraient ainsi en quelques instants, écrasés par la montagne. Il ne serait pas question de laisser un seul survivant. Si l'Allemagne et ses princes devaient disparaître, en quel honneur des détenus auraient-ils le privilège de survivre à leurs maîtres? Cet ordre d'exécution viendrait des autorités responsables au plus haut niveau des camps de concentration, et nul doute qu'il serait donné. Jusque-là, il n'y avait pas eu de travaux préparatoires, pas d'explosifs ni d'emplacements prévus à cet effet. Mais il suffirait de peu de temps, quelques jours ou quelques heures, pour faire du Tunnel le plus beau piège à rats de la terre. Les esprits inquiets surveillaient tous les travaux ou aménagements qui pouvaient paraître suspects. Certains détenus disaient que, si un jour on recevait l'ordre d'entrer tous dans le Tunnel, il faudrait refuser, quitte à déclencher le massacre général. En ce cas, il y aurait toujours pour quelques-uns une maigre chance de s'en tirer, alors que, dans le Tunnel, la mort était promise à tous.

Avant le débarquement, ces suppositions n'étaient qu'hypothèses d'école, la guerre pouvait durer encore des mois sinon des années, et la mort continuerait encore longtemps ses ravages journaliers. Le débarquement et l'avance alliée en France remirent brusquement la question à l'ordre du jour. Il se passerait forcément quelque chose lorsque les Anglo-Américains approcheraient de Dora. Personne n'imaginait les SS au complet et en grand arroi, avec le commandant en tête, faisant les cent pas devant la porte, saluant le chef du détachement allié, qui lui rendrait son salut, et lui remettrait très protocolairement les clés de son royaume et la liste des effectifs. Les plus simples des détenus ne pouvaient croire une histoire pareille. Vous ne sortirez jamais d'ici, telle est la phrase, prononcée ou non, que tout le monde connaissait par cœur. Alors quoi? La fusillade par paquets de cent, les autres étant maintenus sous la menace des mitrailleuses? Le traquenard dans le Tunnel pour les kommandos Zawatsky et la liquidation sous différentes formes des éléments de surface avec l'aide des kapos et des chefs de blocks? Tout le monde, sans trop en parler, imaginait ces fins possibles et penchait pour une tentative de liquidation sur place.

L'arrivée des transports, des transferts de camp à camp, changea les données du problème. On le savait déjà, mais il revint à la mémoire de tous, que les SS et leurs prisonniers avaient la priorité absolue sur les chemins de fer allemands et pouvaient donc former des trains et organiser des convois de détenus sur tout le réseau, où et quand ils le désireraient. La preuve en était maintenant faite. Dans un moment où l'acheminement vers l'Ouest de troupes, de matériel, de munitions et de ravitaillement était vital pour l'Allemagne, les SS organisaient, en petite vitesse, des mouvements de prisonniers d'un camp à l'autre. Il en arrivait à Dora, mais il devait en arriver dans tous les autres camps.

Les prisonniers de Dora regardent maintenant les nouveaux avec angoisse. Est-ce cela qui nous attend? Ces hommes ont atteint la limite extrême de l'épuisement. Ils vont mourir en grand nombre. L'être humain peut tirer de son corps des énergies fantastiques et insoupçonnées. C'est ce qu'ils ont fait. Il peut marcher des jours entiers sous la pluie, la neige et le vent. Il peut être comprimé pendant des jours et des nuits dans des wagons découverts, trempé et glacé. C'est ce qu'ils ont fait. Ceux qui survivront vont être envoyés dans la fournaise d'Ellrich et c'en sera fini d'eux.

Et encore la situation est-elle normale en Allemagne. Il n'y a pas de panique, pas l'ombre d'un commencement de désorganisation. Le pays est calme et fonctionne parfaitement. A part les bombardements, il est d'une tranquillité absolue. Dans ces conditions optimales, un transport de détenus subit des dégâts considérables, des prisonniers chevronnés meurent comme des bleus. Alors, si l'on nous fait le même coup en plein hiver, le vrai, l'impitoyable hiver, on n'a aucune chance de s'en tirer. La mortalité ne sera pas énorme, elle sera totale. Personne n'en réchappera.

On réfléchit et on commence à se dire que si un jour Dora est évacué, il faudra tout faire pour rester sur place et ne pas partir. On ne peut pas transporter près de vingt mille personnes, plus les camps annexes, en une seule journée. Cela demandera du temps et chaque jour gagné sera une chance supplémentaire d'en sortir vivant.

Non, il ne faudra pas partir. Dora, c'est grand, il y a des tas d'endroits où l'on peut se cacher et même se défendre. Les SS donneront des coups de filet à droite et à gauche et, au fil des jours, ils finiront par ramasser la quasi-totalité des détenus et ils les embarqueront. Mais les plus malins, les plus agiles, les plus déterminés arriveront à gagner un jour, puis deux, puis trois, jusqu'au moment où les Alliés arriveront.

Tous ces gars d'on ne sait trop quel camp sont maintenant en train de s'effilocher sur la place d'appel.

Du côté du Revier, on s'agite beaucoup. Le Revier est plein à ras bord en permanence et il n'est pas question d'accepter les nouveaux moribonds. D'ailleurs, cela ne servirait à rien car ils n'ont aucune chance de s'en tirer. A quoi bon faire des formalités d'admission, des auscultations, toute une procédure, alors qu'ils n'en ont plus que pour quelques minutes ou quelques heures? On va les laisser terminer leur carrière devant la porte, cela évitera de les immatriculer et de les passer sur les registres des effectifs. On les considérera comme morts en transit, et voilà tout.

Au début de décembre tombèrent les premières neiges. Le jour s'était levé, un jour maussade, gris, avec des nuages bas qui roulaient dans le ciel. La pluie se mit à tomber avec l'arrivée des kommandos sur la place d'appel. Une pluie comme il y en avait presque tous les jours, pas très forte, mais qui imbibait les uniformes et les chaussures. Une pluie qui mettait en bouillie les pansements en papier hygiénique et irritait les blessures des pieds. Instinctivement, les hommes courbaient le dos pour tenter de garder le ventre au sec, le ventre, siège de la terrible dysenterie.

L'appel des kommandos fut assez rapide, il fallait de toute façon être au Tunnel à neuf heures, et les détenus commencèrent à franchir la porte du camp. La route menant au Tunnel était ravinée et parsemée de flaques malgré les efforts quotidiens des terrassiers qui déversaient dans les trous de pleines brouettes de cailloux. Les abords de la route ressemblaient à des marécages et les Posten avaient édifié de petits monticules de pierres pour avoir les pieds au sec. Les chiens grondaient sourdement au passage de la colonne. Dora avait repris son visage sinistre des mauvais jours.

Venant de Nordhausen, un petit vent froid et coupant commença à souffler. Au début, il n'était pas très fort, juste une bise d'hiver, mais il prit rapidement de l'intensité et la température chuta. En quelques minutes, un banal froid d'automne fit place à un froid glacial d'hiver.

La pluie, qui tombait obliquement, fouettant les figures et les poitrines, s'entremêla de flocons de neige qui très vite s'épaissirent. Peu avant l'arrivée au Tunnel, il y avait encore quelques gouttes d'eau par-ci, par-là, puis elles disparurent, et ce fut l'hiver. Le vent soufflait maintenant très fort, presque à l'horizontale, un vent qui projetait des paquets de neige tourbillonnante dans les yeux, s'infiltrait dans les vareuses aux boutons manquants et transformait les uniformes en caparaçons durs comme du métal. Les oiseaux avaient disparu depuis longtemps et nulle trace de vie ne se montrait plus dans la plaine. Les flaques d'eau, gorgées de neige, devinrent peu à peu pâteuses. Le vent n'y creusait plus de rides, elles n'allaient pas tarder à durcir complètement.

Aux abords du Tunnel, le filet de camouflage retenait la neige dans ses mailles, puis un coup de vent la faisait tomber par paquets. Les réservoirs à carburant liquide, empilés comme des bouteilles de butane, se soudaient rapidement entre eux. L'entrée du Tunnel était un trou noir, les SS de garde battaient la semelle et soufflaient dans leurs mains.

Au-dessus, les sapins de la colline blanchissaient et le ruissellement de l'eau de part et d'autre de l'entrée avait cessé. Tout un réseau de stalactites se formait obliquement, que le vent contrariait dans leur pente naturelle.

Avec quelques semaines d'avance sur le calendrier, l'hiver s'installait à Dora. L'hiver allemand arrivait avec la brutalité et la soudaineté de tout ce qui était allemand. Il achevait la période pendant laquelle les plus optimistes avaient encore pu espérer le miracle. Il mettait un point final à toutes les folles rêveries. Quand le Général Hiver a parlé, les généraux, les maréchaux se taisent et s'inclinent. Il a le dernier mot. Les armées s'arrêtent et s'enterrent.

Cette première neige ferma les portes de Dora. Tous les détenus entendirent le fracas du pont-levis qui se relève et de la herse qui tombe. Le bruit pénétra dans leur cœur qui s'arrêta un instant. Un nouvel hiver allait commencer, un hiver qui durerait des millions années, l'hiver impossible, celui qu'aucune bête au monde ne pourrait supporter.

– Tous les Russes sur la place d'appel!

Les haut-parleurs retentissent dans le camp. Les chefs de blocks vont sur le pas de leur porte voir ce qui se passe. Il est dix heures du matin et les kommandos viennent de remonter du Tunnel. Les bidons de soupe sont sous la surveillance des Stubendienst, prêts à être servis. Les hommes sont dans le Waschraum occupés à faire une rapide toilette, la chemise et la vareuse solidement maintenues entre les genoux pour éviter le vol.

– Il y a un Popoff qui a dû encore faire une connerie.

Michel ricane. Il souffre d'une allergie définitive, irrémédiable, à l'espèce russe. Il ne manque pas une occasion de manifester sa hargne, alimentée par des mois de bagarres dans différents kommandos.

Le Blockältester rentre dans le block et lance l'ordre :

– Alle Russki antreten!

Les Russes s'habillent rapidement en poussant glapissements et jurons et se forment en colonne devant l'entrée. Ils n'ont pas pu se sécher –

avec quoi l'auraient-ils fait? – et le froid extérieur saisit les vêtements trempés. Un vent glacial tourbillonne, parsemé de flocons de neige. Quelques resquilleurs ont voulu se fondre dans le tas des autres prisonniers mais ils sont rapidement repérés par les Stubendienst et menés vers le chef de block qui les accueille à coups de gourdin. Un Russe, cela se reconnaît entre mille, et les garçons de salle ont l'œil exercé.

Devant tous les blocks on aperçoit maintenant des groupes de Russes. Ils sont des milliers répartis par petits lots qui commencent à descendre des hauteurs et converger vers la place d'appel. Le spectacle est chaque fois fascinant de voir cette fourmilière de détenus sortir de partout et se diriger vers un point unique, la grande dalle de béton. Mais quand ces hommes sont tous des Russes, l'impression est encore plus saisissante. Il se dégage d'eux une telle puissance et une telle sauvagerie qu'ils forcent le respect. C'est la horde des damnés qui s'avance. Ils ne savent pas de quoi il s'agit, mais d'avance ils sont soudés en un seul bloc qui acceptera n'importe quoi, mais ne se laissera pas entamer. L'immense Russie est en marche vers la place d'appel.

Peu à peu, la place se garnit, chaque effectif de block restant à l'écart des autres. Derrière les fenêtres du bordel, on aperçoit les filles qui contemplent le spectacle. A la porte du camp, seuls quelques SS accompagnés de fonctionnaires s'entretiennent. L'état-major doit se trouver bien au chaud dans les bureaux.

Tous les Russes sont maintenant regroupés. Les Lagerschutz, la police du camp, ceinturent le quadrilatère sur trois côtés. Ils portent la longue redingote verte et les bottes. Leurs regards ne quittent pas la masse compacte d'où peut se déchaîner à tout moment une violence incontrôlable. Dans les miradors, les sentinelles ont braqué leurs armes automatiques en direction de la place. Même à l'abri des barbelés électrifiés, les SS ont peur des Russes. Cette horde de fous les inquiète. Individuellement, ce ne sont que des loques geignardes, mais en groupe ils sont terrifiants. Dieu préserve l'Allemagne de voir leurs armées déferler sur le territoire, car alors ce sera l'Apocalypse.

Le froid s'intensifie et le vent se met à hurler. Il parcourt les groupes, tourbillonne entre les hommes, s'insinue sous les vareuses et glace les dos, les ventres, les mains, les oreilles. Les Russes du Tunnel n'ont pas de capote et le vent pénètre dans les braguettes sans boutons et gèle les couilles. Les yeux pleurent et les nez coulent. Il ne neige plus, les derniers flocons ont fait des petits tas capricieux de-ci de-là puis ont disparu vers les hauteurs.

Les Blockführer sortent maintenant du poste de commandement. Ils font un appel des effectifs, signent les registres et les chefs de blocks regagnent leurs baraques. On va enfin savoir ce qui se passe.

Il paraît que deux Russes ont été surpris en train de pisser sur des machines au Tunnel. Ils sont maintenant au bunker et vont être pendus dans l'après-midi, mais en représailles tous les Russes de l'équipe de nuit vont passer la journée sur la place d'appel et repartiront au travail sans avoir dormi ni touché de rations. A propos de rations, les Stubendienst songent aux profits fabuleux qu'ils vont faire avec tout cet excédent. Il y a plus d'un bouteillon qui n'a pas quitté la chambre du Blockältester. Celui-ci apparaît justement dans le réfectoire et fait son petit discours d'usage. Nous sommes tous des camarades, les Russes sont nos camarades qui souffrent en ce moment sur la place d'appel. Nous sommes solidaires de nos camarades russes qui nous représentent sur la place d'appel. Alors, nous allons garder leurs rations de soupe et ils auront droit demain à un supplément parce que ce sont de bons camarades qui souffrent pour nous tous. Pour prouver que nous sommes avec eux, il n'y aura pas de supplément de soupe ce matin, Kein Nachschlag. Compris? Le Blockältester rote un coup et agite sa matraque. Vos camarades russes vont souffrir toute la journée et vous, vous allez dormir maintenant, bande de porcs. Alors, je ne veux pas de bruit, dégueulasses que vous êtes, votre chef a besoin de tranquillité pour s'occuper de vous et de ces cons de Russes qui sont nos camarades. Maintenant, tout le monde au lit.

Quel fumier, grogne Michel. Avec ces bouteillons de soupe inespérés il va se payer des litres de schnaps et se saouler à mort pendant plusieurs jours. Ce coup des Russes va relancer la java des chefs. Ils vont s'en foutre plein la gueule, s'acheter des belles fringues et se croire les maîtres du monde. Mais le résultat pour nous, c'est que personne n'aura de rabiot et qu'on va se serrer la ceinture un peu plus. Pas de rabiot, merde alors, ça n'est déjà pas tellement souvent, et quand je vois tous ces bidons pleins à déborder de soupe avec des patates dans le fond, ça me fait mal au ventre. Tous ces gradés-là, les politiques, les droit commun, les pédés et tout ce que tu voudras, je ne peux plus les voir. Ce sont tous des ordures et si je m'en tire, il ne faudra plus m'en parler. Ils ne pensent qu'à leur pédérastie et à leur groupe politique. Les pauvres mecs comme toi et moi, les trous du cul qui sont arrivés à Dora parce que les autres connards radico-socialo-machin chouette n'avaient pas fait leur boulot, tout le monde s'en fout. Ici, il faut être un bandit, un pédé ou préparer les matins qui chantent. Si tu ne rentres pas dans ces catégories-là, tu fermes ta gueule et tu ramasses ta gamelle, Ponimaïch?

Tout le monde au lit. La soupe est avalée et les gamelles remisées dans le placard. Il faut dormir le plus possible pour tenir le coup la nuit prochaine. A travers les fenêtres on entend le vent glacial qui parcourt le camp. Les hommes se couchent deux par deux et se serrent l'un contre l'autre pour trouver un peu de chaleur.

Vers midi on réveille tout le monde. Que se passe-t-il encore? Il paraît que, d'après les états des SS, il manque quelques Russes sur la place d'appel. Les détenus s'habillent et s'alignent devant la porte. Le chef de block en personne vérifie les matricules, les écussons, et les compare avec sa propre liste. Tout va bien, il ne reste pas un seul Russe dans le block, on peut aller se recoucher.

Là-bas, sur la place, les Russes sont toujours debout et forment des masses noires immobiles que le vent parcourt et pénètre. De temps à autre, des fonctionnaires ou des SS sortent du poste et vont vers tel ou tel groupe, le comptent et le recomptent et vérifient leur registre.

Vers six heures on réveille les dormeurs. Il est temps de se préparer pour être à neuf heures au Tunnel. Un coup d'œil à la fenêtre révèle que les Russes sont toujours au même endroit, immobiles sous le vent qui s'est accru. Au bout de chaque groupe il y a maintenant des formes allongées et bien alignées, ceux qui n'ont pas résisté à la terrible épreuve. On va en vitesse au Waschraum, puis on s'assoit aux tables pour recevoir le pain, la margarine et le saucisson. En passant devant la cabine du Blockältester on jette un coup d'œil à l'intérieur. La pièce regorge de soupe et de pain. Les paquets de margarine et les saucissons entiers s'empilent sur la table.

Les équipes de nuit descendent maintenant vers la place et gagnent le lieu de formation de leur kommando. Un ordre claque au haut-parleur. Tous les Russes doivent rejoindre leur kommando. Ils sont ankylosés, raidis par le froid et ont du mal à marcher. Ils ne sont ni gris ni blancs, ils n'ont plus de couleur. Ils ne peuvent plus parler et ont quelques gestes maigres d'automates. Il suffirait de les pousser légèrement du doigt pour qu'ils tombent. Certains s'appuient les uns sur les autres et marchent comme s'ils avaient des jambes artificielles. D'autres sont toujours au même endroit, ils ne trouvent pas l'énergie suffisante pour faire un pas, un seul. Des sortes de statues dont toute vie s'est échappée.

– Allez chercher vos camarades.

Les kapos, les uns après les autres, donnent le même ordre. S'agit-il d'un reste d'humanité chez eux? C'est difficile à dire, mais de toute façon il faut dégager la place de ces parasites et les kommandos doivent être au complet avant de partir.

On va chercher les Russes, on les soutient en les encadrant et on les met au centre des formations, là où ils sont moins exposés au vent. On les aidera le plus possible, mais à la sortie du camp et à l'entrée du Tunnel, il faudra qu'ils trouvent la force de marcher seuls, au pas, tête nue et les mains sur la couture du pantalon. Et s'ils réussissent à tenir toute la nuit, ils pourront manger demain matin.

Un camp de concentration, c'est une drôle d'invention. *Grosso modo,* c'est un espace de terrain situé dans un endroit assez peu accueillant, mais pas nécessairement rébarbatif. Sur ce terrain on plante des baraquements d'habitation et quelques constructions de première utilité : un Revier, une cuisine, une Effektenkammer, quelques ateliers, un Bunker, un Krematorium. L'entrée est ceinte de bâtiments administratifs anonymes et sans prétention. Seule la porte peut témoigner d'un embryon de recherche architecturale. Le tout est ceinturé par un réseau de barbelés électrifiés d'environ quatre mètres de haut; de place en place se dressent des miradors. Tout cela n'est pas très impressionnant et, en tout cas, bien éloigné des images qui pourraient naître d'un cerveau romantique. C'est banal. Pas de hauts murs, de chemins de ronde inquiétants, de barreaux aux fenêtres ni de meurtrières. La porte elle-même est à peine plus haute et barbelée qu'une simple barrière de prairie.

Et pourtant cette porte rudimentaire sépare deux mondes, deux planètes. A l'extérieur, c'est la planète Terre avec les hommes qui naissent, vivent, se marient, travaillent, dorment, mangent, boivent et finissent par disparaître comme les hommes l'ont toujours fait. A l'intérieur, c'est le KL, le Konzentrationslager. Là, tout est différent, rien ne ressemble à la Terre. Un simple réseau de barbelés suffit à faire la différence, à projeter ce petit espace dans une autre galaxie. Les détenus voient pourtant l'autre monde, celui de la Terre, avec une facilité déconcertante. Rien ni personne ne les empêche de regarder du côté de cette Terre qui vient battre à la porte. Ils aperçoivent les habitations, à quelque distance, avec des hommes qui entrent et qui sortent, ils voient des villes et des villages, des automobiles et des charrettes, une activité paisible et journalière. Et pourtant, ils ne se disent jamais qu'au-delà des barbelés, c'est la liberté et qu'il suffirait de passer ce seuil apparemment fragile pour se retrouver du côté où tout est si merveilleux. Est-ce parce que les cerveaux sont déjà atteints, parce qu'ils n'ont plus d'espoir, mais cette liberté si proche ne fait pas bondir leur cœur dans leur pauvre carcasse. Même les barbelés électriques n'ont pas cette attirance magique que l'on pourrait imaginer. Quelle extraordinaire joie que de prendre son élan et courir vers eux. Au dernier moment, au dernier pas, on pousse un grand cri, on pousse un hurlement : JE SUIS LIBRE! Un grésillement de quelques secondes, et c'en est fini de cette misère. On rejoint le paradis des concentrationnaires. Seuls restent accrochés aux barbelés les débris minables et grandioses de celui qui a tant souffert. Eh bien, ce grand bond vers la liberté définitive, la merveilleuse libération, on ne le fait pas. On est un bagnard et on fera son métier de bagnard jusqu'au bout. Ce n'est pas « Encore une minute, Monsieur le Bourreau », c'est vouloir repousser la mort jour après jour, minute après minute. Au fur et à mesure que les jours passent, on se détache de tout ce qui relève d'un homme normal. On ruse avec tous les pièges, on flaire les moindres dangers, on devient plus malin que le diable. La casse est énorme, mais quelques individus arrivent à opérer leur mutation. Les premiers êtres de la Terre ont mis des millénaires à sortir de la mer et des marécages pour surgir à la surface et s'acclimater, mais les concentrationnaires n'ont pas des millénaires devant eux. Très vite ils doivent s'accoutumer ou périr. Le grand saut final dans les barbelés n'est pas une solution, du moins pas la leur. Le monde qui se trouve derrière le réseau électrifié, ils ne le regardent pas, pour eux il n'existe pas. Leur vraie vie à eux, c'est à l'intérieur du périmètre qu'elle se passe et c'est là qu'il faut lutter. C'est là qu'ils gagneront ou qu'ils perdront. Ils côtoient des ingénieurs, des contremaîtres, des civils, des secrétaires. Ces humains-là débarquent sur leur planète pour douze heures, mais ils n'ont rien de commun avec eux. Ils ne les envient pas, aucun contact affectif ne les rapproche. Ce sont des gens de la planète Terre et c'est tout. Eux appartiennent à la planète KL. Si certains civils ont parfois un comportement humain envers eux, cela leur paraît suspect. Entre les uns et les autres il n'y a aucune possibilité d'entente, de compréhension ou de rapprochement. Chacun doit vivre sa vie, et les concentrationnaires vivent leur vie de concentrationnaire. Ici, il ne doit pas y avoir de missionnaire pour piper les dés et fausser la partie. Les dames patronnesses, curés de choc, prêtres ouvriers et autres farceurs n'ont pas leur place dans ce monde étrange. On ne jette pas de passerelle entre deux planètes. L'univers concentrationnaire s'est fait avec les représentants de l'ensemble du corps social. Toutes les hiérarchies, les confessions, les puissances civiles, militaires et religieuses sont là, mais elles se sont effondrées et les concentrationnaires se sont retrouvés face à eux-mêmes. Ils ont édifié une nouvelle société impitoyable, faite d'extraordinaires actes désintéressés et qui ne viennent ni des hiérarchies ni des structures terrestres, mais qui se sont forgés dans la misère, l'angoisse et la mort. Derrière les barbelés, le détenu est seul. Il n'y a pas de bonnes œuvres ni de tribunaux compréhensifs pour panser les plaies et réhabiliter. On ne trouve que la férocité à l'état pur ou la camaraderie qui va jusqu'au sacrifice suprême. Les évêques ont perdu leur crosse et leur mitre, les avocats leur toge, les syndicalistes leurs phrases creuses et les militaires leur sabre. Il n'y a plus que des hommes nus qui peuvent devenir des saints s'ils en ont l'étoffe.

Les concentrationnaires sont à la fois très jeunes et très vieux. Si l'on se réfère aux critères terrestres de l'état-civil, la moyenne est d'environ trente ans, les plus jeunes, très rares, voguant autour de dix-huit ans et les plus âgés aux alentours de trente-cinq à quarante ans. Tous paraissent cependant extrêmement vieux, hors d'âge comme on dit pour les bouteilles d'Armagnac. Ils n'ont plus d'illusions et, quand ils voient des nouveaux, ils ont des diagnostics qui étonneraient les professeurs de faculté. Ils ne regardent jamais au-delà des barbelés, sinon pour voir comment le temps va tourner. Ils savent que, comme le vin, plus leur matricule va vieillir et plus il va se bonifier. Ils se fabriquent une carapace qui pourra défier les intempéries physiques, morales et météorologiques. Ils regardent les SS qui paraissent eux aussi très vieux. On se regarde et on s'examine les uns les autres. On se scrute, on se soupèse. Il y aura forcément l'un des deux qui lâchera le premier et ce sera sans doute moi, mais ce n'est pas une raison pour abandonner sans lutter. Je te guette, mon salaud, et ma peau je ne te la laisserai pas pour deux sous. Ma peau, il va falloir que tu la paies un bon prix, le prix qu'elle vaut. Il y a quelques mois elle ne valait pas un rond, mais depuis j'ai fait des progrès et, si tu la veux, il faudra te donner du mal. Ne compte pas sur moi pour faire des conneries qui te permettraient de faire échec et mat sans difficulté. Ma peau, je n'ai que celle-là et je ne la lâcherai pas comme cela.

Les nouvelles du printemps et de l'été sont bien loin. Elles ont failli faire baisser la garde aux lutteurs, il faut les oublier. La réalité ce n'est pas de l'autre côté, c'est ici. Ce qui se passe sur la Terre n'a aucune incidence à l'intérieur des barbelés. Si, un jour, la libération survient, elle sera immédiate. Le concentrationnaire passera en un instant de l'état qui est maintenant le sien à l'état d'homme libre. Mais il n'y aura pas de préparation, d'évolution, de passage en douceur. C'est l'un ou c'est l'autre. Alors, à quoi bon rêver et se dépouiller de sa cuirasse? Celui qui le fait se condamne à une mort certaine, il abandonne les seules armes dont il dispose. Un suicide.

L'hiver sera dur et des périls nombreux et inconnus se profilent. Des secousses ont commencé à agiter la planète KL. Elles ne sont que légères mais elles annoncent de fantastiques soubresauts qui risquent d'écraser jusqu'au dernier détenu. Oui, les mois qui viennent seront durs.

Gilbert en a eu un instant le souffle coupé. Il ouvre tout grand les yeux puis part d'un énorme éclat de rire.

– Regarde! Mais regarde-moi ça, je rêve ou quoi?

Les kommandos reviennent du Tunnel, ils ont franchi la porte et aperçoivent dans la partie haute de la place d'appel un immense sapin de Noël. Mais attention, pas un petit arbre ridicule acheté au marché du village, non, un magnifique sapin de la meilleure qualité. L'effet est tellement saisissant que les hommes en restent stupéfaits, puis c'est le rire qui éclate tout au long des colonnes.

– Mettre un sapin de Noël à Dora, il fallait vraiment y penser. Je parie qu'ils mettront des girandoles et des paquets cadeaux le 24 au soir.

Là, Gilbert est un peu optimiste. Mais que les SS aient poussé la plaisanterie jusqu'à fêter la naissance du petit Jésus dans un camp de concentration, c'est vraiment du délire. Un endroit où toute pratique religieuse et même tout rappel d'une religion quelconque sont formellement interdits. Les prêtres, lorsqu'ils ont le malheur d'être repérés, font l'objet de tracasseries et de sévices particuliers. A leur arrivée dans les camps, lorsqu'on leur a demandé leur profession, ils ont, en toute innocence, déclaré qu'ils étaient prêtres ou évêques. Les fonctionnaires de l'Arbeitstatistik et de la Politische Abteilung, depuis longtemps blasés, leur ont conseillé de donner n'importe quelle profession, mais pas celle-là. On ne se vante pas d'être représentant de Dieu dans la maison du Diable. Mais les prêtres furent intraitables et insistèrent pour être inscrits comme tels. Quand on a fait un bon bout de chemin sur la route du sacrifice suprême, on ne profère pas un ridicule petit mensonge pour rentrer dans la masse anonyme. « Comme tu voudras », répondaient les fonctionnaires. Et ils notaient « prêtre » ou « évêque » sans lever la tête, sans même regarder l'allure que pouvait avoir un évêque quand il était à poil. Ils s'en foutaient, ils avaient vu les Bibelforscher, les Témoins de Jéhovah, enfermés pour leurs convictions religieuses et qu'on marquait d'un triangle violet. Plus tard, le responsable SS jetterait peut-être un coup d'œil sur les fiches des nouveaux arrivants et ferait en sorte que les religieux, s'ils passaient le cap des trois semaines de quarantaine, fussent envoyés dans les transports les plus meurtriers.

Quoi qu'il en soit, le sapin est bien là sur la place d'appel, suprême dérision. Ce n'est certainement pas pour mettre un petit coin de ciel clair dans le cœur des détenus, mais plutôt pour détruire leur moral. Il est bien connu que les fêtes, et principalement Noël, sont une torture pour les pauvres, les solitaires et les déshérités de la terre. A Dora, tous le savent, ce sera un rude moment à passer. On lutte jour après jour, on se blinde, on flanque ses souvenirs aux oubliettes et, tout d'un coup, on vous balance Noël dans les pattes! La réaction sera immédiate, certaine, sans échappatoire. On pensera à la petite famille au coin du feu, au réveillon avec les huîtres, la dinde et la bûche enrobée de crème onctueuse. Et les parents, la femme, les petits enfants qui ouvrent les paquets avec des yeux extasiés. On a débouché de bonnes bouteilles et ça sent la bougie qui brûle. La TSF, ce beau meuble de bois précieux et de métal doré, répète sans cesse que c'est la joie pour tout le monde. Et la messe de minuit, quelle merveille! On y va tous ensemble, les cierges sentent bon et tout le monde est heureux. La terre entière respire le bonheur, elle éclate de joie et de bonté. Nom de Dieu!

Gilbert est comme les autres, il sent qu'il va sombrer. Surtout pas! Il est là avec son uniforme rayé, immonde, plein de graisse et de boue. Il n'a plus de boutons à la braguette et ses godasses sont cassées. Son corps a l'air d'un écorché anatomique et l'œdème gonfle ses chevilles. Ses mains crevassées par le froid sont des gros paquets rouges et un phlegmon commence à pousser sous son oreille gauche. Un vrai Jérôme Bosch. Mais, tout délabré qu'il est, il refuse le traquenard des SS. Puisqu'on veut essayer de l'avoir en douce, le détruire un peu plus par des moyens inavouables, lui qui essaie de retenir sa vie à deux mains, il va pousser un grand coup de gueule.

– Qu'est-ce qu'ils viennent nous emmerder avec leur sapin de Noël? Non mais, vous l'avez vu, les gars? Un truc comme ça, je n'en voudrais pas chez moi. Il a l'air d'une grande pendouille. Je ne le regarde même pas, j'aurais peur de dégueuler. De toute façon, tout ça ce sont des histoires de cons. Vous vous rappelez, les gars, quand on est arrivés à Compiègne, on a distribué à tout le monde des livres de messe. On en a même donné aux Arabes, parce qu'il y en avait aussi là-bas. Entre parenthèses, je ne sais pas ce qu'ils sont devenus, je ne les ai jamais revus depuis. Et les gars qui nous ont refilé ces bouquins, je ne sais pas d'où ils les sortaient et qui payait tout ça, mais pour eux ça a été de l'argent foutu en l'air parce qu'on s'est torché le cul avec dans les wagons pendant le transport pour Buchenwald. Alors le petit Jésus, la crèche et le sapin de Noël, on en reparlera après la guerre, quand je serai revenu chez moi. Leur sapin, ils peuvent se le foutre où ils voudront, ça m'est égal. Je l'ai vu une fois et ça me suffit. Si les SS veulent un arbre, ils n'ont qu'à le foutre chez eux parce que là où il est placé il me gêne la vue. Je ne peux plus admirer le paysage comme il le mérite.

– Écoute, Gilbert, ce n'est pas la peine de dire des choses pareilles. Il y en a que ça peut déranger et qui n'aiment pas cela.

– Alors, tu voudrais que je te parle de mes Noëls d'antan, quand tout le monde était à genoux autour de la crèche? Tu divagues ou quoi? Où est-ce que tu te crois, mon pote? Le 24 au soir, tu vas peut-être venir pleurer dans mon gilet pour me parler de ta belle-mère qui est si gentille et des gosses qui poussent et qui attendent ton retour. Si tu essaies de me raconter des trucs pareils, je te fous mon poing dans la gueule. Je ne veux pas entendre parler de ces singeries. Demain, il y a le boulot qui nous attend et cela c'est sérieux. Nous, on est des travailleurs, pas des fêtards. Si tu voulais fêter Noël, il ne fallait pas venir à Dora. Tu n'avais qu'à rester tranquillement dans ta ferme et traire tes vaches. Remarque, tu nous aurais peut-être manqué, mais on se serait fait une raison.

La sortie de Gilbert a fait son effet. Les détenus remontent un peu à la surface et ceux qui étaient sur le point de se laisser attendrir oublient pour un instant Noël et regardent autrement l'endroit où ils se trouvent. Mais il y a encore plusieurs jours avant la date fatidique et l'angoisse peut resurgir à tout moment. Planter un sapin de Noël sur la place d'appel de Dora, c'est planter un poignard dans le cœur de chaque pauvre type qui se trouve là.

Le Blockältester se retourne sur son lit. Malgré tous ses efforts, le sommeil ne vient pas. Pourtant, tout à l'heure, il a cru qu'il allait s'endormir. Il s'était senti fatigué et avait eu envie de faire un petit somme. Après la distribution des rations à l'équipe de nuit qui venait de remonter du Tunnel, il avait prévenu tout le monde. Écoutez, bande de fumiers, Schweinerei, votre chef de block a besoin de repos. Alors, vous allez vous coucher et vous ne faites pas de bruit. Compris? Ponimaïch? Tout le monde était parti sur la pointe des pieds, dans un silence absolu. Même les ronfleurs se retenaient de ronfler. Et c'est maintenant le silence qui gêne le chef de block et lui donne des angoisses. Qu'est-ce que c'est que ce camp de concentration où les détenus dorment paisiblement comme des petits-bourgeois? Alors quoi, les SS ne font plus leur boulot, ils se foutent de tout. Il se souvient des années terribles où l'on réveillait les prisonniers plusieurs fois par nuit pour leur faire accomplir des exercices d'assouplissement à poil sous la neige. La mortalité était terrifiante, mais les plus costauds ont survécu, les plus costauds comme lui. Nom de Dieu, qu'est-ce qu'on en a bavé! Alors, de voir ces immondes détritus dormir tranquillement, cela lui donne des accès de fureur. Nous, les anciens, on a souffert mille morts et nos galons, nous avons été les ramasser sur des monceaux de cadavres. Les brassards, on les a donnés aux rescapés des grandes tueries du début. Même les SS ont une sorte de respect pour nous. Pas vraiment du respect, plutôt de la considération. Seulement ils ne foutent plus rien, et c'est à nous que tout revient.

Le chef de block se lève. Il ne peut plus supporter ce silence, ce n'est pas cela un camp de concentration. Un camp, c'est le bruit et la fureur, des cris, des coups et des cavalcades. Il faut entretenir la peur, sinon elle s'assoupit et la discipline se relâche. Les détenus se croient chez eux et attendent tranquillement la fin de la guerre. Si on les laisse faire, ils vont bientôt commencer à discuter les ordres et transformer le block en porcherie. Déjà certains ne lavent plus leurs chaussures avant d'entrer et se couchent tout habillés. Il faut leur montrer que Dora n'est pas un sanatorium. Le Blockältester prend son gummi en main. C'est une belle pièce, trois câbles de cuivre torsadé enrobés d'une gaine de caoutchouc. C'est à la fois dur et assez flexible pour que le coup porte sur toute la longueur.

Dans le réfectoire, deux Stubendienst polonais sont assis face à face avec une gamelle de soupe entre eux. La soupe est épaisse, presque rien que des pommes de terre. Ils plongent à tour de rôle leur cuillère dans le mélange onctueux. La vue du Blockältester avec le gummi à la main les tétanise. Ils restent un instant sans bouger, la cuillère en suspens. Comme s'ils avaient devant eux un cobra, ils savent qu'il ne faut pas faire de mouvement brusque. Lentement, comme au ralenti, ils reprennent leurs gestes afin de ne pas créer de rupture. Ils sentent que l'ouragan va se déchaîner et ne veulent pas provoquer le déclic qui le ferait s'abattre sur eux. Le chef les regarde, hésite, puis se dirige vers le dortoir. Il ouvre doucement la porte. A l'intérieur, tout le monde dort, on n'entend que la respiration des allongés. Déconcerté, il referme la porte et va vers le deuxième dortoir, celui de l'autre aile. En passant devant le Waschraum il entend un bruit d'eau qui coule. Il pousse lentement la porte. Elle est bien huilée et ne fait pas de bruit. A l'intérieur, un homme d'une maigreur effrayante lui tourne le dos. Il est à poil et lave sa chemise et son caleçon dans la vasque. C'est un chiasseux. Des coulées brunes courent le long de ses cuisses décharnées. Le chef de block entre sans bruit, se place derrière lui et, de son gummi, lui frappe doucement l'épaule. Le détenu se retourne, regarde, et ses yeux chavirent. Ses genoux se dérobent. Comme un homme ivre, il recule en chancelant.

– Blockältester, Scheisserei!

La voix est suppliante, geignarde, déjà coupée de sanglots. D'un coup de pied, le Blockältester repousse la porte qui se ferme avec un claquement. Il tourne lentement autour de la vasque sans se rapprocher vraiment du prisonnier. Il sent la fureur monter en lui.

– Ordure, espèce de fumier, tu pues et tu mets de la merde partout!

Le détenu ne comprend pas les mots. Ses yeux roulent follement dans les orbites creuses. Il n'a plus de forces et reste sans bouger. Il répète :

– Scheisserei, Blockältester, Scheisserei!

Le chef de block contemple l'épave tremblante. Une loque, pense-t-il, ce qu'il y a de plus dégueulasse sur la terre.

Le gummi part soudain comme une bombe et frappe l'épaule à la base du cou. Le prisonnier hurle et tombe à quatre pattes. Il est perdu. L'Allemand se rue sur lui et son gummi martèle le corps. Il frappe en ahanant sur ce qui n'est bientôt plus qu'un paquet sanglant et désarticulé. C'est fini. Le chef est à bout de souffle, ses mains tremblent. Il reprend sa respiration à grands coups puis, du bout du pied, retourne le corps qui ne bouge plus. Il appelle les Stubendienst qui se trouvent derrière la porte, silencieux et attentifs.

– Foutez-moi cette charogne dehors. Et si je revois un chiasseux dans le Waschraum, il aura affaire à moi. Ici ce n'est pas une porcherie.

Dans le block, tout est silencieux. Les hommes ont entendu l'exécution mais personne ne bouge. On suivrait une mouche au vol.

– Pour être kapo des chiottes, il ne faut vraiment pas avoir beaucoup d'ambition. S'il a raconté ça à sa femme, elle ne doit pas s'en vanter dans le quartier.

Tout le monde rigole, du moins les Français, car les autres, cela leur passe évidemment au-dessus de la tête. Charles s'est précipité vers la seule cuvette libre et a défait son pantalon en vitesse. La courante, cela n'attend pas, et il est prudent d'abréger le cérémonial.

– Ici, on se croirait encore à l'école. Quand je pense qu'il faut demander un jeton au kapo pour aller aux chiottes, je me demande des fois où on a bien pu tomber. Ces jetons, si je pouvais en garder un, après la guerre, j'irais le jouer au casino de Deauville, juste pour voir la gueule des croupiers.

Dans l'étroit boyau bien éclairé, de magnifiques cuvettes sont alignées le long de chaque paroi, dix de chaque côté. Les latrines du Tunnel, c'est à la fois le dernier salon où l'on cause et l'endroit où les chiasseux sentent leur vie foutre le camp. Ceux qui ne sont pas encore trop mal en point sont admis mais les autres, ceux qui sont au bout du rouleau, sont rejetés dehors à grands coups de bâton par le kapo, un colosse qui surveille jalousement son édicule. Il a l'œil et les resquilleurs n'ont guère de chance de faire des stations prolongées. A intervalles réguliers il fait irruption dans le local et, à coups de matraque, chasse les détenus qui détalent, leur pantalon tenu à deux mains. Dehors la clientèle attend avec angoisse. Pourvu que je puisse entrer avant qu'il ne soit trop tard. Les postulants geignent et essaient d'attendrir le gardien : « Kapo, Scheisserei ». Mais le kapo regarde avec dégoût toutes ces loques qui se trémoussent en serrant les fesses. Il se sent tout-puissant et tellement au-dessus de ces sacs à merde. Douze heures à écouter les gémissements et les supplications de chiasseux, cela le rend hargneux et vif de la matraque.

A l'intérieur, bien installés, les détenus essaient de rester le plus longtemps possible. C'est le moment de détente pour ceux qui n'ont pas les intestins en miettes, mais pour les autres ce n'est qu'un court répit. Le mal au ventre leur donne des rictus. Et quand le kapo les chassera, ce qui ne saurait tarder, ils auront toujours d'abominables coliques et nulle endroit où aller.

Charles récupère un peu du papier parcimonieusement distribué et se roule une cigarette. Il est interdit de fumer, mais qu'est-ce qui n'est pas interdit à Dora, et de toute façon, dans l'atmosphère des latrines, l'odeur du tabac ne se remarquera peut-être pas. Il s'est confectionné un briquet à amadou très ingénieux. Il allume sa cigarette de Makhorka, avale une longue bouffée et la garde le plus longtemps possible dans les poumons. La force du tabac le fait chanceler, ses yeux chavirent. Heureusement que je suis assis, pense-t-il, sans cela je tomberais raide. Il rejette la fumée en direction de la cuvette, afin d'éviter un nuage révélateur. La cigarette est déjà consumée aux deux tiers. Il reprend le mégot et tire rapidement deux ou trois fois, d'une seule traite. La fumée est brûlante et envahit ses poumons. Quelle merveille! Il ramasse soigneusement le petit bout qui reste. Même s'il n'y a plus de tabac, le papier en est imprégné et en conserve le goût. Il pourra toujours le mâcher.

A la porte, la clientèle s'agite et commence à protester. Ce n'est pas normal de laisser des types aussi longtemps à l'intérieur. Qu'est-ce qu'ils foutent? Le kapo, s'il faisait bien son boulot, aurait dû les virer depuis longtemps. Il n'y a pas qu'eux, nous aussi on a la chiasse. Si ça continue, on va faire dans notre froc, ce n'est pas tenable. Des dysentériques profonds se tiennent le ventre pour essayer d'atténuer les spasmes. Ils sont verdâtres et sentent qu'ils ne vont pas pouvoir tenir plus longtemps.

Le kapo les regarde de toute sa hauteur. Il foncerait bien sur cet infect magma et cognerait sur les dos et les têtes. Mais il songe aux resquilleurs qui sont à l'intérieur depuis trop longtemps. Ceux-là se foutent de sa gueule et il n'aime pas cela. Il s'encadre dans la porte et, de sa matraque, fait signe que la séance est terminée et que tout le monde doit sortir. Quelques timides protestations s'élèvent. Les malades ont peur de partir et de chier dans leur pantalon. Alors le kapo se rue dans la pièce et frappe à droite et à gauche. Immédiatement les détenus, le dos rond, se protégeant la nuque, récupèrent leur jeton et se précipitent vers la sortie.

Le Tunnel, cette nuit, est étrangement calme, on n'entend d'autre bruit que celui des machines. Les machines seulement. Les SS, qui font des rondes régulières en ranimant sur leur passage l'ardeur des détenus, ont disparu, on n'en a pas vu un seul de la nuit. Les kapos, qui d'habitude, sur le pas des halls, discutent avec leurs homologues comme les chefs de rayon des grands magasins le font à la limite de leurs comptoirs, restent enfermés dans leurs cabines. Les Meister chuchotent par petits groupes qui s'agglutinent, se séparent et se reconstituent différemment. Pas de cris, de galopades, de hurlements. Une atmosphère feutrée s'est emparée de tout le Tunnel. Bien sûr, on entend le sourd halètement des soudeuses électriques et, dans son coin, derrière les tôles de sa cabine, le soudeur à l'arc projette sur la voûte d'éclatantes lumières. Plus loin, dans la galerie d'entrée, les kommandos de transport font retentir le claquement de leurs galoches et, de l'autre côté, dans la galerie de sortie, les fusées avancent lentement sur leurs berceaux. Mais tout dégage une impression différente de celle des autres jours, des autres nuits. C'est le 24 décembre 1944, la nuit de Noël.

– Pausa!

Le cri et les coups de sifflet retentissent. C'est l'heure bénie de la pause, celle où pendant trente minutes on va s'allonger et sombrer dans l'inconscience. Il est trois heures du matin.

Chaque nuit, dès que l'annonce est faite, Jean met un tabouret devant l'établi, là où il y a une lampe articulée, et s'endort, la tête entre les mains. Ce soir, il n'en fait rien et reste les yeux dans le vague. Henri s'approche de lui. Il sent que quelque chose ne tourne pas rond.

– Ça ne va pas, Jean?

Henri s'assoit sur l'établi et regarde son copain.

– Mais si, tout va très bien. Et puis, qu'est-ce que ça peut te foutre? Tout est parfait, je tiens la grande forme.

– Ne me raconte pas de conneries. Toi aussi te voilà parti à rêver de Noël. Mais qu'est-ce que vous avez tous avec Noël? Qu'est-ce qu'il y a de changé avec hier ou avant-hier? Rien du tout. Noël, c'est un jour comme les autres. Mais toi aussi tu t'es fait piéger avec ce grand con de sapin. Tu pensais peut-être que les SS allaient t'accorder une permission de sortie pour aller passer les fêtes en famille? Tu es vraiment un gosse pour avoir des états d'âme chaque fois qu'il y a une fête carillonnée. Quand j'ai vu que les SS avaient planté leur maudit arbre, j'ai tout de suite compris que les gars allaient faire des gueules épouvantables.

Jean se met à tousser. Il a froid et relève le col de sa vareuse. La peau qui sculpte chaque os de son visage est grise et marbrée de plaques de barbe.

– Écoute, Henri, si tu es venu me voir pour m'engueuler, tu peux retourner dans ton coin. Moi, je suis comme toi, Noël je n'en ai rien à foutre, et si j'apprenais qu'il y avait une messe de minuit au Tunnel, je ne me dérangerais pas. Noël, tu comprends, ce n'est pas moi que ça intéresse, mais c'est ma famille qui doit y penser. C'est la deuxième fois qu'ils sont à se ronger les sangs en se demandant ce que j'ai bien pu devenir.

Nous y voilà, pense Henri. Encore un couillon qui délire. Il est dans une panade comme ce n'est pas possible et, au lieu de penser à lui et à son avenir plutôt compromis, le voilà qui se tracasse au sujet de sa famille qui doit être bien au chaud, inquiète mais bien au chaud.

– L'année dernière, reprend Jean, j'étais en taule pour Noël. Il y avait là-bas, sans doute dans la chapelle, un type qui jouait de l'orgue. La prison était en forme d'étoile avec des bâtiments qui partaient tous du centre et certains étaient encore occupés par l'administration française. C'est sans doute de par là que venait le concert. J'étais tout seul dans ma cellule et ça m'énervait d'entendre cette musique. Quand on est dans les ennuis et que tu sais que personne ne viendra te tirer d'affaire, les orgues ça fait plutôt ridicule. Si j'avais pu, j'aurais bien dit au mélomane d'arrêter ses singeries qui font plus de mal que de bien. Ce n'est pas le moment d'attendrir les gars quand ils ont besoin de toute leur énergie pour tenir le choc.

Continue, pense Henri, ça te fait du bien de vider ton sac, autrement tu vas ruminer dans ton coin et tu vas finir par lâcher la rampe et te laisser glisser.

– Le Noël en prison ne m'avait pas entamé le moral, poursuit Jean. J'étais solide comme un roc et je me disais que, si on ne me fusillait pas, je tiendrais quoi qu'il arrive. Seulement voilà, quand mes parents m'ont envoyé leur première carte, c'était fin février de cette année, ils ont cru bien faire en parlant de Noël qui avait été bien triste sans moi. Alors, tu comprends, je les ai imaginés serrés l'un contre l'autre et pleurant. Parce qu'ils ne sont pas idiots, mes parents, ils ont bien compris qu'avec la Gestapo et les SS, ce ne doit pas être une partie de plaisir, et depuis qu'ils sont libérés ils doivent avoir une petite idée de ce que ça peut être, un camp de concentration. Et voilà que ça recommence, on est repartis pour une nouvelle tournée. Et de penser à eux, c'est cela qui me ronge.

– Mais, dis donc, Jean, tout le monde est comme toi, ici. Tu vois le camp entier en train de pleurer comme une madeleine? Tes parents, d'accord, ils doivent se faire un sang d'encre. Mais, même s'ils ont des doutes, ils ne peuvent pas imaginer ce que c'est que Dora. Alors, oublie tout cela, et tes parents, tu les reverras, Noël ou pas Noël.

Quelle connerie que ces fêtes!

7

L'avant-dernière heure

En remontant du Tunnel, sur la route qui mène au camp, les kommandos virent des tas de débris qui jonchaient le sol, surtout des bérets et des galoches. La route était recouverte d'une épaisse couche de neige verglacée. Il faisait un froid terrible. Les kapos, à coups de pied, rejetaient au loin les épaves afin d'éviter des bagarres. Les détenus avaient tout de suite compris. Un transport d'évacués était arrivé dans la nuit.

Passé la porte du camp, ils virent effectivement le transport. Il y avait sur la place un petit arrivage, deux ou trois cents hommes tout au plus, qui titubaient. On devinait que la plupart ne passeraient pas la journée. Ils étaient manifestement à l'extrême limite de l'épuisement et un certain nombre gisaient déjà, morts, au bout des rangées. Certains n'avaient même plus la force de remonter leur pantalon, tombé sur les chevilles. Une sorte de long gémissement s'exhalait du groupe. Ils avaient dû voyager pendant des jours sur des wagons découverts. Quelques kapos d'accompagnement rôdaient autour des groupes, mais ils avaient baissé les bras. Aucun ordre n'atteindrait la cervelle gelée de ces fantômes qui ne s'étaient mis en rang que par réflexe conditionné. Les fonctionnaires, désorientés, tournaient autour d'eux sans savoir que décider. A la Porte, quelques SS contemplaient le spectacle en discutant et en riant.

– Eh, les gars, regardez à droite!

Les regards se portèrent sur les flancs de la colline, entre le Krematorium et la façade du camp. Là, à mi-chemin de la cuisine et de l'enceinte électrifiée, un mur avait poussé pendant la nuit. Un mur d'environ cent mètres de long et un mètre cinquante de hauteur. Les gars qui l'avaient construit avaient dû travailler toute la nuit, mais le résultat était très réussi. C'était un mur de cadavres.

– Nom de Dieu, mais il y en a des milliers!

Ils étaient là, empilés tête-bêche, couche après couche. Vu de loin, le mur ne présentait ni protubérances ni trous, tout semblait aligné au cordeau. Le transport dans son ensemble, si l'on exceptait les quelques survivants provisoires, avait donc péri. Ces détenus d'Auschwitz étaient partis vivants de leur camp et étaient arrivés morts à Dora. Car on n'avait pas embarqué des macchabées, mais des hommes vivants, capables encore de marcher. Il y avait eu un coup de filet, les SS en avaient raflé un certain nombre. Ils avaient soigneusement noté les matricules et avaient formé des groupes de cinquante ou de cent. Sans doute leur avait-on donné les rations de pain, de margarine et de saucisson pour la journée. L'administration nazie est très stricte là-dessus, un détenu doit recevoir ses rations de la journée, à moins qu'il n'y ait une punition collective. Et puis on avait enfourné dans des wagons découverts tous les détenus. Et fouette cocher, direction Dora. Seulement, rester plusieurs jours, peut-être une semaine ou même deux, en plein air et par moins 15 degrés, sous la neige et le vent, sans manger ni boire ni bouger, c'est la mort certaine. Eux qui avaient regardé la cheminée du crématoire d'Auschwitz, persuadés qu'ils l'emprunteraient pour quitter la terre, eh bien, ils s'étaient trompés. Leur cheminée se trouvait à Dora, province de la Saxe.

Ce mur, placé où il était, constituait un défi pour le Krematorium. Jamais celui-ci ne pourrait absorber une telle quantité de cadavres. Il y en avait trop. Cela demanderait des jours et des jours, rien que pour eux, alors que les morts de Dora exigeaient déjà un travail à plein temps. Et tous les éclopés de la place viendraient grossir le tas, surélever le mur.

Le transbordement de la gare au camp avait dû être du ressort des gars du Strafkommando, celui des punis, celui de toutes les sales besognes, mais il avait fallu des chariots, des engins quelconques pour transporter cet énorme tas. Comme les véhicules n'étaient pas très nombreux, juste quelques charrettes mode Europe centrale, avec deux grandes roues à l'arrière et deux petites, orientables, à l'avant, les croque-morts avaient dû charger les engins au maximum, perdant des macchabées en route qu'ils relançaient au haut du tas. Et ils avaient tiré, poussé les véhicules jusqu'à la pente.

A l'entrée du camp, les SS du poste de garde avaient certainement laissé passer les convois sans compter le chargement. Des Stücke morts, des morceaux morts, il y en avait vraiment trop et le kapo du Krematorium ferait la comptabilité à leur place s'il arrivait un jour au bout du travail. Le chef du convoi avait sans doute un état de son chargement, mais à quoi pourrait-il servir désormais?

Le froid s'accentuait et, sur la place, la situation se détériorait. Le vent glacial frappait le petit groupe de rescapés dans lequel des vides de plus en plus nombreux apparaissaient. Sans un mot, sans un cri, des silhouettes tombaient, s'agitaient faiblement et se recroquevillaient, prenant la position du fœtus, celle que l'on a pour naître et mourir. Les kapos tiraient les cadavres et les alignaient à côté des autres.

Venu de la Porte, un SS s'approcha et s'adressa aux convoyeurs qui se mirent au garde-à-vous, tête nue. Il fit reformer les rangs, compta les survivants, signa un registre et donna des ordres à un fonctionnaire. Celui-ci devait conduire le troupeau à la désinfection. Les moribonds partirent, les jambes raides. Les articulations ne fonctionnaient plus. Ils avaient le regard fixe et vide, la tête penchée en arrière, comme ankylosée. Lentement, se soutenant mutuellement, ils formèrent une colonne tragique qui traversa la place et arriva au bas de la pente qui menait au bâtiment sanitaire. Certains s'appliquèrent, firent des efforts. Mais la plupart d'entre eux se laissèrent conduire, gravissant la légère pente à petits pas raides. Ils gémissaient sans arrêt, appuyés les uns sur les autres. Ils arrivèrent devant les portes et les Stubendienst blasés les poussèrent à l'intérieur.

Ils vont plonger dans la cuve, poussés par des gaillards impatients. Puis ils vont aller sous la douche. Mais l'eau chaude les tuera.

L'arrivée de l'horrible transport d'Auschwitz ranime les sourdes inquiétudes qui rampent chez les détenus de Dora. Une chose est certaine, à plus ou moins brève échéance, dans les semaines ou les mois qui viennent, tous les camps de concentration seront menacés des plus grands périls.

Le péril immédiat, c'est le danger de famine. L'Allemagne se retrouve maintenant à peu près dans ses frontières de 1939. Elle ne peut plus piller sa nourriture chez les voisins. Or, en plus de sa population propre, elle détient sur son territoire des millions de bouches étrangères à nourrir : les prisonniers de guerre, les travailleurs civils, et, bien entendu, les concentrationnaires. De plus, l'armée, comme toutes les armées du monde, gaspille ses rations alimentaires. Et voici que l'arrivée des Russes aux portes de l'Allemagne va sûrement entraîner la débâcle des populations civiles, comme la France l'a connue en 1940. La débâcle à l'Est, cela signifie la désorganisation de tout le territoire, de tout le pays, et bientôt le rationnement.

Au temps de la profusion, lorsque l'Allemagne régnait sur l'Europe et regorgeait de nourritures et de biens, les concentrationnaires recevaient des rations alimentaires qui, non seulement n'assuraient pas leur survie, mais portaient en elles-mêmes la certitude de leur mort. Que soit supprimée une tranche de pain ou une rondelle de saucisson, et le nombre des morts augmente de façon vertigineuse. C'est ce qui commence à se produire à Dora, où la réduction de la ration de pain mène à l'au-delà des détenus déjà réduits à l'état de squelettes.

Le deuxième péril qui ravive leurs angoisses, c'est la certitude que les SS ne les lâcheront pas, ne disparaîtront pas un beau matin en laissant le camp à son destin. Pendant longtemps, dans la mesure où ils envisageaient une échéance aussi lointaine, ils ont cru que les SS les enfermeraient dans le Tunnel et feraient tout sauter. Cette issue est maintenant bien improbable.

Dora, qui était jusqu'à ces derniers temps tenu en main par tout un système hiérarchique solide, est aujourd'hui surpeuplé, rempli d'une population mouvante et incontrôlée. Des centaines de détenus sont entassés sans encadrement, à peine immatriculés. Certes, ils n'offrent aucune valeur sur le marché du travail et sont inutilisables, mais leur présence constitue un foyer anarchique qui nuit à la discipline du camp. Les kommandos du Tunnel sont toujours aussi solidement structurés, mais, en surface, la pagaille s'installe. Tant que la population entière de Dora était active, les SS auraient toujours pu trouver un prétexte pour faire descendre tout le monde au Tunnel et organiser la liquidation totale. Mais amener les débris humains des derniers arrivages dans le souterrain serait une preuve flagrante de leurs intentions, et l'affaire risquerait de se compliquer. Les maîtres des camps n'ont jamais fait mystère du but à atteindre et des moyens employés pour y parvenir, mais ils ont toujours laissé planer le doute quant au jour, à l'heure et au procédé retenu.

C'est donc presque certain, concluent les détenus, ce sera l'évacuation. S'ils en jugent d'après les exemples qu'ils ont sous les yeux, cette évacuation tournera au massacre généralisé. De jour en jour, les hommes s'affaiblissent à cause de la sous-alimentation et des conditions climatiques; bientôt ils n'auront plus la force de se traîner sur les routes ou de résister au froid et à la faim sur les plates-formes des wagons.

Le seul espoir des bagnards de Dora, c'est l'inertie de l'administration. Le Tunnel fabrique des armes, donc doit fonctionner contre vents et marées, jusqu'au dernier jour. Que ces armes ne soient plus utilisables – et les V2 ne doivent plus servir à grand-chose –, là n'est pas la question, une usine d'armement ne s'arrête pas en temps de guerre. Si personne n'ose prendre la responsabilité d'arrêter les machines, on a une toute petite chance de rester là, jusqu'à la fin. A moins que Hitler, dans un dernier accès de mégalomanie suicidaire, ne décide de détruire tout ce qui a fait la puissance de l'Allemagne. Dans ce cas, pas un détenu ne survivra.

Christian prend son pain et le coupe en deux portions égales. Cela fait deux petits morceaux, chacun à peine gros comme un poing d'adolescent. Il met un des morceaux dans sa chemise et divise l'autre par le milieu, celui qui a le talon, épaisse croûte qui tient mieux à l'estomac. Il étale la margarine et commence à mâcher la pâte grise et légèrement luisante. Ses gencives sont abîmées et lui font mal.

– Tu ne vas pas encore aller vendre ton pain pour du tabac!

Raymond est outré. On n'a déjà presque rien à bouffer et avec les beaux poumons qu'on se fait au Tunnel, le tabac n'est pas spécialement bon pour la santé.

Christian, qui s'apprêtait à avaler une nouvelle bouchée, reste les bras en l'air. On dirait qu'il a pris un coup de poing dans l'estomac. Un peu de rouge lui monte aux pommettes. Il éclate.

– Pas bon pour la santé? Tu te fous de ma gueule ou quoi? Qu'est-ce qui est bon pour la santé ici? Si tu tiens tant à ta santé, je me demande ce que tu es venu foutre à Dora. Il fallait rester chez toi à siroter ta camomille. Et ce pain, tu crois aussi qu'il est bon pour la santé? Il nous fout la chiasse comme la soupe de ruta et la margarine garantie sans matière grasse. Alors, si tu le permets, moi je vais aller m'acheter du tabac. Le tabac, ça désinfecte les bronches et ça donne des couleurs.

Avec leurs deux crânes tondus, leurs figures ravagées et leurs yeux creux, on dirait deux petits vieux de l'hospice qui se prennent de bec pour une vétille. A quoi bon discuter avec Christian, pense Raymond. C'est un maniaque qui préfère se priver de l'essentiel pour assouvir son vice. Il laisse tomber.

Christian finit son pain, se lève et quitte le block. Dehors, il fait un froid terrible et il sent immédiatement une main glacée s'emparer de son ventre. Les oreilles, légèrement échauffées par la discussion, le brûlent. La neige verglacée n'est pas très sûre et il doit faire attention à sa marche. Dans l'état de délabrement physique où il est, une chute, c'est la fracture garantie.

Arrivé au marché aux puces, il s'aperçoit que les lieux sont presque déserts. Pas étonnant, par ce froid les petits commerçants préfèrent exercer leur négoce au chaud dans les blocks. Bon Dieu, pense-t-il, j'en aurai connu des buralistes à Dora! Je ne sais pas ce qu'ils ont, ils crèvent tous comme des mouches. Ces vieux Russes de quarante ans, ça ne tient pas le coup.

En voilà justement un qui sort de l'ombre où il s'était abrité. Avec sa longue capote et sa silhouette filiforme, on lui donne entre trente et soixante-dix ans. A partir de trente ans, les Russes de grande taille, on les appelle Stare, le vieux. Christian s'approche avec circonspection.

– Eh! Stare, Makhorka?

Stare émet une plainte geignarde et sort de sa capote une paire de chaussures de cuir. Il les présente avec un air égrillard de vieille pute édentée.

– Franzouski, Schuhe, gut, gut.

– Je n'en ai rien à foutre de tes godasses, pauvre merde. Tout ce que je veux, c'est du tabac. Makhorka, Ponimaïch, Makhorka?

Christian a un instant de folie. Cette grande carcasse complètement désossée est au bout du rouleau. D'ici quarante-huit heures au plus, ce cadavre ambulant aura rejoint le mur des macchabées d'Auschwitz. En le secouant un petit peu je pourrais lui piquer les godasses et le tabac. De toute façon, tout ce qu'il a sur lui il l'a volé sur des morts ou sur des gars qui n'avaient plus la force de se défendre. Mais il y a des ombres inquiétantes qui rôdent dans le secteur, et cela risquerait de dégénérer en massacre. Et Christian se sent si faible qu'il n'aurait aucune chance de quitter le coin vivant. Il sourit donc au Russe et poursuit la tractation.

– Ich habe Kleb. Du hast Makhorka?

Avec des airs de conspirateur, Stare sort de sous sa houppelande un sac fermé par un lacet, comme dans les westerns d'avant-guerre. Il ouvre le sac, prend une pincée de tabac, de quoi faire deux petites cigarettes.

– Ein Portion Brot.

Christian avale sa salive. Ce n'est pas possible, on en est arrivé là? Deux cigarettes pour une ration de pain? Alors tout le monde va crever à Dora, il ne nous reste plus rien?

– Va te faire enculer par les chiens, vieux con, vieille saloperie de Russki de merde.

Scandalisé par cette inflation galopante, Christian rompt les négociations et se retire tout en surveillant ses arrières. Les affreux qui rôdent dans le coin savent qu'il a du pain sur lui et peuvent l'attaquer pour le voler. A Dora, on tue pour un morceau de pain, pour une capote, pour des protège-oreilles. On tue pour n'importe quoi. On ne peut plus survivre maintenant que par la mort des autres, il n'y a plus assez de choses pour que tout le monde vive. Alors on dépouille les plus faibles pour survivre soi-même quelques jours encore, les quelques jours qui feront de vous à votre tour l'un de ces plus faibles. Et les moins faibles vous attaqueront.

Christian a repéré un buisson. Les feuilles en sont sèches et devraient donner une bonne fumée. Après tout, tabac ou pas tabac, c'est la fumée qui l'intéresse. Elle permet d'oublier la faim, cette faim qu'il connaît depuis tant de mois et qui ne s'apaise que par l'arrivée de la fumée dans les poumons. Comment s'appelle ce buisson, du machin chouette vulgaris? Très bien, je vais bouffer mon pain puisque je ne l'ai pas vendu et ensuite je me ferai une cigarette de machin chouette vulgaris.

Christian ramasse les feuilles. Elles sont gelées, mais sèches, craquantes, juste à point. Il enlève le pain de sa chemise et la bourre de feuilles. Saoulé à l'avance par toute cette manne, il hurle en lui-même : Allez vous faire foutre, bande de minables, je suis sûr que MOI je tiendrai jusqu'au bout. Je ne lâcherai jamais. JAMAIS!

– C'est la boule à combien?

Les kommandos arrivent pour la relève du matin et l'équipe de nuit s'inquiète des rations. Les hommes sont exténués et les visages défaits. La tuberculose et les œdèmes prolifèrent. Les plus impressionnants sont les œdèmes de l'œil, qui donnent aux malades un regard globuleux de lémurien. Les ventres crient famine.

Dans la galerie d'accès, les galoches claquent d'une façon inaccoutumée. Les visages sont joyeux.

– C'est deux boules pour trois!

Deux boules pour trois, ils se foutent de notre gueule ou quoi? Deux boules pour trois, c'est le double de la plus forte ration jamais servie à Dora. Ce n'est pas possible, on a dû les droguer pour qu'ils racontent des insanités pareilles. Hier le bruit courait qu'il n'y avait plus de pain, et voilà que ces illuminés arrivent avec des têtes hilares en nous annonçant la distribution du siècle.

Les hommes de la relève descendent dans les halls. Ils sont surexcités. Du pain, il en sort de partout, des poches, des chemises, des musettes. Des monceaux de pain. Ils n'ont pas pu tout avaler, leur estomac rétréci a refusé d'accueillir cet énorme volume. Alors, à l'heure de la pause, ça va être un casse-croûte comme ils n'en ont pas connu depuis des siècles.

– Tu te rends compte, quand on a vu tout ça arriver, on était comme fous. Les Stubendienst ont dû faire deux voyages pour amener le tout et ils râlaient comme des poux. Ils ont dit aux gars de se mettre par trois et à chaque groupe, crac! deux boules de pain. Nous, on a failli en tomber sur le cul, on s'est dit c'est pas vrai, il y a une erreur quelque part, une erreur administrative, et tout à l'heure ils vont nous tomber dessus à bras raccourcis pour récupérer tout cela. En tout cas, on s'est dépêché de faire les parts. A chaque pain on a coupé un tiers et on a distribué. Tu me croiras si tu veux, mais les gars qui avaient deux quignons faisaient la gueule. Pour eux, ça ne faisait pas pareil. En râlant ils reluquaient du côté des gros morceaux, ceux d'une seule pièce. Il faut reconnaître que quand tu as une ration d'un seul tenant, ça a une allure folle. Tu as l'impression de pouvoir faire un an avec.

Seigneur Jésus! Une double ration de pain. L'équipe de nuit en a les larmes aux yeux. Des larmes incontrôlées. Une réaction de Pavlov. Deux boules pour trois, c'est plus qu'ils n'en ont jamais rêvé. C'est le pactole, c'est Byzance. Deux boules pour trois, c'est s'en foutre plein la gueule jusqu'à plus pouvoir, et se faire encore une réserve pour la petite faim. Deux boules pour trois c'est Maxim's, c'est la Tour d'Argent, c'est la tournée des Grands Ducs. On vendrait son âme pour moins que cela. Dora, c'est quand même chouette.

Comment une telle chose a-t-elle pu se produire? C'est curieux, mais personne ne s'en inquiète. On s'en fout, on va bouffer! Tout de même, cette distribution inaccoutumée de pain signifie clairement que le système de l'intendance des SS commence à se détraquer. S'ils ont décidé cette folle répartition, unique dans les annales des camps, tout au moins de Dora, c'est qu'ils ont reçu une livraison impossible à stocker. Mais qu'en sera-t-il demain? Y aura-t-il seulement une nouvelle livraison? L'usine qui fabrique le pain (qui ressemble beaucoup plus à du concentré de bave d'escargot) n'a-t-elle pas vidé ses réserves avant de mettre la clé sous la porte? Parce que, au-delà des barbelés, tout commence peut-être à se déglinguer. Le commencement de la fin? Les SS ont dû envoyer leur bon de commande habituel et on leur a refilé tout ce qui traînait sur les rayons...

En tout cas, si les kommandos de jour sont descendus, cela veut dire qu'on ne leur a pas donné de rations de route. Donc, pour le moment, on ne bouge pas, on continue à fabriquer des V2 qui ne pourront jamais dépasser le toit d'un pavillon de banlieue et exploseront régulièrement à leur mise à feu. Notre « sabotage » est au point, et c'est très bien ainsi. Pour l'heure, il y a la ration exceptionnelle qui nous attend au block.

Depuis la mi-mars, la situation s'est vraiment détériorée à Dora. Il y a d'abord eu l'extraordinaire distribution de pain, deux boules pour trois, puis le lendemain, plus de pain du tout. Ensuite, la ration a fluctué du zéro absolu à une boule par personne. On ne sait plus où l'on va, le monde concentrationnaire devient fou.

Il paraît qu'à l'Ouest les Alliés ont lancé leur grande offensive, mais l'idée de la progression des troupes n'arrive pas vraiment à pénétrer dans les méandres des cerveaux. On sait qu'une course de vitesse est engagée dont dépendra la survie des derniers habitants de Dora. C'est cela le réel. Tout le reste, mouvements de troupes, attaques aériennes, est un peu abstrait, seule compte la lutte contre la mort. On ne pense donc qu'au présent, à l'immédiat, au tangible.

Le tangible, c'est d'abord la nourriture. Les livraisons incohérentes de pain contribuent à délabrer l'estomac et l'intestin. Un jour, on se précipite comme des fauves sur l'énorme ration qui détériore la tuyauterie. Le lendemain, l'organisme à court de nourriture depuis des mois réclame sa pitance, et la faim torture. Quant à la soupe, c'est un infâme brouet de rutabagas mélangés à des raclures de grenier. La margarine et le saucisson commencent à faire défaut et l'un des deux est souvent supprimé. Le tabac, cet opium du peuple et des camps, n'est plus qu'un souvenir et l'on se dispute les feuilles des derniers buissons. Malgré tout, les hommes, habitués au quasi-néant alimentaire, continuent à vivre leur vie de bagnards. Ils vont à l'appel, font des corvées, travaillent douze heures de jour ou de nuit, parcourent des kilomètres dans la journée. Quand les hommes sont arrivés au bout d'eux-mêmes et ne peuvent plus tenir, ils grimpent le soir le chemin du Revier, ce chemin de croix des bagnards. Et, pour eux, c'est la fin.

Si l'effectif du Tunnel reste au complet, les kommandos de surface commencent à se vider singulièrement. De petits transports anodins mais significatifs font disparaître peu à peu le personnel de surface. On les rassemble un matin sur la place et ils prennent le chemin du block de désinfection. Puis on leur donne leur ration du jour et, colonne par cinq, ils franchissent la porte du camp. Pour le moment, d'après les renseignements que l'on peut obtenir, ils vont renforcer les effectifs d'Ellrich et de Harzungen. Les kommandos du Tunnel, eux, poursuivent leur descente journalière vers le souterrain. Ils se sentent un peu les seigneurs, les intouchables, car ils ont l'impression que la production continuera jusqu'à l'arrivée du premier soldat allié. Mais est-ce bien certain et ne va-t-on pas leur faire le coup tant redouté de la mine qui saute avec tous ses occupants? Ou bien celui des bêtes que l'on enfume dans leur tanière? Pour le moment, les civils allemands sont fidèles au poste et l'usine poursuit son régime de croisière. Mais si cela arrivait, que faire? Bien sûr, se battre avec griffes et ongles et hurler son refus d'accepter passivement un tel sort. Certes, le résultat serait le même, mais là n'est pas la question. La question, c'est qu'on n'acceptera jamais d'aller bêtement à l'abattoir. Le sursaut sera symbolique, mais il aura lieu.

Pour l'instant, on refuse de laisser faire la fatalité, le *fatum.* On veut savoir où et quand aura lieu le dernier acte, et l'on cherche tous les indices possibles. Les civils allemands, quoique muets comme des carpes, commencent à afficher de drôles de têtes. Les choses ne doivent donc pas s'arranger comme ils le voudraient, ce qui rappelle aux Français certaines journées de 1940. Têtes inquiètes, tourmentées, de gens qui ont écouté les informations et ont mal dormi ensuite. Ils ont l'air de flairer la catastrophe sans vouloir l'admettre encore. Ils vaquent à leurs occupations comme des robots bien entraînés, mais on sent que le cœur n'y est pas ou plus. Leur monde s'effrite et ne va pas tarder à s'écrouler. Les glorieux rescapés des champs de bataille de l'Est voient la gueule redoutable de la guerre qui vient les rechercher jusqu'au cœur de l'Allemagne. Mais, cette fois, ils ne sont pas armés, ils n'ont plus rien pour se défendre, et leurs femmes et leurs gosses seront déchirés par les obus.

Depuis l'arrestation des Français qui avaient, semble-t-il, formé un groupe de résistance dans le camp, les nouvelles des radios alliées n'arrivent plus aux détenus. Personne ne sait très bien ce qui se passe. Il semblerait que les Anglo-Américains aient franchi le Rhin, traversé la ligne Siegfried et commencé à envahir tout l'Ouest de l'Allemagne. Combien de temps leur faudra-t-il, si tout va bien, pour arriver jusqu'ici? Il n'est pas question, bien entendu, de punaiser des petits drapeaux sur les cartes, et les discussions, d'ailleurs, seraient vaines. Ce sont les armées qui décident de la vie ou de la mort. Elles seules, par leur dynamisme et leur esprit de sacrifice, sont en mesure de libérer le camp ou simplement de constater qu'il n'y a plus que des cadavres. Les dés ne sont pas jetés, la partie continue avec ses hauts et ses bas. Un coup heureux, et l'on se retrouve vivant du côté des vainqueurs, une mauvaise passe, et ce n'est plus à l'horizon qu'un immonde charnier.

Dimanche 1er avril. C'est Pâques. Pour la première fois de sa courte histoire, le Tunnel ne fonctionne pas. Il a fermé ses portes pour la journée. L'équipe de nuit est remontée mais n'a pas été relayée par celle de jour. Les kommandos qui auraient dû normalement descendre au travail sont restés au camp. Cela pose un petit problème technique, car il faut que l'équipe de jour laisse la place aux nuiteux. Ceux-ci ont en effet droit au Waschraum, au réfectoire et aux dortoirs. Alors, les hommes sont lâchés sur le pavé, sans but ni occupation, sans aucun endroit où se refugier, ce qui, à Dora, est plein de risques.

On a évidemment annoncé que le chef de camp et les entreprises du Tunnel, dans leur grande mansuétude, avaient accordé aux prisonniers un jour de repos pour fêter la résurrection du Christ. Comme on n'a rien à faire et que les abords des blocks sont assez dangereux, on va rendre visite aux copains en terrain neutre, c'est-à-dire dans la rue. On en profite pour ramasser les dernières feuilles des buissons. Que se passe-t-il vraiment? Cela ne ressemble ni aux SS ni aux entreprises d'arrêter la production des V2. La situation doit donc être très grave. Est-ce la fin de Dora? Mais Dora paraît tellement immuable et intangible qu'il semble impossible d'arrêter d'un seul coup son existence. On n'entend pas le canon, la campagne est paisible, et rien *a priori* n'est de nature à fermer l'une des usines essentielles du Reich.

Les détenus forment des groupes, discutent, se séparent, pour s'attrouper plus loin. La faim, la maladie, les immenses misères, tout est oublié. On essaie de savoir ce qu'il adviendra de chacun. Il paraît que le Tunnel redémarre demain matin, que tout va rentrer dans l'ordre. Voire! D'abord, comment va-t-on faire pour que tout le monde couche dans les blocks, alors qu'il y a déjà normalement deux détenus par lit? On ne peut tout de même pas en mettre quatre, même par terre, il n'y aurait pas assez de place. Alors, c'est sûr, l'ancienne équipe de jour va redescendre ce soir. Et si elle redescend, c'est que tout continue, qu'il n'y a pas péril en la demeure et que les Alliés sont encore loin. Ou, plus grave, les SS ont des projets concernant l'ensemble des détenus. Mais il ne faut pas oublier que les SS ne sont pas les seuls à décider, les entreprises du Tunnel ont également leur mot à dire. Il se peut donc qu'il y ait conflit entre les autorités civiles et militaires et que se joue une partie dans laquelle l'un des groupes l'emportera. Il est clair que si les civils ont reçu l'ordre de fermer le Tunnel, ils se désintéresseront du sort des prisonniers, et les SS n'auront plus à se gêner. Mais si la production est maintenue quoi qu'il arrive, jusqu'au dernier moment, lesdits civils auront l'avantage et s'opposeront à une liquidation qui les priverait de leurs ouvriers.

Pour le moment, les détenus déambulent et profitent de ce jour de repos, unique dans les annales de la concentration. La soupe leur est servie à midi et elle est plutôt de bonne qualité, avec des pommes de terre et des pâtes.

Mais quelque chose semble brisé dans le rythme du camp et l'inquiétude ronge les têtes. Tous sentent bien que leur destin se joue en ce moment. La roue de la fortune peut tourner plusieurs jours encore, mais elle peut également s'arrêter à n'importe quel moment. Qu'un ordre arrive : « Tout le monde sur la place d'appel! » et le destin basculera brutalement, d'un côté ou de l'autre. Les armes automatiques des miradors tireront dans le tas et traqueront les groupes affolés. Puis les SS, lourdement équipés de mitraillettes, de grenades et de lance-flammes, nettoieront méthodiquement chaque recoin du camp. Ou bien ce sera l'évacuation, tout au moins son commencement. Les SS prendront quelques milliers de détenus et les lanceront sur les routes ou les voies de chemin de fer. Mais si les civils décident de continuer à produire, alors les kommandos de nuit prendront ce soir la direction du Tunnel.

Les fonctionnaires, les seuls détenus qui aient des chances de posséder des renseignements, sont invisibles et les rares qui apparaissent en public sont immédiatement assaillis de questions auxquelles ils répondent évasiment : « On ne sait pas, il ne se passe rien, tout va bien, ne vous cassez pas la tête. » Tout va bien, mon œil! On n'apprend pas à de vieux singes à faire la grimace et les concentrationnaires chevronnés ne prennent pas facilement des vessies pour des lanternes. Ils ont acquis un sixième sens, celui de détecter les ennuis qui se préparent. Et leurs ennuis à eux, les bagnards, sont si considérables qu'ils ont intérêt à les sentir approcher. Ces diplodocus de vingt ou trente ans, ces survivants d'un monde impitoyable, doivent être sans cesse aux aguets.

Mais en ce jour de Pâques 1945, la situation est insaisissable. Il y a en jeu trop d'éléments, trop d'inconnues. Une équation ne peut se résoudre que si l'on a un minimum de données sûres qui aideront à trouver la solution. Mais, dans l'équation Dora, il n'y a que des inconnues.

Au milieu de toutes les suppositions qu'ils agitent, que peuvent faire les détenus? Rien. Les anciens sont désemparés. Eux qui ont dû leur survie à leur incroyable faculté d'adaptation et de réaction, ils sentent qu'ils sont sans armes, condamnés à subir un destin qui les dépasse. Demain, après-demain, dans huit jours ou dans une minute, il se passera quelque chose et, à ce moment-là seulement, ils agiront pour essayer de sauver ce qui leur reste de carcasse. Comme toujours, les dés seront pipés, mais ils en ont l'habitude et feront avec.

Pour l'heure, à quoi bon continuer de discutailler avec les uns et les autres? Personne ne sait rien. Profitons de cette journée de repos. Le temps, en ce dimanche, est parfait à Dora. Le soleil brille sur le camp. C'est une véritable journée de printemps. Alors, roulons une cigarette et fumons-la tranquillement.

8

Le bout du chemin

Lundi matin, huit heures. Les kommandos descendent sur la place d'appel. Tout semble normal et les détenus oublient leurs angoisses de la veille. Déjà, des formations sont alignées comme à l'habitude. L'appel ne sera pas long et on descendra rapidement au Tunnel. Mais que se passe-t-il? Au lieu de rejoindre l'emplacement qui est assigné à leurs kommandos, les détenus du block 10 sont immobilisés au haut de la place, avec d'autres qui les ont précédés. Charles et Michel se regardent. Ils ont compris. Ça y est, c'est le départ.

Sur ce bout de terre, l'Europe et l'Asie sont côte à côte. Il y a les Français, les Belges, les Hollandais, les Tchèques, les Yougoslaves, les Polonais, les Hongrois et toutes les peuplades de l'immensité russe. Tous pris au piège. L'affaire a été si soudaine et si bien préparée que personne ne s'est méfié. Un quadrilatère important de la place est séparé, isolé du reste du camp. C'est l'attaque surprise, imparable. On découpe un morceau de Dora et on va le lancer sur les routes. Les Lagerschutz commencent à encercler les détenus. C'est la fin, on ne peut plus rien faire. Mais si, on peut toujours faire quelque chose. La révolte, le sursaut, cette chose impensable, inimaginable, se produit. Michel gueule à Charles :

– Tirons-nous!

Au moment où il crie cela, le mouvement jaillit comme une étincelle et gagne en un instant les milliers d'hommes séparés du reste du camp. C'est la ruée, dans tous les sens, dans toutes les directions. Les Lagerschutz, la matraque en avant, chargent, mais il est trop tard. Ils ne peuvent rien contre cette horde de déments qui s'égaillent à droite et à gauche et se précipitent vers les hauteurs, cherchant à se dissimuler entre les blocks. Quelques détenus s'abattent, assommés, mais le gros de la troupe a disparu. Alors une chasse à l'homme s'organise, les SS rameutent les chefs de blocks, on va traquer les fuyards.

Charles et Michel se sont réfugiés dans une sorte de courette en cul-de-sac derrière un block. Ils sont bien là une centaine. Les visages sont blancs et l'haleine courte, sifflante. Tout le monde a couru. Les Russes se sont regroupés dans un coin, très excités. Michel a sa gueule des grands jours.

– Ces ordures nous ont piégés comme des bleus. Le coup de la descente au Tunnel, c'était très bon, mais on s'est quand même taillé.

Michel gueule, mais sa carcasse est vide, c'est un moribond qui s'excite.

Des bruits envahissent soudain le block. Un groupe de Lagerschutz conduit par le Blockältester fait son apparition dans la courette. Les hommes sont pris comme des rats. La matraque menaçante, les policiers font signe à tout le monde de sortir. C'est la fin, il faut accepter ou mourir sous les coups. Les détenus sortent les uns après les autres et redescendent vers la place d'appel. Peu à peu, le quadrilatère se regarnit. Les fuyards, poussés à coups de schlague, refluent vers la place. Il y en a des centaines. Mais, cette fois, la nasse s'est bien refermée, personne ne pourra se sauver. Les redoutables Lagerschutz sont là, épiant chaque mouvement, chaque tentative de mouvement. Au moindre geste, ils vont se ruer. Ces hommes sont des robots, des machines à frapper. Avec les minutes qui passent, tout rentre peu à peu dans l'ordre. Le kommando 34 a repris sa place, on est entre soi. Michel regarde les présents.

– Claude a réussi à passer au travers.

Claude, le petit Lyonnais, n'est pas dans le groupe. Il a dû réussir à se faufiler dans un endroit sûr et les Lagerschutz ne l'ont pas retrouvé. Les Russes, il y en a partout. Ils sont la majorité, l'immensité. Comme toujours, ils formeront le gros de la troupe. Mais pour aller où? Est-ce l'évacuation, le départ, la liquidation? L'instant de stupeur passé, Michel retrouve son agressivité.

– Tu vois, on est des cons, on s'est fait piéger comme des bleus. Se fourrer dans une cour, c'est vraiment la plus grande connerie que l'on pouvait faire. Nom de Dieu de merde, jamais un nouveau n'aurait fait un truc pareil. On va se faire liquider comme des andouilles.

Charles commence à en avoir par-dessus la tête des humeurs de Michel. Ils font équipe depuis des mois.

– Ferme ta gueule, bougre d'emmerdeur! On est piégés, ficelés. Si tu veux te faire assommer par les Lagerschutz, ne te gêne pas, ils n'attendent que ça.

Une heure passe et le groupe se dirige vers le block de la désinfection. Tout le monde à poil. Il y a plus d'un mois que les hommes ne se sont pas trouvés nus et le spectacle est impressionnant. De décharnés ils sont devenus squelettiques, une ossature revêtue de peau. Les fesses pendent, vides, et les jambes ressemblent à des pattes de héron. Le crésyl brûle les muqueuses et les poux rendent l'âme. La douche chaude détend les muscles atrophiés.

Des fonctionnaires arrivent pour relever les matricules et les rayer des effectifs du camp.

– Ne vous en faites pas, les gars, vous allez à Harzungen. Là-bas ce n'est pas trop moche et vous êtes tous des vétérans.

– Et pourquoi est-ce qu'on va à Harzungen? Nous, on est du Tunnel. C'est l'évacuation ou quoi?

– Ne vous en faites pas, tout ira bien.

Tout ira bien, tu parles! L'angoisse remonte. Le souvenir des évacuations de l'Est s'empare à nouveau des esprits. Les transports avec 95 % de cadavres, et le reste qui disparaît en quelques jours, c'est du vrai, du concret. A ceux-là aussi on a dû raconter des salades au moment du départ. Ne vous en faites pas, les gars, tout ira bien. Le processus infâme, horrible, est amorcé. On va nous disperser dans la nature et nous supprimer. Dans leur coin, les Russes commencent une sauvage chanson des steppes et des toundras. Quand les Russes se mettent à chanter, c'est qu'ils flairent l'odeur de la mort.

Les vêtements ont été étuvés et reviennent, comme toujours, gorgés d'humidité. Les cadavres de poux font de petits points roux dans les coutures. Les hommes se rhabillent, s'alignent colonne par cinq, et gagnent le haut du camp, ce qui est devenu la zone de quarantaine. De là-haut, Dora paraît à la fois calme et fantastique, un camp magnifique, organisé d'une façon impeccable. Sous chaque block, sous chaque coulée de ciment, les vétérans retrouvent l'immense misère et les centaines de cadavres. Dora, sale pute, immonde saloperie, tu nous as fait mourir mille fois. Mais, Dora, je ne veux pas te quitter, j'ai trop peur de ce qui va se produire.

– Tout le monde au lit! Alle schlafen!

Le chef de block, en grande forme, arrive, matraque au poing. Puis il se souvient qu'il a affaire à des vétérans et baisse d'un ton. Il commence lui aussi à s'inquiéter de son sort. C'est la fin, et le diable seul sait comment le rideau tombera. La disparition, la mort de Dora ne sont plus maintenant qu'une question d'heures.

Le premier vrai départ a lieu le mardi 3 avril, direction Harzungen, qui n'est pas loin. Il suffit de sortir du camp, de contourner la colline, de parcourir une dizaine de kilomètres, et les hommes se retrouvent devant une autre barrière électrifiée, plus primitive que celle de Dora.

Le temps est encore beau mais des nuages s'accumulent et présagent un retour du froid. La colonne s'arrête, il y a au moins deux mille hommes. On regarde les gardiens, ils n'ont pas l'air de SS. Des Hongrois ou des Roumains, peut-être. Par paquets de cent, en colonne par cinq, les détenus pénètrent dans le camp.

– Dis donc, ça a l'air plutôt rustique, ici, on se croirait chez les bouseux, lance le titi parisien de service.

Effectivement, Harzungen ressemble à une ferme mal tenue. De la paille, des bouts de bois, des détritus de toute sorte traînent partout. Cela fait campagnard et négligé.

– Tiens, voilà justement le fermier qui arrive.

Il a repéré le triangle rouge avec un F sur la vareuse du prisonnier qui s'avance. Celui-ci, l'air d'un débile profond, pousse une brouette.

– Dis, Toto, comment est-ce que ça se présente, ici?

Le bouseux arrête sa brouette, se gratte la tête sous son bonnet rayé. Il réfléchit un instant, mais ses pensées n'arrivent pas jusqu'à son cerveau mal en point.

– Comment ça se présente, ici? Ben, je ne sais pas, moi. Et d'abord, d'où vous venez tous?

– De Dora.

– De Dora? Eh ben, alors!

L'abruti repart avec sa brouette. Il a dû prendre de sérieux coups sur la tête pour en arriver là.

Le transport est maintenant groupé sur la place d'appel. Alignement impeccable qui dénote de vieux concentrationnaires. Des militaires en uniforme allemand cernent la place, mais ce ne sont pas des SS. Il y a du tout-venant de l'Europe centrale, des uniformes noirs et des uniformes kaki. Garde-à-vous! Le commandant du camp arrive et demande des Dolmetscher, des interprètes.

– Vous arrivez de Dora et vous êtes à Harzungen. Ici, la discipline est très stricte et j'y veille personnellement. Pour aujourd'hui vous allez vous installer, et demain nous formerons des kommandos pour le travail. Vous êtes d'anciens détenus et je sais qu'avec vous la discipline sera respectée. Alors demain, nous formerons les kommandos et vous travaillerez.

Fermez le ban. Merde, qu'est-ce que c'est que cette histoire? On embarque les gars de Dora, ceux qui ont créé la première fusée de l'histoire de l'humanité, et on les envoie faire un petit trou supplémentaire alors qu'apparemment la situation est catastrophique? On croyait partir pour la grande liquidation finale, et voilà qu'on tombe sur un coco qui ne lit pas les journaux et nous propose d'aller pousser des brouettes dans son trou de merde! Pour les gars de Dora, Harzungen, c'est vraiment le coin des péquenots. Ce pauvre con de commandant ne se rend donc pas compte que pour tout le monde, pour lui et pour les détenus, c'est la fin des haricots et que, dans quelques jours ou quelques heures, le ciel nous tombera sur la tête. En tout cas, on ne travaille pas aujourd'hui, au grand étonnement des nouveaux. A Dora, on n'attendait pas le lendemain pour vous fourrer une pioche entre les mains. Le camp est presque désert, seuls quelques terrassiers déversent des cailloux dans des fondrières, sous l'œil blasé d'un Vorarbeiter. Tout le monde doit être au travail à la mine.

Il est à peine plus de midi. On conduit les nouveaux vers les blocks, dont l'apparence confirme la sensation de délabrement du camp. Il y a de l'herbe et des déchets tout autour. L'intérieur est poussiéreux et strictement vide. Pas de châlits, pas de paillasses, rien. Les fenêtres sont sales. Les hommes entrent, jettent un coup d'œil et ressortent presque tous. Comme ils n'ont pas de bagages, ils n'ont pas besoin de marquer une place ni de surveiller leur bien. Dehors, la température baisse. On est loin du printemps de Pâques. Une infinie tristesse se dégage des lieux.

Les groupes se forment et les conversations se nouent, les mêmes dans toutes les langues.

– Pourquoi nous a-t-on fait quitter Dora et le Tunnel pour nous amener dans ce camp pourri tout proche et nous dire qu'on ne travaille que demain? Si on évacue Dora, ce n'est pas pour continuer à faire tourner Harzungen, qui se trouve à quelques centaines de mètres à vol d'oiseau.

– Peut-être bien que Dora est un trop gros morceau à évacuer. Vingt mille gars, ce n'est pas rien. Alors les SS font la politique des paquets séparés. Ils vont envoyer des lots dans tous les petits camps du voisinage. Comme ça, au coup de sifflet du départ, il n'y aura pas une énorme masse à flanquer sur les routes.

Mais pour le moment il n'est pas question de partir sur les routes puisque, demain, on se remet à creuser. Si le Tunnel de Dora ferme, qu'est-ce qu'ils vont foutre de ce nouveau trou? Tout ça n'est pas clair.

– Tu en connais beaucoup, toi, des choses normales dans le coin?

Brusquement, des coups de sifflet éclatent. Les Lagerschutz hurlent :

– Tout le monde dans les blocks!

C'est la ruée vers les baraques.

On entend des avions, très nombreux, semble-t-il. Ils font un bruit ample et continu. Puis viennent les premières explosions. Elles se transforment en un grondement ininterrompu. Le sol vibre légèrement.

– Ça y est, les Américains bombardent Dora.

– Mais non, ce n'est pas Dora. Si c'était Dora, on en recevrait nous aussi. Ça doit plutôt être Nordhausen.

Le bombardement a l'air d'une extrême violence, puis il perd en intensité et l'on entend à nouveau les avions qui maintenant s'éloignent.

De Harzungen on n'aperçoit pas la ville, mais il y a effectivement des colonnes de fumée qui, de là-bas, montent vers le ciel.

Les hommes sont en émoi. C'est la première fois que la guerre les rejoint. A l'extérieur, sur la place, les SS s'agitent et courent en tout sens. Ils sont armés. A tout hasard, les kapos et les Lagerschutz donnent des coups de sifflet. Dehors, un vent de panique se lève. Les détenus, prudemment, s'écartent des fenêtres.

– Aufstehen!

Le chef de block, harnaché dans son caban et ses hautes bottes, donne des coups de sifflet. Les hommes se redressent. Ils ont dormi à même le plancher, tout habillés, serrés les uns contre les autres pour trouver un peu de chaleur. Il leur faut un moment pour comprendre où ils se trouvent, puis ils regardent par les fenêtres.

– Mais, bon sang, il fait jour! Quelle heure peut-il bien être?

Ils auraient dû se lever bien plus tôt pour former des kommandos et descendre au travail. Pourquoi cette grasse matinée inattendue?

– Los! Antreten!

Ça y est, c'est le rassemblement. On a du retard mais on va quand même aller au boulot, et apparemment sans rations ni café.

Les nouveaux venus sortent des blocks et s'alignent sur la place avec une discipline et une régularité bien rodées. Hier, ils ont vu un camp vide et sale. Ce matin, il est toujours aussi moche mais il y a du monde. Tout l'effectif paraît présent, ce qui signifie que les kommandos ne sont pas partis au travail. Les kapos et les chefs rôdent autour des formations, se parlent entre eux. Tout cela laisse deviner un événement, de grandes décisions.

– Still gestanden! Mützen ab!

Garde-à-vous, béret bas. Le camp entier s'exécute dans un énorme claquement de galoches. Là-haut, le temps s'est franchement gâté et vire au froid humide. Les quelques nuages qui apparaissaient la veille ont envahi le ciel. Au sol, le vent promène des bouts de papier et des détritus divers. Harzungen ne semble pas être un haut lieu de la propreté et de la netteté.

Le commandant fait son apparition, suivi de son adjoint. C'est un homme de petite taille, guetté par l'obésité. Il a mis son uniforme des grands jours et ses bottes reluisent. Il n'a pas l'air très haut en grade, peut-être lieutenant ou capitaine. Il s'avance vers l'endroit de la place resté vide et appelle les interprètes.

– J'ai été avisé que l'armée américaine était arrivée dans la région et progressait en direction du camp. Je vous préviens que je remettrai moi-même le camp et les prisonniers entre les mains de l'officier américain commandant l'unité qui se présentera à la porte. Il n'y aura pas d'évacuation.

Les interprètes traduisent immédiatement les paroles en français, en polonais et en russe. Dans les rangs, les détenus n'osent pas en croire leurs oreilles. Ce n'est pas possible! La guerre va se terminer ainsi, bêtement, facilement? Dans quelques heures tout peut être fini et, ce soir, les Américains nous donneront du chocolat et des cigarettes. On va rentrer chez nous!

Le commandant donne des ordres et quitte la place. Sans rompre les rangs, les prisonniers retournent dans les blocks. A l'intérieur, c'est l'allégresse. La joie explose dans toutes les langues.

– Ça y est, les gars, c'est fini. ON A GAGNÉ!

Tout le monde s'embrasse. Les Russes, les Polonais, les Français sont miraculeusement réconciliés. Le chef de block prévient que les rations vont être distribuées et que l'on se mette par quatre pour toucher un pain, la margarine et le saucisson. Pour la première fois dans l'histoire des camps, on est prêts à faire équipe avec d'autres nationalités, même avec les Russes. Personne n'essaiera de tricher ou de voler, qu'est-ce qu'on en a à foutre puisque les Américains seront là ce soir? C'est la grande entente internationale.

– Tu as vu, le commandant, c'est lui qui va nous remettre aux Américains! C'est fantastique! Et pour qu'il nous dise cela aujourd'hui et pas demain ou après-demain, c'est que les gars seront là avant ce soir. Il ne prendrait pas le risque d'annoncer la nouvelle plusieurs jours à l'avance.

– Moi, le commandant, je l'ai bien regardé. Je ne voyais pas très bien parce qu'il était assez loin de nous, mais j'ai l'impression que ce n'est pas un SS. Et puis, tu vois un SS nous dire une chose pareille? C'est tout juste s'il ne nous a pas appelés ses chers petits enfants.

– Peut-être que c'est quand même un SS et qu'il a enlevé son écusson. Maintenant, des SS, tu auras du mal à en trouver.

– Et les kapos, et les chefs de blocks, regarde, mais regarde. Les matraques, disparues, volatilisées. Ça n'a jamais existé que dans nos imaginations. Alors là, le camp de concentration, ça va devenir le sanatorium.

L'heure est à l'euphorie. Tous les hommes, les milliers qui sont là, vont connaître le moment merveilleux, unique, de la libération. Même ceux qui sont au bout du rouleau, qui sont condamnés par le destin et qui vont mourir, même ceux-là vont savourer la suprême joie. Ils verront les Américains, ces jeunes dieux superbes, ouvrir les portes de l'Enfer, et dire : « A partir de cet instant, vous êtes redevenus des hommes libres. » Alors ils s'allongeront et les âmes quitteront les carcasses en disant MERCI.

Au milieu de toute cette euphorie, les Russes ont l'air désemparé. Ils sont heureux, bien sûr, et clament leur allégresse avec des glapissements suraigus. Mais il y a quelque chose qui ne va pas. Cette libération est trop soudaine, elle contrecarre les rêves de haine et de vengeance qu'ils ont élaborés au cours des mois de souffrance, de privations et de mort. Ces rêves de supplices qu'ils ont amoureusement fignolés sont bousculés par la rapidité des événements. La vengeance, elle se distille, se savoure, et l'exécution doit arriver à un moment précis, au paroxysme du drame. Or là, la règle théâtrale est bousculée. On ne joue pas le jeu.

Dans l'après-midi, le Blockältester fait une nouvelle apparition, suivi des Stubendienst qui sont restés à la porte avec le pain, la margarine et le saucisson. Il n'y a pas de café, mais, de toute façon, personne n'a plus de quart.

– Écoutez tous. Vous allez vous présenter par groupes de quatre et on vous donnera les rations. Vous couperez, ferez la répartition et vous sortirez pour l'appel.

Tout le monde rigole. L'appel, le dernier appel avant la libération. On va y aller avec joie. Dommage que l'on n'ait pas un appareil photo, ce serait extraordinaire de fixer l'ultime image de la détention.

Les hommes passent quatre par quatre, prennent le pain, la margarine, le saucisson, font grossièrement les portions, cela n'a plus d'importance, et sortent se mettre en rang. Tous commencent à dévorer, on s'en fout, ce soir on aura du caviar.

Dehors, la place se garnit rapidement de groupes qui pensent moins à un alignement au cordeau qu'à leur pitance. On ne regarde pas vraiment à droite et à gauche, on bouffe. Puis les yeux se lèvent et, vieux réflexe concentrationnaire, scrutent les alentours. Mais que se passe-t-il? Les matraques ont refait leur apparition, il y en a partout. Kapos, chefs de blocks, Lagerschutz, tout le monde a repris le gourdin. Dans les miradors, les sentinelles braquent leurs armes sur la place. Des soldats encerclent les lieux. Et la porte du camp, cette barrière qui marque la séparation de deux mondes, est grande ouverte.

Horreur, c'est l'évacuation!

La longue colonne a franchi la porte de Harzungen et s'étire sur la route. Il y a beaucoup de monde, mais pas la totalité de l'effectif. Les autres partiront sans doute plus tard, en un ou plusieurs groupes. Les kapos et chefs de blocks sont chargés de ballots, de musettes et même de valises. Placés en serre-file, ils menacent les détenus de leurs matraques. Les gardiens allemands sont nombreux. Marchant au bord du fossé, de part et d'autre de la colonne, ils ont le fusil ou la mitraillette à la main, prêts à tirer. La pluie commence à tomber et il fait froid.

Jusqu'à présent la route empruntée est celle du camp. Mais bientôt les détenus arrivent sur une vraie route publique, et là ils constatent que la débâcle a commencé, du moins la débâcle des civils. Des charrettes, des automobiles, des vélos, des piétons encombrent la chaussée. Les véhicules sont bourrés de valises, de sacs, de piles de linge, les toits sont garnis de matelas. Les bicyclettes, tenues à la main, sont chargées au point qu'on aperçoit à peine les roues. En jurant, les gardiens repoussent les cohortes désemparées sur les bas-côtés. Priorité aux détenus. Déjà certains, les plus faibles, commencent à traîner la patte. Les rangs se défont et les kapos tapent sur les dos. A l'arrière on entend des hurlements. Ce sont les SS qui, à coups de crosse, font galoper les traînards.

On a quitté Harzungen depuis peu, les hommes n'ont couvert que quelques kilomètres, et déjà la fatigue se fait sentir. Habitués qu'ils sont à un travail épuisant, les détenus, depuis des mois, ont accompli quotidiennement un certain trajet à pied. C'est devenu pour eux une routine, un réflexe conditionné. Mais que l'on change l'itinéraire et la durée de la marche, alors les joues se creusent, le souffle disparaît, les jambes s'affaiblissent.

La colonne arrive à une gare où un train est à quai. Il est assez long, une trentaine de wagons découverts, plus quelques wagons à bestiaux fermés. Tout le monde respire, on ne fera pas le trajet à pied. Les plus épuisés reprennent espoir, ils ont peut-être des chances de s'en tirer. Mais les wagons découverts sont de petit format, pas du tout le gabarit normal. Si l'on nous met à cent par wagon, même debout, il n'y aura pas de place pour tout le monde.

Les SS font avancer la colonne le long du train et la découpent en tronçons de cinquante. Cinquante, ça va, on pourra sans doute tenir tous assis. Les détenus montent et commencent à marquer leur place. Mais c'est compter sans le gardien allemand qui monte le dernier. A coups de crosse, il repousse les uns et les autres et s'octroie un bon quart de l'espace. Puis il fixe la baïonnette au canon de son arme, la montre ostensiblement et s'avachit dans son coin. Les prisonniers s'engueulent, échangent des horions. Le SS gronde et tout rentre dans l'ordre.

Bientôt arrivent des gradés SS et des femmes de l'armée allemande, des souris grises très maquillées. Ils sont encombrés de valises, de sacs et de mitraillettes, et aussi de cartons de boîtes de conserve. Au milieu des cris et des rires, ils s'installent dans les wagons fermés.

L'attente se prolonge et les détenus commencent à sentir des crampes. Après tout, cinquante dans un petit wagon, ça ne fait pas assez de place pour chacun lorsque le SS s'attribue le quart de l'espace. On voit déjà que les plus faibles vont être écrasés par la masse des autres. La pluie tombe régulièrement, silencieusement, trempant les légers uniformes. Rien ne permet de se protéger. De grandes flaques d'eau se sont formées sur le quai désert. Aucun voyageur civil. De temps en temps passe un employé en uniforme qui fait l'aveugle. Dans les wagons couverts on entend un remue-ménage et des cris de femmes. Deux soldats passent avec un petit chariot et distribuent de la nourriture aux gardiens : du pain, une boîte de conserve et du café. Pour les détenus, rien, sinon regarder chaque militaire poser le fusil, écarter les jambes et ouvrir la boîte avec un couteau. Ce sont des rillettes qu'il étend sur le pain en couche épaisse. Une torture. L'Allemand avale une énorme bouchée, mâche lentement, consciencieusement, et déglutit avec un grognement de satisfaction. Il recommence. La tartine terminée, il rote et allume une cigarette.

De nouveau, le temps s'égrène dans la désespérance. Combien de temps allons-nous rester ainsi? Est-ce que même l'on bougera un jour?

Puis un coup de sifflet fuse de l'avant. C'est une locomotive de très ancien modèle qui arrive en crachant des jets de vapeur. Des employés civils sortent du bâtiment de la gare et se dirigent vers elle. Vu les événements, ils semblent pressés que le train parte et accrochent l'attelage à toute vitesse. Des SS, sans doute les responsables du convoi, s'approchent du chef de gare. Ils se dirigent ensemble vers la locomotive. Discussions, claquements de talons, salut hitlérien, les SS regagnent leur wagon.

Un long coup de sifflet, un chuintement de vapeur et le convoi s'ébranle.

Le lendemain du départ, le jeudi 5 avril, le train de Harzungen roule dans la campagne. Les détenus ont dormi comme des brutes, affalés les uns sur les autres. Le jour est sale, triste, froid, et il pleut. Toute la nuit, le gardien, en jurant, a repoussé des corps à coups de botte et de baïonnette. Il est de méchante humeur, il voudrait dormir.

De tous les wagons montent des réclamations. Il y a des morts un peu partout, on les découvre au réveil. Ils prennent de la place et on souhaiterait les balancer par-dessus bord. Les gardiens refusent. Ils n'ont pas d'instructions à ce sujet, alors tout le monde n'a qu'à s'asseoir dessus, comme cela il y aura de la place et les effectifs seront au complet.

Le train s'arrête en rase campagne et les rations sont distribuées aux gardiens. Pain, charcuterie et café. Pour les détenus, rien. Le train repart. Il semble qu'il ne sache pas où aller car de temps à autre il s'arrête à proximité d'une gare, mais loin des quais, puis recule et repart sur une autre voie pour s'arrêter de nouveau une ou deux heures plus tard. Conférence entre le chef de gare et les responsables du convoi, qui prend alors une autre direction. Il tombe toujours une fine pluie glaciale.

Par des prisonniers qui parlent allemand et écoutent les conversations entre gardiens, on apprend qu'au moins un train parti directement de Dora – et peut-être un deuxième de Harzungen – se trouve sur les mêmes voies. L'évacuation paraît être générale dans le massif du Harz, mais les convois semblent paralysés à cause des bombardements ou des priorités militaires. Et personne ne sait quelle est la destination finale.

Les wagons sont remplis de prisonniers gelés, trempés, affamés et couverts de merde. Les gardiens de nuit ont été remplacés par d'autres, qui dormaient dans les wagons couverts. Peu satisfaits de passer des heures avec la racaille immonde et puante, ils manifestent leur humeur par des cris, des coups de crosse et de baïonnette.

La journée passe, lente, désespérante. Des détenus veulent parler à ceux des wagons voisins et se redressent. Ils sont immédiatement assommés d'un coup de crosse. Le nombre des morts augmente. Une carcasse rayée, ballottée de l'un à l'autre, finit par tomber sur les genoux du voisin. Sans bruit. Les hommes étaient vivants et, tout d'un coup, ils sont devenus des morts. On les entasse sous les pieds et les fesses, c'est déjà plus moelleux que le plancher des wagons.

Les gardiens sont relevés régulièrement et il semble qu'en plus de la nourriture ils aient droit à une ration de tendresse. Les femmes qui accompagnent le convoi n'ont pas du tout l'air de dactylos, mais de vraies putains. A chaque arrêt du train elles font d'extraordinaires numéros de provocation. Les gardiens qui ont fini leur service montent avec elles lorsque le convoi repart. C'est la joie.

Chaque fois que le train s'immobilise, les détenus espèrent qu'on leur distribuera de la nourriture, mais, chaque fois, leur espoir est trahi. Rien n'est prévu pour eux. A quoi bon leur donner à manger puisque leur sort est scellé? On ne les lâchera jamais vivants. Alors, si certains arrivent à destination, il sera toujours temps d'aviser. Pour le moment, ce serait du gâchis.

Vendredi 6 avril, troisième jour de voyage pour les évacués de Harzungen. L'aube s'est levée, humide et froide. Toute la nuit le gardien a fumé et repoussé à coups de fusil les corps qui avaient tendance à s'étaler. On découvre de nouveaux morts et on les étend sur le plancher. Une bonne litière isolante recouvre maintenant le fond rugueux du wagon.

Les détenus sont parcourus de frissons inquiétants. Bien que serrés les uns contre les autres, ils n'arrivent plus à faire s'évaporer l'eau de pluie. Les visages se sont terriblement creusés et prennent une couleur verdâtre. Des regroupements se font par nationalité, ce qui crée de brutales échauffourées aux frontières. Il y a des discussions acerbes à propos de l'espace qu'occupe chaque ethnie. Le SS gueule et tape sur les têtes. Assis, drapé dans sa toile de tente, il donne de furieux coups de botte aux prisonniers les plus proches. Il a froid lui aussi et voudrait dormir.

Puis le ciel se dégage et devient très pur. Le soleil commence à réchauffer les carcasses douloureuses. La chaleur pénètre le tas de débris humains et une légère buée monte des uniformes. Un merveilleux bien-être envahit les corps en détresse.

Le train s'arrête à la lisière d'une forêt, et c'est la relève des gardes. Les arrivants exigent plus de place, s'assoient, s'installent et sortent le casse-croûte. Il y a du pain, des conserves, du saucisson et un quart de café bouillant. Entassés dans leur coin, les détenus sont hypnotisés par la mangeaille. Des sanglots éclatent. Du côté des Russes, il y a des couinements et d'incroyables jurons proférés à voix basse. Les regards sont fixes, brillants et meurtriers. On entend des commentaires, qui sont repris par les uns et les autres, quand le pain grassement tartiné entre dans la bouche du SS. Il suffirait d'un rien, d'une étincelle, d'un geste, et la horde affamée se précipiterait sur le bourreau.

Depuis plusieurs heures le train ne bouge plus. Les gradés SS sortent régulièrement de leur wagon, gagnent le bois pour aller se soulager et se dégourdir les jambes. Puis ils font une inspection du convoi. D'une souple détente ils se hissent sur les parois des wagons et jettent un coup d'œil à l'intérieur. Prima! Tout va bien. Ils repartent discuter avec leurs homologues. Les femmes apparaissent elles aussi, de temps à autre, et vont sacrifier à la nature derrière les arbres. L'une d'elles, virago à l'impressionnante poitrine, saute régulièrement sur le quai en poussant de grands rires. On entend au loin le bruit des bombardements.

D'après la position du soleil, il est évident que le train tourne en rond, prend une direction, puis s'arrête, bifurque et change d'orientation. Il n'a jamais traversé de ville ou de gare importante et les voies qu'il emprunte ne sont pas fréquentées. On n'a jamais croisé d'autre convoi. Les SS auraient-ils l'intention de faire errer les détenus jusqu'à leur anéantissement total? C'est possible, si l'on en juge d'après l'itinéraire fantaisiste et incohérent d'un train qui ne va nulle part et ne rencontre personne, qui avance et recule, monde détaché du reste de la terre, qui mène sa vie propre. Où se loge la guerre, où sont les combattants? De temps en temps, il y a des bruits, des explosions, mais toujours au loin. Quand le train entre dans une gare, les quais en sont vides, tout est minéral. Seul le chef de gare vient au-devant des SS, sanglé dans un uniforme quasi militaire. Il n'a pas un regard pour les voyageurs sans billet, il ignore jusqu'à leur existence.

Vers le milieu de l'après-midi, le convoi repart à très petite allure. Le ciel est au beau fixe et il fait presque chaud. Dans les wagons les hommes somnolent, ballottés les uns contre les autres. Il n'y a d'autre bruit que le halètement de la locomotive et le choc des roues lorsqu'elles passent d'un rail à l'autre. Le paysage, toujours boisé, est maintenant vallonné. Le train serpente entre des collines aux pentes douces où alternent les zones d'ombre et de lumière. Les gardes, bercés par les bruits réguliers, ont la paupière lourde. Ils ont enlevé leur toile de tente et, la cigarette à la bouche, le fusil sur les cuisses, rêvassent en fredonnant une chanson.

Le train s'engage entre deux légères collines boisées. On entend le chant des oiseaux. Une centaine de mètres en avant, un pont routier enjambe la voie de chemin de fer. Sur ce pont se trouvent plusieurs enfants d'une dizaine d'années, sans doute des gosses d'un village voisin. Voyant le convoi arriver, ils ramassent des pierres qu'ils lancent en riant sur les détenus. A cet instant précis, deux détenus sautent de leur wagon et escaladent le talus. Le moment est bien choisi car les gardes sont à moitié assoupis. Mais les enfants poussent des cris et c'est immédiatement le branle-bas de combat. Le train s'arrête et les gradés surgissent de leur wagon, l'arme à la main. Les fuyards essaient désespérément de gravir la pente, mais ils sont à bout de force. Comme des insectes blessés, ils s'agrippent aux touffes d'herbe et aux racines, glissent au bas de la pente. Les SS s'approchent lentement, calmement. Ils posent le canon de leur arme sur la tête des fuyards et tirent. C'est tout.

Les gradés donnent des ordres. Les gardes viennent chercher les corps et les jettent à l'intérieur des wagons. Les enfants applaudissent.

Le samedi, le train arrive dans une grande gare. Elle paraît immense aux détenus dont la faiblesse a retiré tout sens des proportions. Mais elle est certainement très grande. Des enfilades de quais et de voies sont encombrées par un énorme attirail militaire. Il y a des trains de troupes, des trains de matériel, des trains de munitions. Il y a des tanks montés sur des plates-formes, le canon pointé vers le bas, des automitrailleuses groupées deux par deux. Il y a des mortiers bien alignés sur des wagons plats. Dans les wagons couverts, aux portes béantes, on aperçoit en piles des caisses de munitions. Les trains de troupes regorgent de soldats en armes, l'air fatigué et nerveux. Partout il y a des mitrailleuses antiaériennes et des canons à tir rapide braqués vers le ciel. Sur les quais, des officiers surexcités donnent des ordres en hurlant. Le soleil inonde le décor. Il fait une chaleur extraordinaire pour la saison.

Le train de Harzungen se range le long d'un quai, légèrement à l'écart des autres. Un peu plus loin, entre les détenus et la rangée de quais surchargés, se trouve un convoi surmonté de mitrailleuses pointées vers le ciel. Les servants regardent les bagnards d'un air étonné. Ils se trouvent à une vingtaine de mètres. Charles est juste en face d'un mitrailleur qui paraît avoir vingt ans, son âge. Mais l'un est un seigneur et l'autre un damné. Fatigué par le brouhaha de la gare, l'Allemand regarde avec intérêt ces étranges créatures. Peut-être en a-t-il déjà vu, peut-être pas. Mais des hommes dans cet état, il n'en a certainement jamais rencontré.

Brusquement, les sirènes hurlent et c'est l'affolement dans la gare, la panique dans une fourmilière. Les Allemands courent en tout sens. Ils sont pris au piège.

– Tout le monde sous le train!

SS et détenus se retrouvent immédiatement entassés entre les essieux des wagons. Car il ne convient pas que les concentrationnaires soient tués par les Américains. Ce ne serait pas la règle du jeu. Les concentrationnaires appartiennent aux SS et eux seuls ont le droit de décider de leur vie et de leur mort.

Sous son wagon, Charles aperçoit le soldat allemand. Il a assuré son casque et braqué son arme. C'est une mitrailleuse à deux tubes.

En un éclair les avions sont là, partout, et les explosions commencent. La terre tremble. Les sifflements et les grondements emplissent l'air. C'est la fin du monde.

Charles regarde le soldat, il ne voit que lui. Celui-ci tire comme un fou, il ne sait plus sur quoi tirer. Brusquement, il se redresse, il est entouré de flammes et d'explosions. Son uniforme se ratatine et s'effiloche comme du papier brûlé. Sa figure se couvre de cloques et se met à fondre. Il s'abat sur son arme dont les canons se dressent droit vers le ciel.

– Tout le monde dans les wagons!

Les détenus enjambent les parois métalliques et reprennent leur place. Seuls les morts n'ont pas bougé. Ils n'ont pas cherché à profiter de l'occasion pour s'évader. Les avions ont disparu, mais la gare retentit d'explosions et des incendies flambent partout. Tous les trains qui étaient là, il y a quelques minutes, ne sont plus qu'un amas de ferraille tordue.

Le convoi des prisonniers a été épargné. Dieu est avec les SS. Même la voie qui permet de sortir de la gare est intacte. Les bagnards reprennent leur voyage.

Charles ressent une douleur lancinante au ventre. Il se réveille ou plutôt revient à la vie. Devant lui, une gueule grande ouverte, béante, comme si la mâchoire s'était décrochée. Bon Dieu, se dit-il, je suis parmi les macchabées. Autour de lui, il n'y a que des formes inertes. Au-dessus, il voit remuer des galoches. Il a dû perdre conscience et s'est trouvé rejeté vers le royaume des morts. Péniblement, il remonte à la surface. Les survivants grognent. Qu'est-ce que c'est que ce cadavre qui nous emmerde? Quelle heure peut-il bien être? Est-ce le matin ou l'après-midi? D'après l'éclairage, ce serait plutôt le matin. Mais quel matin? Charles voudrait réfléchir, mais sa tête est presque vide, il a comme du coton dans le crâne. Ah! oui, ce doit être dimanche, le matin du cinquième jour dans le train. Autour de lui, des têtes cadavériques, avec d'énormes trous dans les joues qui laissent presque voir les dents. Le soleil est relativement chaud, mais tout le monde tremble. Même le garde de service semble épuisé. Il est rasé, impeccable, mais ses traits aussi se creusent. Il grommelle en repoussant des pieds, il s'en faudrait de peu qu'il se mette à tirer dans le tas. Pourtant personne ne le regarde. On ne regarde plus, on n'en a plus la force.

De temps à autre, des cris éclatent et des horions s'échangent entre nationalités, mais ce sont des cris et des horions de petits vieux dans un asile. Aucun détenu n'est plus en état de se battre ni même de se défendre.

Voyons, pense Charles, ça fait combien, cinq jours? Oui, c'est cela je crois, ça fait cinq jours qu'on est dans ce train à tourner en rond. Et est-ce qu'on a mangé depuis cinq jours? Là, Charles ne se souvient plus de rien. En cherchant, en remuant la boue visqueuse qu'il a dans le crâne, il croit se rappeler qu'un jour on leur a donné de la nourriture, mais il n'est pas sûr et, de toute façon, il ne saurait dire ni quoi ni quand. Peut-être qu'il n'a rien mangé depuis le départ de Harzungen. Et qu'est-ce que ça peut foutre, d'abord, il n'a pas faim, il n'a même plus faim, et si on lui servait une assiette de bonne soupe bien épaisse et bien chaude, il n'aurait sans doute pas la force d'en avaler une cuillerée. Attention, mon vieux Charles, tu es en train de lâcher la rampe. Rappelle-toi les *musulmans* à Dora, ils étaient comme toi, un rictus de demeuré au coin des lèvres. Tu leur donnais une chiquenaude et ils basculaient dans le néant, ils retournaient en poussière.

Charles aperçoit Michel. Il a toujours son air buté, il serre les dents, mais les joues pleines et rouges qu'il avait réussi à préserver ont disparu. Sous les pommettes saillantes il y a deux trous. Michel se tourne et voit Charles.

– Ah! Te voilà, tu avais disparu. Je ne savais plus où tu étais.

– Je reviens d'entre les morts. J'étais parmi les macchabées où j'ai piqué un petit roupillon. Je crois bien que j'ai perdu conscience pendant pas mal de temps.

La conversation s'arrête. Parler est trop fatigant. Il faut se ménager pour tenir le coup, tenir jusqu'au bout. Pour ne pas tomber dans l'hébétude. Mais parce que ça le travaille tout de même un peu, Charles demande :

– Dis donc, Michel, est-ce que tu te souviens si on a mangé depuis notre départ?

Michel se retourne. Son regard est venimeux, avec des lueurs de meurtre.

– Ferme ta gueule! J'ai horreur qu'on me parle de choses désagréables.

C'est Michel tout craché. Cabochard et râleur, jusqu'à la fin. Charles se souvient d'une nuit au Tunnel. Ils avaient décidé que l'un dormirait devant sa machine pendant que l'autre ferait le guet. Toutes les deux heures les rôles seraient inversés. Mais lorsque Charles réveilla Michel, celui-ci était d'humeur massacrante.

– Tu me fais chier avec ton tour de roupillon. J'ai mal dormi et j'ai fait des cauchemars. Et par-dessus le marché, le froid me glace.

– Mais on avait dit que ce serait chacun son tour. Moi, maintenant, j'ai envie de dormir. C'est mon tour comme prévu.

– Je me fous de ce que tu as envie de faire. J'ai mal partout et c'était dégueulasse. Si tu veux dormir, dors, mais ne m'emmerde pas.

Charles avait pris sa réaction de plein fouet. Peut-être qu'après tout Michel avait raison et que dormir dans cet antre glacial n'était pas un bon système, qu'il valait mieux se remuer à cause du froid et de l'humidité, mais la façon de le dire avait blessé Charles. Et pourtant ils étaient et ils sont toujours les deux inséparables qui ne peuvent vivre et survivre l'un sans l'autre. Merde, pense Charles, ce con fera chier le monde jusqu'au bout!

Des morts, il y en a partout dans le train, en veux-tu en voilà, sers-toi c'est gratuit. Évidemment, les morts sont maigres comme des capelans et se momifient vite. Même comme coussins ils ne valent pas cher. Pas un pet de lapin. On les balancerait bien par-dessus bord pour alléger le navire et arriver tout de suite au port. Mais quel port? Y a-t-il seulement un port? Il ne faut pas rêver, un port pour les bagnards, ça n'existe pas. Cinq jours pour un colis normal, même en petite vitesse, cela fait dans les huit cents kilomètres, de quoi aller à Paris, Rome ou pétaouchenoque. Mais cinq jours dans ce train fantôme, c'est égal à zéro. Au bout de cinq jours les naufragés du train se trouvent exactement entre nulle part et rien du tout. On cargue la voile, on hisse le grand foc et on arrive en vue des eaux imprécises d'un port qui n'existe pas. Les esprits basculent et sombrent dans une langueur proche du coma. On délire et on s'en fout. Seule, au fond des crânes sinistrés, une petite lueur s'acharne à survivre. Nom de Dieu, il faut tenir. Une autre voix, perfide et insinuante, vient s'en mêler. Pourquoi vous obstiner, bande de minables? Vous ne voyez pas que tous les dieux de toutes les religions de tous les hommes vous ont abandonnés? Vous n'êtes que de la merde puante. Les SS ont raison, vous êtes des immondes, et même vos femmes vous flanqueraient dehors si elles vous voyaient. Alors, à quoi ça sert, tout ça? Laissez tomber. Laisser tomber? Jamais! Tant qu'il me restera un milligramme de vie dans la carcasse, je le garderai et le conduirai là où personne n'est encore jamais allé. L'Allemagne, je lui fais un bras d'honneur et on verra qui de nous deux aura le dernier mot.

Le train poursuit sa route, s'arrête, repart. D'étranges fantômes s'agitent dans les angles des wagons. Les membres ankylosés ne répondent plus, on ne sait plus très bien qui est encore en vie, qui est déjà mort.

Vous qui me regardez, je vous le jure, je tiendrai le coup.

Dans la nuit du dimanche au lundi, le train arrive à un nœud de communication. Les voies se démultiplient, il y en a maintenant des dizaines qui se croisent et interfèrent. D'immenses pylônes chargés de projecteurs éteints sont comme autant d'arbres morts. Des potences à eau avec leur manche de toile et des cabines d'aiguillage parsèment l'espace minéral. De place en place, une lampe allumée donne un aspect surréaliste au paysage. Le convoi tressaute sur les embranchements, semble hésiter entre les voies. Il stationne quelques minutes devant un feu, puis repart et gagne un quai à l'écart, désert, et s'arrête. Un bâtiment voisin, peu éclairé, porte en grosses lettres l'inscription HAMBURG.

A perte de vue il y a des centaines de wagons, des kilomètres de quais, mais tout est désert, comme abandonné par les hommes. La ville, qui ne doit pas être loin, reste invisible. Peut-être même n'existe-t-elle pas et tout cela n'est-il qu'une création de cerveaux hallucinés.

Les chefs du convoi sautent sur le quai et font des exercices d'assouplissement. Apparaissent des militaires et des fonctionnaires de la gare, en uniforme. Salut hitlérien et claquements de talons. Tous montent dans le wagon couvert. Le train a-t-il atteint sa destination finale, va-t-on débarquer les détenus? Est-ce la fin du voyage? Si oui, il faudra utiliser une sortie discrète car le spectacle que vont donner les voyageurs, morts et vivants, n'est pas de ceux que l'on étale à la vue de tous.

La conférence au sommet est terminée. A nouveau salut hitlérien, claquements de talons, et le comité d'accueil s'éloigne. Le temps passe et rien n'arrive. Les détenus se rendorment et toute vie apparente cesse sur le quai.

Puis la locomotive lance un jet de vapeur et le convoi s'ébranle lentement. Il suit des voies, franchit des croisements, des aiguillages. Peu à peu, les bâtiments s'espacent, le nombre de voies diminue, la vitesse augmente régulièrement. Il n'y a plus de lumières ni de constructions, la campagne réapparaît. Le train reprend sa course vers le néant.

Dans les wagons, les hommes ont cru un moment qu'ils étaient arrivés, n'importe où, mais arrivés. Il n'y a pas eu d'exclamations, de mouvements, de gestes. Ils attendaient que l'on veuille bien disposer d'eux, faire ce que bon semblerait de leur carcasse et du reste de vie qui s'y accroche. Mais on n'a pas voulu d'eux à Hambourg et il semble que nulle part on ne veuille d'eux. Comme les pestiférés et les lépreux, on les repousse plus loin, toujours plus loin. Alors à quoi bon regarder ce qui se passe dehors, puisque, dehors, il ne se passe rien? Le train fantôme roule, roule sans fin. Les bagnards sombrent à nouveau dans l'inconscience.

Le lundi 9 avril au matin, le train fantôme arrive à la gare de Lüneburg et s'arrête le long d'un quai. Au loin, il y a des convois militaires et une grande animation. Il fait beau et le soleil frappe les ballots de chiffons que sont devenus les détenus. Mais ceux-ci ne lèvent pas la tête. Ils sont trop faibles et les corps ne sont plus qu'un ramassis de douleurs. Les membres tétanisés ne répondent plus. Les gardes n'ont plus à défendre leur espace réservé, personne ne bouge. Les yeux, profondément enfoncés dans les orbites, sont éteints et seuls ceux des Russes gardent encore une lueur de meurtre. On ne se bat plus entre nationalités, on se contente de dégager un bras écrasé ou de repousser une jambe. Pour la première fois depuis qu'il y a des concentrationnaires, la coexistence est devenue pacifique, on nc règle plus les différends entre clans par la bataille ou le meurtre, on montre les dents. C'est la paix des grandes nécropoles.

Un étrange silence plane sur le convoi. C'est un mélange de wagon-lit et de club anglais. Le calme est presque absolu et on respecte le repos des membres cotisants. Gagnés par l'ambiance et fatigués par le voyage, les gardes ont tendance à s'assoupir tout en surveillant leurs ouailles. Je ferme les yeux mais j'ouvre l'œil, telle pourrait être leur devise. Ils ont les fesses douloureuses et en ont bavé comme aucun être au monde. Du moins le pensent-ils. En attendant, ils sont ravis de la tranquillité qui a gagné le train tout entier.

Lüneburg, qu'est-ce que c'est encore que ce pays? Et pourquoi s'y arrête-t-on puisque, là aussi, ils ne voudront pas de nous? Lüneburg, ce doit être une ville avec un maire, un conseil municipal, des notables et des mères de famille qui tomberaient du haut mal si l'on débarquait sur la place de la gare, à l'heure où les enfants sortent des écoles, des mètres cubes de charogne puante et gémissante. Foutez-moi tout ça dehors, et en vitesse. On ne veut pas de ça chez nous. Et toutes ces momies desséchées, aplaties au fond des wagons, on ne va tout de même pas les balancer à la décharge municipale, ce n'est pas sain. Alors, disparaissez, on ne veut pas vous voir. Sans compter que les nouvelles ne sont pas bonnes et que les Alliés pourraient nous chercher noise s'ils trouvaient un charnier sur la commune. Un bon conseil, quittez la gare au plus vite. Raus! Le train part.

Le train des concentrationnaires, le train des réprouvés, des fantômes, quitte la gare de Lüneburg. Le temps est au beau fixe et l'on sent que le printemps sera une splendeur. Il y a comme une joie dans l'atmosphère, la joie du renouveau. Des bourgeons éclatent, des animaux se recherchent pour le rut, les premières fleurs commencent à apparaître timidement. La campagne est plate et sévère, mais elle ne peut échapper à cette folie qui gagne l'hémisphère nord. L'hiver est terminé, oublié, vive le printemps! La sève monte dans les racines, les troncs, les tiges. Les filles commencent, par-ci par-là, dans les fermes, à sentir une sorte de langueur. Le grand remue-ménage annuel est de retour.

Le train des miséreux, le train des loques, côtoie, traverse toute cette beauté. Mais il n'est pas concerné. Il passe par hasard sur la terre, ou plutôt par erreur. S'il vient polluer l'espace terrestre, c'est parce que des circonstances indépendantes de sa volonté l'ont amené là. Excusez-nous, Messieurs Dames, on ne voulait pas venir vous embêter. On vous le jure, ce n'est pas de notre faute. On était là, bien tranquilles, dans notre camp, on ne demandait rien à personne, on fichait la paix à tout le monde. Et voilà que ces grands voyous ploutocrates judéo-maçonniques bourgeois anglo-américains français viennent secouer le Vaterland. Ce sont eux qui nous ont jetés sur les routes et les voies de chemin de fer. Vous ne voulez pas de nous, on le comprend très bien, on est d'accord avec vous, mais dites-nous où aller, sinon nous tournerons en rond pendant des siècles. Ce n'est tout de même pas de notre faute s'il y a encore des survivants. C'est parce qu'on a été trop bien traité. Quand on pense au voyage de trois jours pour aller de Compiègne à Buchenwald, il y a des millions d'années de cela! Les gars étaient encore en pleine forme et pourtant l'expédition a tourné au tragique. Vingt-quatre heures de plus, et tout le monde mourait. Aujourd'hui, après des mois ou des années de camp, il se trouve des survivants au terme de cinq jours d'un voyage plus terrible encore. C'est la preuve que les SS nous ont trop gâtés. Alors, si l'on vous gêne, adressez-vous à eux. Nous, on n'y peut rien. On voudrait bien claquer tout de suite, pour vous débarrasser de notre présence, mais il y a en nous une petite flamme emmerdante qui ne veut pas s'éteindre. Si cela vous dérange, c'est votre affaire, pas la nôtre. La nôtre, c'est de tenir plus longtemps, d'aller plus loin qu'aucun être humain ne l'a fait dans la mémoire des peuples.

Allez vous faire foutre!

Le train repart.

L'après-midi du lundi 9 avril, le train pénètre dans une gare de dimension moyenne et vient accoster à un quai. La gare est presque déserte. Pas tout à fait cependant. Le long de l'autre quai, il y a un train de marchandises avec des wagons à bestiaux couverts.

Le convoi de Harzungen s'arrête dans un crissement de freins, et les détenus entendent des cris, des gémissements et des râles. Ce sont des femmes, des prisonnières. Sous le soleil déjà chaud qui brûle les parois, elles sont comme entassées dans des cercueils collectifs, elles vont mourir de chaleur et de manque d'air. Partent-elles ou arrivent-elles? Qu'importe, elles aussi font le voyage.

– Alle raus!

Le chef de convoi a sauté sur le quai et l'ordre claque. Il a du mal à arriver jusqu'aux cervelles engourdies. Qu'est-ce qui se passe? Est-ce qu'on est arrivé? Est-ce qu'on va nous donner à manger ou quoi? Les gardes se redressent et hurlent en donnant des coups de pied dans les formes indistinctes. Il faut sortir, mais comment faire? Depuis cinq jours et cinq nuits qu'ils sont parqués, entassés dans leur coin, les hommes n'ont plus de forces, plus de réactions, plus de réflexes. Toutes leurs articulations sont raidies. Ils ne savent plus se lever et marcher. Pourtant quelques détenus arrivent à se redresser, à avancer comme des automates et à descendre des wagons. D'autres, tels des paralytiques, se cramponnent aux parois, rampent jusqu'à la porte et tombent sur le quai. A coups de botte et de crosse les gardes poussent les retardataires. Ils s'affalent sur le dos, les mains, la tête. Il ne reste plus dans les wagons que les morts, des choses plates et momifiées, des tas de chiffons.

– Zu fünf!

Colonne par cinq. Les détenus retrouvent leur univers. On leur donne des ordres et ils les exécutent. Un long serpent gris se forme sur le quai. Seigneur Jésus! C'est une armée d'ombres, une armée de mourants, une armée de zombies. Les têtes sont effrayantes. Ce ne sont même plus des têtes, mais des sortes de boules grimaçantes avec deux grands trous pour les yeux, deux pour les joues et un pour la bouche d'où sortent des dents longues et jaunes. Malgré tout, un grand nombre de ces épouvantails tient debout. Ils en ont tellement vu dans leur existence de bagnards que rien ne les atteint plus. Ils feront illusion et marcheront au pas cadencé et tomberont brutalement, basculant en un instant de la vie à la mort.

Un groupe d'ex-notables se forme et essaie de gagner le haut de la colonne. C'est le meilleur endroit, tous les détenus savent cela, c'est là qu'on prend le moins de coups. Ce sont pour la plupart des kapos, des chefs de blocks, des Vorarbeiter. Certains ont encore leur brassard, symbole de la puissance, mais d'autres, par précaution, l'ont enlevé et le regrettent. Les portes du monde des maudits vont se refermer une nouvelle fois, et il vaut mieux être parmi les élites que parmi la plèbe. Ils sont chargés de valises et de ballots, preuve matérielle de leur importance, mais eux aussi ont souffert du voyage. Leurs traits sont creusés de fatigue. Sur l'autre voie, les femmes crient ou gémissent comme des mourantes.

Les gardes se sont mis en serre-file, le fusil à la saignée du bras. De place en place, certains portent des mitraillettes Schmeisser. A l'arrière s'est porté un groupe équipé d'armes automatiques. Le chef du convoi et son adjoint montent et descendent le long de la colonne. Ils ont ciré leurs bottes qui luisent sur le béton du quai. Après des mois de délégations de pouvoirs, ils retrouvent enfin le contact direct avec les détenus et paraissent en éprouver une satisfaction intense. Ces charognes de prisonniers sont de plus en plus immondes et ils en ressentent de la délectation.

– Im Gleichschritt, marsch!

La colonne quitte la gare et file rapidement vers la campagne. Il fait maintenant très chaud. Après quelques mètres, le pas cadencé revient. La marche en colonne, cette seconde nature des prisonniers, a retrouvé ses automatismes. Pas besoin de crier links, links, links! tout se fait très bien tout seul, on marche.

Au bout de quelques kilomètres la Mort, qui suivait discrètement la théorie, commence à montrer son museau. Insidieusement, elle s'infiltre dans les corps, les poitrines, les jambes. Elle ronge le souffle et l'énergie. Elle ricane et guette ses proies. Mais il ne faudrait pas croire qu'elle s'attaque seulement aux malheureux. Elle a aussi un œil sur les nantis, les notables. Elle les prévient qu'après tout ils ne sont que de la chair à crématoire. Alors elle lance une offensive du côté de leurs mollets, de leurs cuisses et de leurs épaules. Les pauvres nantis, amollis par des années de délices, commencent à lâcher des valises qui s'éventrent et dégorgent des trésors de lingerie fine et de saucisson.

Mais les plus intéressants sont les minables, les clodos qui s'empêtrent dans les manches de chemise et dérapent sur les paquets de margarine. Ceux-là avancent machinalement, pas après pas, retenant de toutes leurs forces le peu de vie qui reste dans leur carcasse. Ils ont quitté les wagons et ont marché comme ils l'ont toujours fait, au pas cadencé. Mais ils sont au bout du rouleau et le pas cadencé se déglingue. Les rangs se déforment, se creusent au fil des minutes. La colonne s'effiloche. Alors, à l'arrière, les premiers coups de feu retentissent. C'est un claquement sec, unique, ou une rafale. Les traînards retrouvent un regain d'énergie et remontent la colonne. Pas pour longtemps. Les plus épuisés redescendent en queue de colonne, tombent, s'allongent et reçoivent une balle dans la tête. Sur les bas-côtés, c'est le même scénario. Des détenus marchent normalement, d'une façon saccadée, sans parler. Brusquement, leur tête penche, ils titubent comme des poivrots et tombent dans le fossé. Le préposé à la mitraillette Schmeisser s'approche d'eux et leur envoie dans la tête une bonne rasade de plomb enrobé de maillechort. Le sang éclabousse les bottes mais la colonne ne s'est pas arrêtée, elle continue et continuera tant qu'il y aura une ordure de vivante. C'est qu'ils ont l'âme vissée au corps, tous ces salopards! Après des mois, des années, d'un régime auquel aucune bête ne survivrait, ils continuent à marcher, quelques-uns même au pas cadencé. Anormal, tout cela. Ce sont des démons.

Les kilomètres s'égrènent les uns après les autres et la fusillade s'intensifie. On tue du Häftling à tout va et il en reste encore des centaines. Ils avancent, ils marchent et ils marcheront jusqu'au bout. Ils ont enjambé deux ou trois fois les cabans des kapos. Ce merveilleux objet de désir dont ils ont rêvé pendant des jours et des nuits, cette fabuleuse garantie contre le froid, la pluie et la neige, ils l'ont enjambé pour ne pas risquer de tomber et de recevoir l'ultime volée de plomb. Car les kapos en sont arrivés à se dépouiller de tout ce qui faisait leur force et leur légende. Ces demi-dieux, détenteurs de la foudre et du droit de tuer, auraient-ils le souffle court? Et nous alors, qui avons souffert un million de morts jour après jour, nous les minables, nous continuons à marcher, nous les voyageurs sans bagages, nous n'avons que notre carcasse à offrir aux tueurs de service. Tandis que vous, bande de salopards qui avez cotisé à la caisse de retraite des révolutionnaires syndiqués, cela vous emmerde d'abandonner vos points d'ancienneté et votre lingerie fine. Vous galopez en tête du peloton parce que vous avez des réserves de muscles et de lard et que vous espérez vous en tirer. Malheureusement, il y a un hic. Vous n'aviez pas prévu cette petite galopade, peut-être la dernière, on ne sait jamais. Et peut-être y a-t-il dans le chargeur de la mitraillette une cartouche marquée à votre nom... Tout cela se promène dans votre cervelle encore solide. Nous, on n'a même plus de cervelle. On compte les pas les uns après les autres. Jusqu'où?

Après des kilomètres de marche, la colonne s'est amenuisée. La liquidation au coup par coup dans les fossés et celle, plus importante, à l'extrémité du convoi, a singulièrement réduit les effectifs. Les détenus passent devant un paysage familier. Des miradors, une enceinte électrifiée et, derrière elle, des individus en habits rayés. Enfin, on se retrouve en pays de connaissance.

– Comment est-ce que ça s'appelle, ici?

Bergen-Belsen, très bien. Ça fera l'affaire, ici comme ailleurs. Mais la colonne longe le camp, ne s'arrête pas, continue. Nom de Dieu, des camps de concentration, il y en a partout en Allemagne. Il suffit d'en côtoyer un, de s'en éloigner, et on en retrouve un autre. Ils n'ont pas l'air de vouloir de nous ici, alors allons plus loin, on n'a que l'embarras du choix.

Avec des mitraillettes comme bruit de fond, la colonne longe le camp et continue sa route. Elle arrive peu après devant un ensemble de bâtiments, des sortes de casernes construites en dur. Elles ne sont pas entourées de barbelés électrifiés. Les détenus arrivent sur une place propre, nette, impeccable. On fractionne l'arrivage, et c'est le premier appel à Bergen-Belsen. Bon sang, combien pouvions-nous être au départ pour nous retrouver aussi nombreux à l'arrivée? Plusieurs trains ont dû certainement se succéder en quelques minutes parce que du monde, il y en a dans le coin. Les bâtiments sont à deux étages mais pour trouver de la place, il faudra se bagarrer, encore et toujours.

Les porteurs de brassards réapparaissent et prennent la direction des opérations. Bien sûr, Messieurs les SS, vous pouvez toujours compter sur nous. Et si vous voulez organiser des kommandos de travail, nous serons là demain matin, à la première heure.

A Bergen-Belsen, la vie s'organise selon l'immuable système des blocks. Mais comme il s'agit de casernes à deux étages, donc trois niveaux, partagés par un escalier central, ces blocks sont constitués chacun par une aile d'étage, avec un chef de block et les inévitables Schreiber et Stubendienst. La petite balade hygiénique en pays libre est terminée, on se retrouve de nouveau entre soi. Le premier travail consiste à relever le matricule des détenus. Mais déjà l'affaire se complique car, si le premier grand convoi de Dora via Harzungen est bien passé à la désinfection, a abandonné ses vêtements pour en recevoir de nouveaux, un convoi ultérieur a reçu les uniformes abandonnés par les prédécesseurs sans que les numéros aient été décousus. Dans un grand nombre de cas, deux prisonniers ont donc le même numéro, d'où la fureur des autorités. Ce qui confirme, incidemment, que des trains sont partis directement de Dora sans passer par Harzungen.

Les casernes sont entièrement vides, il n'y a ni lits ni paillasses. Les hommes, épuisés, s'effondrent là où ils trouvent une place. Quelle distance ont-ils parcourue de la gare aux casernes? En nombre de cadavres, elle doit être longue. De nombreux forçats l'ont parcourue en gémissant, et maintenant, arrivés au nouveau camp, ils s'allongent pour ne plus se relever. Pour eux, c'est fini. Les voisins les prennent par les bras et les jambes et les sortent sur le palier.

Les chefs de blocks et leurs adjoints sont outragés. Qu'est-ce que c'est que ce camp de merde où les détenus claquent comme des mouches? Non seulement ces porteurs de brassard ont perdu leurs trésors en cours de route, mais ils en sont réduits à constater les dégâts, à relever les matricules des macchabées. Et puis un autre problème se pose. Autrefois, tout était simple, on amenait les morts au crématoire et l'affaire était réglée. Or, ici, il n'y a pas de crématoire. Qu'à cela ne tienne, on va les flanquer dans une pièce vide et quand elle sera pleine, on les entassera dans une deuxième, et ainsi de suite. Vraiment, ce n'est plus comme au bon vieux temps. Dès le premier jour, des quantités énormes de détenus passent de vie à trépas, simplement parce qu'ils sont arrivés au bout de leurs forces. Parmi eux, de vieux bagnards, qui ont presque deux ans de camp et ont atteint le terminus, mais aussi des petits jeunes qui sont loin d'avoir bouclé leur première année.

Bien que les casernes aient été construites suivant des normes d'hygiène rigoureuses, rien ne fonctionne plus. De toute façon elles ne sont pas prévues pour tant de monde. On a donc creusé en vitesse deux énormes feuillées de deux mètres de profondeur et de quatre mètres de long, ceinturées de planches, sur lesquelles on s'assoit. Mais que peut-on encore chier quand on n'a pas mangé depuis des siècles? Les chiasseux, eux, le savent et arrivent en courant pour déverser en longs jets les derniers litres d'eau de leur corps. Mais ils n'ont plus de force, ce ne sont plus que des sacs vides, et ils basculent dans le trou. Alors les suivants arrivent, se courbent, et se vident à leur tour. Au fond du trou, des hommes meurent dans un lac de merde.

Les SS ont établi rapidement une enceinte improvisée autour de ce nouveau camp de Bergen-Belsen. Il n'est pas question d'installer des barbelés électriques, on n'en a pas ni le temps ni les moyens. Alors on poste tout autour un cordon de SS hongrois habillés d'uniformes noirs. Ce sont des êtres frustes et butés qui ont reçu des consignes et les appliquent. Si les détenus s'approchent de la ligne de démarcation, il faut tirer et ils tirent.

Les détenus n'ont aucune envie de s'évader. Ils n'en ont plus la force, et où iraient-ils? Seulement, derrière les Magyars, il y a des silos de betteraves, de carottes, toutes choses merveilleuses qui font rêver. On les a vues dans la journée et on décide de tenter une sortie dans la nuit. La faim est torturante.

Quand tout sommeille, on descend à plusieurs, on sort de la caserne et on se glisse dans l'obscurité. Entre les bâtiments il n'y a pas âme qui vive, si ce n'est quelques groupes furtifs qui prennent la même direction. Les Lagerschutz qui faisaient les rondes de nuit, ça n'existe plus. Désormais, c'est la lutte pour la vie, à quitte ou double. Si on veut survivre, il faut bouffer, mais la bouffe et la mort sont intimement liées. On peut bouffer sans mourir ou mourir sans bouffer, c'est jouer à pile ou face.

Les détenus rampent, passent entre les feuillées où les cadavres sont englués. Ils s'approchent de la ligne fatidique. Les Hongrois sont là, silhouettes noires et immobiles. On ne peut pas savoir s'ils dorment ou rêvent à leurs plaines. Mais derrière eux se trouvent les extraordinaires choses dans lesquelles on enfoncera les dents, ces merveilleuses plantes qui redonnent vie, qui permettent de survivre un jour, deux jours, trois jours. On avance, on rampe. Cette nourriture, elle est là, presque à portée de main. Elle a ses fanes, la salope, sa pulpe juteuse attend qu'on vienne la dévorer, l'ingurgiter, jusqu'à s'arrondir le ventre, un ventre de propriétaire.

Soudain, un grognement retentit dans la nuit. Les Magyars se lèvent et tirent. Ils tirent sur des silhouettes minables qui rampent dans leur direction. Les carcasses s'effondrent, perforées par des balles qui pèsent presque aussi lourd qu'elles. Les têtes se redressent une dernière fois, puis s'aplatissent. On ne voit plus qu'un tas de chiffons qui dépasse à peine le sol.

Derrière la ligne des sentinelles hongroises, les champs sont là, inviolés.

– Il y a des gars qui attaquent les cuisines. Il paraît que ça se bagarre dur.

Voilà une nouvelle intéressante, pense Lucien. Il décide d'aller voir sur place. S'il peut participer à la curée, il grattera peut-être quelque chose, des pommes de terre, du pain ou de la viande.

Les cuisines occupent le rez-de-chaussée d'un bâtiment situé au centre des casernes. Une large entrée donne sur une porte à double battant. Derrière cette porte se trouve la salle des autoclaves. L'entrée est bourrée de monde et l'on entend des cris, des jurons. Des gourdins, des bâtons s'agitent au-dessus de la foule qui flue et reflue. Une atmosphère de prise de la Bastille, d'abordage des caravelles espagnoles. L'affaire a l'air d'être chaude. Sur la façade, une fenêtre est ouverte. Lucien fait un rétablissement sur l'appui et pénètre dans la cuisine.

A l'intérieur, le spectacle est effarant. Bien alignés au centre de la grande pièce, les autoclaves sont ouverts et une buée odorante s'en élève. La plupart sont remplis de soupe mais l'un d'eux est plein à ras bord de patates cuites. La nourriture est à portée de main, mais les cuisiniers montent la garde. Certains essaient de refermer les deux battants de la porte pendant que les autres, à grands coups de ringards et de barres d'acier, écrasent les têtes, les bras et les épaules qui se pressent à l'entrée. Les premiers attaquants s'écroulent, fracassés. Certains tombent, morts, la tête rouge de sang, d'autres, les épaules brisées, hurlent. Derrière eux, on se presse, on pousse, des jurons fusent, et les armes improvisées tournoient au-dessus des têtes. C'est de la folie de part et d'autre, le meurtre à grande échelle. De lourds tabourets, projetés par les assaillants, heurtent violemment les gros cuisiniers qui rugissent comme des fauves blessés. Sur les quelques mètres du champ de bataille s'empilent des corps éclatés. Une lutte à mort, farouche, sans pardon. L'un doit gagner, l'autre périr, jusqu'au dernier.

Mais déjà l'issue du combat se précise. Les cuisiniers ont pour eux la force physique, ils sont bardés de couenne comme des chevaliers de leur cuirasse, mais la horde des attaquants, elle, n'a vraiment rien à perdre. Tous se ruent vers les cuisines comme des bisons affolés vers le ravin. Ils mourront peut-être, mais il ne restera rien sur leur passage. La porte craque, les deux battants vont bientôt se rabattre contre les murs, aplatissant, assommant, tuant ceux qui cherchent à les retenir.

Lucien est seul dans la grande pièce. Les cuisiniers tiennent encore, mais, d'un moment à l'autre, la masse des squelettes hystériques envahira la salle, escaladera le talus de chair sanglante et se plongera la tête la première dans les autoclaves. Ils me tueront au passage et sans doute se tueront-ils entre eux, il ne faut pas rester là, pense-t-il. C'est une question de minutes, de secondes. Il court vers la marmite de patates, arrache sa vareuse de ses épaules et la jette par terre. Il plonge ses mains dans les pommes de terre brûlantes et les jette dans la vareuse. Il ne regarde pas vers la porte. Surtout ne pas regarder. Vite, vite les patates! Il en a ramassé plus qu'il n'en a jamais vues dans ses mois de bagnard. Vite, encore un peu. Puis il saisit les pans de sa veste, les rabat, noue les deux bras et se précipite vers la fenêtre. Derrière lui il entend un grand craquement, c'est la porte qui cède. Il jette le sac par la fenêtre.

Au moment où il enjambe l'appui, Lucien voit une boule de linge sale surmontée d'une tête qui se précipite sur le trésor et veut s'en emparer. Mais le paquet est lourd et l'homme l'éventre pour ne prendre que ce qu'il peut porter. Lucien saute dans le vide et atterrit sur la nuque de l'autre. Il entend un couinement, et c'est le silence. Le Russe a la nuque brisée. Rapidement Lucien refait le paquet, le jette sur son dos et se met à courir. Les pommes de terre lui brûlent les omoplates.

– Dites, les gars, il y a les Tsiganes avec leurs instruments de musique, ceux de Dora. Je les ai repérés, ils sont dans la caserne d'à côté avec leurs violons et leurs accordéons. Si on pouvait leur piquer leurs instruments, moi je vous jouerais de la musique. De la musique de chez nous.

Et le type se met à égrener ses grands succès. Il y a d'abord l'increvable *Je suis seule ce soir*, le triomphe des années quarante qui fait pleurer et renifler sous l'abat-jour les femmes attendant le retour du guerrier empêché pour cause d'emprisonnement dans les stalags. Puis il y a les chansons plus guillerettes qui ont assis la gloire de nos compositeurs. Des rengaines immortelles dont on se souviendra encore dans quelques siècles. Il assortit ces merveilles de « tsouin tsouin » et de commentaires émouvants. Il chauffe les gars de son block avec de belles phrases bien de chez nous. En France, les copains, c'est bien connu, tout finit par des chansons, alors on ne va pas se laisser bêtement faire. Si l'on doit crever, que l'on crève en musique et l'on n'en parle plus. C'est cela la France.

Les détenus s'approchent de lui. Cela fait une distraction. Le troubadour sent qu'il a l'auditoire à sa main, des jeunes squelettes dans les vingt, vingt-deux ans, le bon âge.

– Écoutez, les gars, j'ai bien repéré les lieux. Les Tsiganes de Dora sont dans le block d'à côté, avec leurs instruments. Ils sont dans une petite pièce, il y a tout l'orchestre là-dedans. Des violons, des accordéons, des bandonéons, ils ont tout apporté, tout, vous entendez, tout. Alors on pourrait organiser une petite expédition pour leur piquer deux ou trois trucs, surtout un violon, et quand on aurait des instruments, nous aussi les Français, on pourrait faire de la musique de chez nous, tsouin, tsouin, tsouin. Il n'y a pas de raison que ce soit toujours les mêmes.

Les détenus se regardent. Ils ne se regardent pas tels qu'ils sont, car ils iraient immédiatement se recoucher dans leur coin. Non, ils savent que leur vie sera très courte, que leur espérance de vie ne dépasse pas quarante-huit heures. Alors, pourquoi ne pas faire un truc rigolo avant de lâcher la rampe? Quand on a vingt ans, on se fout de tout. On écoute.

L'auteur-compositeur-interprète regarde son auditoire. C'est du tout cuit, des jeunes dingues. Il ne sollicite pas les volontaires, bien que des volontaires pour des missions suicide, on en trouve. Il n'emploie pas le mot et demande qui veut faire partie de l'équipe glorieuse. Il trouve cinq types qui acceptent de faire le coup sans savoir s'il se joindra au groupe. De toute façon il ne le propose pas. D'ailleurs, si l'affaire tournait mal et qu'il soit amoché, qui jouerait de la musique?

On monte les détails de l'expédition. D'abord, il faut des armes. On a trouvé de gros tabourets en bois dont les trois pieds sont vissés dans le siège. Deux tabourets feront donc l'affaire. On dévisse les pieds qui deviendront de confortables matraques que l'on dissimulera facilement sous les vareuses. Maintenant, le coup de main lui-même. La pièce des Tsiganes se trouve au premier étage de la caserne, tout de suite à gauche de l'escalier, ce qui facilitera la fuite. On partira ensemble, mais pas trop serrés les uns contre les autres pour ne pas former un groupe compact, donc suspect. Arrivés devant la porte, on se regroupera et on entrera brutalement. Les Tsiganes seront surpris et, voyant les matraques, n'oseront pas bouger. Trois hommes feront main basse sur un instrument, au moins un violon, et on sortira en vitesse. Les deux autres resteront légèrement en retrait, formant une arrière-garde défensive. Mais il n'y a rien à craindre. Dans ce block il y a des Polaks, des Russes, un peu de tout, et personne ne s'occupe de son voisin. D'ailleurs, des galopades, il y en a sans arrêt et on n'y fait plus attention. Arrivé dans la cour, on filera rapidement, derrière notre bâtiment, et on rentrera par la petite porte du fond.

Tout cela paraît très bien monté, très au point, et il ne reste plus qu'à passer à l'action. Le violoneux prend l'air d'un chef d'état-major installé dans son PC et décidé à n'en pas sortir.

– A tout à l'heure, les gars.

Gérard prend sa matraque et la coince dans sa ceinture. Il fait partie de l'arrière-garde. La troupe quitte la salle, descend l'escalier et arrive dans la cour. Il y a une foule qui se chauffe au soleil. Le petit groupe entre dans la caserne et gravit les marches. Des tas de gens sont dans l'escalier, qui montent et qui descendent, rien que des Polonais et des Russes. Certains jettent un coup d'œil étonné sur l'écusson F des Français. Qu'est-ce que les Franzous viennent faire ici? Mais, au fond, ce n'est pas leur affaire et ils s'éloignent. Les hommes arrivent devant la pièce et se regroupent. Pourvu que ce soit la bonne! Gérard prend la poignée et pousse violemment la porte. A ce moment surgit l'imprévisible, le grain de sable qui bousille la mécanique la mieux huilée. Un Tsigane se trouvait derrière la porte, prêt à sortir. Une fraction de seconde il fait face aux intrus, puis se rue en avant et dévale l'escalier. Inutile de courir après lui, les Français pénètrent dans la pièce, la matraque à la main. Merde, il n'y a presque personne, ils sont tout juste trois, olivâtres. Ils ne bougent pas, ne font pas un mouvement, mais fixent les assaillants de leur regard de braise. Les instruments sont là, à droite, contre le mur, à portée de la main. On s'empare en vitesse d'un violon, d'une balalaïka et d'un bandonéon. Les trois porteurs sortent en vitesse et Gérard claque la porte. L'affaire n'a pas duré cinq secondes, mais déjà on entend les Tsiganes gueuler à la fenêtre. Nom de Dieu, pense-t-il, foutons le camp en vitesse.

Dans la cour, les Tsiganes qui se doraient au soleil s'alignent, le couteau à la main. Les adversaires que l'on attendait éventuellement par-derrière sont en face de soi et la stratégie élaborée par l'état-major ne vaut plus rien. Il faut foncer, sinon la promenade militaire escomptée se transformera en boucherie. En un clin d'œil Gérard aperçoit les Français dispersés, aux prises avec les Tsiganes. Il court vers eux, la matraque levée, mais trouve devant lui deux gitans armés de longues lames. Je suis foutu, juge-t-il. Mais les Tsiganes commettent l'erreur de l'attaquer séparément. Grâce à sa matraque, son allonge est bien supérieure à celle des assaillants. Le premier lance un coup de couteau dans sa direction mais Gérard réussit à lui assener un coup terrible. Le Tsigane s'effondre. Le deuxième, désemparé, reste un instant immobile. C'est un instant de trop et la matraque frappe une deuxième fois. Gérard ne voit plus rien, mais il entend des clameurs autour de lui. C'est la curée. Alors, la matraque dressée, il se rue vers sa caserne, la contourne, monte l'escalier quatre à quatre et se retrouve dans la pièce. Un de ses coéquipiers a réussi à apporter le violon. Les yeux hors de la tête, il bégaie d'énervement.

– Eh! Gérard, tu as pu t'en sortir toi aussi? bredouille-t-il.

Gérard regarde le violoniste, une lueur de meurtre dans les yeux. Un peu gêné, l'artiste prend le violon, sans chercher à soutenir le regard.

– Bah, les gars, ce n'est pas de ma faute. On avait bien monté l'affaire, mais vous n'avez pas dû agir assez vite. Enfin, maintenant, on va pouvoir faire de la musique!

Hugues a réussi à se procurer une couverture. A Bergen-Belsen, une couverture est une denrée rare et il faut veiller sans cesse à ne pas se la faire voler. Il fait équipe avec son copain Jean et, la nuit, ils se serrent l'un contre l'autre en prenant bien soin d'arrimer la couverture sous les deux corps. Les nuits sont encore très froides et les carcasses mendient un peu de chaleur.

Hugues a décidé d'aller en quête de ravitaillement. Cela veut dire traîner à droite et à gauche à la recherche d'un trognon de rutabaga, d'un bout de ficelle, d'un maccabée qui aurait encore quelques vêtements sur lui. Peut-être même de feuilles qu'il mâcherait. Il faut survivre. Combien en voit-il de camarades qui, sous prétexte de se ménager, restent couchés à longueur de jour et, finalement, meurent sans s'en rendre compte, parce qu'ils n'ont plus envie de lutter. Hugues, lui, veut lutter. Il se battra jusqu'au bout. Jean, de ce point de vue, lui donne du souci. Il ne bouge plus et dort toute la journée. Hugues n'a plus d'illusions. Ce sera peut-être pour ce soir, peut-être pour demain, mais Jean ne passera pas quarante-huit heures. Il a traversé tout ce qui est humainement possible de traverser. Le Tunnel, les sélections, le froid, le vent, la pluie, la faim et la misère. Mais l'évacuation lui a enlevé tout ce qui lui restait de désir de survivre. Jean va crever au bord du rivage. Il n'en peut plus.

– Écoute, Jean, je vais aller faire un tour pour voir si je ne peux pas trouver quelque chose pour nous deux. Alors tu ne bouges pas et tu surveilles bien la couverture. Il ne faut pas se la faire piquer.

– D'accord, tu peux compter sur moi. Moi, je préfère rester, je me sens bien ici. C'est tellement agréable d'être allongé pendant des heures sans rien foutre. Ici, c'est la vie de château.

Pauvre mec, se dit Hugues, tu as déjà la gueule des gars qui vont crever. Tu le sais et moi aussi. Tes paupières ont du mal à se lever et tu ne chies même plus. Mais fais gaffe à la couverture.

Hugues se lève et part en chasse. Il y a toujours quelque chose à gratter quelque part. Il repense à Jean. Voilà des mois qu'ils font équipe ensemble, et Jean va le lâcher. Le premier, il va rompre l'association, mais comme personne ne sortira d'ici, un jour de plus, un jour de moins, est-ce tellement important? Si mes parents me voyaient, pense Hugues, ils ne me reconnaîtraient même pas et passeraient devant moi sans même me jeter un regard. Alors, à quoi bon se faire du mouron, continuons sur la lancée et on verra bien.

Au premier étage se trouve une grande salle pleine de moribonds et de dormeurs. Et puis, un peu à l'écart des groupes entassés, il y a un chandail, isolé, magnifique. Hugues, mine de rien, vient s'asseoir à environ un mètre du lainage. Tout va bien, personne ne lui demande ce qu'il vient faire là. Il prend ses aises, s'étend et se rapproche de l'objet merveilleux. C'est le silence, le calme absolu, aucune récrimination. Un coup d'œil à droite, un autre à gauche, c'est l'indifférence totale. Alors pourquoi fignoler, faire dans la dentelle? Hugues prend le chandail et quitte rapidement la pièce. Dehors, il enlève sa vareuse et enfile le lainage. Horreur, il sent immédiatement des milliers de bouches qui le mordent, qui le sucent, qui lui pompent un peu de vie. Il arrache le chandail et le retourne. Ce n'est même pas la peine d'examiner les coutures, des poux il y en a des milliers, des millions. Son propriétaire a préféré mourir de froid plutôt que d'être dévoré vivant. Hugues jette cette saloperie mouvante qui fera sans doute d'autres victimes. A chacun son tour.

Il remonte à l'étage supérieur, le sien, pour jeter un coup d'œil sur Jean. La couverture a disparu et Jean, replié sur lui-même, dort. Ses jambes ont d'étranges soubresauts. Hugues redescend l'escalier : il faut absolument trouver une autre couverture. A froid, comme maintenant, ses propres jambes lui font mal et il est sans forces. Mais il sait que, le moment de l'action venu, il saura retrouver la détente nécessaire pour défendre leur existence à tous deux.

Au premier étage des pièces un peu plus petites ont été investies d'autorité par d'anciens Stubendienst polonais. Ils sont équipés pour survivre à perpète avec boules de pain, couvertures et tout. Pourquoi ne pas essayer une attaque surprise? Voilà justement la porte. Le bec-de-cane le fascine. Il appuie dessus, pousse la porte et se retrouve à l'intérieur. Il y a là un groupe de Polaks solides qui discutent entre eux. Des gamelles sont posées par terre et les détenus y plongent des cuillères languissantes. Un coup d'œil rapide et Hugues voit une couverture pliée à portée de sa main. Il saute littéralement sur elle, reflue vers la porte qu'il ferme brutalement et grimpe quatre à quatre l'escalier de béton. Il jette la couverture sur Jean, se glisse dessous et dit à son copain :

– Ça y est, Toto, j'ai retrouvé de la chaleur pour ce soir. Mais fous bien tes fesses pour la caler, je ne recommencerai pas cela trente-six fois.

Jean n'a rien entendu, il dort. Il va crever mais c'est le plus beau jour de sa vie.

Aujourd'hui, dimanche 15 avril. Bergen-Belsen est sur la place, pour l'appel. Ils sont tous là, les miséreux, les éclopés, les moribonds que l'on tient sous les aisselles. Par rangs de cinq, ils sont bien alignés comme ils ont appris à le faire, quelles que soient les circonstances ou l'état de délabrement de leur corps. Mais il y a aussi la petite et la moyenne noblesse, Stubendienst, Schreiber, kapos, chefs de blocks. Ils sont tous là, comme il en a toujours été et comme il en sera toujours tant qu'il y aura des camps de concentration. Malgré un petit vent glacial, il fait très beau et le soleil réchauffe les corps.

Hier, en fin d'après-midi, on a entendu la rumeur d'un combat. Oh, pas le fracas apocalyptique des batailles, mais des éclatements secs de canons de moyen calibre et le crépitement des mitrailleuses lourdes, sans doute des 12.7. Une unité alliée doit se trouver dans le coin, mais est-elle près ou loin? Certainement pas à plus d'une dizaine de kilomètres. Quelle direction prendra-t-elle et est-ce que le gros de la troupe suivra? La nuit est tombée et il ne s'est rien passé.

Lorsque les détenus se sont levés, ce matin, vers huit heures, les combattants étaient déjà à l'œuvre. Les armes automatiques et les canons s'entendent parfaitement et même les armes légères sont de la partie. Il y a le bruit régulier des mitrailleuses lourdes, l'aboiement des canons qui tirent à vue et les coups isolés des armes individuelles. Mais, par-dessus tout, un incroyable bruit de ferraille, des crissements de métaux frottés l'un contre l'autre. Les chars. Ce sont leurs canons qui doivent tirer. Et si on les entend ainsi, c'est qu'ils ne sont pas à plus de cinq kilomètres. Qu'importe! Il est neuf heures et c'est l'heure sacrée de l'appel. Les kapos et chefs de blocks, la matraque à la main, surveillent l'alignement. Un appel doit être parfait, sinon on efface tout et on recommence. Ce qui se passe à l'extérieur? Ça ne nous concerne pas. Nous, on fait notre boulot et on le fera jusqu'à la fin des temps. Ah! Voilà les SS qui arrivent.

Les SS arrivent, en effet, semblables à eux-mêmes. Impeccables, le calot faisant le bon angle avec le crâne aryen, les bottes luisantes et le pli du pantalon droit comme une lame de rasoir. Autour du camp improvisé les SS magyars regardent d'un air abruti.

Le bruit de la bataille semble s'être estompé, mais le grincement métallique des chars s'amplifie. Ils sont tout près. Le commandant du camp fait un signe, l'appel peut commencer. Les SS Blockführer s'approchent des alignements et se mettent à compter. Ils sont froids, distants comme d'habitude. De leur badine ils touchent une épaule sur deux. Dix, vingt, trente. Arrivés au bout de la colonne ils ajoutent les morts de la nuit, bien alignés. Stimmt! Tout va bien, le compte y est. Pas de nervosité, pas d'affolement chez eux. Les muscles et les nerfs parfaitement éduqués gardent leur souplesse tranquille.

Tout à coup, sur la route qui longe les casernes, des monstres ferraillants s'avancent, la gueule du canon pointant en direction du camp. Le premier effectue un virage à droite et écrase la porte. Tout de suite après, une petite voiture armée d'une mitrailleuse surgit par-dessus l'amas des barbelés et s'arrête sur la place. Le servant de la mitrailleuse est à son poste, le doigt sur la détente. Il a un casque plat, c'est un Anglais.

Mon Dieu! C'est cela la libération, c'est comme cela qu'elle devait se produire! Immédiatement une clameur, une énorme clameur encore jamais entendue dans l'histoire des hommes, jaillit. Nous sommes libérés, nous sommes libres, nous sommes vivants! VIVANTS!

L'instant de stupeur passé, il y a des cris, des exclamations, des coups de sifflet. Les SS dégainent leur pistolet et commencent à tirer en se repliant. Le commandant a disparu. Les kapos, les chefs de blocks, tous les porteurs de matraque sifflent comme des fous et cherchent fébrilement à gagner une caserne. Mais l'immense Russie, celle des éternels misérables, se met en marche. Elle va se venger de tout ce qu'elle a supporté depuis que le monde est monde et, comble de l'horreur, de tout ce que l'Allemagne lui a fait supporter pendant cette guerre. Des cris montent des gosiers russes, des cris de haine, des cris de meurtre. C'est l'heure de la vengeance impitoyable.

Pris dans la masse, un porteur de brassard donne des coups de sifflet désespérés, puis s'arrête et se met à hurler d'angoisse. Il est seul. Son hurlement s'arrête et il pleure. Une foule ricanante le dévisage un instant et se jette sur lui. Lorsqu'elle s'écarte, on découvre une forme allongée, brisée, avec un œil sorti de son orbite et des membres qui tressautent. Le petit chef est encore vivant. Un homme s'avance, portant une lourde pierre, et lui écrase la tête. Le kapo vit toujours, mais ses yeux se trouvent à une étrange distance l'un de l'autre. Ses bras et ses jambes ont des soubresauts spasmodiques. Sa colonne vertébrale doit être en mille morceaux. Alors un Russe s'approche de lui, ouvre sa braguette et lui pisse dessus.

Un groupe de kapos et de chefs de blocks a réussi à se frayer un passage jusqu'à une caserne où tous s'enferment. Pauvres connards, vous vous êtes condamnés vous-mêmes, mais de toute façon vous étiez foutus. Vous avez voulu garder vos brassards jusqu'au bout, infâmes salauds, et maintenant c'est l'heure de payer. Une cavalcade les suit dans les escaliers. L'Europe entière est réunie pour leur filer le train. Ceux qui, la veille, n'auraient pas pu lever un pied escaladent les marches à toute vitesse. On ouvre la porte d'une pièce et on découvre un homme, vert de peur, plaqué contre un mur. Il a encore sa matraque en main mais on devine qu'il ne s'en servira pas. Ses membres sont tétanisés. Il se met à pleurer. Alors la horde des maudits, la horde des clochards, la horde des mourants s'avance lentement, doucement. Elle savoure son triomphe. Ils sont tous là, toutes les nationalités, tous les pauvres mecs. Ils rigolent et s'approchent. Le kapo tombe à genoux, ses forces l'abandonnent. Sa matraque n'est plus qu'un hochet entre ses doigts mous. Brusquement, la meute se jette sur lui et le brise en mille morceaux.

On ouvre les portes les unes après les autres et chacune laisse apparaître un gibier de choix. Auraient-ils enlevé leur brassard que resteraient toujours le caban, la culotte de cheval et les bottes. On ne se débarrasse pas facilement de ces choses-là. Ce sont celles qui vous ont fait vivre, survivre, pendant des années. On les a gardées jusqu'au bout, voilà l'erreur. On va en mourir. En mourir comme tous ceux que l'on a tués, écrabouillés, pendant les années où l'on était les rois de la concentration. Maintenant les esclaves se jettent sur nous. Le monde est mal fait.

Une porte qui s'ouvre, et c'est une figure angoissée qui s'offre aux assaillants. En un tourbillon, l'être vivant est transformé en bidoche, morte, inerte, dégueulasse. Les bottes, les vêtements font la joie des minables. On continue.

Dans une pièce du deuxième étage, une forme est plaquée contre un mur. C'est un petit homme sec, ridicule avec son grand béret noir posé sur une tête d'oiseau. Il est pâle, dévoré de tics. Arc-bouté sur ses bottes, il semble vouloir s'enfoncer dans le mur. La matraque pend au bout d'un bras inerte. Une voix crie : « C'est Follette! »

Follette, ce petit bourreau maigrichon, chef de block sanguinaire, presque personne ne le connaît. Les détenus avaient assez à faire avec leur propre Blockältester pour ne pas s'occuper du voisin. Mais Follette ou pas Follette, ça n'a pas d'importance. Le type est là et conviendra très bien.

La meute s'avance, doucement, sans bruit, juste quelques ricanements. Follette retrouve l'usage de ses jambes. Dans un instant, on va l'écraser et le sang jaillira de sa peau. Alors, pas à pas, il se rapproche de la fenêtre, en tenant toujours sa matraque. Les détenus ne sont pas pressés et réduisent lentement la distance. Follette, les yeux hagards fixés sur la troupe, racle le sol de ses pieds. Le voilà maintenant devant la fenêtre, juste au milieu, les reins contre la barre d'appui. Les hommes continuent à se rapprocher de lui, presque à le toucher. Alors Follette pousse un hurlement et bascule en arrière par-dessus la barre. Deux secondes de chute, et il tombe dans la cour, sur le dos. Immédiatement, une nuée de sauterelles s'abat sur lui. C'est un grouillement de nécrophages sur une charogne dont il ne restera bientôt plus qu'un magma informe.

Des cris et des galopades s'entendent encore de-ci de-là. Des hommes traqués, les yeux fous, hurlent leur angoisse. Ils vont mourir. Ils vont tous mourir les uns après les autres, solitaires face à la révolte terrible.

Dans la cour, des hommes pleurent, pleurent de joie. C'est fini, ils sont libres. Parmi eux, beaucoup mourront demain. Ils sont arrivés au terme de leur vie, ils ne peuvent plus la retenir, mais ils auront connu l'instant fabuleux. D'autres, les *musulmans,* sont indifférents. Ils ont déjà basculé dans l'inconscience, leur cerveau ne répond plus. Alors ils promènent parmi la foule leur silhouette d'épouvantail. Ils ont mal aux tripes et, d'un pas incertain, se dirigent vers les feuillées.

Des hommes errent en tout sens. Ils veulent retrouver des amis pour s'embrasser et crier leur joie. C'est fini, nom de Dieu, c'est fini. On s'interpelle, les communautés tombent dans les bras les unes des autres, c'est la grande fraternité des miséreux. Il n'y a plus de chefs, plus de hiérarchie, chacun est devenu un David qui a défié et vaincu le géant. Ils ont gagné. Les poitrines creuses et dévorées de maladies se redressent et les rires éclatent sur des visages ravagés. Les yeux, là-bas, tout au fond des trous noirs, brillent intensément. On regarde à droite, à gauche, on marche, on va d'un groupe à un autre, on s'exclame, on s'esclaffe, on court vers les Anglais, on veut les embrasser. Ils sont beaux, ce sont des dieux! Merci, les gars, merci, vous les dieux, dont les formidables armes ont mis fin à la plus grande misère que les hommes aient jamais connue.

Les chars sont toujours sur la route, arrêtés, les tourelles braquées sur le camp. Des jeeps sont entrées, nombreuses, et des fantassins, l'arme au bras, forment une sorte de cordon sanitaire pour essayer de contenir la foule. Ils sont horrifiés et regardent tout cela d'un air incrédule. Les cadavres éparpillés sur le sol, les mourants qui se traînent à quatre pattes et les *musulmans* avec leur indifférence, leur absence. Ils voient les silhouettes, les têtes de mort hilares, les énormes plaies qui gonflent les cous, les vêtements déchirés, d'une saleté inimaginable. Ils sentent l'odeur de crasse, de merde, de pourriture et de mort qui émane du troupeau et les prend à la gorge. Comme tous les combattants, ils ont vu les ravages qu'une guerre peut faire dans la chair des hommes. Ils ont vu les corps éventrés, coupés en deux, les mâchoires arrachées, et les jambes qui se détachent et voltigent en l'air. Ils en ont vu, des choses, mais cela, jamais. Les servants des chars ont ouvert les trappes et sont sortis pour regarder le spectacle. Ils n'en croient pas leurs yeux. Des choses comme cela, ce n'est pas possible.

Un officier anglais arrive dans sa jeep et saute à terre. Il est petit et brun, sans doute le chef du détachement. Il demande si quelqu'un parle anglais. Un Français se présente, ils discutent tous les deux un moment, puis le détenu l'entraîne vers un bâtiment. Suivis de quelques soldats en armes, ils escaladent le perron. Le Français pousse une porte, et les Anglais prennent l'horreur en pleine gueule. La pièce est remplie de cadavres empilés tête-bêche jusqu'au plafond. Une rangée sur deux, des pieds nus et sales, immenses, comme plantés au bout de manches à balais. Une rangée sur deux, des têtes, des crânes, des yeux ouverts et des bouches béantes. Les Anglais semblent avoir reçu une commotion électrique. Ils restent un instant immobiles. Puis ils sortent en courant, le cœur au bord des lèvres, prêts à s'évanouir.

Le soleil, qui monte peu à peu dans le ciel, inonde la cour. La journée sera belle.

Le matin du 5 avril, Dora n'est plus qu'un bateau à la dérive. Deux énormes ponctions de détenus ont été faites et il ne reste plus aucune structure, aucune organisation véritable. C'est l'anarchie. Les kommandos ont été démantelés, brisés. Le camp devient le royaume des âmes errantes.

Il n'y a plus qu'un élément solide, et qui continue à fonctionner, c'est le Revier. Les médecins et le service hospitalier offrent le dernier réconfort à ceux qui ne connaîtront sans doute pas la libération.

Les rescapés des précédentes grandes évacuations, ceux qui, par ruse ou par hasard, ont réussi à passer au travers des mailles du filet, sont là, attendant le signal du destin. Il n'y a plus rien à faire, toute rébellion serait vaine. Que la volonté de Dieu soit faite. La vie ou la mort se jouent maintenant à pile ou face, sans que l'on connaisse les règles du jeu. Le hasard règne en maître.

Un ordre arrive de la Porte et les derniers détenus se retrouvent sur la place. Dire qu'il n'a fallu que trois transports principaux pour que Dora, ce mastodonte, soit vidé! Maintenant, c'est à nous, comme les copains. La débrouillardise, les astuces n'ont servi à rien, il faut prendre la route. Il y a là les clochards, les moins que rien, la raclure. Il y a aussi les porteurs de brassards et les fonctionnaires, les pires et les meilleurs, ceux qui ont assuré leur survie grâce à l'assassinat et ceux qui ont utilisé le petit poste qu'ils occupaient pour sauver ce qui pouvait l'être.

La colonne paraît curieusement maigre et pourtant ils sont nombreux. Par rangs de cinq, ils franchissent la porte du camp. Dora est mort.

La troupe passe devant le Tunnel, oblique à gauche, suit une route et arrive à la gare de Niedersackswerfen. Là, le long du quai, attend un train. Il n'y a pas un civil, pas un voyageur, rien qui soit prévu pour les populations qui sur les routes fuient les bombardements. Cette gare est réservée aux détenus.

La colonne se fractionne et les hommes montent dans les wagons. Ils sont serrés mais ont cependant la possibilité de se mouvoir. Sur le quai ne restent plus que les SS, les Posten et quelques kapos. Les SS donnent des ordres, il y a des claquements de talons et les gardes armés escaladent les marches et entrent à leur tour dans les wagons. Là, tout change. Ils repoussent les prisonniers à coups de crosse et s'installent sur un bon tiers de l'espace. Les hommes s'écrasent, marchent sur les pieds des uns, enfoncent leurs coudes dans les côtes des autres. D'incroyables douleurs commencent aussitôt à mordre les corps. Des cris et des injures s'échangent. Les plus faibles, les plus petits, essaient de se hisser et leurs bouches de carpe tentent de trouver un peu d'air. Un roulement, un grincement, et la porte se referme. C'est presque le noir. Les esprits s'affolent, c'est la tumulte.

– Ruhe!

Le garde cogne sur les silhouettes les plus proches qui refluent. Les plus faibles sentent leurs côtes gémir. Mon Dieu, on va crever avant même d'être partis.

Le garde est vite incommodé par les odeurs de maladie, de saleté et de misère qui envahissent rapidement le wagon. Il entrouvre la porte. Il a côtoyé des détenus pendant des mois mais n'a jamais connu une telle promiscuité. Ces loques sont vraiment dégueulasses. A quoi bon les trimbaler partout comme cela, pourquoi ne pas s'en débarrasser tout de suite?

Les heures passent, le train reste à quai, attend, puis il part enfin. Adieu Dora.

Le deuxième jour, le dernier train de Dora s'arrête dans la campagne. Les responsables du convoi descendent et sont rejoints par des militaires et des fonctionnaires des chemins de fer. Conciliabule. Les gardes descendent à leur tour et se passent les renseignements. Il paraît que la ligne a été bombardée un peu plus loin et n'existe plus. Mais un autre train a été amené sur une voie qui se trouve de l'autre côté de la colline que longe l'actuel convoi. Il suffit d'embarquer la cargaison dans ce deuxième train. Tout le monde dehors!

Les détenus sautent à terre et déjà l'on voit les traces qu'ont produites ces premières heures de voyage. Si la plupart des prisonniers sont encore valides – ils en ont tellement connu depuis des mois! – les faibles et les éclopés accusent le coup. Ils sont hagards et repliés sur eux-mêmes. Ils ne parlent pas et n'ont plus de réactions.

– Zu fünf!

Ça y est, on recommence, colonne par cinq. Les kapos et les Lagerschutz ont ressorti leurs matraques. On ne sait jamais, ça peut toujours servir. Mais la colonne se forme mollement. Alors les porteurs de brassard attaquent. A grands coups de gourdin ils assomment les faibles, les désorientés, ceux qui ne peuvent plus se traîner. Ils liquident tous ceux qui pourraient nuire à la bonne marche de la troupe. Pas besoin de s'encombrer de traînards, il y en restera bien assez. On élague le bois mort.

La route est étroite et la pente raide. Les gardiens, s'estimant en nombre insuffisant, ont armé des détenus allemands volontaires qui se mettent en serre-file, complétant ainsi de chaque côté le cordon de surveillance. A l'arrière, il y a la grosse artillerie, les SS armés de mitraillettes. Tout semble parfait, en avant!

Marcher en colonne est un tel réflexe conditionné chez les détenus qu'ils ont retrouvé le rythme presque sans s'en rendre compte. Il y a des faiblards un peu partout mais on les tire, on les pousse, on essaie de les maintenir dans l'alignement. Très vite la fatigue arrive. Attention, pas la fatigue bienfaisante d'une bonne marche en forêt avec le gazouillis des oiseaux et la chlorophylle réparatrice. Non, la fatigue mortelle qui vous cancérise, dévore votre force vitale et vous fait dire : faites de moi ce que vous voulez, je m'en fous, je n'en peux plus. Dans la colonne, dans ce corps étiré comme un ver, il y a des cellules malades qui se mettent à divaguer, à flotter, à errer. Certains détenus, partent à droite ou à gauche d'un pas incertain, gâchent l'ordonnance de la troupe. Ils échouent sur les bas-côtés et un coup de matraque ou une balle dans la tête les envoie directement au paradis. Et il y a ceux qui peu à peu rétrogradent et se retrouvent en queue de peloton. Là, l'artillerie les attend.

La colonne progresse et les oiseaux ont fui. La marche devient mécanique, encore un pas, puis un autre. Comme disaient nos grands-pères, la meilleure façon de marcher, c'est de mettre un pied devant l'autre et puis de recommencer.

A force de mettre un pied devant l'autre, on parvient au haut de la colline. Évidemment, il ne faut pas regarder derrière soi. Derrière soi se trouvent les gars qui ont touché la libération, la vie, du bout du doigt. Mais du bout seulement et ce n'était pas suffisant. Non, il faut regarder en avant. Et en avant, ô merveille, au bas de la descente, un train crache de la vapeur. Attends-nous, train béni, nous arrivons.

Sur le quai on reforme les rangs, on compte les hommes et on les fait monter dans les wagons. Mais, en plus des gardes, on ajoute des porteurs de brassards armés. On pousse la piétaille dans un coin. Le train lance un grand coup de sifflet joyeux et s'ébranle.

Le troisième jour, le train se balade. Il musarde, va, vient, monte, descend dans cette Allemagne qui est devenue un piège à rats dont les mâchoires se referment inexorablement. On a dû traverser pendant la nuit une grande gare, mais on ne sait pas laquelle. Et puis, qu'importe. On est toujours entassés les uns contre les autres. Les SS et les kapos font régner la terreur aux frontières de leur périmètre.

A l'extérieur, un fracas éclate, brusquement. C'est un bombardement en avant du convoi. La guerre est là, à quelques pas, et à quelques mètres au-dessus des têtes, les anges libérateurs mâchent leur chewing-gum en appuyant sur le bouton *dropping bomb,* et lâchent la purée.

Le train s'arrête et les gardes se ruent à l'extérieur. Les prisonniers? Qu'ils restent où ils sont. Les SS s'allongent et braquent leurs armes en direction du train.

Fin d'alerte. Le train repart. Son sifflet lance toujours le fa dièse ou le si bémol qui convient dans un pays hautement civilisé. Les groupes, les affinités, les nations ont disparu depuis longtemps et l'on s'entasse dans un coin. Il y a les morts, ces emmerdeurs, dont on voudrait se débarrasser, et qui prennent des attitudes obliques néfastes à un entassement harmonieux.

Le train s'arrête en rase campagne. Il doit y avoir encore un ennui. Pourtant aucune explosion, proche ou lointaine, n'a signalé un bombardement. Des SS et des kapos farfouillent dans les détritus humains. Que veulent-ils encore? Ils ont une idée bien ancrée dans la tête et ignorent tout ce qui n'est pas français. Les Français, ça les intéresse. Ils ont du flair et de la perspicacité. On n'a pas vécu pendant des années dans les camps sans connaître son monde. Alors ils regardent les Français les yeux dans les yeux. Toi, tu es officier français? Oui. Alors dehors. Toi aussi tu es officier français? Oui. Dehors toi aussi. Ils en réunissent un certain nombre et les alignent à quelques mètres. Bruit de balles. Les armes crachent et les jeunes officiers s'écroulent.

Le train repart.

Le train prend du bon temps. Est-il encore sur la terre? On ne sait pas. Il roule, il s'envole, il rampe, il avance, il recule, il s'arrête, il repart. A quoi bon s'inquiéter, un train c'est un train, il mène sa vie de train. Il y a, bien sûr, à l'intérieur des drôles de carcasses qui s'acharnent à survivre. Ces types sont fous. A quoi cela rime d'essayer de garder un corps en état de marche, quelques kilos d'os en état de fonctionnement? A rien, mais on ne lâchera pas. Les jours passent les uns après les autres, les nuits aussi. On s'enfonce dans le coin du wagon, celui des affreux. Les os et la peau qui subsistent n'intéressent personne, mais on s'en moque, on résiste pour le principe. Manger, bouffer, qu'est-ce que cela veut dire? Rien du tout. On ne pourrait même pas avaler un radis. On ne pense même plus à la bouffe. On est entassé dans notre petit coin avec des macchabées qui nous encombrent. Mais ces macchabées ce sont nos copains, vous entendez, nos copains. On a navigué pendant des jours et des jours, des nuits et des nuits, on ne sait pas combien, sur ces maudites voies de chemin de fer de ce putain de pays, on ne sait plus où on est, mais ça ne fait rien, tant que vous ne nous flanquerez pas un coup de fusil ou de matraque en pleine gueule, on sera là et on tiendra. Il en restera toujours un pour vous dire qu'on ne lâchera pas.

Les jours passent et le train roule. Au début, il y avait des repères. On pouvait parler en heures de voyage. On regardait le ciel, l'endroit où le soleil se levait. Ou, plus simplement, on comptabilisait les jours et les nuits. Ou encore, on posait des jalons qui se rapportaient à des faits, minuscules. Et puis, peu à peu, tout a sombré dans l'uniformité, aucun mode de calcul ne rime plus à rien. Qu'est-ce que ça peut bien faire, après tout? On est vivant ou on est mort, le reste n'a plus aucune importance.

Le train arrive à une destination familière. Ça, il n'y a pas de doute. Quand on est un vieux bagnard, on sait reconnaître les endroits qui sont pour nous et les autres. Les autres, autant le dire tout de suite, on les évite. De toute façon, on ne nous y recevrait pas. Mais pour les endroits à nous, il faut voir. Celui-là a l'air très bien. Il y a des barbelés qui s'enroulent autour de poteries isolantes. C'est tout à fait notre genre. Comment s'appelle ce camp? Ravensbrück. Nous voilà chez les femmes! Qu'est-ce qu'on vient faire dans un endroit pareil? Enfin, Ravensbrück ou n'importe quoi, ça n'a pas d'importance, du moment qu'on sort de ce train, Ravensbrück fera aussi bien l'affaire.

La colonne longe le camp. Il porte les traces d'une occupation récente et d'une évacuation rapide. Les blocks sont vides mais il y a par terre de la paille et des détritus qui témoignent d'un départ accéléré. Est-ce qu'il y a encore de l'électricité dans les barbelés? Personne n'ose tenter sa chance, du reste à quoi bon? On a peut-être raté la libération, mais au moins on est en pays de connaissance. Les barbelés et les paillasses, il n'y a pas de doute, on est chez nous.

Les femmes ont vécu ici? Ce n'est pas vrai, elles en ont bavé autant que nous? Ce camp est aussi misérable que ceux des hommes. Il prend même une dimension tragique et tout le monde se tait. Les détenus dont la femme a été arrêtée sentent leur gorge se nouer. Ce n'est pas possible, ma femme a vécu là! Elle a peut-être foulé l'endroit exact où je suis.

Qu'est-elle devenue? A-t-elle pris la route elle aussi ou bien est-elle... morte?

Les blocks sont vides, sans lits et sans paillasses. On parque les hommes, on les enfourne, ils sont presque aussi entassés que dans les wagons. Des bagarres éclatent.

Des chefs de blocks font leur apparition et l'administration reprend ses droits. Elle sera donc là jusqu'au bout. On relève les matricules, on compte, on recompte, on décompte. L'anarchie, le nivellement et l'anonymat vont disparaître. Encore quelques mois – après tout, pourquoi pas – et la cité des Femmes sera devenue un camp d'hommes modèle. Déjà des hiérarchies se constituent et s'installent.

Les détenus vivent une vie étrange qu'ils n'ont pas connue depuis des mois, des années. Ils ne travaillent plus. Arbeit macht frei, disait le fronton de la porte de Buchenwald. Le travail donne la liberté. Ressaisissez-vous, Messieurs les SS, vous laissez vos camps partir en quenouille. Il y a bien quelques corvées, mais la masse des prisonniers reste inoccupée. Elle ne peut pas traîner dans le camp, c'est dangereux et fatigant. Alors, en attendant de s'organiser, il y aura comme toujours l'appel. Et puis on retourne s'asseoir ou s'allonger quelque part.

Les autorités ont découvert dans une réserve des colis de la Croix-Rouge et en font une répartition grotesque, insensée. Les rations sont minimes, quasi symboliques, mais ces nourritures destinées à des individus en bonne santé sont de véritables bombes pour les estomacs et les intestins délabrés. Ces aliments surconcentrés tuent rapidement les plus faibles. Il y a aussi des produits nouveaux comme le Nescafé qui créent des chocs nerveux. Certains, qui en ont pris, se trouvent pendant plusieurs jours dans un état de tension extrême et ne dorment plus.

Les jours passent, vides, lamentables. Malgré les appels et le rétablissement d'un embryon de fichier, les autorités n'arrivent pas à restructurer cette masse fluctuante et amorphe. On se traîne et on meurt à grande vitesse. C'est Calcutta.

– Rassemblement!

Les détenus se redressent péniblement. Il est huit heures du matin. Tout le monde dehors! Des hommes geignent, montrent leurs plaies au chef de block, d'autres, épuisés et malades, ne bougent pas. Le chef gronde, menace, et les prisonniers se retrouvent sur la place d'appel.

Contrairement à l'habitude, ils ne s'alignent pas par blocks, mais on les groupe par paquets de trois cents. Pierre est inquiet. Qu'est-ce que cela veut dire encore? Il a autour de lui quelques Français, des Belges et des Hollandais qui forment un îlot occidental au milieu de la marée slave. Pierre avait un petit poste à Dora. Étant en contact permanent avec les SS et parlant l'allemand à la perfection, il avait obtenu le droit de laisser pousser ses cheveux. Les Seigneurs ne supportaient pas la promiscuité des immondes débris.

Les groupes de trois cents sont immédiatement encadrés de SS, de Lagerschutz et de kapos. Tous sont armés. Le bruit galope immédiatement. On évacue le camp.

C'est donc cela! Nous voilà encore repartis sur les routes, à la recherche de quoi? Les SS s'imaginent-ils qu'ils vont trouver un endroit, l'endroit idéal qu'épargnera l'ouragan qui s'abat sur l'Allemagne?

– Surtout, restons bien ensemble. Pierre regarde son petit groupe. Si nous ne nous séparons pas, on essaiera de se soutenir et peut-être de faire quelque chose.

La porte s'ouvre et, les unes après les autres, les colonnes quittent le camp. Elles s'engagent dans la campagne. Peu à peu, elles se séparent, la distance augmente entre elles. On marche. Déjà les rebuts des groupes précédents apparaissent sur les bas-côtés. Les malades, les blessés, les vieux de quarante ans ont terminé leur carrière dans le fossé. On marche. Les kapos et Lagerschutz en serre-file raniment l'ardeur de la troupe à coups de matraque. A l'arrière, selon l'habitude, on liquide les traînards. On marche.

On approche d'une ferme, banale comme toutes les fermes avec son bâtiment principal, son étable et sa grange. On ouvre les portes de la grange. Elle est spacieuse, avec son sol en terre battue et un premier étage rempli de foin.

– En avant!

La troupe pénètre dans le bâtiment et les portes se referment. Il fait noir. Les hommes s'écroulent sur place, anéantis de fatigue. Il n'y a même pas de bagarres, on n'en peut plus.

– Les gars, on va s'installer là-haut.

Pierre et les hommes de son groupe escaladent l'échelle et vont se nicher dans le foin. Ils s'enfoncent le plus possible dans la masse végétale, bien à l'écart de la trappe d'accès. De-ci de-là il y a des bruits confus, des paroles échangées. Ils ne sont pas les seuls dans le foin, mais le gros de la troupe n'a pas eu la force de monter et dort à même le sol. A l'extérieur, les SS et les porteurs de brassard discutent et rient.

– Aufstehen! Debout, vite dehors!

Les portes de la grange viennent de s'ouvrir et les gardes hurlent. Ils semblent nerveux, un peu affolés. Tout le monde dehors en vitesse, il faut repartir.

Les détenus abrutis de fatigue se remettent en colonne. On les compte. Sakrament! Il manque du monde. Des SS et des kapos se ruent au premier étage et cherchent dans le foin en jurant. Dans leur coin, Pierre et son groupe n'ont pas besoin de consigne : surtout, on ne bouge pas. Les recherches se poursuivent et, de temps en temps, il y a des cris et une galopade. On retrouve des resquilleurs. On brasse le foin, on le sonde, on gueule. Les Occidentaux retiennent leur souffle.

Les gardes redescendent, poussant devant eux les malchanceux. Il manque toujours du monde, mais les SS sont pressés par le temps. Les Russes doivent être à proximité, et il faut partir immédiatement. En avant, marche, la colonne s'éloigne et rejoint la route.

Dehors, il commence à faire jour. On n'entend pas un bruit aux alentours, il n'y a pas âme qui vive, ni Allemands, ni Russes, ni civils, rien, il n'y a plus personne.

Pierre et les autres sortent du foin. Ils se taisent. Ils sont comme le cerf qui a réussi à semer la meute mais sait qu'il peut être rejoint à tout moment. Ils sont affaiblis.

– Surtout, ne restons pas là.

La petite troupe quitte rapidement la ferme et s'éloigne dans la clarté du jour. Il fait beau mais froid. Déjà les estomacs crient famine. Il faut manger, il faut trouver de la nourriture, peu importe laquelle. On avance.

Sur la route gît un cheval crevé, tout blanc, un beau percheron. Il est sur le flanc, le ventre ballonné et les pattes largement écartées. Un des hommes a un couteau et commence à tailler de larges tranches dans la croupe. La viande est glacée. On met les morceaux dans les chemises et on repart.

Un peu plus loin, il y a un village presque désert, les habitants ont fui. Les hommes entrent dans une maison, à l'écart. Elle est vide, ses habitants l'ont quittée précipitamment, mais il y a de quoi faire du feu. Les hommes grillent rapidement les morceaux de cheval et les avalent, les enfournent. On dirait des hyènes dévorant une carcasse.

– Ne restons pas là, partons.

Le groupe se rend compte qu'il n'est pas libéré, qu'il n'est pas libre, il est en cavale, ce n'est pas du tout la même chose. Le monde qui s'écroule autour d'eux est plein de dangers mortels. Qu'une troupe de SS armés ou simplement de soldats les aperçoivent, et ils seront immédiatement abattus. Même les civils allemands sont dangereux. Ils peuvent alerter les autorités s'il en reste, et c'en sera fini de la promenade campagnarde. Ce pays doit vivre en pleine hystérie. Cette simple phrase, « Les Russes arrivent », doit lui glacer le sang et le pousser à faire n'importe quoi.

Une troupe apparaît au loin, se dirigeant vers les évadés. Tout le monde se cache. La troupe approche, elle est armée, et les soldats parlent français. C'est un détachement de la LVF, des volontaires qui se sont engagés dans l'armée allemande. Ils passent sans rien remarquer.

On ne peut pas rester en uniforme rayé, c'est trop dangereux, il faut absolument trouver des vêtements civils. Les fugitifs approchent d'un hameau désert et pénètrent dans les maisons. Voilà, c'est fait, ils ont revêtu des tenues passe-partout.

Jusqu'à présent, ils ont évolué dans un monde vide et désertique. Soudain la guerre les rejoint. Une route est là, devant eux, et ils découvrent la débâcle dans sa poignante absurdité. La route est encombrée de charrettes, d'automobiles, de vélos, de gens à pied. Des enfants et des vieillards, des valises, des cartons, des ballots. Des Allemands, des travailleurs étrangers de toute l'Europe. On parle allemand, slave, français, hongrois, bulgare. On court, on se sauve, on fuit. LES RUSSES ARRIVENT! Les vieux sont épuisés et les gosses pleurent. Mais les trois mots terribles font avancer l'énorme foule. Il faut fuir, fuir ce qui va se passer. On préfère crever sur la route plutôt que de connaître un tel sort.

Pierre et ses copains s'insinuent dans la masse des fuyards. Personne ne s'intéresse à eux, personne ne les regarde. Où vont-ils? Ils n'en savent rien, sans doute vers l'Ouest.

Le soir, ils entrent dans un hameau, avec des bâtiments de ferme et des granges.

– Allons dans cette grange.

Le petit groupe de bagnards ouvre la porte. L'intérieur est bourré de civils allemands entassés par familles. Ils ont des yeux apeurés. Les évadés se mettent dans un coin. Ils sont épuisés, malades et affamés. Toute l'humanité rassemblée dans le bâtiment commence à somnoler.

Dans la nuit, un bruit monte peu à peu au-dehors. On dirait le grincement de centaines de charrettes rouillées. Le bruit s'approche, s'amplifie, il est là. Ce sont des chars. La porte de la grange s'ouvre brusquement et des petites silhouettes apparaissent. Ce sont les Russes.

Les petits hommes envahissent la grange. Ils braquent leurs mitraillettes sur les groupes et à coups de botte repoussent les valises et éventrent les ballots. Les enfants pleurent.

– Dawai uhre, bystro!

Ils veulent les montres, ces petits hommes aux mitraillettes. Ils passent de groupe en groupe, de famille en famille. Bystro! Bystro! Les civils donnent leurs montres et les petits hommes ricanent. Ils sentent la guerre et la sueur. Au-dehors, des projecteurs balaient le hameau.

Les bagnards sont-ils libres? Non, ils ne le sont pas. Pierre s'en aperçoit tout de suite en essayant dans un sabir germano-russe d'expliquer son cas et celui de ses copains aux éléments qui ont pénétré dans le hameau. Franzouski? On s'en fout. Belges, Hollandais, qu'est-ce que c'est que ça? Concentrationnaires? On s'en fout. Ce sont des troupes d'assaut qui parlent à peine le russe. Des déments à la gachette rapide. Ils ont prestement et proprement détroussé les réfugiés. Ils viennent du fond de l'Asie, la mitraillette à la main, et foncent vers l'Occident. Il ne faut pas leur parler des droits de l'homme et du citoyen ou de gens qui ont souffert mille morts dans les camps de concentration. Yob troiou matj! Ce sont les hordes d'Attila.

Le détachement est équipé principalement de matériel américain, du plus léger au plus lourd, sauf peut-être les mitraillettes Kalachnikov et les pistolets Nagan. Mais l'armement, toutes origines confondues, et ceux qui s'en servent, donnent l'impression d'une puissance redoutable et irrésistible.

Pierre et ses camarades ne peuvent rien obtenir pour eux-mêmes. On ne les considère pas comme des ennemis, mais pas non plus comme des amis. On n'a pas le temps de s'occuper de la question et, du reste, on s'en moque. On les tolère.

Les Russes ont fait prisonnière une unité d'infanterie allemande qui traînait dans le coin. Les fantassins sont là, parqués, avec leurs armes légères, surtout des fusils Mauser. Les mitraillettes Schmeisser ont disparu, souvenir de guerre. Des Russes entourent l'amas des fusils. Ils les prennent un à un par le canon et, en riant, cassent la crosse. Les prisonniers allemands, groupés devant eux, regardent faire. Soudain plusieurs hommes s'avancent et, par signes, montrent qu'ils veulent se charger du travail. Les Russes, toujours en riant, donnent leur accord. Alors les Allemands, avec un ahanement de bûcheron, saisissent leurs propres armes et les brisent.

Les troupes de choc russes ont été depuis longtemps remplacées par d'autres et poursuivent leur avance. Berlin est à quatre-vingts kilomètres au sud et c'est là que se joue la bataille finale.

A force de tractations et d'explications, les bagnards ont réussi à obtenir une certaine autonomie de mouvement. Ils décident de tenter le coup : filer à l'Ouest, parce qu'avec les Russki on ne s'en sortira jamais. L'occasion se présente sous la forme de vélos qu'ils découvrent dans un coin.

La campagne est plate, désolée. Un monde a disparu, on n'aperçoit que des âmes errantes. Ils pédalent. Les kilomètres succèdent aux kilomètres dans une région sans combats. Vraisemblablement, toutes les armées convergent vers Berlin et le reste est abandonné à son sort. Ils pédalent. Sont-ils libres, sont-ils toujours en fuite, ils ne le savent pas. Sont-ils des amis, des ennemis, et les amis de qui, les ennemis de qui? Dans ce monde en folie, ils ne peuvent le dire. Ils pédalent, il faut se sortir de cette merde. Ils rencontrent des prisonniers américains qui errent sur les routes. Eux aussi vont vers l'Ouest. Tout a basculé dans le non-sens. Ils pédalent.

– Nom de Dieu, voilà les Russki!

Un poste russe se trouve là, juste devant eux. Impossible de l'éviter. Le groupe continue jusqu'au poste. Les Russes sont en force et n'ont pas l'air de vouloir laisser passer le groupe.

– Papiers!

On peut se promener dans tous les pays du monde, même si on ne comprend pas la langue, quand on voit un barrage de gens en uniforme qui vous arrêtent et ouvrent la bouche, on comprend qu'ils demandent des papiers. Mais quels papiers? Personne n'en possède. Si, Pierre a quelque chose. Il sort de sa vareuse une demi-feuille soigneusement pliée et la présente au planton russe. Cette demi-feuille dactylographiée, qui porte des tampons et des signatures allemandes, est le document qui l'autorise à ne pas être tondu. Le Russe examine scrupuleusement le papier. On retient son souffle.

– Karacho!

Le Russe fait signe de passer. Et allez donc! Si vous avez une belle chevelure, vous pouvez faire le tour du monde. La petite troupe repart.

Où se trouve la ligne de démarcation? Il doit bien y en avoir une, prévue d'avance, sinon des armées alliées qui s'avancent l'une vers l'autre risqueraient de se tirer dessus. Les gars de Dora voudraient tout de même pouvoir s'en sortir. Il suffit d'un rien, d'un chef de char un peu nerveux, et tout le groupe part en fumée. La guerre, c'est la guerre et on ne regarde pas à la casse. Tant pis, on verra bien, on pédale.

Devant eux, il y a un fleuve de taille moyenne. C'est l'Elbe. Un fort contingent russe se trouve installé là. Les hommes portent des bottes et une blouse coupée d'un ceinturon. Ils sont calmes, mais les armes et les engins pullulent. Cela ressemble à une frontière, à un changement de monde. Bon Dieu, est-ce là que l'on passe à l'Ouest?

Pierre et ses camarades arrivent devant le poste, rempli de Russes. Deux soldats sont habillés de façon différente. Des Américains. Pierre se présente à eux.

– Nous sommes des prisonniers du camp de concentration de Dora. Je suis avec des Français, des Belges et des Hollandais. On veut passer de l'autre côté.

Conciliabule chez les militaires. Les Américains et les Russes décident qu'un Français traversera l'Elbe pour expliquer le cas du groupe aux autorités américaines. Ce qu'il fait. Après un temps qui paraît terriblement long aux autres, un bateau à moteur quitte la rive opposée et vient s'amarrer.

– Montez, les gars.

Tout le monde grimpe à bord du bateau qui démarre. Ils sont au milieu du fleuve quand les Russes leur tirent dessus. Ils s'aplatissent. Le bateau bute sur l'autre rive, ils débarquent en vitesse. Ils sont libres.

Une colonne s'avance sur la route. C'est un ramassis de détenus de Dora et de tous les camps satellites. Ils voyagent depuis des jours et des nuits. Le train les a baladés dans toutes les directions, avançant, revenant en arrière, obliquant à droite, à gauche. Dans les wagons c'est la folie. On s'écrase, on gémit, on meurt. Les jours passent, les uns après les autres, et les effectifs se mettent à fondre. Les morts, il y en a partout. Mon Dieu, sortir de ce train, par pitié!

– Tout le monde dehors!

Le train s'est arrêté et les portes s'ouvrent. Les hommes descendent sur le quai, enfin ceux qui sont encore vivants. Ils ont des têtes de zombies.

– Colonne par cinq!

Les détenus se mettent en rang, on les compte. Ils sont encore un peu plus de mille. Ils quittent la gare et se retrouvent rapidement dans la campagne. Il faut marcher. Ça ne fait rien, tout plutôt que ce train de la mort.

La troupe s'étire sur la route et les kilomètres s'ajoutent aux kilomètres. Où allons-nous, quel est notre destin? Si les SS nous traînent partout, c'est peut-être qu'ils n'ont pas l'intention ou l'ordre de nous tuer, sinon il y a longtemps que ce serait fait. Peut-être avons-nous une toute petite chance de nous en sortir. Donc, si tout n'est pas perdu, il faut continuer, marcher, tenir le coup. Et chaque heure, chaque minute qui passe, ce sont les Alliés qui se rapprochent.

La colonne arrive dans une ville, Gardelegen. Elle emprunte une rue menant à de grands bâtiments qui ressemblent à des casernes. Tout le monde entre. Va-t-on nous garder ici jusqu'à la fin? Se trouver dans une ville, c'est tout de même assez rassurant, on ne nous liquiderait pas au vu et au su de tout le monde.

Les hommes se reposent. Ceux-là, ce sont des costauds. Depuis des jours, ils ont traversé toutes les épreuves, marches, entassements dans les wagons, faim, soif, misère, exécutions. Ils veulent tenir jusqu'au bout.

– Rassemblement!

Ce n'est pas possible, on ne va pas repartir? Eh bien si, il faut repartir. Les SS, les kapos gueulent, cognent et la colonne se reforme. Elle quitte la ville.

La troupe arrive devant une grange. Les SS ouvrent la porte et les mille hommes entrent. Il y a de la paille largement répandue par terre. la porte se referme. Mais bon Dieu, ça pue l'essence là-dedans! Pas besoin de faire un dessin, les détenus ont tous compris. On va faire une grillade géante. C'est la fin.

Les SS entrouvrent la porte et balancent à l'intérieur des torches allumées. Le feu se propage rapidement. Des cris fusent dans toutes les langues : il faut éteindre le feu. Les hommes se précipitent et, à coup de vareuses, réussissent à étouffer les foyers. Alors les SS rouvrent la porte, tirent dans le tas et jettent des grenades incendiaires. Les prisonniers se ruent sur les flammes. Les SS tirent. Il y a maintenant un beau tas de cadavres devant la porte. Mais d'autres bagnards s'avancent pour vaincre le feu. Ils sont tués à leur tour. On les remplace. Les fusils, les mitraillettes sèment la mort parmi ces démons acharnés à survivre.

Mais le combat est inégal, le feu s'est propagé, on ne peut plus l'enrayer. Il transforme les hommes en torches, en tas de charbon. Il n'y a plus rien à faire qu'à se laisser griller. On dira une dernière prière en attendant la fin. Eh bien non, on luttera jusqu'au bout. Toute la nuit, ces Untermenschen, ces sous-hommes, combattent l'incendie ou se ruent vers les SS, qui les abattent. On ne lâchera jamais.

Le lendemain matin, la grange a entièrement brûlé. Les SS et les kapos commencent à sortir les cadavres et à les enterrer. Mais le temps presse, les Alliés arrivent. Alors ils abandonnent leur besogne et disparaissent.

Dans la grange il ne reste plus que des corps calcinés, dévorés par le feu. Tous sont morts. Tous? Non, il reste huit hommes de Dora, huit démons qui n'ont pas renoncé et qui sortent les uns après les autres.

Et voilà, tout est fini, l'étrange voyage s'est achevé. La planète Dora a explosé, projetant ses brandons et ses fumerolles dans toute l'Europe. Des débris vivants, des débris morts ont suivi d'incroyables trajectoires, de fabuleuses paraboles, pour atterrir au nord, au sud, à l'est, à l'ouest. Ces résidus de l'explosion ont défié les lois de la balistique, tombant en des endroits incohérents, impossibles à prévoir, à calculer. Partout, n'importe où, n'importe comment. Mais ils ont également défié une autre loi, celle de la capacité humaine à survivre, celle des limites à ne pas dépasser. Ces limites ont été pulvérisées par quelques-uns. Combien étaient-ils, le jour de leur libération, ces champions toutes catégories de la résistance humaine? Il est impossible de le dire, et même d'évaluer leur nombre. Un jour d'avril 1945, Dora a ouvert ses portes et jeté sur les routes, par petits paquets, des milliers d'hommes qui avaient déjà franchi le seuil du possible. Ils ont erré sur les chemins et les voies ferrées, se sont mêlés à des détenus d'autres camps, se sont enfuis pendant la longue marche, ont rejoint, morts, les charniers ou le creux des fossés. On les a brûlés au lance-flammes ou mitraillés au coin d'un bois. Et le jour de leur libération est arrivé. Les Alliés les ont regroupés par nationalités et renvoyés dans leurs pays. Certains au bout de quelques jours et d'autres, intransportables, après des mois. Beaucoup n'ont survécu qu'une poignée d'heures à l'arrivée des libérateurs. D'autres sont morts dans des hôpitaux ou à peine rentrés chez eux. Mais avant d'en arriver là, le four crématoire, le Krematorium, jour après jour, a engouffré et réduit en cendres des quantités sans cesse plus grandes de détenus.

Mais ces hommes, à Dora, à Ellrich, à Harzungen, dans les petits kommandos ou pendant la diaspora, ont tenu. Même morts, même brûlés, même jetés sur un tas d'ordures, ils ont tenu, ce sont eux les gagnants. Ils ont montré, prouvé au monde par leur corps martyrisé que l'être humain ne doit jamais abandonner, renoncer, subir. Ils l'ont prouvé heure après heure, pendant des semaines, des mois, des siècles.

Aujourd'hui, quarante ans se sont écoulés depuis la fin de Dora. On pourrait croire son histoire terminée. Elle ne l'est pas. A la fin de la guerre, les grandes puissances se sont partagé les ingénieurs, les créateurs, les pères de la fusée V2. Loin de les châtier, elles leur ont offert des laboratoires, des bureaux d'études, des usines. Elles les ont encensés, couverts d'argent, d'honneurs et de gloire. Rien n'a été trop beau pour eux et certains ont été cités en exemple aux enfants des écoles. Ces hommes ont repris leurs travaux, que les hasards malencontreux de la guerre les avaient obligés d'abandonner. Et ils ont réussi au-delà de toute espérance.

Et aujourd'hui, de par le monde, il y a des silos creusés dans le sol. Et dans ces silos, des fusées, les petites-filles des V2 de Dora. Fruits de la science et de la technologie modernes, ces superbes engins peuvent, en quelques minutes, anéantir toute existence à la surface du globe.

Dora vivra aussi longtemps que les hommes, aussi longtemps que la Terre.

Table

1 La cité enterrée 11

2 L'initiation.. 43

3 Soudain, à l'ouest 97

4 Les mois d'été.. 131

5 Les portes se referment 161

6 Les neiges de l'hiver 189

7 L'avant-dernière heure 217

8 Le bout du chemin..................................... 231

CET OUVRAGE A ÉTÉ COMPOSÉ ET ACHEVÉ D'IMPRIMER
PAR L'IMPRIMERIE FLOCH À MAYENNE
DÉPÔT LÉGAL : MARS 1985. N° 8682 (22594)